KRÜGER

David Nicholls

ZWEI IN EINEM LEBEN

ROMAN

Aus dem Englischen
von Simone Jakob und Anne-Marie Wachs

KRÜGER

MIX
Papier | Fördert gute Waldnutzung
FSC® C083411

Erschienen bei FISCHER Krüger

Die englische Originalausgabe erschien 2024 unter dem Titel
»You are here« bei Sceptre, einem Imprint von Hodder & Stoughton, London.

Redaktion: Anna Valerius
Landkarten: © Hachette UK
Satz: Fotosatz Amann, Memmingen
Druck und Bindung: CPI books GmbH, Leck
ISBN 978-3-8105-0065-6

Hannah, Max und Romy gewidmet,
für all die Spaziergänge

DIE WANDERUNG VON KÜSTE ZU KÜSTE

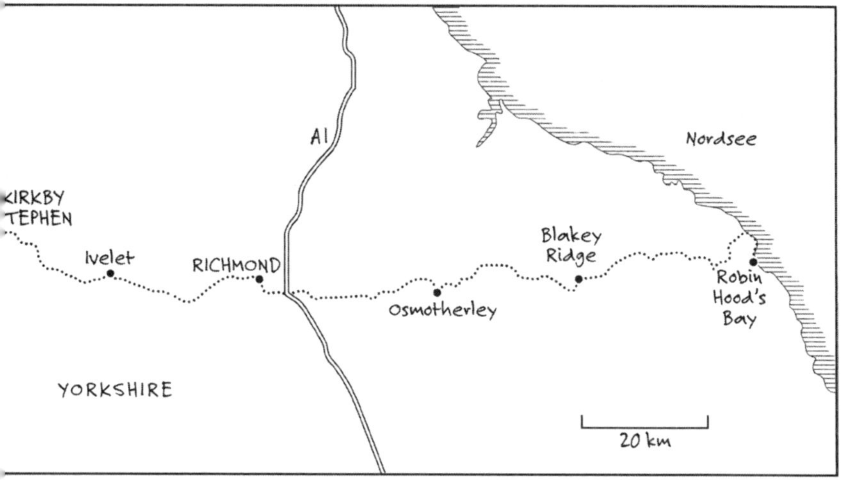
A1
Nordsee
KIRKBY
TEPHEN
Ivelet
RICHMOND
Blakey
Ridge
Robin
Hood's
Bay
Osmotherley
YORKSHIRE
20 km

Da war sie dessen sicher, dass er seine Partnerin gefragt hatte, ob denn Miss Elliot niemals tanzte. Die Antwort lautete: »O nein, niemals. Sie hat das Tanzen ganz aufgegeben. Sie spielt viel lieber Klavier. Sie wird niemals müde dabei.«

JANE AUSTEN, **ÜBERREDUNG**[1]

TEIL EINS
ZU HAUSE

Zu welchem Zweck, April, kehrst du erneut zurück?
Schönheit ist nicht genug.
Du kannst mich nicht länger besänftigen mit der Röte
Kleiner Blätter, die sich klebrig öffnen.
Ich weiß, was ich weiß.

EDNA ST. VINCENT MILLAY, **FRÜHLING**[2]

IMAGINÄRE FOTOS

In all ihren jugendlichen Zukunftsvisionen – von der Arbeit, der sie nachgehen, dem Haus, in dem sie wohnen, und der Familie und den Freunden, die sie umgeben würden – hatte Marnie sich nie ausgemalt, dass sie einsam sein würde.

Damals hatte sie sich die Zukunft wie eine Serie imaginärer Fotos vorgestellt, voller Menschen, Freunde, Arm in Arm, die Augen rot vom Blitzlicht im Pub oder vom Schein eines Lagerfeuers am Strand, und mittendrin sie, Marnie, lächelnd. Die späteren Fotos waren weniger deutlich, die Gesichter verschwommener, aber vielleicht würden unter all diesen Freunden, die Marnie sicher ihr ganzes Leben lang kennen und lieben würde, ein Partner oder sogar Kinder sein.

Doch sie hatte seit sechs Jahren kein Foto von einem anderen Menschen mehr gemacht. Sie selbst war zuletzt für einen neuen Reisepass abgelichtet worden, wobei man sie gebeten hatte, nicht zu lächeln. Wo waren all die Leute hin? Sie war jetzt achtunddreißig und im goldenen Zeitalter der Freundschaft erwachsen geworden, als eine unterstützende, liebevolle Gemeinschaft einen weitaus größeren Stellenwert hatte als das stressige Familienzeug, das anstrengende romantische Theater oder die widerwillig erledigte Arbeit. Die nächtlichen Telefonate, die Textnachrichten, Ausflüge und Spieleabende, all das war wesentlich spannender und erfüllender gewesen als Marnies unberechenbares Liebesleben, und war sie nicht einmal ganz gut in alldem gewesen? Sie war immer eine willkommene Ergänzung der Clique gewesen, wenngleich sie nie zum harten Kern gehört hatte, wurde geschätzt, wenn auch nicht angebetet oder umschwärmt. Anders als andere Mädchen hatte sie keinen Nachtclub angemietet, um ihren Geburtstag zu feiern, aber an ihrem einundzwanzigsten hatte sie locker ein Hinterzimmer im Pub gefüllt und an ihrem dreißigsten einen langen Tisch beim Italiener. Zu ihrem vierzigsten überlegte sie nun, mit ein, zwei Freundinnen im Park spazieren zu gehen – eine ehemals populäre Band, die gezwungen ist, in zunehmend kleineren Locations zu spielen.

Im Lauf der Jahre verlor sie Freunde an Ehe und Elternschaft, an Partner, mit denen sie nichts anfangen konnte oder umgekehrt, oder sie zogen sich in ein geräumigeres, geordneteres neues Leben in Hastings, Stevenage, Cardiff oder York zurück, während Marnie in London die Stellung hielt. Andere Bekanntschaften verliefen aus Gleichgültigkeit oder Achtlosigkeit im Sande, wie bei einem Dankesbrief, den man immer hatte schreiben wollen, bis zu viel Zeit vergangen war und es zu peinlich wurde. Aber vielleicht war dieser Schwund ja etwas ganz Normales. Das echte Leben glich selten einer Strandparty oder einer betrunkenen Runde Twister, und es gehörte zum Erwachsenwerden dazu, sich von der Phantasievorstellung zu lösen, man müsse ständig nackt baden gehen und tiefschürfende Gespräche führen.

Doch niemand trat an die Stelle der verlorenen Freunde, und so hatte Marnie ihre Zukunftsvision in eine von Unabhängigkeit und Selbstgenügsamkeit umgewandelt: Tee aus einer hübschen Tasse, Worträtsel auf ihrem Handy, die alleinige Kontrolle über die Fernbedienung, ihre Bücher, ihr Bett. Essen, trinken, lesen, die Uhr ignorieren, ein Leben, in dem sie von keiner anderen Menschenseele gestört oder beurteilt wurde; so musste sich die letzte Frau auf Erden fühlen. Marnie wusste zwar nicht, ob ein Baum, der im Wald umfiel, tatsächlich ein Geräusch machte, aber da zumindest kein Geräusch, das sie verursachte, den Gehörgang eines anderen Menschen erreichte, hatte sie angefangen, mit den Gegenständen in ihrer Wohnung zu reden. Nicht *du* schon wieder, sagte sie zu dem feuchten Fleck im Badezimmer. Na, alles frisch?, fragte sie die Eier. Da bist du ja, begrüßte sie den Korkenzieher, der ihr mit seinen Armen zuzuwinken schien. Einmal hatte sie in einem Fernsehfilm gesehen, wie eine einsame Frau ihrem Spiegelbild eine lange motivierende Rede hielt. So was macht doch keiner, rief sie dem Fernseher zu.

Aber einseitige Gespräche zu führen war wie allein Scrabble zu spielen – wenig überraschend und selten eine Herausforderung. Manchmal machte sie sich nicht mal die Mühe, ganze Wörter zu bilden; sie entwickelte ein Vokabular aus Interjektionen wie »fw«, »pfta« oder »tja-ha«, deren Bedeutung sich ständig änderte. Das Radio gab ihrem Tag Struktur, obwohl die Nachrichten sich zunehmend zu einer Horrorshow entwickelten, die bei ihr Stunde um Stunde Panik und Zorn hervorrief, so dass sie hektisch nach dem Ausschaltknopf tastete. Sie hörte Playlists mit Titeln wie Coffeeshop Essentials oder Rainy Day Piano, weil niemand bisher eine Playlist für jene öden Sonntagnachmittage zusammengestellt hatte, an denen sie in ihrem Zweizimmerapartment lustlos durch die Sozialen Medien scrollte und unkontrolliert alle möglichen Posts likte, präsent, aber anonym wie eine applaudierende Zuschauerin im Stadion. Die Zeitwahrnehmung war relativ, und die verfluchten Stunden zwischen drei und fünf an einem Februarnachmittag oder am frühen Morgen schienen sich endlos hinzuziehen – in diesen Zeiten kreiste ihr Gedankenkarussell um die immer gleichen Ängste und Schuldgefühle, und sie war gezwungen, sich der Wahrheit zu stellen.

Ich, Marnie Walsh, achtunddreißig Jahre alt, wohnhaft in Herne Hill, London, bin einsam.

Ihr Zustand war keine Abgeschiedenheit, kein bloßes Alleinsein und auch kein freiwilliger Rückzug, es war waschechte Einsamkeit, und diese Erkenntnis war für Marnie von Scham begleitet, denn was implizierte Einsamkeit, wenn Beliebtheit die Belohnung dafür war, klug, cool, attraktiv und erfolgreich zu sein? Marnie war zwar nie cool gewesen, war aber auch nicht völlig unbedarft. Man hatte ihr gesagt, sie sei witzig, und obwohl ihr bewusst war, dass das ein zweischneidiges Schwert sein konnte, war sie nie absichtlich sarkastisch oder gehässig und machte sich eher über sich selbst lustig als über andere. Vielleicht war das ja das Problem – ihr Ex-Mann hatte es jedenfalls ganz oben auf die Liste ihrer Verfehlungen gesetzt –, aber sie war freundlich, rücksichtsvoll und immer großzügig mit dem, was ihr zur Verfügung stand. Sie war nicht schüchtern. Wenn überhaupt, war sie zu bemüht zu gefallen, auch wenn das nicht allen gefiel.

Das ist der Mensch, der wir sein wollen, dachte sie, und der Mensch, der wir sind. Je älter wir werden, desto mehr weicht Ersterer dem Letzteren, und vielleicht bin ich jetzt jemand, der allein besser dran ist. Nicht glücklicher, aber besser dran. Keine Introvertierte, sondern eine Extrovertierte, die es nicht mehr draufhat.

Ihre Einsamkeit hatte nichts Romantisches, oder nur selten. Marnie hatte ungewöhnlich früh geheiratet, mit Ende zwanzig, und sich kurz darauf wieder scheiden lassen, und diese große, zentrale Katastrophe ihres Lebens hatte ihre Gefühle abstumpfen lassen, wobei die Narbe noch hin und wieder schmerzte. Seit der Scheidung hatte es niemanden mehr gegeben, zumindest nicht so richtig, obwohl sie sich manchmal bei dem Wunsch ertappte, die Wärme eines anderen Menschen neben sich im Bett zu spüren oder eine Textnachricht zu bekommen, die keinen Authentifizierungscode enthielt oder ein Phishing-Versuch war. Es wäre schön, begehrt zu werden, auch wenn man wohl besser die Kirche im Dorf ließ. Die Risiken, die romantische Liebe mit sich brachte, ihr Potenzial für Verletzungen, Verrat und Erniedrigungen überwogen ihre Annehmlichkeiten bei weitem. Hauptsächlich fehlte Marnie das Zusammensein mit anderen Menschen, im Allgemeinen wie im Besonderen, und obwohl die Aussicht auf soziale Kontakte manchmal beängstigend, auslaugend und einschüchternd war, fand sie das immer noch besser als dieses beengte, immer kleiner werdende Leben auf vierundfünfzig Quadratmetern.

Manchmal, dachte sie, ist Alleinsein leichter, als sich als einsam zu outen. Aber sie wusste, dass das eine Falle war, dass das hier, wenn sie nichts dagegen unternahm, ein Dauerzustand werden konnte, der nicht mehr weggehen würde, wie ein in Holzdielen eingezogener Fleck.

Es half nichts. Sie würde sich nach draußen wagen müssen.

GEWALTIGE KRÄFTE UNTER EUREN FÜSSEN

»Es geht darum, in ganz anderen Dimensionen zu denken. Es bringt nichts, in Minuten, Stunden oder Tagen zu rechnen, ja, nicht einmal in Generationen. Ihr müsst euren Maßstab anpassen und von *Jahrtausenden* ausgehen. Dann existiert alles, was ihr hier seht, nur temporär, die Seen, die Flüsse, die Berge, alles ist im Wandel, und manche Veränderungen dauern Jahrmillionen. Dieses Tal war nicht immer schon hier; es wurde *geschaffen*, und zwar von einem riesigen Gletscher; Eis bewegt sich, zwar nicht mal einen Meter pro Tag, aber es beißt mit seinen großen Steinzähnen zu, zermalmt Felsbrocken, frisst sich ins Gestein, in einem Vorgang, den wir … wie nennen?

Niemand? Genau, Gletschererosion, die wiederum unterteilt wird in …? Aufwachen, Leute, das wisst ihr. Ja, genau, Detraktion, Detersion und Exaration! Was ist daran so witzig, Noah? Was genau findest du an dem Wort ›Exaration‹ lustig? Lass uns gerne daran teilhaben. Nichts? Dachte ich mir.

Eis ist brachial, weit zerstörerischer als Feuer. Es zerstört, aber es erschafft auch Neues, wie solche Talkessel namens … Genau, ›Kare‹, oder, wie man sie hier in Wales nennt, ›Cwms‹. Oder Karseen, in denen Leute wie Mrs. Fraser und ich schwimmen gehen, anders als ihr Feiglinge. Handys weg, bitte, es sei denn, ihr macht Fotos für euer Projekt. Keine Selfies. Wurdest du von einem Gletscher erodiert, Chrissy? Dann kein Selfie.

Gehen wir noch weiter zurück, so um die 480 Millionen Jahre, als dieser Berg, der höchste in Wales, noch gar nicht da war. Er entstand erst im sogenannten Ordovizium. Nein, das ist nicht prüfungsrelevant, aber das heißt noch lange nicht, dass ihr es nicht wissen solltet. O-r-d-o-v-i-z-i-um. Lange vor den Dinosauriern … Nein, noch viel früher. Ja, es gab hier auch mal Dinosaurier. Nein, jetzt doch nicht mehr, sei nicht albern. Ja, Ryan, Dinosaurier sind cool, aber das hier ist noch viel cooler, diese Kräfte, diese unglaublichen Kräfte …

Hört mir bitte zu, wenn ihr je wieder zurückwollt! Wenn Kontinentalplatten miteinander kollidieren, wölben sie sich aufwärts, erheben sich über die Wasseroberfläche, und Vulkane entstehen – Vulkane, hier, könnt ihr euch das vorstellen? Schließt eure Augen, dann seht ihr sie vor euch. Ihr wisst schon, was ich meine. Schließt eure Augen und *stellt es euch vor* … Ja, stellt euch meinetwegen auch Dinosaurier vor, das ist zwar nicht korrekt, aber nur zu. Wichtig ist, dass dieser Prozess nicht einfach aufhört, nur weil es Menschen gibt. Er geht heute noch weiter, in diesem Moment, und wird auch dann weitergehen, wenn keine Menschen mehr existieren. Gewaltige Kräfte unter euren Füßen. Nichts ist von Dauer, alles ist im Fluss. Sarah Sanders, gähn mich bitte nicht an. Gehen wir weiter. Ja, macht erst die Augen wieder auf, das wäre hilfreich.«

Sie machten sich an den Abstieg. Ähnlich wie Flüsse mussten auch Stereotype irgendwo ihren Ursprung haben, und manchmal fragte er sich, wer das Klischee vom langweiligen Erdkundelehrer erfunden hatte. Stammte es aus einem Buch, von einem trotzigen Kind, einem verbitterten Physiklehrer?

Es würde ihm nicht im Traum einfallen, die Fächer seiner Kollegen zu kritisieren, aber waren Geschichtslehrer wirklich so viel interessanter, wenn sie von den Tudors und der Weimarer Republik schwafelten? Die Leute aus dem Fachbereich Englisch sprangen auch nicht auf die Tische wie in *Der Club der toten Dichter*, und die Mathematiklehrer konnten noch so von der Schönheit der Zahlen schwärmen: Ihr Fach war und blieb glorifiziertes Sudoku. Dennoch war irgendwie, irgendwo das Klischee über Erdkundelehrer entstanden, und jetzt war es an Mr. Bradshaw – Michael –, den Erwartungen zu trotzen und Schüler zu inspirieren. Er ging voran, Mrs. Fraser – Cleo – trieb die Nachzügler zusammen, und, unten im Tal angekommen, erzählte er ihnen von alluvialen Fächern.

»Vor rund achtzehntausend Jahren, was erdgeschichtlich betrachtet nichts, praktisch vorgestern ist, schmolzen die Gletscher und ließen dieses großartige Geschenk zurück.« Er stampfte auf den Boden, und sie senkten pflichtschuldig den Blick und betrachteten das Geschenk des Staubs. »Diese Erde, diese wunderschöne dunkle Erde, kam unter dem Gletscher zum Vorschein wie gemahlenes Getreide und wurde über den Talboden gespült, und es bildete sich ein fetter, fruchtbarer ... alluvialer Fächer. Alluvial, was für ein schönes Wort. Die darin enthaltenen Mineralien haben ihren Weg in Bäume, Pflanzen und Feldfrüchte gefunden, sogar in die Äpfel aus eurem Lunchpaket, die ihr gegessen habt oder essen solltet. Ist das nicht verblüffend? Mineralien aus einem uralten Gletscher befinden sich jetzt in eurem Körper, als Kalzium in euren Knochen, als Eisen in eurem Blut ...« An dieser Stelle hielt Michael inne und fragte sich, ob er noch weiter ausholen sollte, auf den Ursprung der Elemente, des Universums selbst eingehen und den Schülern erzählen sollte, dass sie aus demselben Stoff gemacht waren wie die Sterne. Jugendliche waren leicht zu beeindrucken, aber das war eher Chemie oder Physik, und die Äpfel aus dem Lunchpaket stammten aus Südafrika.

»Hat jemand Fragen?«, fragte er und schaute in die dreißig fettig-glänzenden, unfertigen Gesichter seiner Schüler, von denen einige mürrisch aus ihren Kapuzen lugten, während andere miteinander tuschelten oder über Insiderwitze kicherten. Er war ein leidenschaftlicher, engagierter Lehrer, der sich alle Mühe gab, zu den gleichgültigen Heranwachsenden durchzudringen, aber die Fragen, die diese Teenager beschäftigten, konnte er nicht beantworten. Wen interessierten Haufenschichtwolken, wenn die Gedanken ständig um den geschmuggelten Flachmann, E-Zigaretten oder die Frage kreisten, ob er oder sie einen auch mochte? Was war schon ein Berg gegen einen Pickel am Kinn? Heute Nacht würde in der Jugendherberge wieder das übliche Katz-und-Maus-Spiel stattfinden, Taschenlampenpatrouillen um drei Uhr früh: *Ich tu mal so, als hätte ich das nicht gesehen. Mach die aus. Zurück auf euer Zimmer. Morgen steht einiges an,* und am Ende der Klassenfahrt würde er, gebeugt und blass vor Erschöpfung, nach Hause zurückkehren. Obwohl er eigentlich lieber nicht dorthinwollte.

Er war Lehrer, aber kein Vater. Sie hatten es probiert, aber es hatte Komplikationen, Hindernisse gegeben, wobei er heute Mühe hatte, sich an die genauen Umstände zu erinnern. Beide Rollen waren nicht miteinander vergleichbar und wiesen nur oberflächlich Überschneidungen auf; Eltern konnten ihrem Kind vielleicht etwas beibringen, aber es war ein Fehler, wenn Lehrer versuchten, ihre Schüler zu erziehen. Trotzdem kam es ihm manchmal so vor, als würden das gesamte

Chaos und alle Ängste des Heranwachsens in die fünf Tage einer Klassenfahrt gequetscht, nicht nur der Unsinn und der Aufruhr, sondern auch der ganze emotionale Kram. Die beliebten, selbstsicheren Schüler konnte man getrost ihren Umtrieben überlassen. Mr. Bradshaw richtete seine Aufmerksamkeit stattdessen lieber auf die unsicheren, unbeholfenen Kids, die hilflos am Ende eines Kletterseils hingen. Obwohl es ihm beim Anblick ihrer schweißüberströmten, nervösen Gesichter schwerfiel zu glauben, dass sie aus demselben Stoff gemacht waren wie die Sterne, hegte er eine gewisse professionelle Zuneigung für sie.

»Landschaft ist Leben«, erklärte er ihnen jetzt, »und wenn man einen Blick auf diese Landschaft wirft statt auf sein Handy, Sarah Sanders – ich hab's dir schon mal gesagt, ich schmeiße es in den nächsten Zungenbeckensee –, dann könnt ihr nicht nur ihre Schönheit sehen, sondern ihr auch ihre Geheimnisse entlocken. Wieso gibt es hier Bauernhöfe? Warum hat die Erde diese Farbe? Wieso hängen Wolken über dem Berg, aber nicht über dem Tal? Wieso glitzert dieser Felsen so in der Sonne? Seht nur, wie schön er ist! Schaut hin!«

Ihm fiel auf, dass die Schultern der Jungen ganz hinten, die ihre Kapuzen fast bis zum Anschlag zugezogen hatten, zuckten, weil sie ein Lachen unterdrückten. Er war als Lehrer beliebt, beliebter, als er ahnte, wenngleich ihm die unbekümmerte Respektlosigkeit abging, die man brauchte, um vergöttert zu werden. Seine Begeisterung für sein Fach war aufrichtig, aber er wurde damit auch zur Zielscheibe von Spott, und je aufrichtiger sein Gefühl, desto lauter lachten sie. So wie damals, als ihn nach Mrs. Bradshaws Auszug ein paar Jungs in seinem Wagen hatten weinen sehen. Es gab nichts, worüber einige Schüler nicht lachten, wirklich nichts.

ALLE ÄNDERUNGEN ANNEHMEN

Ihr Job war auch keine Lösung für das Einsamkeitsproblem. Als freiberufliche Lektorin und Korrektorin arbeitete Marnie allein im Homeoffice, und die einzige Kaffeeküche war ihre eigene. Die Bezahlung war mies, die Vorstellung, Urlaub zu machen, lachhaft, die Angst vor Krankheit nur zu begründet. Trotzdem machte die Arbeit ihr Spaß, Marnie war gut, schnell, akkurat – und begehrt. Die Verlage waren loyal, und die Autoren fragten sie an wie einen Promi-Friseur oder Star-Chirurgen. Marnie kannte alle Marotten und Vorlieben ihrer Stammkunden; die Autorin, bei der alles »schemenhaft« war, den Autor, der süchtig nach »ekstatisch«, »distinguiert« und Dreierreihungen von Adjektiven war, der Entweder-Oder-Konstruktionen oder dreimal »aber« im selben Satz benutzte. Waren das Fehler oder Stilmittel? Marnie kannte den Unterschied, und obwohl es nicht in ihrer Macht lag, aus einem schlechten Buch ein gutes zu machen, konnte sie die Schlaglöcher beseitigen, die die Reise für die Leser zu holperig machen würden. Die meisten Schriftsteller waren dankbar, und viele klickten ohne einen weiteren Blick auf »alle Änderungen annehmen«. Dieses Vertrauen schmeichelte Marnie und gab ihr das Gefühl, eine weise und unaufdringliche, aber zugleich unverzichtbare Ratgeberin zu sein, die den Autor sanft am Ellbogen berührt, um ihn darauf hinzuweisen, dass er Spinat zwischen den Zähnen hat.

Eine gewisse Pedanterie gehörte zum Job – auf gewisse Art *war* Pedanterie der Job –, doch sie bemühte sich, aufgeschlossen und kollegial zu sein. Die Jüngeren neigten dazu, die Anführungszeichen wegzulassen, und Marnie hatte schon mehrmals erlebt, wie Kleinschreibung in und wieder aus der Mode gekommen war. Das ging in Ordnung, Marnie hatte viel eher das Gefühl, dass heutzutage zu viele Semikola benutzt wurden, so dass einem die Lektüre wie ein Hürdenlauf vorkam. Und sie kannte sich mit den Unterschieden zwischen britischem und U. S.-amerikanischem Englisch aus. Einmal hatte sie sich per E-Mail einen hitzigen Schlagabtausch mit dem streitlustigen rechtskonservativen Verfasser eines Spionagethrillers geliefert, der darauf beharrte, Dinge zuoberst auf andere Dinge zu legen; Käse zuoberst auf den Burger, den Bösewicht beim Kampf zuoberst auf den Helden. Kein Brite hätte dieses Wort je verwendet, am allerwenigsten der Chef des MI5, dessen Waffe zuoberst auf dem Kaminsims lag. Doch da es einem Zahnarzt auch keine schlaflosen Nächte bereitete, ob seine Patienten Zahnseide benutzten oder nicht, sah Marnie nur selten nach, wer ihren Ratschlägen gefolgt war und wer nicht. Allerdings hatte sie den veröffentlichten Roman Monate später in einer Buchhandlung entdeckt, und da waren sie alle: »zuoberst« hier, »zuoberst« da. Was soll's, dachte sie, er ist derjenige mit dem Spinat zwischen den Zähnen. Sie legte einen anderen Roman zuoberst auf seinen Thriller und ging weiter.

Dennoch hätte es ihr in der Seele weh getan, wenn ihr ein »sie« als ein »Sie« durchgeschlüpft wäre. Sie war renommiert und gefragt, und es war befriedigend, wenn Verlagslektoren zu ihr kamen und sie wie eine Auftragskillerin anflehten, noch einen letzten Job zu übernehmen. Und so hatte sie seit drei Jahren keinen Urlaub mehr gemacht. Bei ihrem letzten Solotrip nach Griechenland hatte sie in ihrem Hotelzimmer gesessen und gearbeitet und war bei ihrer Heimkehr blasser gewesen als vor der Reise.

Wie vielen Selbständigen fiel es ihr schwer, die Arbeit vom Privatleben zu trennen. Ihr Mann hatte einmal in einem Café »eine Latte Macchiato« bestellt. »Ei*nen* Latte Macchiato«, hatte sie gesagt, ehe sie sich zurückhalten konnte. Er schloss die Augen und atmete langsam aus. »Marnie«, sagte er, »wag es ja nicht, mich zu lektorieren.« Am Ende war sie froh gewesen, als er gegangen war.

DER DEAL

»Ich glaube«, sagte Mrs. Fraser, seine alte Freundin Cleo, auf der langen Busfahrt zurück nach York, »du verbringst zu viel Zeit allein.«

Dank Lehrerprivileg saßen sie auf den vordersten Plätzen, und die Schüler waren entweder nach diversen Tankstellensnacks völlig überdreht oder holten Schlaf nach, weil sie die ganze Nacht Karten gespielt hatten; der Geruch nach nassen Turnschuhen und versagendem Deo, der in der stickigen Luft hing, machte das Atmen fast unmöglich. »Also, im Moment wäre ich liebend gern allein«, erwiderte Michael über das blecherne Piepsen von dreißig Mobiltelefonen hinweg. »Wünschst du dir nicht gerade auch verzweifelt, allein zu sein?«

»Das ist nicht dasselbe. Komm doch am Sonntag zu uns zum Essen.«

»Tut mir leid, da bin ich weg.«

»Das ganze Wochenende?«

»Ich geh wandern.«

Ihre Augen wurden schmal. »Mit anderen Leuten?«

Er zuckte die Achseln. »Ich bin gern allein.«

Außer bei der Arbeit war er immer allein. Natasha war vor neun Monaten zurück zu ihren Eltern in die Nähe von Durham gezogen; sie hatte die Gelegenheit zwischen zwei Lockdowns hastig genutzt, wie jemand, der sich unter einem fallenden Metallgitter hindurchrollt. Seit sie fort war, blieb Michael nur noch äußerst ungern längere Zeit zu Hause. Auch wenn er in einem ordentlichen, hübschen Reihenhaus mit drei Zimmern und einem Wintergarten wohnte und Natasha so viele Sachen zurückgelassen hatte, dass es noch gemütlich war, konnte er das Gefühl nicht abschütteln, dass irgendetwas fehlte, dass er von höflichen, rücksichtsvollen Einbrechern ausgeraubt worden war.

Und natürlich fehlte etwas. Obwohl er allein lebte, war Natashas Gegenwart immer noch spürbar. Wochenenden und Feiertage waren besonders schwierig, und so hatte er sich angewöhnt, im Morgengrauen zu weit entfernten Orten zu fahren und dort bis zur Erschöpfung zu wandern. Für Cleo und seine anderen Kollegen hatten seine Expeditionen etwas Masochistisches, fast Mittelalterliches, als würde er die ganze Zeit mit gesenktem Kopf durch Wind, Regen und Nebel stapfen. »Das ist doch komisch«, sagte Cleo. »Wohin gehst du überhaupt?«

»Im Kreis, wenn du es unbedingt wissen willst. Ich stelle den Wagen ab. Ich entferne mich von ihm. Und wenn ich weit genug weg bin, gehe ich wieder zurück.« Cleo sang »Good Times« von Chic, und Michael lachte. »Mir gefällt's. Das macht den Kopf frei.«

»Einen freien Kopf. Den könnte ich auch gebrauchen«, sagte Cleo. »Kann ich dich nicht mal begleiten?«

»Mal schauen«, sagte er vorsichtig.

»Wir könnten auch Sam und Anthony mitnehmen.« Anthony war Cleos und Sams dreizehnjähriger Sohn, Michael hatte ihn aufwachsen sehen. »Wir könnten einen richtigen Miniurlaub daraus machen!«

»Vielleicht«, sagte er, in der Hoffnung, dass sie es dabei bewenden ließ. Mit anderen Leuten zusammen wäre es nicht dasselbe. Ihm ging es hauptsächlich ums Alleinsein, und nirgendwo, wo er hinging, war es ihm menschenleer genug. Cleo würde es sicher vergessen. Tatsächlich hatte sie sich schon von ihm abgewandt und rief einmal quer durch den Bus: »Stellt euch bitte nicht auf die hinteren Sitze. Lasst die Lkw-Fahrer in Ruhe!«

Und das war es dann wohl hoffentlich. Irgendwie hatte er die grausamen Winterferien überstanden. Er hatte sich von seinen Eltern überreden lassen, sie zu besuchen, und sie hatten sich alle Mühe gegeben, ihn mit einer exakten Nachstellung von Weihnachten 1997 aufzuheitern: das gleiche trockene Essen in denselben überheizten Zimmern, dieselbe Deko, dieselben Fernsehfilme und eine Flasche Eierlikör, die vermutlich auch buchstäblich dieselbe war. Die unausgesprochene Übereinkunft in Bezug auf seine abwesende Frau bestand darin, kein Wort über sie zu verlieren; als würden sie Weihnachten in einem Paralleluniversum feiern, in dem er nie verheiratet gewesen war. Das lag nicht daran, dass sie Natasha nicht leiden konnten; seine Eltern hatten sie geliebt, hatten gesehen, wie gut sie ihrem Sohn tat, aber sie fanden einfach nicht die richtigen Worte. *Ist wahrscheinlich besser so*, dachte Michael, als er in seinem Jugendbett lag. Da dies ein alles andere als frohes Fest war, war er auch wie ein Jugendlicher bei der ersten Gelegenheit geflüchtet und im Regen wandern gegangen. »Soll ich mitkommen?«, hatte sein Dad gefragt. »Ich habe noch die Wanderstiefel.« Doch Michael wollte lieber allein losziehen.

Am ersten Schultag im neuen Jahr besuchte er Cleo in ihrem Büro. Obwohl sie nach ihm an die Schule gekommen war, war sie die Ehrgeizigere gewesen, und so saß sie ihm jetzt hinter dem Schreibtisch der stellvertretenden Direktorin gegenüber.

»Wie war Weihnachten? Hast du's ordentlich krachen lassen?«

»Mitternachtsmesse, Sherry, die Ansprache der Queen …«

»Ah, du hast dir die Kante gegeben. Kein Wunder, dass du total fertig aussiehst.«

»Vielen Dank auch. Gleichfalls.«

»Leider darfst du nicht so mit mir reden«, sagte sie und klopfte auf den Schreibtisch zwischen ihnen. »Vorgesetzte und so. Wir hatten gehofft, dich an Silvester bei uns zu sehen.«

»Ich wollte kommen, aber das Fernsehprogramm ist immer so spannend …«

»Michael …«

»Sorry, es ist einfach kein wichtiger Feiertag für mich.«

»Was sind denn die großen Feiertage in deinem Leben, Michael?«

Er kannte diesen Ton nur zu gut. Sie benutzte ihn, wenn sie einem begabten Schüler ins Gewissen redete, der hinter den Erwartungen zurückblieb. Aber er war zweiundvierzig, und Cleo war seine Freundin. Sie waren schon zusammen in den Urlaub gefahren, erst zu viert, später, als Anthony geboren wurde, zu fünft, und so rührend es war, dass sich jemand um ihn sorgte, es war auch demütigend. Er ließ den Blick zum Fenster schweifen; von den Sportplätzen her schallte Geschrei zu ihnen herauf. »Mir geht's bestens. Ich hatte eine schöne, erholsame Zeit, sehr ruhig, sehr friedlich.« Am zweiten Weihnachtstag hatte er eine Panikattacke gehabt und sich im Schuppen seines Vaters verkrochen, bis sie abgeklungen war.

»Hast du mit Natasha telefoniert?«

»Ja, kurz, am ersten Weihnachtstag. Wir haben nett geplaudert.«

»Sie meinte, es wäre gewesen, als würde man sich durch eine dieser Trennscheiben mit einem Knastinsassen unterhalten.«

»Na ja, ist halt meine Art zu plaudern.«

»Okay. Ich wollte mich nur vergewissern, dass bei dir alles in Ordnung ist.«

Nichts war in Ordnung, aber das ging niemanden etwas an. »Alles bestens. Ich bin einfach noch nicht bereit für Gesellschaft. Ist das erlaubt?«

Cleo seufzte. »Komm am Samstag zum Abendessen.«

»Geht nicht, sorry ...«

»Freitag ...«

»Freitag kann ich nicht. Am nächsten Tag muss ich früh raus.«

»Zum einsamen Wandern?«

»Ich geh ein paar Tage wandern, ja.«

»Okay, dann kommen wir mit!«

Er lachte. »Nein.«

»Ich ziehe auch andere Schuhe an. Und deine schrecklichen Sandwiches essen wir dir schon nicht weg ...«

»Ich bin gern allein.«

»Gut, wir folgen dir mit etwas Abstand. Unterhalten uns laut, damit du es auch mitkriegst. Laden noch ein paar Leute ein.«

»Ich bin einfach noch nicht so weit.«

»Doch, ich glaube schon.«

»Du kannst jemanden ... nicht einfach überstimmen, was seine Gefühle angeht.«

»Das nennt man ›sich um Freunde kümmern‹.«

Er schaute erneut zum Fenster. »Und ich bin dir auch dankbar, aber diesmal nicht.«

Sie sah ihre Chance gekommen und beugte sich vor. »Ah, aber ein anderes Mal!«

»Vielleicht.«

»Ostern, zweite Ferienwoche, eine nette, lange Wanderung.«

»Vielleicht.«

»Okay. Deal.«

»Ist es auch dann ein Deal, wenn ich gar nicht will?«

»Ja. Wir ziehen alle in einer großen, lustigen Truppe los.«

»Du bist nur *stellvertretende* Schulleiterin.«

»Das mit der Beförderung ist nur eine Frage der Zeit. Also abgemacht.«

Das war die Krux des Ganzen. Für Cleo lag die Lösung eines Problems im Zusammensein mit anderen Menschen, Michael dagegen suchte sie in deren Abwesenheit, und obwohl die Unterstützung einer Freundin etwas Wertvolles, Berührendes war, konnte sie auch eine Zumutung sein. »Na schön«, sagte er seufzend, »wenn die Tage wieder länger werden.« Die Neigung der Erde und ihre Umlaufbahn um die Sonne machten das zwar unausweichlich, aber zumindest würde es ihm Zeit verschaffen, sich eine gute Ausrede zu überlegen.

DIE DIASHOW

Marnie war süchtig nach dem Hochgefühl, das mit abgesagten Plänen einherging. Es war zwar kurz und flüchtig und niemand erinnerte sich später nostalgisch daran zurück, sich vor einer Verabredung gedrückt zu haben. Aber im Moment gab es für sie keine schöneren Worte als: »Tut mir leid, ich schaff's leider nicht.« Es war, als würde eine Prüfung ausfallen, bei der sie vermutlich durchrasseln würde.

Im Idealfall sagte die andere Person zuerst ab, aber Marnie war durchaus bereit, die Initiative zu ergreifen. Es half ihr, wenn sie wie eine Schauspielerin in einer emotionalen Szene aus persönlicher Erfahrung schöpfen oder auf eine zumindest halbe Wahrheit zurückgreifen konnte, und so war ihr erster Gedanke, als sie an Silvester – dem schrecklichsten Tag des Jahres – mit einem Kratzen im Hals aufwachte: »Das ist doch eine gute Grundlage.« Ihre Freundin Cleo, stellvertretende Schulleiterin einer Mittelschule in York, hatte sie zu einer Party eingeladen, aber es wäre unvernünftig hinzugehen – sie war nicht in Stimmung, die Fahrt war zu weit, natürlich war es klüger, zu Hause zu bleiben, um sich gesund zu schlafen! Sie legte sich aufs Sofa, damit sie bettlägerig klingen würde, rief ihre Freundin an und versuchte, ihrer Stimme das Krächzen eines von Dämonen besessenen Kindes zu verleihen.

»Ich *wusste* es«, sagte Cleo. »Ich wusste einfach, dass das passieren würde.«

»Du wusstest, dass ich krank werden würde?«

»Jeder kann seine Stimme verstellen, Marnie.«

»Ich hab Temperatur!«

»Ja, Normaltemperatur.«

»Mich fröstelt die ganze Zeit … Wieso willst du unbedingt, dass ich komme, wenn ich eh nicht unterhaltsam bin?«

»Wir laden dich nicht ein, weil du unterhaltsam bist.«

»Oh.«

»Wir laden dich ein, weil wir dich lieben und weil es wichtig ist, unter Leute zu gehen. Du bist zu viel allein.«

»Es ist nicht meine Schuld, dass …«

»Hockst in deiner Bude wie … Eleanor Rigby, verdammt nochmal.«

»Cleo!«

»Sorry, aber ich hatte mich echt darauf gefreut, dich wiederzusehen. Anthony auch.« Anthony war Marnies Patenkind – noch jemand, den sie vernachlässigte.

»Ich möchte ihn ja gerne wiedersehen, und dich natürlich auch. Ich will dann einfach nur in Bestform sein.«

»Du brauchst nicht in Bestform zu sein. Das interessiert doch keinen. Wir mögen dich genau so, wie du bist.«

»Das ist nett.«

»Ja, nicht? So nett, dass es schon nicht mehr gesund ist.«

»Ich *bin* nicht gesund«, sagte Marnie. »Und deshalb kann ich nicht kommen.«

»Na dann. Frohes Neues, schätze ich.« Cleo legte auf, und plötzlich schien es in der Wohnung sehr still zu sein. Marnie mochte Cleo sehr, sie war eine gute, verlässliche Freundin, loyal, wenn auch etwas streng. Doch obwohl es unangenehm war, so den Kopf gewaschen zu bekommen, wusste sie, dass ihre Zerknirschung sich bald in tiefe Erleichterung verwandeln würde. Sie ließ sich ein Bad ein, öffnete eine Flasche Wein und überlegte sich mehrere lustige Beiträge für die Sozialen Medien über ihre wilde Nacht zu Hause. Allerdings hatte sie die Erfahrung gemacht, dass ihre Versuche, im Internet witzige Sachen zu posten, dazu führten, dass sie Nachfragen von Freunden bekam, ob alles in Ordnung sei. Also stalkte sie stattdessen ihre Kontakte, las ihren Feed und hatte das Gefühl, von draußen durch ein Fenster eine Party zu beobachten.

Marnie fühlte sich ihrer vorgetäuschten Krankheit so verpflichtet, dass diese bald zu einer echten wurde, einschließlich Halsschmerzen, süßlich-metallischem Geschmack im Mund und Ganzkörper-Gliederschmerzen. Ihr Vergnügen an abgesagten Plänen hing davon ab, dass sie glaubte, mehr Spaß zu haben als die Idioten, die sich die Mühe gemacht hatten auszugehen, was nicht mehr der Fall war. Also prostete sie sich selbst mit einem Glas Wasser zu, schluckte zwei Paracetamol und eine Schlaftablette und zwängte sich gegen Viertel nach zehn unter die Gewichtsdecke, die ihr Bett zu einer gigantischen Blumenpresse machte.

Gegen Mitternacht rissen Feuerwerke in ganz London sie aus dem Schlaf, und Marnie verbrachte die ersten Stunden des neuen Jahres damit, sich in einem fiebrigen Dämmerzustand auszumalen, was hätte sein können, wenn sie diesmal Ja statt wieder einmal Nein gesagt hätte. In einer Parallelwelt sah sie sich in einer Ecke von Cleos Küche ein angeregtes, witziges Gespräch mit einem nett aussehenden Mann führen, der Lachfältchen um die dunklen Augen und nicht ganz perfekte Zähne hatte, wodurch er umso attraktiver wirkte. *Wollen wir rausgehen?*, würde er fragen. *Hier ist es zu hell.* Vielleicht würden sie irgendwo eine Zigarette schnorren und sie sich auf kitschige Art teilen. *Wann geht dein Zug morgen?*, würde er fragen. *Ich hab's nicht eilig*, würde sie antworten (obwohl ihre Fahrkarte nicht umbuchbar war und sie sogar in ihrer Phantasie ein schlechtes Gewissen wegen des Geldes hatte). *Und*, würde sie ihn fragen, *wie wird man Baumchirurg?*, und an der Stelle würde er sich vorbeugen, um sie zu küssen.

Das Problem an Parallelwelten war, dass sie voll von solchem peinlichen Unsinn waren. In der Realität, für die sie sich entschieden hatte, zeigte der Wecker Viertel nach zwei an, und Marnie wälzte ihren fiebrigen Körper auf die kühle Seite des Bettes. In einer Doku über Rettungssanitäter hatte sie mal eine Szene über einen alten Mann gesehen, der unter einer Heizdecke gestorben war und mehrere Tage vor sich hin geschmort hatte. Wie würde sich eine Gewichtsdecke über einen längeren Zeitraum auswirken? Würde sie Marnie flach pressen wie einen Archäopteryx? Würde ein Feuerwehrmann sie aufrollen und wie eine Yogamatte unter den Arm geklemmt aus dem Haus tragen?

Als sie am Neujahrstag mit Schüttelfrost auf dem Sofa lag und den Fernseher einschaltete, entdeckte sie, dass ihr Streaming-Gerät aus ihren Handyfotos eine höhnisch anmutende Diashow mit dem Titel »Was für ein Jahr!« erstellt hatte: die Glühbirne in ihrem Backofen, ein Rezept für herzhaften Linseneintopf, eine Nahaufnahme von einem eingewachsenen Haar, ihre Sozialversicherungsnummer, die abgelöste Sohle eines kaputten Schuhs, das Muttermal auf ihrer Schulter, der Gaszählerstand, eine Reinigungsquittung, eine grüne Glasscherbe, die sie in ihrem Salat gefunden hatte, dann wieder die Ofenglühbirne, alles unterlegt von Carole Kings »You've Got a Friend«.

In dem Moment fasste sie einen Vorsatz. In diesem Jahr würden die Fotos anders aussehen. Schluss mit den herbeigewünschten Krankheiten, dem gemütlichen Einigeln, den allen Sauerstoff im Raum aufzehrenden Kerzen, der unablässigen Selbstfürsorge. Stattdessen würde sie sich um andere kümmern, ihre Freundschaften wiederbeleben, neue schließen und sich auf das Chaos und die Verwirrung einlassen, die zwischenmenschliche Beziehungen mit sich brachten.

Gute Vorsätze hielten oft nicht lange vor, aber dieser ließ sie nicht los, und als Cleo sich mit einer neuen Einladung meldete, zögerte Marnie, hin- und hergerissen zwischen dem Wunsch nach Veränderung und dem Bedürfnis, alles so zu belassen, wie es war. Drei Tage Wandern mit fremden Menschen. Das war genau die Art von potenziell schrecklicher Erfahrung, die sie brauchte. In Gedanken beschloss sie, es ernsthaft in Erwägung zu ziehen, aber da war ihr in der echten Welt schon ein »Ja« herausgerutscht.

NAPOLEON

Beim Betrachten der Landkarte geschah etwas Schreckliches mit Michael. Cleo hatte ihm die Aufgabe gegeben, eine Route zu planen, die herausfordernd, aber nicht zu strapaziös sein sollte. Sie wiederum würde sich um die Unterkünfte kümmern (wobei ein striktes Zeltverbot galt) und eine nette Gruppe von Leuten einladen, allesamt sehr umgänglich. Lange, sonnige Tage in den Bergen und abendliche Pub-Besuche. Zusammengefasst, ein angenehmer, unkomplizierter Kurzurlaub.

Tja, *das* würde sich zeigen. Als Michael sich nun, die Fäuste aufgestützt, über die Landkarte beugte, verwandelte er sich in einen General, der nichts als Verachtung für diese Amateure übrighatte, denen noch die Preisschilder an den Wanderstiefeln klebten. Wie ein Eroberer betrachtete er die Berge und Täler, doch alles kam ihm lächerlich, viel zu kümmerlich und mickrig vor, die Sümpfe und Moore zu Pfützen zusammengeschrumpft, die Meilen zu Zentimetern.

Drei Tage reichten nicht; was, wenn er die anderen hinter sich ließ und einfach weiterwanderte? Wie weit würde er kommen, bis er zurück nach Hause musste? Wenn sie an der Westküste starteten, würde er es wohl bis zur Ostküste schaffen, an der schmalsten Stelle, die aussah, als hätte Schottland sich einen Gürtel bis unter die Achseln hochgezogen, vorbei an Seen, durch das Mittelgebirge der Pennines, durch Täler und Heidelandschaften bis hinunter zur Küste von Yorkshire, wo er die Zehen in die Nordsee tauchen würde. Das war die berühmte, 190 Meilen lange Route von Küste zu Küste, die Alfred Wainwright in seinem Buch beschrieben hatte und für die man normalerweise zwölf, dreizehn Tage brauchte. Er war sich sicher, sie in zehn zu schaffen, wenn er keine längeren Ruhepausen einlegte.

Jetzt, da die Idee Gestalt angenommen hatte, war sie nicht mehr abzuschütteln, entwickelte sich zu der Art Obsession, die Männer in der Lebensmitte so häufig überfällt, wie Marathonlaufen oder Schreinern. Sie als solche zu erkennen machte sie nicht weniger unwiderstehlich, und sicherlich würde er nach der Wanderung ... was empfinden? Zur Pilgerreise fehlte dem Ganzen ein spirituelles Ziel, doch er erhoffte sich zumindest ein Gefühl von Wohlbefinden, einen Abschluss, ein Erfolgserlebnis. Durch tiefes Eintauchen in die Natur würde er doch bestimmt Ruhe finden, zwar kein Glück, aber zumindest inneren Frieden. Unterwegs würden ihm viel Schönheit, einige Widrigkeiten und natürlich andere Menschen begegnen, aber Letztere würden ihn nach ein paar Tagen verlassen, so dass er schweigen und über die vergangenen Jahre nachdenken konnte. Er würde auf jeden Fall gut schlafen, die Berge und die Heidelandschaft würden wie ein natürliches Beruhigungsmittel wirken, und selbst wenn es die ganze Zeit regnete, wäre das immer noch besser, als zehn Tage in diesem Geisterhaus auszuharren. Zu Hause war er nur einsam. Draußen verwandelte sich seine Einsamkeit in Alleinsein, was weit würdevoller, weil selbst gewählt war. Er stellte sich vor, wie er Robin Hood's Bay erreichen würde, wettergegerbt, schmutzig und doch – auf eine Art, die er nicht genau definieren konnte – gereinigt, geläutert, wie verwandelt.

Außerdem verriet ihm ein Blick auf die Landkarte, dass ihn die Route an Natashas neuem Wohnort vorbeiführen würde, doch sich das auszumalen war schwieriger.

WETTERFEST

Sie ging shoppen, um sich die nötige »Ausrüstung« zu besorgen, wie sie es nannte. Ihre Londoner Garderobe, die Sachen, die sie unter Leuten trug – blickdichte Strumpfhosen, ein langer schwarzer Mantel, Midi-Kleider und Strickwaren in Grau, Schwarz und Dunkelblau –, hatten Ähnlichkeit mit einer Schuluniform für Erwachsene und wären in der Natur fehl am Platz. Stattdessen würde sie Nylon, Fleece und Funktionskleidung kaufen müssen, oder was auch immer sie brauchte, um es bequem, warm und trocken zu haben, kurz gesagt, um sich draußen so zu fühlen, als wäre sie noch drinnen.

Die Kleidung in dem Geschäft war überwiegend leuchtend rot, gelb, violett oder orange. Marnie bevorzugte Tarnfarben und erstand eine grüne Regenjacke, die nur aus Taschen und Reißverschlüssen zu bestehen schien, und eine wasserdichte Hose, die man auf die Größe eines Apfels zusammenrollen konnte. Dazu Socken mit einer unvorstellbar komplexen Struktur, die auf NASA-Technologie beruhte, und eine rote Wollmütze, denn verlor man nicht fünfundneunzig Prozent der Körperwärme über den Kopf? Außerdem kaufte sie Thermounterwäsche für den Fall, dass es schneite, Sonnencreme für den Fall, dass die Sonne schien, Landkarten, einen wasserfesten Beutel für besagte Landkarten, einen Rucksack mit einer Tasche für besagten Landkartenbeutel sowie Stauraum für ungefähr vierzig Liter Kleidung, obwohl es ihr schwerfiel, sich vierzig Liter Kleidung vorzustellen. Da es unabdingbar war, viel zu trinken, besorgte sie sich auch noch eine Gummiblase mit Trinkröhre, die beunruhigende Ähnlichkeit mit etwas hatte, was über einem Krankenbett hing.

Marnie würde zudem einen Kompass brauchen, denn was, wenn sie sich im Nebel verlief oder von der Gruppe getrennt wurde? Als Kind hatte sie geglaubt, ein Kompass zeige immer dorthin, wo man hinwollte, aber im echten Leben war es etwas komplizierter. Das Gerät bestand aus einer Hightechplastikscheibe mit mysteriösen Skalen und Zeichen, es schien undenkbar, dass es ihr den richtigen Weg anzeigen würde, aber wie peinlich wäre es, ohne Kompass gerettet zu werden? Bei einer Wanderung einen Kompass dabei zu haben war, als würde man sagen: »Hör zu, ich geb mir Mühe, okay? Ich tu mein Bestes.«

Sie kaufte auch ein Paar Wanderstiefel. Idealerweise hätten in einem Geschäft wie diesem wettergegerbte, muskulöse Ranger in Karohemden gearbeitet, aber der junge Schuhverkäufer, der sie bediente, war ein blasser Fanatiker, der darauf beharrte, alles stehe und falle mit den richtigen Wanderstiefeln, die falschen könnten einen in die Knie zwingen, man solle nie an den Schuhen sparen, so dass der Kauf eine ebenso folgenschwere Entscheidung zu sein schien wie die Anschaffung eines Pferdes. Waren sie zu klein, kriegte man Blasen, waren sie zu groß, konnte man sich ebenfalls Blasen und außerdem eingewachsene Zehennägel, Hühneraugen und fiese Narben zuziehen; nach dieser eindringlichen Warnung führte er sie zu einer kleinen Brücke mit Pseudokopfsteinpflaster, die die Erfahrung einer Wanderung in der Natur simulieren sollte –, eine absolut lächerliche Konstruktion.

»Ernsthaft jetzt, da soll ich drübergehen?«

»Wenn möglich.«

»Gibt's darunter auch einen Brückentroll? Sie wissen schon, wie im Märchen?« Der Verkäufer warf ihr einen so strengen Blick zu, dass ihr keine andere Wahl blieb, als mehrere Paar Stiefel anzuprobieren und, die Stirn so konzentriert gerunzelt, als kommunizierte sie telepathisch mit ihren Füßen, über die Brücke zu stapfen, bis sie sich am liebsten von dem mickrigen Ding gestürzt hätte. Sie entschied sich für ein sündhaft teures Paar aus glänzendem braunem Leder, ein Pflegemittel zum Einsprühen und Wachs zum Einreiben. »Ziehen Sie sie *sofort* an, um sie einzulaufen«, befahl ihr der Verkäufer, und so verstaute sie ihre Ballerinas im Rucksack und ging zu Fuß zurück zur Charing Cross Road. Beim Gedanken an das hingeblätterte Geld wurde ihr flau im Magen, und sie hatte Mühe, die Ausgaben vor ihrem inneren Kritiker zu rechtfertigen.

Wieder zu Hause, probierte sie die ganze Montur an und begutachtete sich im Spiegel; die Preisschilder hingen an ihr wie Weihnachtsbaumschmuck, und das Zimmer erschien ihr nun, da sie selbst so viel voluminöser geworden war, plötzlich umso kleiner. Die grüne Regenjacke und die rote Mütze verliehen ihr Ähnlichkeit mit einer gefüllten Olive, und das Rascheln von Nylon auf Gore-Tex trieb sie jetzt schon in den Wahnsinn. Und bildete sie es sich nur ein, oder drückten die Wanderstiefel? Wenn sie die Daumen unter die Schulterriemen klemmte und sich im Profil begutachtete, sah sie mit dem tief sitzenden Rucksack aus wie ein Tyrannosaurus. Von vorne betrachtet war es ihr peinlich, wie die Riemen ihr die Brüste hochdrückten wie eine einzige solide Einheit, die Nase eines U-Boots. Sollte sie etwas Elegantes für den Abend einpacken und ein, zwei ihrer vierzig Liter für ein hübsches Kleid reservieren? Würden sie feiern gehen? Sollte sie sich die Beine enthaaren? Marnie spürte, wie ihr der Schweiß den Rücken hinunterlief.

Vier Singles, ein Ehepaar, ein Teenager. Das klang nach den Verdächtigen in einem Mordfall, auch wenn es dazu hoffentlich nicht kommen würde.

TEIL ZWEI
DIE SEEN

Ich will in den Wolken herumkraxeln und leben. Ich will einen solchen Vorrat an unglaublichen Erinnerungen zusammentragen, daß ich auf meinen Spaziergängen durch die Londoner Vororte gar keinen Blick mehr für das, was um mich her ist, habe.

KEATS IN EINEM BRIEF AN BENJAMIN ROBERT HAYDON, APRIL 1818[3]

TAG EINS
ST. BEES NACH ENNERDALE WATER

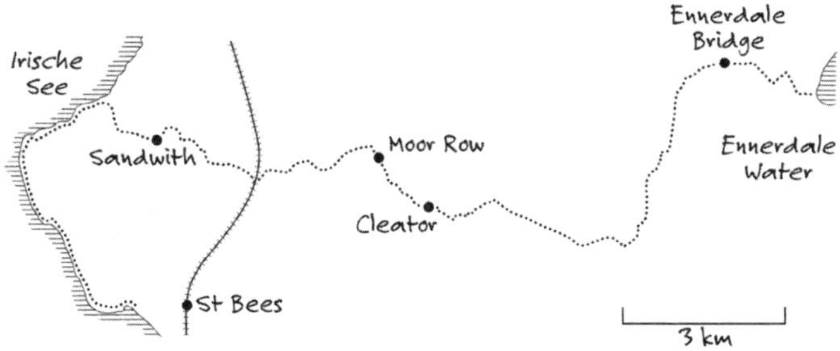

DIE WIGAN-ORGIE

Es war schade, dass sie nicht in einem romantischeren Bahnhof einsteigen konnte – in der anmutig gewundenen Waterloo Station oder dem riesigen Glasgewölbe von King's Cross oder Paddington oder in der Marylebone Station, die wie einem Schwarz-Weiß-Film entsprungen schien. Aber Reisen in Richtung Nordwesten begannen in der Euston Station mit ihrem düsteren, kastenförmigen Gebäude, das anscheinend perfekt getarnt ist – selbst gebürtige Londoner können es nicht beschreiben –, und dasselbe gilt auch für die Züge, die dort verstohlen wie aus einem Hinterzimmer abfahren. Selbst an diesem sonnigen, frischen Aprilmorgen wirkte der Bahnhof trist und dystopisch, und Marnie kam sich in ihrer Verkleidung absurd vor: Der Sport-BH fühlte sich an wie ein Druckverband, die Thermohose war viel zu früh zum Einsatz gekommen, und die vierzig Liter Kleidung in ihrem Rucksack waren so schwer, dass sie in der Warteschlange im Café fürchtete, ohnmächtig zu werden, auf den Rücken zu fallen und hilflos mit Armen und Beinen zu rudern wie ein Käfer.

Im Zug, dem ersten des Tages, fühlte sie sich gleich besser, als sie ihren Fensterplatz mit Tisch in Fahrtrichtung in Beschlag nahm – perfekt. Wie eine Führungskraft holte sie ihren Laptop, einen Stift sowie ein Notizbuch aus dem Rucksack und lud ihre elektronischen Geräte auf, was eigentlich unnötig war, aber das war wichtig, wenn man in der Wildnis überleben wollte: wann immer möglich seine Akkus aufzuladen und aufs Klo zu gehen. Sie legte ihre Uralt-Ausgabe von *Sturmhöhe* daneben, die sie mitgenommen hatte, um sich auf die Wanderung einzustimmen, während der Zug langsam nach draußen ins Tageslicht rollte, vorbei an den Reihenhäusern von Mornington Crescent, einem Ort, der wegen seiner schäbigen Atmosphäre Assoziationen an alte Sozialdramen weckte, traurige Liebesgeschichten, die sie erstrebenswert gefunden hatte, als sie in die Stadt gezogen war. Beim Anblick der geschlossenen Fensterläden und schmutzigen Vorhänge stellte sie sich Frischverliebte vor, die in gemieteten Zimmern noch schliefen. Doch als über den Reihenhäusern ein Streifen leuchtendes Blau sichtbar wurde, taten ihr alle leid, die noch im Bett lagen.

Die Stadt wich den Vororten. Sie sah Gasometer, Pferde in einem Stall, Leute, die Hunde in einer raureifüberzogenen Grünanlage spazieren führten, und Sattelschlepper auf Umgehungsstraßen; alle gingen ihren Beschäftigungen nach wie in einem Wimmelbuch. Sie war nur noch den Ausblick aus ihrem Küchenfenster gewohnt, einen kleinen Ausschnitt Londoner Lebens. Und jetzt lag England vor ihr wie ein auf Lebensgröße angewachsenes Modelldorf. Sieh nur, Kanalschiffe! Eine Recyclinganlage! Ein Windpark! Infrastruktur, nannte man das so? Die Vororte verschwanden, und Senken und Talkessel tauchten auf, über denen dramatische Nebelschwaden hingen. Frei laufende Kühe! Sie nahm alles begierig in sich auf, und ihr fiel wieder ein, dass Zugfahrten das Leben in eine Filmmontage verwandeln konnten, eine Szenenfolge, die Veränderung suggerierte. Wieso hatte sie so etwas noch nie gemacht? Wovor hatte sie sich gefürchtet? Ob sie etwas vom Snackwagen wolle? Am liebsten alles.

Sie würde drei Übernachtungen und damit die erste Etappe der Wanderung von Küste zu Küste mitmachen, die anscheinend eine große Sache war. Es war zwar keine besonders beeindruckende Leistung, nur eine der beiden Küsten zu sehen, aber selbst wenn alles schrecklich war, wenn sie sich nicht gut verstanden oder einander nichts zu sagen hatten, würde Marnie drei Nächte bestimmt überstehen. Sie würde die Irische See und ein paar der berühmten Seen zu Gesicht bekommen, bevor sie am Dienstag von Penrith aus zurückfuhr; und an den Nachmittagen konnte sie sich ein ruhiges Plätzchen suchen, um zu arbeiten, denn dieses Abenteuer wollte schließlich finanziert werden.

Sie öffnete die Datei für ihren jüngsten Auftrag. *Lasterhafte Nächte* war die Fortsetzung des extrem erfolgreichen Erotikthrillers *Finstere Nächte*, der in der glamourösen, schockierenden Welt privater Sexclubs in Hollywood spielte. »Sehr erotisch«, hatte der Verlagslektor gesagt, »aber möglicherweise etwas zu schnell runtergeschrieben.« Selbst der Titel schien eine Anmerkung zu erfordern, denn Nächte mochten finster, heiß oder endlos sein, aber lasterhaft? Ging das?

Sie fand es bald heraus. Schon für die erste Orgie brauchte sie, bis der Zug die Cotswolds und die West Midlands hinter sich gelassen hatte. Die Handlung war so wirr, dass sie auf ihrer Serviette eine Skizze anfertigte, um nachzuvollziehen, wer sich wo befand, ein komplexes Netz aus Pfeilen und Initialen, wie ein Schaubild der Schlacht von Austerlitz. Lag S jetzt auf oder hinter B, und wo war L und was hielt sie in der Hand? Ein Vibrator wanderte auf wundersame Weise unversehens von der rechten in die linke Hand, und die Autorin benutzte »PVC« und »Latex« wie Synonyme. Marnie war sich ziemlich sicher, dass das nicht dasselbe war, doch als sie die

Begriffe mit Hilfe des Zug-eigenen WLANs überprüfen wollte, erhielt sie die Information, die Suchanfrage *PVC und Latex* sei nicht gestattet.

Sie löschte ihren Suchverlauf; das konnte sie später recherchieren. Unterdessen gab es noch genug andere Baustellen, nicht zuletzt die chaotische Interpunktion – Kommata wie verstreute Rosenblätter, willkürlich gesetzte Ausrufezeichen, die alles in einen Aufschrei verwandelten, Sätze, die ganze Absätze lang waren und dem Text eine halluzinatorische, hypermoderne Intensität verliehen. Marnie war zwar noch nie bei einer Orgie dabei gewesen, aber sie hatte schon einige lektoriert, und auch wenn das natürlich nicht dasselbe war, konnte sie nicht leugnen, dass die Autorin ein Talent dafür hatte, ein Gefühl von Desorientierung und sexueller Konfusion zu erzeugen, so dass man nie genau wusste, wer was mit wem und womit trieb. Anscheinend war die Teilnahme an einer Orgie ein bisschen damit vergleichbar, sich gleichzeitig den Kopf tätscheln und den Bauch reiben zu wollen, nur dass der Kopf und der Bauch zu verschiedenen Personen gehörten und dass es eben nicht der Kopf und der Bauch waren. Fuhr die heiße Zunge von S über Ls salzige Haut, umschloss Ls sinnlicher Mund Bs spitzen Nippel, und war »spitz« in diesem Kontext wirklich das passende Adjektiv?

Als private Leserin würde sie all das möglicherweise antörnen, obwohl es etwas anrüchig und oberflächlich war, doch als Lektorin musste sie eine gewisse professionelle Distanz wahren, und so arbeitete sie sich systematisch durch den Text und stellte sich dabei Fragen wie: Schmeckten die Geschlechtsorgane eines Menschen tatsächlich nach Meer, und wenn ja, war das etwas Gutes? Das hing vermutlich stark vom Meer ab. Der Ärmelkanal wäre wohl keine Gaumenfreude.

Marnie nippte an ihrem Tee. Sie war jetzt seit – o Gott, im Rechnen war sie eine Niete – sechs Jahren mit niemandem mehr im Bett gewesen. Sie wusste, dass das nicht ungewöhnlich war und dass es absolut in Ordnung ging, keinen Sex zu haben, aber als sie die Zahl einmal in Gegenwart von Cleo erwähnt hatte, war der ein »Ach, du Schande« herausgerutscht. Ihre Freundin war mit ihrem Schlafzimmerblick und den zerzausten Haaren immer von einer Aura sexuellen Selbstvertrauens umgeben gewesen; sie prahlte zwar nie direkt, deutete jedoch an, dass sie »in dem Bereich« mehr als zufrieden war. Marnie hatte versucht, es ihr nicht übel zu nehmen, aber das »Ach, du Schande« hatte sie getroffen. Sex sei wie Autobahn fahren, hatte Cleo ihr erklärt. Man könne es nicht ewig aufschieben, sonst werde es zu beängstigend. Marnie hatte ihr auch das leicht übel genommen, denn sie war immer gerne Autobahn gefahren, sie hatte sogar Komplimente für ihren Fahrstil bekommen und würde es jederzeit wieder tun. Etwas, woran nicht mal ihre Ehe etwas geändert hatte.

Aber auf diesem Kurztrip war das vermutlich unwahrscheinlich. Es mochte an der frischen Luft, der abwischbaren Hose oder den in Frischhaltefolie eingewickelten Käsebrötchen liegen, das englische Landleben schien alles andere als aphrodisierend. Der Geruch nasser Wolle, einer nicht ausgewaschenen Thermosflasche, der schale Geschmack von Bonbons … Nein, Sex gehörte in die Städte. Nach Los Angeles zum Beispiel, dort trieben sie es jetzt schon seit dreihundert Meilen, so dass Marnie sich danach sehnte, dass irgendjemand endlich kam, damit sie wieder aus dem Fenster schauen konnte. Doch es ging weiter, Seite für Seite, bis sie Warrington, Wigan und Preston hinter sich gelassen hatten. Marnie bekam Kopfschmerzen. Konnte nicht bitte jemand endlich einen Orgasmus vortäuschen? In Lancaster begannen die Worte ihre Bedeutung zu verlieren. In Oxenholme schrieb sie den Kommentar »zu häufige Wiederholung von ›Schwanz‹«, speicherte die Datei ab und hob den Blick.

Es schien, als hätten sie die Grenze zu einem anderen Land überquert, alles war violett und salbeigrün, und zu ihrer Linken erblickte sie so etwas wie Anhöhen – auch wenn das wahrscheinlich nicht das richtige Wort war –, die sich, kleiner als Berge, größer als Hügel, jäh wie von Kindern gezeichnete Vulkane aus der Landschaft erhoben. Irgendwo dahinter musste sich die Irische See befinden, was bedeutete, dass sie diese Landschaft ebenfalls durchqueren musste, um den Zug nach Hause zu nehmen. Sie griff nach ihren Büchern *A Pictorial Guide to the Western Fells* und *The Central Fells* von Alfred Wainwright, Faksimiles der alten Ausgaben mit handgeschriebenen Texten, einer Prosa, die so schön und solide war wie eine Trockenmauer, und mit schraffierten Illustrationen, die an eine düstere Landkarte von Mordor erinnerten. Bei der Vorstellung, dass sie ihr dabei helfen sollten, den Weg zu finden, musste sie lachen. Sie schlug auf gut Glück eine Seite auf und begann zu lesen, doch die Hollywoodorgie ließ sie nicht los.

Marnie legte die Bücher beiseite. Albern, sie überhaupt mitzuschleppen, es waren nur ländliche Requisiten, der Bruyère-Pfeife nicht unähnlich, die Wainwright auf dem Autorenfoto im Mund hatte. In der Hoffnung, durch die Bäume einen See zu erspähen wie eine Giraffe auf einer Safari, schaute sie aus dem Fenster und unterdrückte den frevelhaften Gedanken, dass der Anblick der Landschaft zwar hübsch, aber nichts Besonderes war. Bald würde der Zug Penrith, dann Carlisle erreichen, wo Marnie umsteigen und in südlicher Richtung die cumbrische Küste hinunterfahren musste. Der frühe Start in den Tag machte sich bemerkbar, und sie schloss die Augen und träumte von klaren Waldbächen, imposanten Granitvorsprüngen und Eichhörnchen in High Heels und mit heißem, sinnlichem Mund.

ANSCHLUSS

Londoner waren immer leicht zu erkennen; ihre Kleidung war zu neu, zu bunt, bestand aus zu vielen Lagen, und ihre Wanderschuhe wirkten fabrikneu und noch nicht eingelaufen. Sie standen auf dem Bahnsteig in Carlisle herum, mit großen Augen, Pioniere, die sich tapfer in den hohen Norden wagten. Der Zug mit den beiden Wagen öffnete seine Türen, damit sie einsteigen konnten, und Michael wartete geduldig hinter einer Frau mit einem Rucksack, der zu groß für sie zu sein schien; die Riemen waren zu lang, so dass das Gewicht sie nach hinten zog. Er überlegte kurz, ob er sie darauf hinweisen sollte.

Aber er durfte nicht den Lehrer raushängen lassen. Er würde mit Erwachsenen reisen, die nichts über Drumlins und Moränen wissen mussten oder wollten. Quietschend setzte der Zug sich in Bewegung, fuhr ratternd vorbei an verrußten viktorianischen Gebäuden, Lagerhallen und der noch jungen Leichtindustrie in den Außenbezirken, dann wurde der Himmel weit wie eine Kinoleinwand, und die Stadt wich Feldern, Höfen und Wäldern. Schräg gegenüber, auf der anderen Seite des Gangs, tippte die Frau mit dem schlechtsitzenden Rucksack geräuschvoll auf ihren Laptop ein; da sie keinen Tisch zur Verfügung hatte, rutschte er ihr immer wieder von der Hose. Was konnte so viel wichtiger sein als die Aussicht? Sie machte jedenfalls ein Riesenaufheben darum, schnalzte missbilligend mit der Zunge, pustete sich genervt den Pony aus der Stirn. Sie hatte ein nettes Gesicht, amüsiert und amüsant, attraktiv und ausdrucksvoll, eine Stadtfrisur (war das ein »Bob«? Er würde es einen Bob nennen) und war stärker geschminkt, als man es bei einer Wanderung erwarten würde; gelegentlich verdrehte sie beim Blick auf den Bildschirm die Augen oder hielt sich die gerötete Wange. Ihm fiel auf, dass sie leicht schwitzte. Und dass er selbst jetzt auch keinen Blick mehr für die Aussicht übrighatte.

Aber er durfte keine Fremden im Zug anstarren, und er musste seine dichterischen Anwandlungen zügeln, obwohl die Namen der Orte, an denen sie vorbeifuhren, durchaus etwas Poetisches hatten: Wigton, Aspatria, Maryport, Flimby. Na los, heb den Kopf, wollte er zu ihr sagen, obwohl die Landschaft – ein alter Industriegürtel zwischen Bergen und Küste, kleine Städte, noch erschöpft vom Winter, mit ungeschützt wirkenden Reihenhäusern, die der Meerblick auch nicht attraktiver machte – nicht besonders schön war, zumindest nicht nach touristischen Maßstäben. Während sie über die kurvige Strecke nach Workington mäanderten, kam der Solway Firth in Sicht, eine wie poliert wirkende, nickelfarbene Wasserfläche, hinter der Schottland lag. Aber die Frau starrte immer noch kopfschüttelnd auf den Bildschirm, hielt sich, ein Auge zugekniffen, die Hand vors Gesicht, als könnte sie den Anblick kaum mehr ertragen. Wenn es so schlimm war, wieso las sie trotzdem weiter?

Der Zug glitt jetzt dicht an den schwarzen Klippen entlang, unter denen in einiger Entfernung das Meer lag. Dann fuhr er durch einen langen, dunklen Tunnel und kam in Corkickle wieder ans Licht, und sie fingen an, ihre Sachen zusammenzupacken. Die Leute aus Cleos Reisetruppe waren, um nicht in aller Frühe aufstehen zu müssen, vorausgefahren und hatten in einem Hotel in St. Bees übernachtet. Sie würden ihn am Strand erwarten; insgesamt wären sie sieben an der Zahl. Cleo und ihr Mann Sam hatten ihren Sohn Anthony dabei, für den, wie beide insistierten, das Wandern kein Problem sein würde. Sam brachte einen alten Freund aus London mit, Cleo zwei alte Freundinnen. »Frauen, aber mach dir keine Sorgen«, hatte sie zu ihm gesagt, als hätte er eine Phobie. Er hatte keine Phobie, es war nur …

Er hatte irgendwo gelesen, dass es Menschen leichter fiel, eine offene Unterhaltung zu führen, wenn sie wanderten, was wohl mit dem nach vorn gerichteten Blick und dem Gehrhythmus zu tun hatte. Er musste auf der Hut sein. Durfte nicht zu freimütig, nicht zu zurückhaltend sein, weder den Lehrer noch den Dichter noch den Nordengländer noch den angegrauten alten Mann aus den Bergen geben; und er durfte nicht zu voreingenommen sein, denn alle Wanderschuhe waren einmal neu gewesen. Er wusste selbst noch nicht genau, welche Rolle er spielen sollte. *Sei einfach du selbst*, hatte Cleo ihm geraten, doch damit meinte sie wahrscheinlich: *Sei so, wie du früher warst*, und das war unmöglich. Früher hatte Nat ihre Freundschaften gepflegt, und Michael musste erst noch lernen, wie man als Ein-Mann-Show funktionierte. In Gesellschaft der anderen würde er sich alle Mühe geben, fröhlich zu wirken, und wenn er das zwei Tage lang durchhielt, konnte er danach allein, unbeobachtet und dadurch unsichtbar, der Nordsee entgegeneilen. Mit fast zweihundert Meilen wäre das die längste Wanderung, die er je unternommen hatte, und sein Rucksack kam ihm unglaublich schwer vor, als er ihn sich auf den Rücken wuchtete. Er würde sich daran gewöhnen, ihm blieb keine andere Wahl, und in neun Tagen würde er sich mit schmerzenden Gliedern, gebräunt von der Frühlingssonne, auf der anderen Seite Englands wiederfinden, würde sein Leben durchdacht, seine Probleme gelöst haben. Es hieß ja immer, nach einem Spaziergang fühle man sich gleich besser, und obwohl sich das meist auf die Verdauung oder unangenehme Gefühle bezog, war es einen Versuch wert.

Der Zug hielt in St. Bees; das Bahnhofsgebäude sah aus wie das einer Modelleisenbahn. Er ließ die Frau zuerst aussteigen, damit sie vorangehen konnte.

Doch draußen auf dem Bahnsteig warf sie einen unnötigen Blick auf die Karte und stand ihm im Weg. *Das Meer ist gleich da drüben. Geh einfach in Richtung Meer.*

»Verzeihung«, sagte er.

»Oh, tut mir leid.«

»Da drüben geht's lang.«

»Ja, ich weiß«, sagte sie leicht gereizt. »Danke.«

Da es unangemessen wäre, einfach neben einer Fremden herzugehen, überholte er sie. »Viel Glück«, sagte er, ohne sich zu ihr umzudrehen, und sie antwortete nicht.

STEINNAMEN

Sie hatte die Irische See an der falschen Stelle vermutet, ihren Fehler jedoch gleich darauf bemerkt. Jetzt eilte sie den Weg hinunter, über den Parkplatz, am Spielplatz und den öffentlichen Toiletten vorbei – sollte sie? *Hör auf, dir über Toiletten den Kopf zu zerbrechen! Sieh dir lieber die Steilküste an! Das Meer!* Gehörten Möwen eigentlich zu den Wildvögeln? Ganz in der Nähe stolzierten einige herum. Sie waren so groß, dass sie fast als kostümierte Menschen hätten durchgehen können, und terrorisierten Pommes frites essende Touristen. Marnie ging weiter und verspürte einen Anflug von Befangenheit, als müsste sie gleich einen Vortrag halten, was auf gewisse Weise ja auch stimmte. Cleo war ihre älteste und beste Freundin, aber gleichzeitig auch ihre erfolgreichste, und die Eigenschaften, die ihr zu diesem Erfolg verholfen hatten – ihr Selbstvertrauen, ihre Direktheit –, wirkten auf Marnie manchmal einschüchternd, als wäre ihre Freundschaft ein Job, um den sie sich ständig neu bewerben musste.

Sie eilte über die Promenade. Obendrein würde sie heute neue Leute kennenlernen – mein Gott, neue Leute. *Hallo! Ich bin Marnie! Schön, dich kennenzulernen!* Ging das so? Sollte sie ihnen die Hand schütteln? Sie umarmen? Knicksen? Seit wann war ihr das so unangenehm? Die Pandemie war daran wohl nicht ganz unbeteiligt. Der erste Lockdown war hart gewesen, aber sie war Single und Freiberuflerin, hatte weiterarbeiten können, hatte niemanden verloren und war fest davon überzeugt gewesen, dass sie wieder unter Menschen gehen würde, sobald die Zeit gekommen war. Aber irgendetwas war in diesen Monaten mit ihrem Selbstbewusstsein passiert, denn selbst, nachdem alle Beschränkungen weggefallen waren, hatte sich ihr Leben kaum verändert.

Es war, als wäre sie aus dem Ausland zurückgekehrt, ohne jemandem davon zu erzählen. Die Schwelle ihrer Wohnung hatte sich in ein hohes Sprungbrett verwandelt; und selbst wenn sie sich traute, worüber sollte sie reden? Gespräche mit anderen erforderten jetzt zusätzliche Aufwärmzeit, in der sie lächeln und reagieren üben konnte, als traute sie ihrem Gesicht nicht mehr zu, automatisch das Richtige zu tun, als müsste sie es von Hand steuern, Hebel betätigen, Knöpfe drücken, aus Angst, sie könne über eine Tragödie lachen oder bei einem Scherz erschrocken das Gesicht verziehen. In Japan und Kalifornien entwickelte man Roboter, die wahrscheinlich natürlichere, spontaner wirkende Reaktionen an den Tag legten als Marnie zurzeit.

Aber jetzt war es zu spät, um einen Rückzieher zu machen. Dahinten standen sie, bei der Bootsrampe: Cleo lachte, jubelte und wedelte hektisch mit den Armen, als wollte sie ein vorbeifahrendes Schiff anhalten. Marnie winkte zurück und ging auf sie zu; Cleo zog sie kurz an sich und hielt sie dann auf Armeslänge von sich weg wie ein Outfit, das sie anprobieren wollte. »Sieh dich nur an! Du bist ja komplett ausstaffiert!«

»Na ja, wir gehen ja auch in die Wildnis, Cleo!«

»Alles in Olivgrün!«

»Ist das zu Ton in Ton?«

»Gar nicht. Du warst noch nie so … wetterfest! Ach, ist das schön, dich zu sehen! Du hast nicht abgesagt!«

»Ich sage ja auch nicht immer ab.«

»Sam meinte, die Chancen stehen fünfzig-fünfzig.«

»Wo ist Sam überhaupt?«

»*Er* hat abgesagt! Ich weiß, kaum zu glauben, oder? Er hatte beruflich zu viel um die Ohren. Außerdem behauptet er, das Landleben bekomme ihm nicht.« Sam war Architekt und beruflich ebenso so erfolgreich wie Cleo; er neigte dazu, die bescheidenen Freunde seiner Frau von oben herab zu behandeln, so dass Marnie einen kurzen, beschämenden Anflug von Erleichterung verspürte, dass er nicht dabei sein würde. »Wie auch immer, die Hauptsache ist – sieh mal, wer da ist!«

Anthony, ihr Patenkind, trat hinter seiner Mutter hervor, und wieder war Marnies Zuneigung mit Schuldgefühlen gemischt. Paten wurden aus einem bestimmten Grund ausgewählt, und ursprünglich hatte Marnie geglaubt, ihre Rolle würde darin bestehen, eine Art Kinder-Bespaßungskünstlerin zu sein und ständig irgendetwas Imaginäres hinter seinen Ohren hervorzuzaubern. Darin hatte sie ziemlich versagt, und nun, da er älter war, hatte sie gehofft, eine Vertraute für ihn zu werden, die witzig-lakonische Freundin seiner Eltern. Doch auch damit hatte sie nur mäßigen Erfolg. Anthony war ein ernster, zurückhaltender Junge, seinen Eltern zufolge ein Mathe-Wunderkind. Schon das Wort »Patentante« hatte etwas Altjüngferliches, und als sie ihn vor anderthalb Jahren zuletzt gesehen hatte, hatte sie sich auch so aufgeführt – hatte große Augen gemacht, als sie von seinen schulischen Erfolgen erfuhr, hatte ihm Geld in die Hand gedrückt und abgedroschene Witze gerissen. *Gib nicht alles für Süßigkeiten aus!* Seitdem war er in die Pubertät gekommen, und sie bemerkte große Pickel auf seiner Stirn und eine Zahnspange, die aufblitzte, als er lächelte. Ihr war bewusst, dass sie ihn besser nicht darauf ansprach, und es wäre peinlich, Bemerkungen darüber zu machen, wie sehr er in die Höhe geschossen war, aber sie musste mit dem arbeiten, was ihr zur Verfügung stand, und so …

»Jetzt sieh einer an, wie groß du geworden bist! Kaum dreht man dir mal eine Minute den Rücken zu …«

»Ein bisschen länger ist es schon her«, warf Cleo ein.

»Komm her!«, sagte Marnie. Doch als sie die Arme ausbreitete und die Furcht in den Augen des Jungen sah, legte sie ihm stattdessen die Hände auf die Schultern und drückte sie fest. »Mein Gott, siehst du gut aus!«, sagte sie und dachte: *Auweia, wie creepy.*

Und wo sie schon bei gut aussehend waren: In dem Moment trat ein Mann vor, der vielleicht der attraktivste war, den sie je gesehen hatte; er sah so unglaublich gut aus, dass sie kurz auflachte, und er lächelte, als wollte er sagen: *Ich weiß, krass, oder?* »Das ist unser guter Freund Conrad«, stellte Cleo ihn vor.

Rückblickend glaubte sie zwar nicht, dass sie ihr Patenkind aus dem Weg geschubst hatte, aber es war nicht ausgeschlossen, dass sie geknickst hatte.

»Freut mich sehr, dich kennenzulernen, Marnie«, sagte er, und seine Stimme klang seltsam hoch, fast so, als würde Helium abklingen. »Ich hab schon eine Menge von dir gehört!«

Sag jetzt bloß nicht: *Hoffentlich nichts Schlechtes*, dachte Marnie, aber anscheinend war es ihr bereits rausgerutscht.

»Ach, *nur* Schlechtes!«, gab er zurück.

»Und was genau?«, fragte sie. Was, wenn er wirklich nur Schlechtes gehört hatte? Er antwortete nicht, und einen Moment lang standen alle nur da und lauschten dem Meeresrauschen.

»Da unten ist noch jemand!«, rief Cleo fröhlich und deutete auf jemanden, der am Wasser stand und die Schuhspitze in die Brandung hielt, als wollte er das Meer zurück an seinen Platz schubsen. Als er sich umdrehte und lächelte, erkannte Marnie den Mann, der im Zug verstohlen zu ihr herübergeschaut und sie später gebeten hatte, aus dem Weg zu gehen. »Das ist Michael, ein Kollege aus der Schule.«

»Freut mich«, sagte er. Er hatte eine tiefe Stimme und sprach mit leichtem nordenglischen Akzent, und alles an ihm, der blaue Seemannspullover, der Bart und die zerzausten Haare, sah selbst gestrickt aus.

»Hallo, Michael!« Marnie ging mit ausgestreckter Hand die Bootsrampe hinunter. Er hatte feuchte Kiesel in der Hand, die er verwirrt ansah, ehe er sie wegwarf. »Kein Grund, alles wegzuschmeißen!«, sagte sie. Er lachte, schüttelte ihr die Hand und suchte dann weiter mit der berührenden Konzentration eines Muscheln sammelnden Kindes den Boden ab. »Hast du deinen Schlüssel verloren?«

»Hm? Nein, ich such nur nach einem Stein.«

»Tja, da bist du ja genau am richtigen Ort!«, sagte sie fröhlich. Dann: »Wozu brauchst du den?«

Er biss sich auf die Lippe, verzog das Gesicht. »Es ist ein bisschen peinlich, es zuzugeben. Ist halt so eine alberne Tradition.«

»Worum geht's?«

»Wenn man einmal quer durchs Land wandert, soll man die Zehen ins Wasser tauchen, sich einen Stein suchen und ihn zur anderen Küste mitnehmen.«

»Michael will bis zur Nordsee weiterwandern«, erklärte Cleo. »Wie ein Irrer.«

»Oh. Wow – echt?«

»Zweihundert Meilen!«, fügte Cleo hinzu.

»Hundertneunzig«, sagte der Mann. »So um den Dreh.«

»Du weißt, dass es für so was Züge gibt, Mann?«, fragte Conrad. »Du könntest auch ein Taxi nehmen, oder den Bus …«

Der andere Mann zuckte die Schultern. »Ich geh eben gern zu Fuß«, sagte er bescheiden, und Marnie bemerkte, dass er etwas Altmodisches, Zerknittert-Würdevolles an sich hatte, wie der Anführer einer zum Scheitern verurteilten Expedition. War diese Wanderung eine zum Scheitern verurteilte Expedition?

»Dir ist schon klar, dass du mit dem Auto in, keine Ahnung, vier Stunden da wärst?«, fragte Conrad, doch der andere Mann, dessen Name ihr schon wieder entfallen war, suchte bereits weiter den Strand ab.

»Ich nehm mir auch einen«, sagte Marnie, sprang von der Bootsrampe und begann, Steine mit dem Fuß umzudrehen.

Der Mann runzelte die Stirn. »Das brauchst du nur zu machen, wenn du die gesamte Strecke gehst.«

»Was, wenn ich mich verlaufe? Außerdem möchte ich ihn als Souvenir mitnehmen.« Sie hob einen kleinen Stein auf, wischte ihn mit dem Daumen sauber. »Wonach suchen wir genau? Was macht einen guten Stein aus? Einer ist doch bestimmt so gut wie der andere.«

»Hübsche Farbe. Nicht zu groß.«

»Am Ende ist man immer enttäuscht, wenn man sie mit nach Hause nimmt, nicht?«, fragte sie und fügte dann seltsamerweise hinzu: »Wie Männer.«

»Das liegt daran, dass sie trocknen«, sagte der Mann. »Sie verlieren ihren Glanz.«

»Wie Männer«, sagten sie fast gleichzeitig und schmunzelten.

»Dieser hier nicht«, sagte er und hielt mit Zeigefinger und

Daumen einen glatten, grauen Stein mit einem schmalen weißen Streifen hoch. »Nicht zu auffällig. Dezent, klassisch. Ein abgerundeter Dolerit.«

»So was weißt du? Oh Mann, ich kann nicht mal Vögel ohne nachschlagen bestimmen. Abgerundeter Dolerit. Nett. Okay, was ist das hier für einer?« Sie zeigte ihm ihren Stein, der ungefähr die Größe, Form und blassrote Farbe einer Supermarkt-Himbeere hatte.

»Roter Sandstein. Typisch für die Region. Sind dir die vielen roten Gebäude hier in der Gegend aufgefallen?« Sie zuckte die Schultern, als wollte sie sagen: *Was für eine Frage.* »Sandstein ist weich, leicht zu bearbeiten. Das da ist Sedimentgestein, meiner hier ein Subvulkanit.«

»Und das bedeutet …?«

»Deiner ist langsam, Schicht für Schicht, entstanden, meiner kommt aus einem Vulkan.«

»Mist, jetzt will ich deinen haben.« Und an den Stein gerichtet, den sie in ihrer Hand drehte wie eine Bauchrednerpuppe, sagte sie: »Sieh dich doch nur an. Wieso kommst *du* nicht aus einem Vulkan?« Sie riss sich zusammen. »Sorry. Jetzt rede ich schon mit Steinen. Tut mir echt leid.«

Er schenkte ihr ein, wie sie es sah, »Danke-aber-nein-danke«-Lächeln. »Gute Wahl«, sagte er und wischte sich die feuchten Hände an den Haaren ab. »Du solltest dich von deiner Intuition leiten lassen. Behalte ihn.«

»Mache ich«, sagte sie und verstaute den Stein in einer ihrer unzähligen Taschen. »Ich tauche auch die Zehen ins Wasser. Für alle Fälle«, und sie ging zum Meer und hielt kurz die Spitze ihrer Sohle in die Brandung, wobei sie darauf achtete, dass ihre neuen Wanderstiefel nicht schon vor dem Aufbruch nass wurden.

LEUCHTTURM

Sie schulterten ihre Rucksäcke und fingen an, auf abgenutzten, im Zickzack verlaufenden Holzstufen die Klippen zu erklimmen. Vor ihnen lagen fünfzehn Meilen, aber wenn sie die Steilküste erst einmal hinter sich hatten, ging es nur noch über Ackerland, durch ein paar kleinere Ortschaften und Schonungen, und danach gab es nur noch eine größere Steigung. Er lief voran, teils, um das Tempo vorzugeben, teils, um sich selbst ins Gewissen zu reden.

Rede mit ihnen, rede mit ihnen, rede mit ihnen. Absurd, dass ihm das so schwerfiel. Vor einer Klasse von dreißig Jugendlichen hatte er normalerweise keine Probleme, selbstbewusst, eloquent, oft einnehmend, manchmal sogar witzig zu sein, und diese Leute waren doch sicher ein dankbareres Publikum. Doch stattdessen hatte er von Vulkan- und Sedimentgestein gefaselt, hatte sofort den Erdkundelehrer heraushängen lassen, und mit Conrad, der die Wanderung seinen neuen Turnschuhen und der Skinny Jeans nach zu urteilen nicht ernst nahm, war es kaum besser gelaufen. Er hörte im Geiste die Stimme seines Vaters – *was für ein Angeber* –, nahm sich jedoch vor, aufgeschlossen zu bleiben. Trotzdem, die erste Begegnung mit anderen Männern war fast immer von Konkurrenz und Misstrauen getrübt, der Händedruck ebenso angespannt wie das Lächeln, und er fragte sich, ob Männer ab einem gewissen Alter überhaupt noch dazu in der Lage waren,

Freundschaft zu schließen. Das Zeitfenster dafür war klein und schien mit zunehmendem Alter immer mehr zu schrumpfen. Ein neuer Freund mit über vierzig? Das wäre wohl eine ziemlich seltsame, unbehagliche Beziehung.

Galt das auch für Freundschaften mit Frauen? Er würde es wohl nie erfahren. Als er einen Blick über die Schulter warf, sah er, dass Conrad und die Frau, die mit ihrem Stein gesprochen hatte, schon an Szenen für ihre Erinnerungs-Slideshow arbeiteten; der Mann erzählte irgendetwas, die Frau lachte und gab ihm einen spielerischen Klaps auf den Arm. In den Fluren und Aufenthaltsräumen seiner Schule war solches Geflirte kein ungewöhnlicher Anblick, aber wie bei einer Schulaufführung war es unterhaltsamer, dabei zuzusehen als mitzumachen, und er war heilfroh, dass die andere Frau zu Hause geblieben war. »Seht euch die Aussicht an!«, rief Cleo von hinten, und alle drehten sich um und betrachteten die Stadt, den Strand, das schimmernde Meer und dahinter die in ihren eigenen grauen Dunst eingehüllten Schornsteine von Sellafield.

»Gefällt mir, besonders das Atomkraftwerk!«, rief Conrad. »Sehr malerisch!«

Michael schätzte das Gefälle auf zehn Prozent. Ein kräftiger Schubs, und Conrad würde den ganzen Weg zum Parkplatz hinunterrollen.

Sie folgten dem gewundenen Pfad, der sie wie in einer langsamen Achterbahnfahrt über die Klippen führte. Die anderen fanden sich zu Zweier- oder Dreiergrüppchen zusammen, als sie in die Fleswick Bay hinunterstiegen, ein eindrückliches Beispiel für Küstenerosion, auch wenn er das wohl besser für sich behielt. Bald kam, strahlend weiß in der Mittagssonne, ein Leuchtturm in Sicht. Leuchttürme mochte doch eigentlich jeder, besonders Kinder.

»Hey! Warte doch mal!«, rief Cleo ihm nach, während sie ihn einzuholen versuchte.

»Siehst du den Leuchtturm da?«, fragte er.

»Das hohe weiße Ding?«, fragte sie keuchend und stützte neben ihm die Hände auf, als müsste sie ihre Kniescheiben festhalten. »War mir komplett entgangen. Sehr hübsch.«

»Möchte Anthony ihn sich mal genauer ansehen?«

»Lass mal. Aus dem Leuchtturmalter ist er raus.«

»Schade. Ich liebe Leuchttürme.«

Sie richtete sich auf. »Vielleicht kann man sich für so was wieder begeistern, wenn man älter wird.«

»Ich wollte ihm nur etwas Unterhaltung bieten.«

»Er ist dreizehn, Michael.«

»Mich hätte so was mit dreizehn interessiert.«

»Na, das glaube ich sofort. Aber sag mal, du redest schon auch mit den anderen und rennst nicht einfach nur voran, oder?«

»Mache ich später. Ich muss nur erst noch, du weißt schon, auftauen.«

»Es sind nur zwei Leute dabei, die du noch nicht kennst.«

»Ich weiß. Ich mach's schon noch!«

Nach einer Weile sagte Cleo: »Schade, dass Tessa nicht mitkommen konnte. Sie hätte dich wirklich gern kennengelernt.«

»Ein andermal.«

»Ich meine, wir haben nie darüber geredet, aber ich wette, sie ist ein Leuchtturm-*Freak*. Ich lade euch beide mal zum Essen ein.«

Er seufzte. »Ich dachte, ich hätte gesagt ...«

»Erinner mich noch mal.«

»– kein Verkuppeln.«

»Ach, komm schon, was soll ich denn machen? Der Tag ist lang. Ich brauche irgendwas, um mich von all der …« – sie deutete auf die Landschaft ringsum – »… all der *Natur* hier abzulenken.«

»Du könntest die zwei da im Auge behalten.« Er blickte vielsagend zu der Frau aus dem Zug und Conrad hinüber, der gerade gegen einen Maulwurfshügel trat.

»Hm. Bei Conrad bin ich noch nicht sicher. Er ist ein netter Kerl, sagt zumindest Sam. Ich bin da eher skeptisch. Ich glaube, er ist eher auf eine schöne als auf eine lange Zeit aus, wenn du verstehst.«

»Keine Ahnung.«

»Du dagegen bist eher der Typ für eine lange als für eine schöne Zeit.«

»Du spielst mit unseren Gefühlen.«

»Wie eine Puppenspielerin. ›Was Fliegen sind den müß'gen Knaben …‹« Cleo war Englischlehrerin, und manchmal rutschten ihr Shakespeare-Zitate raus. »Wirklich schade, das mit Tessa. Wenn ich überlege, was hätte sein können …«

»Da geht's lang.« Der Weg führte jetzt ins Landesinnere. »Verabschiede dich vom Meer.«

»Also sind wir bald am Ziel?«

»Siehst du den Hügel da hinten?« Er deutete auf eine baumbewachsene Anhöhe, einen Ausläufer der dahinterliegenden Berge, der noch unglaublich weit entfernt zu sein schien. »Bis da müssen wir, auf die andere Seite.«

»Was, echt jetzt? Willst du uns umbringen?«

»So sehen zehn Meilen nun mal aus. Dahinter liegen die Seen.«

»Sind wir bald da?«, rief Anthony, der ihnen hinterhertrottete.

»Fast, Schätzchen«, rief Cleo zurück, »es ist nicht mehr weit.« Dann sagte sie zu Michael: »Er ist ein bisschen eingeschnappt. Eigentlich wollte er was mit seinen Freunden unternehmen.«

»Das hier ist doch viel besser«, sagte Michael.

»Ach, glaubst du wirklich?«, fragte Cleo und lachte, während sie dem Meer den Rücken kehrten.

HOBBYS UND INTERESSEN

Conrad erzählte ihr, wie schrecklich die Nacht im Hotel gewesen war.

»Ich musste die Handtücher zurückgehen lassen, weil sie, na ja, das willst du lieber nicht wissen. Und die Bettwäsche war aus Nylon, Polyester, was auch immer, so dass man einen gewischt bekommen hat, wenn man sich zu viel bewegt hat. Einen richtig krassen, wie von einem Elektroschocker, drei-, viermal in der Nacht. Hätte ich mit jemandem Sex gehabt, hätten wir vermutlich einen tödlichen Stromschlag abgekriegt.«

Flirtete er etwa mit ihr? Es klang fast so. Sie entschied sich für eins ihrer Beinahe-Wörter und entgegnete: »Up«.

»So was bin ich nicht gewöhnt. Ich mag nette Hotels, die etwas …«

»Luxuriöser sind?«

»Genau. Unwahrscheinlich, dass ich in der Gegend hier auf meine Kosten komme.«

»Aber es ist doch wunderschön.«

»Ja!«, sagte er und sah sich etwas erschrocken um, als hätte er es gerade erst bemerkt. »Ist es.«

»Seht euch die Aussicht an!«, rief Cleo, die voranging. Sie schauten zurück auf die Stadt.

»Gefällt mir, besonders das Atomkraftwerk!«, rief Conrad zurück. »Sehr malerisch!«

»Pfö«, sagte Marnie leise. Sie spürte, wie ihr am Haaransatz der Schweiß ausbrach; schwer zu sagen, ob es am anstrengenden Aufstieg oder der angestrengten Konversation lag. Wieso klang ihre Stimme so seltsam? Vielleicht war es die Akustik hier draußen. Wie lange hatte sie sich schon nicht mehr mit jemandem im Freien unterhalten – drei, vier Jahre? War das möglich? Aber sie musste sich konzentrieren, er stellte ihr eine Frage.

»Du bist also mit dem frühen Zug angereist?«

»Aus London. Ja. War sehr nett. Ich musste zwar arbeiten, aber …«

»Wo wohnst du denn in London?«

»In Herne Hill.«

Er runzelte die Stirn. »Gehört das überhaupt noch zu London?«

»Hey!«, sagte sie und rang sich ein Lachen ab, obwohl sie sich dafür verabscheute. »Es liegt an der Grenze zu Zone 2!«

»Aber es ist Südlondon.«

»Ja.« Sollte er sie nicht nach ihrer Arbeit fragen? »Na und? Wo wohnst du denn?«

»Kensington«, antwortete er.

»Beim Museum, dem Palast …«

»Westlicher. Barons Court«, sagte er, und beide fällten wortlos ihr Urteil, wie es Londoner zu tun pflegen, und stellten sich den Weg vor, den sie nehmen müssten, falls es erforderlich werden sollte. Schwierig, überirdisch nach Victoria, dann mit der District Line, oder war es die Piccadilly Line? Besser, sich keinen Kopf darum zu machen. Sag was.

»Ist dir schon mal aufgefallen, dass man Barons Court ohne Apostroph schreibt? Warum ist das so, hast du eine Idee?« Doch anscheinend wusste er darüber auch nicht mehr, obwohl er dort lebte, und so fragte sie stattdessen: »Und, was machst du so beruflich, Conrad?« Gleichzeitig dachte sie: *O Gott, wieso fragst du ihn nicht gleich nach seiner Sozialversicherungsnummer?* Dies war der Anmeldeformularteil der Unterhaltung: Name, Adresse, Geburtsort, Ausbildung und derzeitige Arbeit. Waren diese Punkte abgehakt, konnten sie zum gewichtigeren, emotionaleren Teil übergehen, den Hobbys und sonstigen Interessen. *Lesen, ins Kino gehen, Leute treffen.* Obwohl, na ja, das mit dem Leute-Treffen war mal.

»Ich bin Pharmazeut«, sagte er. »Ich führe eine kleine Apotheke in West Brompton«, und sie hatte einen netten Mini-Tagtraum, in dem er ihr lächelnd eine weiße, zugetackerte Papiertüte reichte, die vielleicht eine Salbe oder Schlaftabletten enthielt.

»Also, äh, hast du Zugang zu gutem Stoff«, sagte sie mit zusammengekniffenen Augen und in zwielichtigem Ton. »Eeecht guuuutem Stoff.«

»So was ist gesetzlich geregelt.«

»Ja, ja, das *sagst* du, aber ich wette, hin und wieder fällt was auf den Boden.«

»Nein, auf keinen Fall«, sagte er streng, »wir nehmen die Vorschriften sehr ernst.«

»Oh, okay. Okay. Ich wollte nicht andeuten …«

»Und außerdem, was soll ich mit den Blutverdünnern von irgendeinem alten Sack? Nein, wir sind sehr genau bei der Warenbestandsüberprüfung.«

»Tja, gut«, sagte sie mit Nachdruck, »das ist sehr, sehr gut.« Sie überlegte, wann sie diese Erfahrung schon einmal gemacht hatte, wann sie zuletzt panisch improvisiert hatte, nur um geprüft, beurteilt und leicht abgekanzelt zu werden, und ihr fiel ein, dass es bei einem Date gewesen war; dies war ein

Date, nur dass sie sich diesmal nicht in einem Tapas-Restaurant in Clapham befand, sondern mit einem Kleiderschrank auf dem Rücken in der Wildnis ausgesetzt worden war. Selbst schuld. Sie hatte Cleo zwar gebeten, sie nicht zu verkuppeln, hatte es aber ungefähr so ernst gemeint wie ein Kleinkind, das behauptet, nicht gekitzelt werden zu wollen, und jetzt zahlte sie den Preis dafür. Abrupt ermahnte sie sich: Genieß es. Genieß dieses Gespräch in der echten Welt. Er war mit seinen strahlenden Augen und dem sinnlichen Mund ein fast absurd attraktiver Mann, und Apotheker war ein angesehener und verantwortungsvoller Beruf. Er war sportlich und gepflegt, und der leichte Zugang zu Pflegeprodukten machte sich sichtlich bezahlt, denn seine Haut sah unglaublich glatt aus, wie unberührt von der Zeit und vom Leben, als wäre er seine eigene Actionfigur. Hätte er sich das Gesicht abgezogen wie eine Maske, wäre sie nicht überrascht gewesen.

»Alles in Ordnung?«, fragte er, und ihr wurde bewusst, dass sie ihn angestarrt hatte.

»Schau mal, ein Leuchtturm!«, sagte sie. »Wir gehen buchstäblich *Zum Leuchtturm*!«, und als keine Reaktion kam, fügte sie hinzu: »Ich wäre bestimmt eine gute Leuchtturmwärterin. In meiner Kindheit war das mein Traumjob, man kann die ganze Zeit in einer kleinen runden Wohnung rumhängen, mit runden Tischen, runden Teppichen …«

»Du hast anscheinend viel darüber nachgedacht, Marnie.« Es klang nett, wenn er ihren Vornamen aussprach.

»Ich wäre eine Einsiedlerin mit Schiebermütze, Strickpulli und einer Pfeife im Mund, würde das Wetter im Auge behalten, dafür sorgen, dass das Licht immer brennt, und hätte jede Menge Zeit zum Lesen. Wahrscheinlich gehört mehr dazu, als Glühbirnen auszuwechseln und zu lesen, aber …«

»Du liest viel, hm?«

»Ich mache praktisch nichts anderes.«

Sie wollte »heutzutage« hinzufügen, aber eigentlich war es schon immer so gewesen. »Als ich noch ein Kind war, wollten meine Eltern sogar, dass ich weniger lese. Sie dachten, ich würde zu wenig rausgehen. Du weißt schon, shoppen, bei Freundinnen übernachten, was mit anderen unternehmen.«

»Hat dir das keinen Spaß gemacht?«

»Doch, schon. Aber lesen hat mir mehr Spaß gemacht.«

Sie ging nicht weiter darauf ein, und beide schwiegen; vielleicht hatte es wirklich an Besessenheit gegrenzt, wie sie die Regale der örtlichen Bibliothek leer gelesen hatte: von Blyton über Jansson und C.S.Lewis bis hin zu P.G.Wodehouse, Christie, du Maurier und den Brontës, sie hatte immer querbeet gelesen, aber auch mit Leidenschaft, so dass sogar ihre Abneigungen leidenschaftlich waren. Dickens fand sie albern und didaktisch wie einen Lehrer, der lustige Stimmen nachmacht, aber es gab ja noch Jane Austen, Sue Townsend, Ursula K.Le Guin und Jean M.Auel. Samstagvormittags hatte sie immer ihre Bibliotheksbücher – die maximal ausleihbare Anzahl – zurückgebracht, hatte sie auf die Theke gelegt wie eine Glücksspielerin, die ihre Chips einlöst. Bücher hatten sie durch das Puppenstadium im Alter von dreizehn bis sechzehn begleitet, in dem sie mit ernst gerunzelter Stirn Franz Kafka und Virginia Woolf, John Irving und Maeve Binchy verschlang, eine Vielleserin, die keinen Unterschied zwischen Jilly Cooper und Edith Wharton machte. Es gab zwar auch Geschichten in Film und Fernsehen und wenig später das unendliche Drama des Internets, aber das waren laute, soziale Aktivitäten. Ein Buch zu lesen war etwas Privates, Intimes, etwas, worin man sich einhüllen konnte wie in eine Decke.

Vielleicht wären ihre Eltern weniger besorgt gewesen, wenn sich ihre Lektüren auf ihre Schulnoten ausgewirkt hätten, aber sie war nur eine durchschnittliche Schülerin. Englisch war ihr bestes Fach, und an einem Herbstabend, an den sie sich nur zu gut erinnerte, hatten ihre Eltern mit ihr über ihre Studienmöglichkeiten gesprochen. Ja, Marnie las viel, aber Lesen war nur ein Hobby, kein Beruf, und ja, es gab auch Fächer wie Literaturwissenschaft, aber wer wollte schon drei Jahre etwas studieren, was man umsonst tun konnte? In den Romanen, die Marnie verschlang, mochten Eltern wild, glamourös, unkonventionell, charakterlich komplex, böse oder abweisend sein. Doch ihre eigenen waren verlässliche, vorsichtige, konservative Menschen, zu ängstlich, um sich zu verschulden, und bescheiden in ihren Ansprüchen an sich selbst und an ihr Kind. Und obwohl Marnie im Stillen ein paar Tränen vergoss, war es beschlossene Sache. Fürs Erste sollte sie arbeiten gehen.

Manchmal fragte sie sich, was hätte sein können, wenn sie beharrlich geblieben wäre, für ihre Sache gekämpft, ihre Enttäuschung offen gezeigt hätte, statt heimlich in ihrem Zimmer zu weinen. »Wir haben uns an der Uni kennengelernt« war ein Satz, den man ständig hörte, und womöglich wäre diese Version ihres Lebens erfüllter und dichter bevölkert gewesen. Vielleicht entspann sich diese Geschichte gerade irgendwo in einer anderen Parallelwelt, doch es brachte nichts, darüber nachzugrübeln. Es ihren Eltern übelzunehmen, dass sie Marnie kein Studium ermöglicht hatten, erinnerte zu sehr an den Vorwurf »Wieso hast du mir kein Geschenk mitgebracht?« – ein bitterer kleiner Groll.

Schließlich war ihre Kindheit nicht unglücklich gewesen, zumindest nicht direkt; sie war einfach nur solide, vorstädtisch und statisch wie das Thermostat im Flur, das sie nicht anrühren durfte, und wenn sie sich manchmal wünschte, ein Waisenkind zu sein, dann nur, weil es mehr erzählerisches Potenzial hatte. An keinem Punkt in ihrem Leben waren ihre Eltern um- oder ins Ausland gezogen, in der Öffentlichkeit laut geworden, hatten Geld verspielt, ihr Konto überzogen, die Arbeit gewechselt, Affären gehabt, falsch geparkt oder sich in der Öffentlichkeit betrunken, und obwohl sie irgendwann einmal Sex gehabt haben mussten, wurde dies so sorgfältig vertuscht wie ein Mord. Marnie war der einzige Beweis, und auch wenn sie immer gespürt hatte, dass ihre Eltern einander und vermutlich auch sie liebten, schienen sie keinen Grund zu sehen, es laut auszusprechen. Marnie liebte sie ebenfalls, ungeachtet der Tatsache, dass sie ihretwegen oft die Augen verdrehte, und ihre Eltern sorgten sich ihrerseits um sie und beschützten sie vor allem, was ihnen zu kompliziert erschien: Krankheit, Sex, Unglück und sämtliche bedeutungsvolleren menschlichen Gefühle.

Ein typisches Einzelkind hatte Neil, ihr Ex-Mann, sie genannt, unter welchen Umständen, wusste sie nicht mehr. Vielleicht war Marnie zu still gewesen, hatte eine Party früher verlassen oder war ins Bett gegangen, um zu lesen. Möglicherweise hätten ein, zwei Geschwister für mehr Lärm, mehr Konflikte, aber auch mehr Zuneigung im Haus gesorgt, aber ihr hatte all das nie gefehlt, sie hatte es geliebt, den Rücksitz im Wagen und die Geschenke an Weihnachten ganz für sich zu haben. Zu dritt hatten sie perfekt aufs Sofa gepasst, und wenn Marnie die Nase voll gehabt hatte, war sie mit einem Buch nach oben geschlichen.

»Hast du als Kind viel gelesen?«, fragte Marnie Conrad jetzt.

»Weniger. Ich stand eher auf Sport. Fußball, Cricket.«

Darüber mochte sie nicht reden. »Und heute? Liest du heute?«

»Klar. Wirtschaft, Business, Sportpsychologie.«

»Keine Romane?«

»Ich verschwende meine Zeit ungern mit erfundenen Dingen.«

Darauf hätte sie eine Menge erwidern können, sagte jedoch nur: »Weißt du, ich hab noch nie was über Sportpsychologie gelesen. Geht's darum, wie man gewinnt und so?«

»Wie man Selbstvertrauen und Durchhaltevermögen aufbaut, sich Ziele setzt. Wie man alles gibt!«

»Es muss schwer sein, ein ganzes Buch darüber zu schreiben, wie man alles gibt. Hat schon mal jemand eins darüber geschrieben, wie man, du weißt schon, einfach nur macht, was man an dem Tag so schafft? ›Bronze ist voll okay!‹« Hier stolperte sie über einen der Erdhügel, die die ansonsten vollkommene grüne … *Grasnarbe* sprenkelten. War das das richtige Wort? »Maulwurfshügel! Die hab ich bisher nur in Cartoons gesehen.«

»Mensch, du bist ja echt ein Stadtmädchen.«

»Tja, Grenze Zone 2. Ich dachte immer, wenn man einen Maulwurfshügel schnell genug aufbuddelt, sieht man einen Maulwurf. So wie wenn man ein gekochtes Ei köpft, nur …« Und an dieser Stelle imitierte sie mit gen Himmel gereckter Nase, zusammengekniffenen Augen und gebleckten Zähnen einen Maulwurf, die Hände wie Schaufeln unter das Kinn gelegt. Gib alles!

»Sollen wir mal nachschauen?«, fragte er, rannte auf den nächsten Maulwurfshügel zu und trat dagegen, so dass die Erde in alle Richtungen stob. Nun, da er sich die Mühe gemacht hatte, schien es unhöflich, nicht hineinzusehen. »Nada. Nichts als Erde«, sagte er und wischte seinen Turnschuh am Gras ab.

»Und noch ein Kindheitstraum dahin«, sagte sie und ging weiter in dem Gefühl, dass es ein Fehler gewesen war, einen Maulwurf nachzuahmen.

MENSCHLICHE GEOGRAPHIE

Sie gingen weiter landeinwärts, über Felder und Höfe. Michael, der die Gruppe anführte, hob zum Gruß die Hand, wenn sie Landarbeitern begegneten, als wollte er sagen: Ja, wir sind Touris, bitte haben Sie Nachsicht. Sie durchquerten kleinere Städte, alte Bergarbeitersiedlungen, die nie einen richtigen Ersatz für ihre frühere Existenzgrundlage gefunden hatten; still und melancholisch lagen die Reihenhäuser in der Nachmittagssonne.

»Wo sind denn alle hin?«, fragte die Frau aus dem Zug.

»Vielleicht hält man hier Siesta, wie in Barcelona«, sagte Conrad, und Michael spürte, wie sein Lehrerinstinkt sich regte. Städte entstanden nicht einfach aus dem Nichts. Es brauchte eine Quelle, einen natürlichen Hafen oder ein Zinnerzvorkommen, und wenn diese ihre Bedeutung verloren, zeigte sich der Mangel deutlich. Er dachte an seine eigene Heimatstadt; sein Vater hatte sein ganzes Leben lang in einer Druckerei gearbeitet, in der keine Bücher, sondern Broschüren, Kataloge, Verzeichnisse und Kalender hergestellt wurden. Er hatte seine Laufbahn als Lehrling in der Fabrikhalle begonnen und war später in die untere Führungsebene aufgestiegen. Alle Väter hatten dort gearbeitet, manche Mütter ebenfalls, und das Schicksal der Druckerei spiegelte den Verlauf von Michaels Kindheit wider: Die Sicherheit und der Wohlstand der frühen Jahre waren der Ungewissheit und

Existenzangst seiner Jugend gewichen, als das Unternehmen ins Straucheln geriet. Telefonbücher und Kataloge – da hätten sie ebenso gut Kutschenräder herstellen können, und als auch das letzte Fitzelchen der Produktion ins Ausland verlegt worden war, verlor die gesamte Stadt ihre Daseinsgrundlage. Wie ein schrottreifer Wagen begann sie zu zerfallen, Geschäfte und Pubs wurden geschlossen, und im Stadtzentrum herrschte eine so aggressive Stimmung, dass die Leute lieber zu Hause blieben. Sein Vater, der lange unter dem Stress gelitten hatte, die Firma am Laufen zu halten, wurde nach ihrer Schließung von Schuldgefühlen geplagt. Die ganze Zeit zu Hause zu bleiben war unerträglich für ihn, und so trieb sich sein Dad oft den ganzen Tag im Peak Distrikt herum. Seine Mutter, eine Klavierlehrerin, die früher ebenso glamourös und fröhlich gewesen war wie sein Vater ungehobelt und verschlossen, unterrichtete bei ihnen zu Hause und war bemüht, ihre wenigen Schüler zu halten, doch auch sie schien immer kleiner zu werden, zu verblassen. Michaels jüngerer Bruder, der nicht so gut in der Schule war wie er, hatte immer erwartet, Arbeit in seiner Heimatstadt zu finden; er war wie vor den Kopf gestoßen und schien es Michael übel zu nehmen, als dieser bei erstbester Gelegenheit flüchtete.

Seine Eltern hatten immer nach Höherem gestrebt: Sie besaßen ein hübsches Haus in einem ruhigen Wohngebiet, machten Urlaub in Spanien und sogar Florida, besuchten Dinnertanzpartys beim Oberbürgermeister, waren bekannte Gesichter in der Kirche und der Stadthalle, und nun sollte der erste Bradshaw studieren gehen. Doch als Michael seine Koffer packte, hatte er das Gefühl, sich unter Einsatz seiner Ellbogen einen Weg in ein Rettungsboot zu bahnen. Beim Feiern oder Flirten in Studentenbars musste er manchmal unvermittelt an seine Eltern denken, doch er beruhigte sich damit, dass sie einfach in den Ruhestand gehen könnten.

Sein Vater war zweiundvierzig gewesen, als er seine Arbeit verlor, im selben Alter wie Michael heute. Weder besonders jung noch besonders alt, doch zu alt, um neu anzufangen, und zu jung, um ans Aufhören zu denken; die Zukunft weit und beengt zugleich. *Sie können doch einfach in den Ruhestand gehen.* Heute schauderte er bei dem Gedanken daran, wie kaltschnäuzig er die Abstiegsängste seiner Eltern abgetan hatte, auch wenn er wusste, dass diese Sorgen auch ein Grund für seine eigene Berufswahl gewesen waren. »Lehrer werden immer gebraucht«, hatte sein Vater gesagt, denn er wusste, wie es war, nicht mehr gebraucht zu werden. Damals hatte Michael geglaubt, sein Vater wäre stolz auf ihn, aber wahrscheinlich war er auch erleichtert gewesen.

Während sie weitergingen, überlegte er, seinen Vater später anzurufen und ihm die Route und ihr Vorankommen zu beschreiben –, egal, wo Michael wandern ging, sein Dad war immer schon dort gewesen, war weiter gekommen, und das bei schlechterem Wetter. Seine Eltern fragten ihn zwar nicht mehr, ob er mit Natasha gesprochen hatte, trotzdem war es sicherer, sich auf Erkundigungen zu beschränken, was es bei ihnen zum Tee geben würde. Seinen Vater würde er fragen: Was macht Mums Arthritis? Und seine Mutter: Wie geht's Dads Füßen? Auf diese Weise ließ sich jedes ernsthafte Gespräch vermeiden.

Sie durchquerten jetzt eine Schonung für Koniferen, die alle identisch aussahen, eine in großem Stil angelegte Legebatterie für Bäume, wenn man so wollte, aber am Ende des Weges, von Bäumen eingerahmt und von Sonnenstrahlen beschienen wie auf einem Kirchengemälde, erhob sich ein großer, goldener Hügel. Mit seinem besten Reiseleiterlächeln drehte Michael sich zu den anderen um. »Und? Wie läuft's so bei euch?«

»Geht's gleich etwa wieder bergauf?«

»Wie lange denn noch?«

»Ich pack keine Steigung mehr.«

»Hat noch jemand Wasser für mich? Meins ist alle.«

Er hörte die Stimme seines Vaters: *Junge, Junge, was für ein Haufen.* »Na schön, liebes Team«, sagte er, »noch ein schneller Marsch zum Gipfel, dann geht's bergab zu den Seen. Zwei Stunden.«

»Da ist was an meinem Schuh. Was Gelbes. Wow. Mann, stinkt das.«

Er ging zu Anthony und legte ihm die Hand auf die Schulter. »Wie geht's dir, Kumpel? Alles okay?« Der Junge rieb sich die Stirn und nickte düster. »Du hältst dich super.« Dann gingen sie weiter durch den schattigen Wald auf den goldenen Hügel zu.

FÜNF FEUERLÖSCHER

Merke: Es war ein Riesenunterschied, wie körperliche Anstrengung dargestellt wurde und wie sie sich tatsächlich anfühlte. Auf Plakaten, in Werbespots für Sportkleidung und in Filmen schien es nichts Aufregenderes, ja Berauschenderes zu geben als Stretching, brennende Muskeln, einen hämmernden Herzschlag, der das Blut durch die Adern pumpte, eine siegreich in die Luft gereckte Faust und den Moment danach, in dem man, die Hände auf die Knie gestützt, dastand, während der Schweiß auf die Aschenbahn tropfte. Die Ähnlichkeit mit Sex war kein Zufall. Wer würde das *nicht* wollen?

In der Realität bedeutete sie dagegen körperliche Beschwerden und sogar Schmerzen. Atmen geschah normalerweise unbewusst, doch nun fiel es Marnie plötzlich unglaublich schwer, als hätte sich ihr Sport-BH in einen Schraubstock verwandelt. Auf halbem Weg den Berg hinauf hatte sie das Gefühl, durch ein Kissen zu atmen, in ihrer Lunge rasselte es, und ihr Herz klopfte so heftig, als versuchte es, sich einen Weg aus ihrem Brustkorb zu bahnen. Fühlte sich so ein Herzinfarkt an? In einem Spinning-Kurs hatte sie sich einmal in ein Handtuch übergeben, und jetzt fühlte sie sich genauso gestresst, unwohl und peinlich berührt. Ihre Nase war verstopft, trotzdem lief ihr irgendeine Flüssigkeit, eine salzigsüße Kombi aus Nasenschleim und Schweiß, über die Oberlippe in den Mund. Sie hätte sich ein Nasenloch zuhalten und rotzen können wie ein Fußballer, aber gab es eine verführerische Art, sich zu räuspern und auszuspucken, konnte man sich kokett übergeben? In dem Tapas-Restaurant in Clapham hätte sie das Gesicht nicht zu einer Stallone-beim-Armdrücken-Grimasse mit gebleckten Zähnen verzogen oder die Augen zusammengekniffen zum Schutz vor dem Schweiß, der zusammen mit Augen-Make-up und Feuchtigkeitscreme eine Mischung aus Salz, Säure und Fett bildete, praktisch eine Vinaigrette. Sie rieb sich die Augen mit den Fingerknöcheln, sah die Flecken auf ihren Händen und dachte: *Na toll, Panda.*

Sie unterhielten sich immer noch über Hobbys und Interessen, und Conrad erzählte schon eine ganze Weile mit Fachwissen und Leidenschaft von Formel-1-Rennen, sagte, es sei ein Fehler zu glauben, dass sich alles um die Autos drehe, dass diese Jungs echte Athleten seien. »Die Leute denken immer, es geht nur darum, im Kreis zu fahren, aber bei hundertsiebzig Meilen pro Stunde sind die Fahrer Kräften ausgesetzt, die dem Fünffachen ihres Körpergewichts entsprechen, das reicht, um einem das Genick zu brechen.«

Würde ihr eigenes Genick auch gleich brechen? Es fühlte sich fast so an, aber womöglich gäbe es Schlimmeres. Das Gewicht des Rucksacks zog sie wie eine große Hand nach hinten, unter ihren Brüsten hatte sich ein großes W aus Schweiß gebildet, und irgendetwas, vielleicht der Absatz ihrer Abendschuhe oder eine Ecke von Wainwrights *The Central Fells,* bohrte sich bei jedem Schritt in ihre Niere, und unterdessen-

»Die Herzfrequenz eines Fahrers beträgt bis zu hundertfünfundachtzig Schläge pro Minute, drei Schläge pro Sekunde, bumm-bumm-bumm. Kannst du dir das vorstellen?«

»Kann ich.« War er denn kein bisschen außer Atem? »Erzähl weiter.«

Sie machte sich nichts aus der Formel 1; die gehörte für sie zu den Dingen, auf die hauptsächlich Männer standen, wie auch Neoprenanzüge, Samuraischwerter und dicke Uhren. Conrads Armbanduhr war so groß wie ein Pub-Aschenbecher. Ihr Ex-Mann Neil hatte eine ähnliche besessen, allerdings war seine eine Zehn-Dollar-Fälschung gewesen, die er in den Flitterwochen in der Canal Street in New York erstanden hatte. Ihrer Ehe nicht unähnlich, war auch die Uhr fast sofort zu Bruch gegangen, doch obwohl der Kauf ein Scherz gewesen war, wusste sie, dass er sich eine echte wünschte. Sie hatte ihn einmal aufgezogen (liebevoll, wie sie geglaubt hatte, zumindest hatte sie es so gemeint), als er sich ein Männerfitnessmagazin gekauft und die Trainingstipps darin befolgt hatte, die innerhalb von dreißig Tagen einen Waschbrettbauch versprachen. Jeden Morgen hatte sie die Tage heruntergezählt, bis der Waschbrettbauch sich materialisieren würde, dreiundzwanzig, zweiundzwanzig, einundzwanzig, bis er ausgeflippt war: »Könntest du bitte mal eine verdammte Minute aufhören, dich über mich lustig zu machen?« Und wieder war sie von der Gehässigkeit überrascht gewesen, die Neil in ein »Bitte« legen konnte. Sie hatte sich natürlich entschuldigt, auch wenn die Entschuldigung verhaltener ausgefallen wäre, wenn sie geahnt hätte, dass er sich für seine Freundin bei der Arbeit in Form brachte. Sie würde nie erfahren, ob die Bauchmuskeln aufgetaucht waren, weil er Marnie an Tag fünfzehn verlassen hatte. Doch als sie ihm zuletzt begegnet war, hatte er tatsächlich besser, gesünder und glücklicher ausgesehen, also hatte sich sein Leben anscheinend zum Positiven entwickelt.

»Mit dem Gewicht des Helms wirken bei der Geschwindigkeit Kräfte auf den Hals eines Fahrers ein, als würde er sich fünf Feuerlöscher auf den Kopf schnallen.«

»Sorry, Moment mal. Wozu schnallt man sich fünf Feuerlöscher auf den Kopf?«

»Tun sie doch gar nicht – aber die Kräfte fühlen sich so an.«

»Tut mir leid, hab den Faden verloren … Könnten wir vielleicht kurz …?«

Sie verstummte, blieb stehen und stützte die Hände auf die Knie. Es gab diverse Fragen, die sie über die Formel 1 hätte stellen können – ist es ein Sport oder ein Ingenieurwettbewerb? Was ist mit den Frauen? –, doch alle kamen irgendwie feindselig rüber, und es war wichtig, sich nicht über die Dinge lustig zu machen, die anderen Leuten am Herzen lagen. Aber sie war jetzt seit zwölf Stunden wach, ihr Zuhause war unglaublich weit entfernt, und sie wünschte sich nichts sehnlicher, als sich in einem abgedunkelten Raum hinzulegen. Sie schaute mit zusammengekniffenen, brennenden Augen zum Gipfel auf.

»Alles okay?«

»Ja, ja! Ruf meinen Sportpsychologen an! Lass uns in Bewegung bleiben. Ich will hier nicht sterben«, keuchte sie. Ihr fiel ein Witz ein. Auf dem Gipfel angekommen, würde sie empört die Hände in die Hüften stemmen, seufzen und sagen: »Also, auf diesem Hügel will ich *nicht* draufgehen!« Wenn sie ihn jetzt schon brachte, wäre das Timing falsch. Stattdessen fragte sie ihn: »Und, sind Formel-1-Wagen mit Schaltknüppel oder Automatikgetriebe ausgestattet?«

»Semi-Automatik. Acht Gänge.«

»Acht! Wow. Gibt's auch einen Rückwärtsgang?«

»Überraschenderweise ja.«

»Für den Großeinkauf bei Sainsbury's?«

»Ha. Genau.«

»Du bist ja ein richtiger Auto-Crack, Conrad.«

»Schon. Stehst du auch auf Autos, Marnie?«

»Nein. Ich bin ein Öffi-Crack. Frag mich nach Bussen. In meiner Nachbarschaft fahren drei, zum Beispiel der 196er. Und auf der South Lambeth Road kann der 88er Geschwindigkeiten von bis zu zwölf Meilen pro Stunde erreichen.« Es klang, als würde sie sich über ihn lustig machen, außerdem war sie schon wieder außer Atem. »Erzähl mal, was war das beste Rennen, das du je gesehen hast?«, fragte sie, nur um es auf den Gipfel zu schaffen.

Oben angekommen, versammelten sie sich bei einem Steinhaufen; Marnie warf ihren Rucksack ab und wischte sich die Vinaigrette aus den Augen. Das war dann wohl der Moment für die triumphierend in die Luft gereckte Faust, die sie am liebsten jemandem ins Gesicht gerammt hätte – wahlweise dem Typen, der ihr die Wanderstiefel verkauft hatte, oder dem Rennfahrer Jenson Button. Sie trank einen Schluck Wasser, atmete tief durch und blickte pflichtbewusst auf das Panorama hinunter. Im Westen erstreckte sich ein grüner Flickenteppich bis zum Meer, in dem sich die tief stehende Sonne spiegelte. Trotzdem weigerte sie sich, beeindruckt zu sein. Große Dinge sehen in der Ferne kleiner aus. Toll, kommt mal wieder klar.

»Sehr hübsch«, sagte Conrad.

Marnie sah ihre Chance gekommen und stemmte die Hände in die Hüften. »Auf diesem Hügel will ich *nicht* …«

»Da drüben, auf der anderen Seite des Solway Firth, liegt übrigens Schottland.« Das Strickwarenmodel hatte ihren

Witz ruiniert. »Da hinten ist die Isle of Man. Und da sind wir hergekommen. Und schaut mal da rüber ...«

Gereizt drehte sie sich um, und da waren sie, die Berge, erhoben sich jäh, zu steil und urplötzlich so nah, als hätten sie sich angepirscht. »Da geht's morgen weiter«, sagte er, »über die Gebirgskette, übermorgen über die Berge da hinten, und am Dienstag folgt die anspruchsvollste Steigung.«

»Tja, besser du als ich, Kumpel«, sagte Conrad.

»Wann fährst du denn zurück, Conrad?«, fragte Marnie so beiläufig wie möglich.

»Montagmorgen.«

»Fnh«, sagte sie.

»Am Dienstag geht's wieder an die Arbeit.«

Marnie geriet in leichte Panik. »Und wann fährst du nach Hause, Cleo?«

»Äh, auch Montagmorgen.«

»Oh. Äh. Ich dachte, ihr würdet noch länger bleiben.«

»Anthony hat da noch irgendwas, nicht?« Anthony nickte. »Und du?«

»Dienstagabend«, sagte sie und fragte sich, ob der andere Mann wirklich gerade das Gesicht verzogen hatte. »Aber es ist ein Flexticket, also ...«

Es war kein Flexticket. Sie hatte gedacht, die Wanderung würde länger dauern. All die teuren Pflaster, die Wasser-Gummiblase. Sie hatte zwölf Unterhosen gekauft.

»Vielleicht kannst du mit uns zurückfahren und von York aus den Zug nehmen?«

»Okay. Na gut. Ist okay. Mal schauen.«

Der andere Mann suchte den Boden nach einem weiteren Stein ab. »Wir sollten weitergehen, wenn wir noch vor der Dämmerung da sein wollen.« Der Kiesel-Mann wählte einen

Stein aus und positionierte ihn ehrfurchtsvoll auf dem Steinhaufen, wie den Stern auf einen Weihnachtsbaum. Sie nahmen ihre Rucksäcke und versuchten, wieder in ihren Rhythmus zu finden, und Marnie fragte Conrad, ob es auch eine Formel 2 gebe. Er erwiderte, witzigerweise gebe es tatsächlich eine, und dann erzählte er ihr alles darüber.

DAS TAL

Bergab zu gehen war nicht immer leichter, und Michael schmunzelte beim Abstieg über das Ächzen und Stöhnen hinter sich, als die Kräfte, die sie beim Aufstieg zurückgehalten hatten, sie jetzt vorwärtsschoben. Schließlich wurde der Untergrund ebener; sie überquerten einen von Regenfällen angeschwollenen Wildbach, folgten dem Ufer und erreichten ein sichelförmiges, steilwandiges Tal, dessen exquisites Blassgrün und Rostbraun an einen vollkommenen Apfel erinnerten. Der Pfad war ausgetreten, doch es war, als hätten sie sich in ein verzaubertes Königreich verirrt; Rohrammern huschten neben ihnen her wie über eine Wasseroberfläche hüpfende Steine. Die übrigen Erwachsenen hatten zu einem Grüppchen zusammengefunden, doch statt sich ihnen anzuschließen, ging Michael neben Anthony her.

»Wie ist es so für dich? Nicht zu anstrengend?«

»Ein bisschen schon. Aber wir sind ja fast da, oder?«

»In etwa einer Stunde.«

»Und morgen?«

»Erzähl's nicht weiter«, sagte Michael, »aber morgen wird's richtig übel.« Anthony schlug sich die Hände vors Gesicht und zog sie langsam nach unten. »Jugendliche wandern doch gern mit Leuten in mittlerem Alter in der Natur. Oder etwa nicht?« Sich mit Anthony zu unterhalten fiel ihm leichter. In den Schulfluren hatte der Junge den seltsamen Status eines

Schülers, dessen Mutter Lehrerin ist, was sowohl Privilegien mit sich brachte, als auch verletzlich machte, so als wäre er ein junger Prinz inmitten eines intriganten Hofstaats. Michael passte auf ihn auf, kannte ihn seit seiner Geburt, war mit ihm im Urlaub gewesen, hatte seinen ersten Versuchen auf der Gitarre applaudiert, ihm Kartenspielen und Fußball beigebracht. Anthonys Vater war nicht der Typ dafür, Bälle durch die Gegend zu kicken. Natasha und er hatten sich ganze Wochenenden um Anthony gekümmert, und das in einer Zeit, als sie sich gerade selbst darum bemühten, ein Kind zu bekommen; wenn Anthony wieder ging, blieben sie schweigend und benommen zurück, von einer Art Ersatzliebe für den Jungen sprachlos gemacht.

Seitdem hatte Anthony Michaels Trennung und Zusammenbruch miterlebt, hatte ihn sogar im Krankenhaus besucht, und Michael fragte sich, wie es die Beziehung veränderte, wenn man einen Erwachsenen nach einer Katastrophe erlebte, der Illusion von Autorität und Kontrolle beraubt. Wie mochte Cleo Anthony das erklärt haben? *Unsere Freunde Michael und Natasha gehen einige Zeit getrennte Wege.* War der Junge neugierig, oder war das nichts als unwichtiger Erwachsenenkram, wie Hypotheken oder die Rente? Egal, wie viel Anthony wusste, Michael war sehr daran gelegen, ihn zu beruhigen, ihm zu zeigen, dass alles in Ordnung war. Aber wie sollte er das anstellen? Je älter das Kind, desto schwerer war es zu beeindrucken, und obwohl Michael keine Ambitionen hatte, ein Vorbild zu sein, sollte er sich doch bemühen, sich nicht zu merkwürdig zu verhalten.

»Siehst du den Vogel da, in den Bäumen? Mit den schwarzen Streifen im Gesicht? Das ist eine Rohrammer.«

»Aha«, sagte Anthony, ohne aufzuschauen. Michael hätte

ihm ebenso gut erzählen können, der Vogel heiße Steve. Besser, er beließ es dabei. Trotzdem fragte er sich wie so oft, wie er wohl als Vater gewesen wäre. Sie hatten beide Kinder gewollt, hatten es jahrelang probiert. Weil es nicht klappte, hatte er sich untersuchen lassen, und obwohl man Schuldzuweisungen geflissentlich vermied, schien es ein Problem mit der Beweglichkeit und Anzahl seiner Spermien zu geben. Die Lage sei, wie man ihm versicherte, nicht aussichtslos: Die Spermien seien da, aber sie seien entweder schüchtern oder träge, und so beherzigte er die Ratschläge in Bezug auf seinen Fahrradsattel, Boxershorts, Spinat und heiße Bäder, während sie stoisch Witze darüber rissen, wie man es von Paaren unter diesen Umständen erwartete.

Aber nichts minderte seinen wachsenden … »Kinderwunsch«? Es gab kein anderes Wort dafür, und doch schien es ein unzulänglicher, oberflächlicher Begriff für jenes Gefühl zu sein, das ihn einmal, nachdem Anthony nach Hause gefahren war, dazu gebracht hatte, heimlich im Garten zu weinen. Sie taten, was sie konnten, um ihre Chancen zu verbessern, und an diesem Punkt war es passiert, der Vorfall, der Kampf, und Michael war im Krankenhaus gelandet. Danach war alles, wirklich alles schiefgelaufen. Natasha hatte ihn vor fast anderthalb Jahren verlassen. Er war jetzt zweiundvierzig, litt an idiopathischer Oligospermie – was sollte er so mit seinem unerfüllten Kinderwunsch anfangen?

Konzentrier dich. Reiß dich zusammen. »Interessierst du dich immer noch für Mangas?«, fragte er wie ein Tourist, der sich die Mühe gemacht hat, ein paar Brocken einer Fremdsprache zu erlernen. »Oder waren es Anime? Ich verwechsle das immer.« Er kannte den Unterschied, doch Anthony erklärte es ihm noch einmal und gewann dabei seine berührende kindliche Überschwänglichkeit wieder. Michael stellte Fragen, ohne unbedingt die Antwort wissen zu wollen, genoss einfach nur den Redeschwall des Jungen in den letzten Tagen vor dem Stimmbruch, und die Meilen flogen nur so dahin, bis sie einen asphaltierten Weg erreichten, eine schattige, gewundene Landstraße, die zum Dorf führte, wo sie ihre erste Nacht verbringen würden.

DAS TOR ZU DEN SEEN

Wie in einem Jane-Austen-Roman gab es auch bei dieser Wanderung eine Etikette, die erforderte, dass Marnie sich mit allen Anwesenden unterhielt, und nun, da sie fast zu Ende war, schien es ein günstiger Zeitpunkt zu sein, jenen Mann auf ihrer Tanzkarte abzuhaken, der ihren Witz ruiniert hatte.

»Ah, Ennerdale Bridge!«, sagte sie, als sie das Ortsschild sah. »Das Tor zu den Seen!«, und er lächelte flüchtig, schaute jedoch weiter geradeaus. »Ich glaube, wir sind mit demselben Zug gekommen.«

»Du hast so konzentriert gearbeitet. Ich hätte dir fast geraten, dir lieber die Aussicht anzuschauen, aber das hättest du mir wohl übel genommen.«

Sie tat, als würde sie auf eine Tastatur eintippen. »Schwer beschäftigte Städterin, jede Menge Stress, Deadlines.«

»Was machst du beruflich, wenn ich das …?«

»Ich bin Lektorin. Ich redigiere Bücher, bevor sie erscheinen, hauptsächlich Belletristik.«

»Ist das wie Hausaufgaben korrigieren?«

»So was in der Art. Und du bist Lehrer?«

»Ja.«

»Lass mich raten: Erdkunde.«

»Ist es der Bart oder eine allgemeine …«

»Die Strickpullis, der Stein-Fetisch.«

»Das ist kein *Fetisch*. Das nennt man Geologie.«

»Ich weiß nicht, du hebst schon verdammt viele auf. Als wir an diesem Steinhaufen vorbeigekommen sind, hast du dir einen genommen, ihn abgewischt, daran geschnüffelt ...«

»Ich hab ganz sicher nicht daran *geschnüffelt*.«

»– und dann hast du ihn ganz vorsichtig draufgelegt.«

»Das war ein Cairn, ein uraltes Steinmal. Das soll man tun, damit sie erhalten bleiben.«

»Oh. Jetzt hab ich Schuldgefühle. Ich war nie gut in Erdkunde. Sorry.«

»Wir Geologen sind kein nachtragendes Volk.« Sie erreichten eine alte Brücke und blieben einen Moment lang stehen, um auf das dahinströmende schwarze Wasser hinunterzublicken. »Das ist übrigens der Fluss Ehen«, sagte er, als würde er ihr den Fluss auf einer Party vorstellen.

»Gibt es eigentlich noch Klassenfahrten, Exkursionen? Geht's da immer noch so wild zu?«

»Nicht unter meiner Aufsicht. Und bei den Lehrern sowieso nicht.«

»Das will ich auch nicht hoffen. Mein Gott, wir waren damals auf der Isle of Wight, und ich sag dir, es war wie in den letzten Tagen von Rom. Hast du dich deshalb für dieses Fach entschieden?«

»Wegen der Lunchpakete? Der Jugendherbergen?«

»Schüler, die sich im Bus übergeben?«

»Nicht nur deswegen. Wieso habe ich mich für mein Fach entschieden ...« Er überlegte einen Moment, als würde er sich die Frage zum ersten Mal stellen. »Mir gefällt es zu wissen, warum die Dinge so sind, wie sie sind. Ich bin mit meinen Eltern oft wandern gegangen, war gern draußen, hab mich für die Umwelt und Umweltpolitik interessiert. Und in allem anderen war ich scheiße. Und was hast du studiert?«, fragte er.

»Ich war nicht an der Uni.«

»Ich dachte, daher kennst du Cleo.«

»Man kann sich auch woanders kennenlernen.« Sie bestrafte ihn ein bisschen. »Tut mir leid, aber wenn die Leute rausfinden, dass ich im Verlagswesen arbeite, ohne einen Uniabschluss zu haben, sagen sie immer: Echt jetzt? Als wäre ich eine Hochstaplerin, als hätte ich mir selbst Herzchirurgie beigebracht oder so.«

Er schien kurz nachzudenken. »Ich glaube *nicht*, dass ich das getan habe.«

»Nein. Da hast du recht. Hast du nicht«, sagte sie, denn es stimmte. Sie gingen weiter.

»Woher kennst du Cleo dann?«

»Wir haben uns in dem Büro kennengelernt, wo ich gearbeitet habe. Werbebranche.«

»Du hast in der Werbung gearbeitet?«

»Klingt ganz schön glamourös, was? Ja, früher. Eher unbedeutendes Zeug, wie Werbeflächen verkaufen, Verwaltungskram, ans Telefon gehen, hin und wieder texten. Cleo kam als Aushilfe zu uns, sie hat sich in den Semesterferien was dazuverdient. Wir haben über Bücher geredet, und jetzt kenne ich sie, wie lange? Achtzehn Jahre. Sie hat mich unter ihre Fittiche genommen, wollte mich überreden, doch noch zu studieren. Aber ich habe ihren Rat nie befolgt. Das war lange, bevor sie zur Superstar-Schulleiterin wurde.«

»Stellvertretenden Schulleiterin.«

»*Stellvertretenden* Schulleiterin. Habt ihr euch in der Schule kennengelernt?«

»Ja, meine Frau und ich sind früher …«

»Oh. Oh, du bist verheiratet?«

»Ich lebe getrennt. Cleo behält mich gern im Auge.«

»Das kenne ich«, sagte Marnie. Leute, die darauf beharrten, sie würden getrennt leben, statt geschieden zu sein, bestanden meist auch darauf, dass Tomaten Früchte und kein Gemüse sind: Es war streng genommen korrekt, stand aber auf wackeligen Füßen. Wer aß schon Tomaten-Eiscreme? »Ich bin geschieden«, sagte sie, ganz Profi zum Amateur. »Und Anthonys Patentante.«

»Du bist Anthonys Patentante? Dann haben wir uns doch schon mal getroffen!«

»Der Name deiner Frau war …«

»Natasha, Nat.«

»Natasha! Hübsch, gut angezogen. Ihr seid ein nettes Paar. Wart ein nettes Paar.«

»Tja, danke«, sagte er. »Fand ich auch.«

Das war ein Tritt ins Fettnäpfchen, aber vielleicht, wenn sie einfach weiterredete … »Sorry, tut mir leid, ich … ich hab deinen Namen vergessen.«

»Michael. Michael Bradshaw.«

»Also haben wir uns bei der Taufe kennengelernt.«

»Müssen wir wohl.«

»Ich hab ja ganz schön Eindruck hinterlassen«, sagte sie.

»Tut mir leid.«

»Mach dir deshalb keinen Kopf. Ich hab zu Hause eine von diesen Memory-Foam-Matratzen, und nicht mal bei der hinterlasse ich einen Eindruck. Aber vielleicht erinnerst du dich an meinen Ex-Mann, er war auch da. Hast du dich mit einem Arschloch unterhalten?«

»Nein.«

»Jemand, der dich von oben herab behandelt hat, dich nie zu Wort kommen ließ und Streit anfangen wollte?«

»Eigentlich waren alle ziemlich nett.«

»Dann hast du ihn wohl verpasst. Schwein gehabt.«

»War es eine *sehr* glückliche Ehe?«

»Fnöh«, sagte sie, dann hielt sie ihn am Arm fest. »Lass dich noch mal ansehen.« Sie blieben auf der Straße stehen, und sie musterte ihn genauer, während er sich peinlich berührt umschaute. Er hatte ein freundliches Gesicht, stark, wenn auch etwas lädiert, das nichts Feines, Elegantes an sich hatte. Die Fältchen um seine Augen mochten Lachfältchen sein, auch wenn doch sicher niemand so viel lachte. Aber wenn er lächelte, so wie jetzt gerade, strahlte er etwas Beruhigendes, Verlässliches aus, das einem das Gefühl gab, ihm vertrauen zu können. »Ich hatte damals noch keinen Bart«, sagte er und drehte den Kopf zur Seite. »Oder die hier« – er strich über eine blasse Linie, eine Narbe, die parallel zu seinem Kiefer verlief –, »obwohl ich mir sicher bin, dass es noch andere Gründe gibt, warum man sich nicht an mich erinnert. Wie auch immer«, sagte er und wandte sich ab, als würde sich etwas in ihm wieder verschließen.

Sie erinnerte sich an den Sommernachmittag, eine säkulare Taufe, eine Art feierlicher Grillabend: schick angezogene Familien, umherrennende Kinder, Wohlstand, Gemeinschaft. Ein Festzelt und eine Hüpfburg, imposant wie eine echte Burg. An Natasha erinnerte sie sich als einnehmend und nur leicht überehrgeizig, an ihren Mann jedoch gar nicht. Die Hauptemotionen an diesem Nachmittag, der in die Was-habe-ich-nur-getan-Zeit ihrer Ehe fiel, waren in ihrer Erinnerung Zuneigung für Cleo und ein ebenso starker Neid. In den Manuskripten, die sie korrigierte, wurde »Neid« oft mit »Eifersucht« verwechselt; Ersteres bedeutete, dass man etwas haben wollte, was jemand anderem gehörte, das Zweite bezeichnete die Angst, etwas zu verlieren, was man selbst besaß. Marnie war nicht eifersüchtig. Neil verstand sich nicht gut mit Cleo, mochte keine Fremden, war weder gern mit anderen Menschen zusammen noch gern allein und hatte streitbare Ansichten zum Thema Grillen. Sie erinnerte sich, wie sie sich mit Cleo auf die Hüpfburg gewagt hatte und wie er, ihre Schuhe in der Hand, langsam den Kopf geschüttelt hatte.

Marnie und Michael gingen weiter. »Also, theoretisch, wenn Cleo und Sam – Gott bewahre – etwas zustößt, bekomme ich Anthony.«

»Äh, tja, schätze schon. Vermutlich müsstest du dich mit den Testamentsvollstreckern auseinandersetzen. Und dann ist da ja noch der Patenonkel.«

»Den kenne ich nicht. War irgendein Freund von Sam. Glaubst du, ich müsste mich mit ihm prügeln?«

»Ich glaube nicht, dass Paten sich körperlich um Waisenkinder schlagen müssen, nein.«

»Gut, weil ich sofort einknicken würde. Glaubst du, ich könnte ihn besiegen?«

»In einem Kampf? Ich kenne ihn zwar nicht, aber ich schätze, wenn du entschlossen genug wärst, könntest du Anthonys Patenonkel bestimmt fertigmachen.«

»Das ist nett. Danke!«

Der Mann wurde wieder ernst. »Hoffen wir, dass es nicht dazu kommt.«

»Ich wette, er ist sowieso ein viel besserer Pate als ich. Ich dachte immer, ich würde Anthony Ölkreiden und Tickets für die Royal Shakespeare Company schenken, stattdessen schicke ich ihm nur jedes zweite Jahr zehn Pfund per Post. Und Hand aufs Herz, ich weiß nicht mal genau, ob ich Satan wirklich widersagen könnte.«

»Und was ist mit all seinen Verlockungen?«

»Okay, ich widersage *einigen* seiner Verlockungen«, sagte sie. »Den ganz üblen.« Er lachte so herzlich, dass sie ihm den ruinierten Hügel-Witz fast verzieh. »Wirst du übrigens ›Michael‹ oder ›Mike‹ genannt?«

»Michael. Seltsamerweise nennt mich kaum jemand Mike.«

»Nein, ich versteh das. Ich glaube, es liegt am *k* – das ist wie ein *x*, ganz schön gewagt. Mike klingt wie ein DJ, Michael wie ein Heiliger.«

»Also, ein Heiliger bin ich nicht gerade.«

»Genau das erzählt man sich auch im Lehrerzimmer«, sagte sie und dachte: *Das muss fürs Erste reichen. Man soll gehen, wenn's am schönsten ist.* Vermisste Conrad sie schon? Sie ließ sich zurückfallen, drehte sich um und entdeckte ihn im vertraulichen Gespräch mit Cleo – redeten sie etwa über sie? *Sie ist unwiderstehlich, wenn sie sich räuspert.* Er fing ihren Blick auf – hatte er ihr zugezwinkert oder nur in der tief stehenden Sonne geblinzelt? Nein, eindeutig ein Zwinkern. Sie schaute wieder nach vorn, versuchte, ihrem hin und her schwingenden Rucksack etwas Monroe-Artiges zu verleihen und die Natur in sich aufzunehmen. Bald erreichten sie einen Pfad, auf dem man nicht nebeneinandergehen konnte; er führte durch einen uralten, feuchten Wald, in dem ein modriger Geruch nach sich zersetzendem organischen Material hing, was in einem Kühlschrank nicht gut, aber hier in Ordnung war, von wegen Kreislauf des Lebens und so. Dann wurde zwischen den Bäumen ein See sichtbar.

»Wir sind da, Leute!«

Die untergehende Sonne tauchte das Trout Inn in ein bernsteinfarbenes Licht, und alle beschleunigten ihre Schritte. Marnie streifte den Rucksack ab, noch ehe sie die Schwelle überquerte. In der Saloon-Bar roch es nach Bier und Kohle, und ein gehetzt wirkender Gastwirt, dessen Gesicht einem vollgekritzelten Notizbuch aus geplatzten Äderchen glich und dem die Brille an einer Kette um den Hals hing wie das Gewicht der Welt, teilte die Schlüssel aus. Einer uralten Regel zufolge mussten alle Räume in ländlichen Pubs nach bestimmten Themengebieten benannt werden, und hier waren es Süßwasserfische. Marnie war im Gründling untergebracht. »Und du, Cleo?«

»Äh, Schleie?«

»Conrad?«

»Stichling.«

»Ich wünschte, ich wär im Stichling«, sagte Marnie.

»Kannst du haben, wenn du deine Karten richtig ausspielst«, flüsterte Cleo ihr zu, und Marnie dachte errötend: *Ah, da geht definitiv was.*

»Und du, Michael?«

Er füllte gerade das Anmeldeformular aus. »Wie?« Er warf einen Blick auf den Schlüsselanhänger. »Ah. Ich bin Döbel.« Alle lachten, und er lächelte schmallippig. Das WLAN-Passwort lautete »wainwright2017«, alles kleingeschrieben.

»Hier ist noch ein Schlüssel«, sagte der Gastwirt.

»Ja, der war für meine Freundin Tessa gedacht. Aber sie konnte nicht kommen. Und wir haben die Buchung storniert.«

Während sich der Gastwirt seufzend für eine Auseinandersetzung wappnete, schnappte sich Marnie ihren Rucksack und eilte die schmale Treppe zu ihrem Zimmer hinauf, um die Toilette zu benutzen und sämtliche elektrischen Geräte aufzuladen.

KINTSUGI

Endlich allein. Ein scharfer, künstlicher Zitronenreinigergeruch hing in der Luft, und die Beleuchtung war etwas grell. Er setzte den Rucksack ab, ließ sich aufs Bett fallen und stopfte sich hemmungslos mit dem Gratis-Shortbread voll. Während er die Krümel beim Kauen in seinen Ohren knacken hörte, dachte er über diese Tessa nach.

Das Wichtigste über sie wusste er schon. In den Wochen vor dem Wanderausflug hatte Cleo immer wieder betont, wie attraktiv, wie fit (offenbar war sie Triathletin) und wie erfolgreich sie war, eine Zahnärztin mit eigener Praxis. Und das Beste sei, dass sie eine »Frischluftfanatikerin« sei, obwohl er sich nicht ganz sicher war, was das heißen sollte: dass sie kein Make-up trug? Er wusste aus dem Geschichtsunterricht und den Kostümdramen, die Nat sich oft angeschaut hatte, dass es früher Hofmaler gab, denen die Aufgabe zukam, zwecks Eheanbahnung möglichst schmeichelhafte Porträts zu malen, die keine große Ähnlichkeit mit dem Modell hatten. Wenn er sich Cleos Tessa vorzustellen versuchte, sah er sie in freier Wildbahn vor sich, wo sie mit pfefferminzfrischem Atem ihren weißen Kittel abstreifte, um laufen, Rad fahren und schwimmen zu gehen. Glaubte Cleo, das sei, was er brauchte? Er brauchte niemanden.

Und selbst wenn, kam ihm das Bild, wie sie im Trout Inn bei Pasteten und Pommes flirteten, sich anlächelten und Blicke und selbst entblößende Anekdoten austauschten, abwegig vor. Er war bei keinem Date mehr gewesen, seit er mit Natasha vor fünfzehn Jahren in einem italienischen Restaurant gewesen war, und war es nicht eine der großen Freuden einer Langzeitbeziehung, dass man sich dieses Theater nicht mehr geben musste? Wenn er sich jetzt vorzustellen versuchte, wieder zu daten, war das, als wollte er sich ausmalen, zum Bungee-Jumping zu gehen, theoretisch möglich, aber unwahrscheinlich. Nein, es war gut, dass Tessa nicht gekommen war. An der gegenüberliegenden Wand hing in einem gefährlich schiefen Winkel ein Fernseher, und er griff nach der Fernbedienung und zappte sich durch die Kanäle. Warum wirkten Fernseher in Hotelzimmern eigentlich immer so veraltet und kurios? Im Urlaub war das immer das Erste, was er und Natasha getan hatten, den Fernseher …

Und da war sie wieder. Als wäre Natasha plötzlich ins Zimmer gekommen, richtete er sich auf, klopfte sich die Krümel vom Hemd und zog sich aus, wobei er einen Blick auf sein Spiegelbild erhaschte. Der nackte Körper eines Mannes in mittlerem Alter. Es könnte schlimmer sein. Er hatte immer auf sich achtgegeben, ging joggen, wandern und spielte Fußball, nicht aus Eitelkeit, sondern aus demselben Grund, aus dem er sich die Zähne putzte und die Kappe von Filzstiften wieder aufschraubte. Doch es bestand kein Zweifel daran, dass ihm sein Leben etwas entglitten war, seit Nat fort war. Er aß neuerdings viel Chilisoße und musste zugeben, dass er zum Essen nicht immer einen Teller benutzte. Er hatte an einigen Stellen zu-, an anderen zu viel abgenommen, und obwohl seine Verletzungen größtenteils abgeheilt waren, fühlte er sich immer noch gesprungen und zerbrechlich wie eine wieder zusammengeklebte Tasse. Anscheinend konnten

Risse auch etwas Schönes sein, denn durch sie fiel Licht hinein, wie Leonhard Cohen in »Anthem« sang, aber wichtiger war doch, dass durch sie Flüssigkeit austrat. Wer wollte schon eine gesprungene Tasse?

Unter der Dusche hatte er das Gefühl, kochend heißes Wasser in den Nacken geschüttet zu bekommen, und verließ die Kabine gleich wieder. Er wischte den beschlagenen Spiegel frei, zog einen Schmollmund, drehte den Kopf von links nach rechts. Sein Gesicht. Im Referendariat hatte er als guter Fang gegolten, obwohl das schon einige Zeit her war. Seine Mutter hob an Weihnachten immer das benutzte Geschenkpapier auf, glättete es und verwendete es erneut, und seine Haut, besonders die um die Augen, sah allmählich ähnlich knittrig aus. Er hatte aufgehört, sich zu rasieren, um die Narbe an seinem Kinn nicht mehr erklären zu müssen, und weil er gehofft hatte, der Bart würde ihm das gute Aussehen eines Renaissance-Porträts verleihen – vielleicht nicht das des Erlösers persönlich, eher das eines Jüngers im Hintergrund. So hatte er es sich vorgestellt, aber was waren das für neue Haare, die seine Wangen hochkrochen und an Besenborsten erinnerten? Tessa hin oder her, er hätte sich den Bart stutzen sollen. Er blinzelte und biss die Zähne zusammen. Zumindest hatte er noch all seine Haare; er fuhr sich mit den Fingern hindurch, frisierte sie so, dass sie unfrisiert aussahen. Der Outdoor-Look.

Der Trick bei einer zweihundert Meilen langen Wanderung war, mit leichtem Gepäck zu reisen. Er würde seine Unterwäsche jeden Abend waschen und trocknen müssen, und während er das Waschbecken volllaufen ließ, Handseife hineinspritzte und Socken und Unterhose mit Melkbewegungen wusch, kam ihm der Gedanke, dass andere Menschen das deprimierend finden könnten. Lächelnd fragte er sich, ob das Teil des Porträts war, das Cleo von ihm gezeichnet hatte, als sie ihn Tessa beschrieb: Er ist ein Outdoor-Mensch. Sieht nicht übel aus, ist immer pünktlich. Und er hat noch all seine Haare. Hatte sie ihn als schüchtern beschrieben? Er war nicht schüchtern, er wollte nur seine Ruhe haben.

Aus dem Stichling drang Conrads Musik zu ihm herüber, das typische Tsk-Bumm von Aerobic-Musik, und er dachte: *Welcher Depp nimmt Bluetooth-Lautsprecher auf eine längere Wanderung mit? Welcher Amateur trägt Jeans? Sei nicht so voreingenommen.* Der Rhythmus der Musik wurde schneller und schneller, und Conrad rief: »Auf geeeeht's!« Michael war mit der Wäsche fertig und legte seine Unterhose und die Socken auf den Heizkörper wie Speck in eine Pfanne. Sein einziges »schickes Hemd« lag auf der glänzenden Daunendecke; es war haferschleimfarben und an den Manschetten ausgefranst. Die Ärmel lagen ausgebreitet da, als wollte das Hemd sagen: Seht her, es ist, wie es ist. Es ist, wie es ist.

Das Wort, das ihr Zimmer wohl am besten beschrieb, war »Touri-Falle«. Ein gigantischer Schrank, Daunenbettwäsche in der Farbe von geronnenem Blut, die Kissen und Decke mit etwas Faserigem, vielleicht Asbest, gefüllt – es war die Art Unterkunft, in der man vor der Beerdigung eines Verwandten übernachtete. Marnie setzte den Mini-Wasserkessel auf und schaute im letzten Tageslicht auf den See hinaus. Wenigstens die Aussicht war wunderschön; das schwarze, sich über Meilen hinziehende Gewässer, das felsige Ufer und das nebelverhangene Tal jenseits davon verhießen die Abenteuer von morgen. Ein erwartungsvoller Schauder überlief sie, und sie rief sich zur Ordnung: *Krieg dich wieder ein, Frodo.*

Sie war fest entschlossen, heute Abend in diesem bescheidenen, ländlichen Gasthaus für glockenhelles Cocktailbar-Gelächter zu sorgen. Bisher wusste sie über Conrad nur, dass er einen elektrischen Audi hatte, ob er auch einen Sinn für Humor besaß, würde sich noch erweisen müssen. Also würde sie witzig und spritzig sein wie ein Siebzigerjahre-Talkshow-Gast, würde die Saloon-Bar betreten wie eine Yacht. So viel natürliche Lebhaftigkeit würde einige Anstrengung erfordern, einen Zustand intensiver, aber mühelos wirkender Konzentration, wie die eines Schwimmers auf dem Startblock. Timing war unabdingbar, außerdem verbale und geistige Wendigkeit, eine deutliche Aussprache und etwas Alkohol, aber nicht zu viel. In Gesellschaft blieben ihre besten Witze oft unbemerkt oder gingen im Gespräch unter, weiße Tauben, die man freiließ, während alle in die andere Richtung schauten, doch heute Abend würde es anders laufen. *Ist sie nicht unglaublich charmant?*, würden sie flüstern. *Fast schon zu geistreich. Wo hat sie sich nur die ganze Zeit versteckt?*

Sie erhob sich vom Bett, wobei sie darauf achtete, nicht von der glatten Tagesdecke zu rutschen, schleppte sich ins Bad und schälte sich aus ihren durchgeschwitzten Sachen. Der Spiegel bestätigte ihre schlimmsten Befürchtungen: schwarze Ringe um die Augen wie auf einem expressionistischen Gemälde. Cleo hatte sie mit dem Versprechen von ländlichem Luxus hergelockt – frei stehende Badewannen, unbehandelte Eichenböden –, aber hier gab es nur eine wackelige Duschkabine, die aussah, als wäre sie von Kindern aus Brettern zusammengebaut worden, eine Heizung, die bollerte wie ein Kirmes-Generator, und Wasser, das abwechselnd eiskalt und kochend heiß war. Die Gratis-Toilettenartikel bestanden nicht aus kleinen Flaschen, sondern aus einem Tütchen, das sie mit den Zähnen aufreißen musste wie Pub-Mayonnaise. Laut Aufschrift enthielt es »Hair and Body Wash« (sollte es nicht entweder das eine oder das andere sein?), tatsächlich erinnerte es jedoch eher an Spülmittel.

Zurück im Schlafzimmer sah sie sich vor ein weiteres Problem gestellt: ein Geruch nach der destillierten Essenz von Misthaufen hing in der Luft, beißend und konzentriert wie ein Nervengas. Sie zog frische Klamotten an, ihre beste Unterwäsche und ihr drittbestes Kleid, doch trotz des geöffneten Fensters war der Gestank so penetrant, dass sie zu ersticken drohte. Die Quelle war leicht auszumachen: Es waren ihre Stiefel. Ob es im Pub eine Art Stiefel-Raum gab? Oder hatte sie das aus *Downton Abbey*? Sie stellte sich vor, wie der Gastwirt sie über die Brille hinweg anfunkelte, und beschloss, die Sohle im Waschbecken zu säubern. Sie zwängte den Schuh unter den Hahn und versuchte, das Profil mit Toilettenpapier abzuwischen. Das Zeug war zäh wie Teer, und das Papier löste sich bei der ersten Berührung auf und verstopfte den Abfluss. In Nullkommanichts war das Waschbecken mit einer faserigen, faulig-gelben Brühe gefüllt. Dem Wattestäbchen, mit dem sie es danach probierte, erging es ähnlich; es verbog sich, als würde es sich sträuben, und so musste sie den Griff ihrer Zahnbürste benutzen, bevor sie in die Suppe griff, um den verstopften Abfluss zu befreien. *Fass dir bloß nicht ins Gesicht oder in die Augen*, ermahnte sie sich.

Aus dem Zimmer nebenan hörte sie Conrads Partymusik. Sie warf die Stiefel in die Duschkabine, schloss die Tür und schrubbte mit neuem Eifer ihre Hände und den Griff ihrer Zahnbürste ab. Doch dann fiel ihr auf, dass das Zeug wie arterielles Blut sogar bis an die hellblaue Wand gespritzt war (sie glaubte, die Kuh, der es gehört hatte, bei einer Gegenüberstellung identifizieren zu können), und wenn es dort gelandet war, war es auch auf ihrer Kleidung. »Auf geeeeht's!«, rief Conrad, während sie mit der Duschmatte an ihrem Kleid herumrubbelte, aber der Gestank blieb, war, wenn möglich, nun, da er überall verteilt worden war, sogar noch schlimmer geworden. Das Badezimmer schien sich in den Tatort eines grauenhaften Verbrechens verwandelt zu haben.

Das war also der Charme, den sie beim Abendessen versprühen würde. Unten hatte die Bar sich mit »älterem Publikum« gefüllt, lauter gebeugte Rücken in Olivgrün, und sie kam sich in ihrem kleinen Schwarzen absurd overdressed vor, wie Audrey Hepburn bei einer Rede vor der National

Farmers Union. Sie bestellte einen doppelten Gin Tonic, serviert in einem Glas, das so riesig war wie ein Astronautenhelm, und nahm einen so großen Schluck, dass ihr das Zeug fast ins Gesicht geschwappt wäre. Zeit, etwas großstädtische Eleganz an den Tag zu legen. Mit dem Daumen wischte sie den Lippenstift vom Glasrand. Der Rest der Gruppe saß bereits an einem der Tische, und während sie dorthinging, aber eigentlich noch zu weit weg war, rief sie, geistreich, faszinierend und geheimnisvoll: »Ich glaube, ich rieche nach Kuhscheiße.«

BACKTEIG

Was rief sie da über Kuhscheiße durch den halben Gastraum? Die Leute um sie herum schauten auf, während Marnie sich auf den freien Platz zwischen Michael und Conrad quetschte. »Hi! Tut mir leid, dass ich einen Kraftausdruck benutzt habe, Anthony. Versprich mir, dass du dir daran kein Beispiel nimmst.« Hatte sie auf ihrem Zimmer getrunken? »Der Gastwirt sagt, wir sollen sofort bestellen«, fügte sie hinzu, und alle spähten auf die Speisekarte an der Tafel, die sehr kohlenhydratlastig war: Sämtliche Gerichte wurden mit Pommes frites und Erbsen serviert. Er hörte sie nach dem Fisch des Tages fragen, als könnte es Heilbutt oder Languste sein.

»Dorsch«, sagte er.

»Aha. Okay, Dorsch mit Pommes, das nehme ich. Wieso nicht? Dorsch ’n Chips«, sagte sie mit leicht nordenglisch gerolltem R, und Michael dachte: *Bitte, tu das nicht.* Dann erzählten alle von ihren Wehwehchen und Blasen, nur Anthony schwieg, verwirrt, wie Jugendliche es manchmal waren, wenn sie mitbekamen, wie Erwachsene plötzlich in ihre Pub-Rolle verfielen und mit erhobener Stimme einen auf unterhaltsam machten. Michael erinnerte sich an die angespannten Experimente seiner eigenen Eltern mit »Dinnerpartys«; immer, wenn er sie mit seinem Bruder heimlich belauscht hatte, hatte er gedacht: *Wieso sprechen die plötzlich so komisch?* Bald kam das Essen, knusprig und braun wie

Herbstlaub, und alle lachten und plauderten, und er freute sich, als wäre das irgendwie sein Verdienst. Zu seiner Linken flirtete Marnie mit Conrad, und er nahm eine Anspannung in ihrem Rücken wahr, als würde sie eine Bombe entschärfen. »›Pharmazeut‹. Seit wann bezeichnen sich alle Apotheker als ›Pharmazeuten‹?«, fragte sie ihn mit zu aufgekratzter Stimme. »Ist das der neueste Schrei?«

»Glaub schon«, sagte Conrad, der jetzt einen Kapuzenpullover in Tarnfarben trug. »Ist jedenfalls geläufiger.«

»So wie damals, als alle Optiker sich plötzlich in Optometristen umbenannt haben. Ist Pharmazie was Amerikanisches, was glaubst du? Wie Halloween?«

Er bemerkte, dass Conrads Lächeln etwas in die Enge Getriebenes hatte, so als wäre er jemand aus dem Publikum, der von einem Zauberer als Versuchskaninchen ausgesucht worden war. »Ich glaube, es ist einfach nur ... zutreffend. Ich habe Pharmazie studiert, also ...« Er wechselte das Thema. »Und was hast du studiert, Marnie?«

»Ich bin nie zur Uni gegangen.«

»Nie zur Uni!«, sagte Conrad, etwas zu schockiert. »Wow. Wieso denn nicht?«

Marnie zuckte die Schultern. »Ich war einfach nicht klug genug.«

»Sie *war* klug genug«, sagte Cleo und schlug mit der Hand auf den Tisch. »Sie hätte studieren können, es wäre nur ein bisschen später gewesen.«

»Vielen Dank für die Blumen«, warf Marnie ein.

»Ich habe ihr erklärt, dass es Mittel und Wege gibt. Hätte Neil sie nicht daran gehindert ...«

»Neil *hat* mich nicht gehindert. Ich wollte nur nicht, das ist alles.«

»Was für eine Schande«, sagte Conrad.

»Wieso ist das eine Schande?«, fragte Marnie scharf.

»Keine Ahnung. Wegen all der verpassten Erfahrungen?«

»Ich *habe* Erfahrungen gemacht«, sagte sie und blickte auf ihr Glas hinunter. »Glaub ich zumindest, vielleicht ein-, zweimal. Genau, zwei Erfahrungen. Können wir das jetzt auf sich beruhen lassen?«

Unwahrscheinlich, dass sie wirklich nicht klug genug gewesen war. Sie war witzig. War das nicht auch eine Form von Intelligenz? Ob es nun an der Angst vor Schulden, mangelndem Selbstbewusstsein oder schlechter Prüfungsvorbereitung lag, viele der klügsten Kinder gingen nicht zur Uni, was für ihn als Lehrer eine Quelle der Frustration war, und er überlegte, ihr das zu sagen. Aber er durfte nicht zu wichtigtuerisch sein, außerdem hatte sie sich schon wieder Conrad zugewandt. Was, wenn die sagenumwobene Tessa auf ihrem Platz gesessen hätte? Da sie Triathletin war, hätte es mindestens drei mögliche Gesprächsthemen gegeben. Er hätte sie fragen können: »Welche der drei Disziplinen magst du am liebsten, und welche ist die größte Herausforderung für dich?«

Dann ging ihm auf, dass er Gespräche mit einer Person erfand, die gar nicht da war. Marnie dagegen saß tatsächlich neben ihm, und obwohl sie sich unablässig Conrad zuwandte, berührte sie Michael mit ihrem Bein und ihrem nackten Arm. Er fand, dass sie in ihrem Cocktailkleid sehr hübsch aussah, und als hätte er es laut gesagt, drehte sie sich plötzlich zu ihm um und fragte: »Und, wie ist deine Pastete?«

»Gut. Na ja, bis auf die Klümpchen in der Soße.«

»Was für *Klümpchen*?«

»Scheint so eine Art Granulat zu sein, wie Instantkaffee, nur in fleischig. Willst du mal …?«

»Verlockend, aber nein, danke.«

Ihm fiel auf, dass sie den Backteig vom Fisch abgekratzt hatte, um das weiße Fleisch zu essen. »Jetzt sag nicht, du verschmähst den Backteig.«

»Den soll man doch gar nicht essen«, sagte sie im Brustton der Überzeugung.

Er lachte. »Hör auf!«

»Wie, hör auf?«

»Wer hat dir denn *das* erzählt?«

»Hab ich gelesen. Der Teig ist nur dazu da, dass der Fisch beim Frittieren nicht auseinanderfällt.«

»Sei nicht albern. Wer sagt das?«

»Viele. Wirklich! Der Backteig ist quasi nur ein Behälter.«

»Ja, wie der Teig der Pastete. Und den kann man essen.«

»Na j…«

»Siehst du. Der Backteig ist das Beste am Fisch!«

»Das ist frittiertes Mehl …«

»Mit Essig und Salz!«

»Ist das so was Regionales? Spielst du jetzt die Nordengland-Karte aus?«

»Ich will nicht mit dir darüber streiten«, sagte er, und sie lachte.

»Bedien dich ruhig. Nur zu, pfeif dir diese saftigen braunen Stücke fettgetränktes Mehl rein.« Lächelnd sahen sie sich an, und gleich darauf sagte sie: »Jetzt mal ernsthaft, rieche ich wirklich nicht nach Kuhscheiße?«

Als er sich vorbeugte, war er überrascht, als sie ihm entgegenkam; ihr Kopf lag fast auf seiner Schulter. Die Luft um sie herum roch nach Essig, Fett, Gin, Soßengranulat und billigem Duschgel. »Du riechst sehr gut«, sagte er und meinte es auch so.

TAG ZWEI
ENNERDALE WATER NACH BORROWDALE

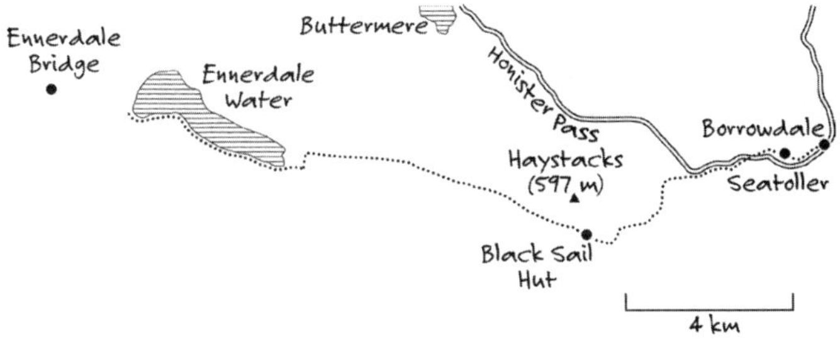

DIE AFTER-SHOW-PARTY

Um kurz nach vier schüttete es wie aus Eimern. Marnie war an das prasselnde Geräusch auf Dächern gewöhnt, genoss es sogar, weil sie selten im Regen nach draußen ging; sie gehörte zu jenen Londonern, die ihn mieden wie Vampire das Sonnenlicht. Hier, auf der Oberfläche des nahe gelegenen großen Sees, klang der Niederschlag wie ein lauter Seufzer, als wäre selbst der Regen vom Regen genervt.

Sie hatte unruhig geschlafen. Das urige Gebäude knarzte und ächzte, durch die dünnen Wände hörte man die Real-Ale-Trinker schnarchen und furzen, und die Glasfaser-Bettdecke bauschte sich wie ein Segel. Ein Pint war eine irrwitzige Menge Bier, aber sie hatte kein Spielverderber sein wollen und hatte drei getrunken, praktisch einen ganzen Eimer, so dass es in ihrem straff gespannten Bauch gluckerte wie in einer Wärmflasche. Wie konnte sie immer noch Durst haben, obwohl sie so viel getrunken hatte? Das Fett, das Salz, der Gin und das Bier hatten ihrem Körper alle Flüssigkeit entzogen, und jetzt lag sie da, schmatzte mit trockenem Mund, spürte geradezu, wie sie Mundgeruch bekam, während ihre Gedanken unablässig um den vergangenen Abend kreisten.

Der Brandy zum Schluss war ein Fehler gewesen. Als die letzte Runde ausgerufen wurde, hatte er gefragt: »Wie wär's mit einem Absacker?«, dann: »Sollen wir oben weiterfeiern?«, und so fand sie sich auf der After-Show-Party im Stichling wieder, an das gepolsterte Kopfende seines Bettes gelehnt, einen Cognacschwenker zwischen die Brüste geklemmt. Ja, sie waren definitiv die Coolsten in ihrer fünfköpfigen Truppe, cooler als das jugendliche Mathegenie und seine Mum und wesentlich cooler als der Erdkundelehrer. Conrad hatte vielversprechende Musik aufgelegt, eine Playlist mit etwas, das man Slow Jazz nennen konnte, und sie fühlte sich wie eine Teenagerin, die bei einer Party mit dem begehrtesten Jungen aus der Zehnten im Schlafzimmer verschwindet. Sollte sie auf dem Bett herumspringen und eine Kissenschlacht anfangen? Sie hatte schon einen blöden Witz über seinen Tarnfarben-Hoodie gerissen (*Huch, wo bist du plötzlich hin?*), aber als sie versucht hatte, ein tiefergehendes Gespräch über das Leben, Beziehungen, was auch immer zu führen, hatte er abgelenkt gewirkt, andere Musik angemacht und seine Sachen auf Kleiderbügel gehängt, bis sie das Gefühl bekam, mit einem Model im Backstagebereich zu sein. Irgendwann hatte er sich neben sie aufs Bett geworfen, den Kopf in die Hand gestützt (*na, hallo*), und sie hatte seine Haltung nachgeahmt und gedacht: *Geht's jetzt zur Sache?* Doch dann hatte sie ihn, betrunken und mit schwerer Zunge, mit Fragen gelöchert, ohne richtig auf die Antworten einzugehen, so dass die Unterhaltung etwas peinlich Einseitiges hatte, wie ein Interview auf dem roten Teppich.

»Erzähl mal – trägst du einen Pyjama oder …?«, fragte sie mit Brandytropfen am Kinn.

»Na ja. Ziemlich persönliche Frage, Marns!«

Hm. *Marns* – sie wusste nicht genau, ob ihr das gefiel. »Sorry, ich versuch's mir gerade auszumalen …« Sie schloss die Augen.

»Nein, ich trage keinen Pyjama. Ich schlafe *au naturel.*«

»Wie jetzt, du schläfst ohne künstliche Zusatzstoffe?« Sie öffnete die Augen, in der Hoffnung, ein Lächeln zu entdecken, aber er ging einfach darüber hinweg.

»Und was ist mit dir?«

»Kommt drauf an. Von Oktober bis Mai trage ich so ein weißes Ding aus der Leichentuchkollektion von Marks & Spencer, das aussieht wie ein ausgemustertes Hochzeitszelt, aber im Sommer, wenn es schwül ist, nur einen Tanga, den ich auf dem Boden eines Wettbüros gefunden hab …«

Machte ihn das an? Anscheinend nicht, denn er wälzte sich vom Bett und fummelte an seinen Ladekabeln herum, und sie gab alle Hoffnung auf eine große Verführungsszene auf. *Müsste schon längst im Bett sein, um Mitternacht verwandle ich mich in einen Kürbis zurück, danke für den lustigen Abend, ups, Kuss aufs Ohr. Gute Nacht.* Zurück in ihrem Zimmer hatte sie Conrad leise und ernst vor sich hinmurmeln hören, vermutlich telefonierte er gerade mit seiner Ex; sie überlegte, ob sie das Ohr an die Wand pressen und lauschen sollte, vielleicht sogar mit Hilfe eines Glases, so wie sie es in Filmen gesehen hatte. Warum auch nicht? Schließlich hatte sie ihn schon aus dem Bett gewitzelt.

Die Witzelei. In der Schule hatte ihr ein beliebtes Mädchen einmal gesagt, dass sie witzig sei, eins dieser beiläufigen, nur halb ehrlich gemeinten Komplimente, die ein Leben vom Kurs abbringen können: *Du könntest Model sein. Du hast eine wunderschöne Singstimme. Du bist echt witzig.* Ihr Ex-Mann hatte das Gleiche gesagt, als er noch behauptet hatte, witzige Frauen »sexy« zu finden. Er hatte auch mal bemerkt, dass er auf ihre »Kurven« stand, wie er es nannte – manchmal sprach er sogar von »üppigen Kurven« –, doch später setzte er beides auf die ellenlange Liste von Dingen, die ihm missfielen, ihre selbstironische Art ganz besonders, bis er irgendwann bei jedem ihrer Witze geschnaubt oder die Augen verdreht hatte. »Wenn du allen Leuten erzählst, dass du scheiße bist«, hatte er gesagt, »wieso sollten sie dir nicht glauben?« Aber wenn sie nicht mehr über sich selbst oder über ihn lachen durfte, worüber dann? Lange hatte sie gar nicht mehr gelacht.

Doch das war vorbei. Sie war jetzt frei, so frei, dass sie hier bis vier, fünf, sechs Uhr morgens herumliegen, den blinkenden Rauchmelder anstarren, dem Regen lauschen und Hoffnung aus der Vorstellung schöpfen konnte, dass es nachts mehr regnete als tagsüber. Stimmte das? Wenn ja, warum eigentlich? Morgen würde sie den Erdkundelehrer fragen.

Ab sieben kamen neue Geräusche dazu, ein Sonnenaufgangschor aus Klospülungen und lautstarkem, ergiebigem Husten; es klang, als würde man mit Trollen unter einem Dach leben. Als schließlich die Fernseher eingeschaltet wurden und schlechte Nachrichten durch die dünnen Wände schallten, griff sie nach ihrem Laptop. Es war zwar noch zu früh für Sexclubs in L. A., und sie hatte sich geschworen, die Sozialen Medien während der Tour zu meiden, aber vielleicht konnte sie zwischen dem Schrank und der Bügelpresse Yoga machen.

Dabei sah sie sich vor ein neues Problem gestellt. Über Nacht schienen ihre Fußknöchel, Knie- und Hüftgelenke miteinander verschmolzen zu sein, so dass die gesamte untere Hälfte ihres Körpers steif und unbeweglich war wie die einer billigen Plastikpuppe, bei der sich nur die Arme bewegen ließen. Sie schwang mühsam die Beine aus dem Bett und stakste wie auf Stelzen ins Bad. Dort setzte sie sich mit ausgestreckten Beinen auf die Toilette und ließ den Kopf kreisen, denn auch ihre Halswirbel waren vom Gewicht des Rucksacks komprimiert worden, so dass sie jeden einzelnen auf unangenehme Art zu spüren, ja, sogar zu hören glaubte, wie sie knirschend gegeneinander rieben. Als sie wieder aufstand, stellte sie fest, dass die Haut unter ihren Fußsohlen sich abgelöst hatte wie zu große Socken. Yoga kam nicht in Frage.

Stattdessen schaute sie durchs Fenster. Draußen sah es aus wie in einem Zimmer mit schweren, zugezogenen Vorhängen, der Regen wirbelte den Nebel über dem See auf, der kaum vom Himmel zu unterscheiden war. Irgendwo dort oben musste die Sonne sein, doch es waren nur schwere, tief hängende graue Wolken zu sehen, bei denen keine Hoffnung bestand, dass Sonnenstrahlen hindurchdringen würden. Marnie hatte die Angewohnheit, das Wetter persönlich zu nehmen, nie ganz abgelegt. Wenn es regnete, weil man die Fenster geputzt oder seinen Schirm zu Hause vergessen hatte, was konnte man tun, damit die Sonne schien?

Sie wünschte, sie könnte ihr Selbstmitleid abschütteln, aber im Moment schmerzte jede Bewegung, und da war sie wieder, kroch in ihr hoch wie Feuchtigkeit die Wände: die Einsamkeit, die sie auch in Gesellschaft nie verließ. Was war aus der hoffnungsvollen Stimmung geworden, die sie in der Euston Station empfunden hatte? Weniger als vierundzwanzig Stunden später spürte sie die Anziehungskraft ihres sicheren trockenen Zuhauses, mit ihren Büchern, ihrem Radio, ihren Decken und der beruhigenden Gewissheit, was der Tag bringen würde. Durch eine der Wände hörte sie die Acht-Uhr-Nachrichten, aber aus dem Stichling war kein Geräusch zu vernehmen. Sie wollten um halb zehn aufbrechen: Wenn sie sich beeilte, konnte sie allein frühstücken. Marnie duschte und zog sich an, als würde sie eine Schaufensterpuppe einkleiden. Dann ging sie seitwärts die Treppe hinunter, wobei sie die Füße so behutsam auf die Stufen setzte wie eine Marionette, bis sie die Bar erreichte, in der es immer noch nach Bier und Fisch roch.

Natürlich war er schon da, er saß an einem Ecktisch. Sie hatte keine Lust, sich mit ihm zu unterhalten, doch es wäre unhöflich, sich woandershin zu setzen. Aber dann …

»Du brauchst dich nicht zu mir zu setzen«, sagte Michael. »Es ist noch zu früh zum Reden.«

»Ach, echt?« Sie war dankbar und fühlte sich zugleich auf den Schlips getreten.

»Ich bin ein ziemlicher Morgenmuffel.«

»Ich auch.« Als Kompromiss entschied sie sich für einen Tisch, der seinem schräg gegenüberstand, und ließ sich ächzend auf den Stuhl sinken.

»Und wie hast du dich beim Aufwachen gefühlt?«, fragte er.

»Wie Gregor Samsa«, sagte sie, ein riskanter Witz, doch er lachte.

»Wie war die Privatparty?«

»Party?«

»Im Stichling?«

»Oh, sorry, haben wir dich wachgehalten?« Aus irgendeinem Grund wollte sie nicht, dass er dachte, die Sache in Conrads Zimmer wäre eine Pleite gewesen. Aber auch nicht, dass sie ein Erfolg gewesen war, was auch immer Erfolg in diesem Zusammenhang bedeutete. »Ganz schön wild. Wie damals auf der Isle of Wight.« Er lächelte und öffnete seine Mini-Cornflakes-Schachtel. »Du siehst aus wie ein Riese«, sagte sie. Er machte ein verwirrtes Gesicht. »Die Schachtel ist winzig. Maßstab?«, fügte sie hinzu.

»Ah. Verstehe.«

»Fruit ’n Fibre«, sagte sie, »Früchte und Ballaststoffe, endlich vereint!«

»Klassische Kombi.«

»Wie Lennon und McCartney.«

»Allein ganz nett, aber zusammen …«

»Genau, wer will schon eine Schüssel von etwas essen, das einfach nur ›Fibre‹ heißt?«

Er überlegte kurz. »Na ja, um ehrlich zu sein, ich würd’s tun.«

Sie lachte. »Ja, glaub ich sofort«, sagte sie, als würde sie ihn kennen. »Wie auch immer.«

»Und, was willst du …?« Er deutete mit dem Kopf auf das kontinentale Frühstücksbuffet.

»Oh.« Sie erhob sich und schob quietschend den Stuhl zurück. Es gab gelbsüchtig wirkenden Orangensaft und einen Haselnussjoghurt, der in einer Schüssel mit geschmolzenem Eis schwamm, als wäre er dort in der Nacht zuvor ertrunken. »Ah, ein Pariser Frühstück«, sagte sie. »Für Frosties bin ich viel zu kultiviert.«

»Ich erzähl’s auch nicht weiter.«

»Nein, nein, für mich gibt’s auch nur Fruit ’n Fibre.«

Er winkte ihr mit der eigenen Minischachtel zu.

Als sie sich wieder setzte, erschien plötzlich wie ein böser Geist der Gastwirt hinter ihr, um ihre Bestellung aufzunehmen: Eier mit Speck, etwas, worauf sie trotz des flauen Gefühls im Magen im selben Maße Heißhunger hatte, wie es ihr zuwider war. Das Klirren ihres Löffels in der Müslischale und das Knirschen der Cerealien klangen ohrenbetäubend. Um es zu übertönen, fragte sie: »Was liest du denn?«

Er hielt sein Buch hoch. »Darin geht’s um den Wandel in der Schafzucht.«

»Wie jetzt, es gibt einen Wandel in der Schafzucht?«

»Ich weiß! Schon wieder! Und du?«

Sie hielt *Sturmhöhe* hoch. »Kennst du das?«

»Nur den Song.«

»Der enthält die besten Stellen. Aber ich glaube, hier kommen auch irgendwo Schafe darin vor, wenn du mal einen Blick ...«

»Danke, lass mal.«

»Ist schon mein zweites Mal. Ich hab's zuletzt mit fünfzehn gelesen.«

»So toll findest du's?«

»Diesmal kommt mir Heathcliff wie ein ziemlicher Arsch vor. Ich verdrehe öfter die Augen als beim ersten Mal, aber es ist immer noch schön wild und nordenglisch.«

»Ich fürchte, es spielt auf der falschen Seite der Pennines.«

»Ist doch eh alles dasselbe, oder? Wenn man einmal an Coventry vorbei ist.«

»Hör bloß auf. Das mit dem Backteig gestern war schon schlimm genug.«

Zeit verging; räusper, knusper, klirr. »*Sturmhöhe* passt jedenfalls zum Wetter«, bemerkte sie.

»Na ja, Sturm würde ja Wind erfordern, und es ist nicht windig, also ...«

»Vielen Dank auch, Branwell.« Er schien sein warmes Frühstück größtenteils mit den Fingern zu essen, faltete ein Stück Brot zusammen, nahm ein Würstchen damit auf und tunkte es in die Bohnen. Sie spürte, wie es in ihrem Magen rumorte, und vielleicht hörte er es, denn er wickelte Messer und Gabel aus.

»Tut mir leid, wo sind meine Manieren? Ich habe mich ziemlich gehen lassen. Hab zu lang allein gegessen.«

»Kenne ich. Zu Hause schaufel ich mir mit beiden Händen Hummus rein«, sagte sie und deutete es pantomimisch an.

»Teller, wer braucht die schon?«

»Völlig überbewertet. Ich bin auch noch leicht verkatert.«

»Geht mir genauso.« Er rieb sich den Kopf.

»Aber du gehst trotzdem wandern?«

»Natürlich! Definitiv.«

»Okay. Also, ich auch!«

»Echt?«, fragte er, und sie erwiderte etwas beleidigt: »Klar!«

»Tja, die Sicht ist nicht so gut, aber es ist nicht windig. Die Etappe ist übersichtlich, wir haben ein Navi, oder sogar zwei, und du weißt ja, wie es so schön heißt.«

Etwas Zeit verging; sie kauten und schlucken. »Wie heißt es denn so schön?«

»Es gibt kein schlechtes Wetter …«

Knusper, knusper. »Und weiter?«

»… nur unpassende Kleidung.«

»Sagt wer?«

Er dachte kurz nach. »Die Norweger?«

»Okay.« Nach einer Pause: »Na schön, Norwegen, wir werden ja sehen!«

»Mir persönlich macht Regen nichts aus.«

»*Natürlich* macht er dir nichts aus.«

»Es ist zu neblig, um die Aussicht zu genießen, aber man setzt einfach die Kapuze auf, zieht sich in seine eigene kleine stille Welt zurück und … trägt sie mit sich rum.«

»Eine kalte, nasse, private kleine Welt.«

»Wenn man in Bewegung bleibt, wird einem nicht kalt. Du könntest dir auch ein Taxi bestellen und direkt zum nächsten Hotel fahren.«

Glaubte er etwa, sie würde nicht durchhalten? »Mal gucken,

wie die anderen das sehen«, sagte sie. Als ihr Frühstück kam, war es ebenso braun wie die Natur gestern, selbst die Eier. Sie aß, so viel sie konnte. Dann ging sie nach oben, um sich fertig zu machen und zu überlegen, was sie zu Conrad sagen würde.

MEHR REGEN

Unter dem Schutz des Verandavordachs las Cleo Conrads Textnachricht laut vor. »›Sorry, dass ich euch im Stich lasse, aber bin nicht für Regen ausgerüstet und habe Kopfweh, Klammer auf, Brandy, Klammer zu, Ausrufezeichen. Nehme ein Taxi zum nächsten Hotel, bis heute Abend.‹«

Michael blickte vorsichtig zu Marnie, die demonstrativ die Reißverschlüsse und Knöpfe ihrer wasserfesten Kleidung schloss. »So viel zur Sportpsychologie.«

»Was für ein Weichei«, sagte Cleo und schaute zu Conrads Zimmer hinauf, in dem der vermutlich noch schlief. »Egal. Wir kriegen das hin!«

»Und ob! Los … das schaffen wir!«, sagte Marnie und straffte die Schultern. Doch niemand rührte sich; das Wasser floss in Strömen vom Vordach, fast so, als würden sie hinter einem Wasserfall stehen, und selbst Michael zögerte. Vor ihnen lag ein schnurgerader Weg mit einer anspruchsvollen Steigung und einem schwierigen Abstieg, bei dem man weder eine Abkürzung nehmen noch von der Route abweichen konnte. Michael sah Anthony an, der mit großen Augen unter seiner Kapuze hervorlugte, und dachte an gewisse Actionfilme, in denen verängstigte Kinder gezwungen werden, marode Hängebrücken zu überqueren. »Okay, der Plan lautet folgendermaßen: Wir brechen jetzt auf, und wenn es zu trostlos ist, könnt ihr einfach um den See herum zurückgehen, in einer Stunde wieder hier sein, euch abtrocknen und mit Conrad zusammen ein Taxi nehmen. Was haltet ihr davon?« Anthony wirkte beruhigt, und alle setzten ihre Rucksäcke auf und traten nach draußen.

Er hatte schlecht geschlafen, war von der Verführungsmusik und dem gedämpften Geflirte aus Conrads Zimmer wachgehalten worden. Selbst durch die Wand erkannte Michael an Marnies Ton, wenn sie einen Witz machte, und ein Teil von ihm hätte gern gelauscht, während der Lehrer in ihm instinktiv Alkohol und E-Zigaretten beschlagnahmen wollte. Conrad sprach leiser und legte ständig neue Musik auf, so als wollte er das Thema wechseln, bis eine plötzliche Stille eintrat und Michael sich fragte: O Gott, küssen sie sich jetzt etwa? Wenn sie gleich Sex hatten, musste er entweder husten oder sich die Ohren zuhalten, aber dann hörte er erneut Marnies Stimme und kurz darauf ihre Schritte im Flur. Er verspürte eine seltsame Erleichterung, über die er nicht eingehender nachdenken mochte, und nickte ein, bis er um vier Uhr vom Regen geweckt wurde.

Es schüttete noch immer. Wenn man bei Starkregen wanderte, bestand der Trick darin, den Rücken durchzudrücken, denn niemand war je trocken geblieben, indem er den Kopf einzog. Man musste einfach stur weitermarschieren. Bald verwandelte sich das Prasseln auf seiner Regenjacke in eine Art weißes Rauschen, und er verfiel in einen Dämmerzustand, der ihn aus seinem Gedankenkarussell befreite. Das war ihm auch schon bei einsamen Wanderungen an einem Strand in Northumbria oder tief im Wald passiert, wenn das Licht immer mehr schwand, Momente, in denen er vorübergehend inneren Frieden fand. In solchen Augenblicken war es, als würde er in einer durchsichtigen Blase dahinschreiten, wie der schwarze Punkt in der Mitte von Froschlaich. Es gab jedoch auch andere Zeiten, wenn er sich, zutiefst einsam und mit tauben Händen und Füßen, einen ansteigenden, scheinbar endlosen Weg durch eine kahle Felslandschaft entlangschleppte und sich dabei vorkam wie ein Flüchtling.

Für den Moment allerdings warf er, zufrieden in seiner eigenen kleinen Welt, nur hin und wieder einen Blick zurück, um sich zu vergewissern, dass seine Begleiter nicht zu weit zurückgefallen waren, und nach einer Stunde kam das andere Ende des Sees in Sicht. Mit schmatzenden Schritten gingen sie vorsichtig über eine Flussaue, sonst wohl ein hübscher Ort für ein Picknick, aber im Moment kaum mehr Festland zu nennen, und versammelten sich mit verkniffenen Gesichtern und gebeugten Schultern an der Brücke, wo der Fluss in den See mündete.

»Und, wollt ihr weitergehen oder …«

»Umkehren«, rief Anthony aus.

»Wir gehen natürlich zurück«, sagte Cleo.

»Das halte ich für eine gute Idee«, sagte Michael. »Also, im Grunde braucht ihr einfach nur dem Pfad da zu folgen …«

»Ich gehe mit dir weiter«, sagte Marnie. »Wenn das okay ist.«

»Echt?«, fragte Michael. War das ihr Ernst?

Cleo lachte. »Jetzt sei nicht albern. Das wird schrecklich!«

»Ich bin doch nicht den ganzen Weg hierhergefahren, um nur im Hotel rumzusitzen. Wie weit ist es bis zur nächsten Unterkunft?«

»Zwölf Meilen, aber …«

»Tja, bei drei Meilen pro Stunde wären wir zum Mittagessen da.«

»Es liegt von uns aus gesehen hinter einem Berg, also …«

Marnie zögerte kurz, dann pustete sie sich einen Regentropfen von der Nasenspitze. »Ich trage Wanderstiefel. Auf geht's … wir packen das!«

»Großartig. Wunderbar«, sagte er und musste zusehen, wie sein Traum vom Alleinsein sich zerschlug. Bei drei Personen konnte man problemlos vorangehen, aber bei nur einer war das schwierig. Cleo und Anthony entfernten sich bereits, sicher träumten sie schon von heißen Bädern und trockenen Socken; Cleo hatte den Arm so fest um die Schultern ihres Sohnes geschlungen, als wollte sie ihn auswringen. Michael und Marnie sahen ihnen einen Augenblick nach, dann schauten sie sich durch die Öffnungen ihrer fest zugezogenen Kapuzen an.

»Bist du dir auch ganz sicher?«

»Je eher wir aufbrechen, desto eher sind wir da. Bringen wir es hinter uns«, sagte sie. Was, wie er fand, nicht unbedingt der Sinn einer Wanderung sein sollte.

NOCH MEHR REGEN

Sie hatte den Blick wiedererkannt, den er ihr zugeworfen hatte; das gleiche Gesicht hatten die Jungs in der Schule gemacht, wenn sie im Sportunterricht Leute für ihr Team ausgewählt hatten. *Mist, jetzt hab ich die am Hals.* Tja, Pech gehabt, Grobstrick-Mann. Sie gingen auf einer asphaltierten Straße, der Art Untergrund, die ihr gefiel, weil man mit einem Taxi darüberfahren konnte. Sie war breit genug für zwei, und so gingen sie nebeneinander her und unterhielten sich mit erhobener Stimme, damit es auch über den Regen hinweg zu hören war.

»Und, vom Wetter mal abgesehen, wie gefällt's dir so?«, fragte er.

»Ganz gut«, sagte sie. Mehr fiel ihr dazu nicht ein. Sie war nicht eloquent, was Landschaftsbeschreibungen anging; für sie war Natur nur die Kulisse in Tierdokumentationen oder Filmen, so dass sie der Nebel über dem schwarzen Wasser des Sees an König Artus und Excalibur erinnerte und der wilde Fluss zu ihrer Rechten an Lachse jagende Grizzlybären.

»Der Fluss hier heißt Liza«, stellte Michael vor.

»Liza. Ich hatte mal eine Freundin, die so hieß. Ich finde, es sollte mehr Flüsse geben, die wie Kinder heißen, mit denen ich zur Schule gegangen bin. Wie der Fluss Claire. Oder der Fluss Martin Fletcher. Und der Neil in Ägypten.« Sie geriet ins

Plappern. Schluss damit! »Die mächtige Gemma Bostock bahnt sich ihren Weg zum Meer …«

»Aber dieser Fluss mündet nicht ins Meer. Nur in den See.«

»Okay.«

»Es ist übrigens ein klassischer Gletschersee.«

»Das dachte ich mir. Echt klassisch.«

Sie gingen ein Stück weiter. »Tut mir leid«, sagte er schließlich. »So was entschlüpft mir manchmal einfach. Geographische Fakten. Wie Blähungen.«

Sie lachte. »Ist doch schön, was Neues zu lernen. Wie heißt du noch gleich mit Nachnamen?«

»Bradshaw.«

»Klassischer Lehrername! Also, wenn du mein Lehrer gewesen wärst …«, sagte sie, führte den Gedanken jedoch nicht weiter aus. »Ich weiß noch, als Kind hatte ich einen Weltatlas, der war riesig, so groß wie ein Couchtisch, und ich habe ihn nur bei besonderen Gelegenheiten rausgekramt, wie den Plattenspieler oder den SodaStream. Ich erinnere mich, dass mir beim Reingucken immer ganz schwindelig wurde. Es gab so viel von allem, so viel Leere, oder aber alles war viel zu dicht zusammengequetscht. Das war das einzige Buch, bei dem ich mich so gefühlt habe. Ein bisschen überwältigt.«

»Und, was konntest du damals gut? In der Schule?«

»Nicht viel. Vor allem möglichst wenig auffallen.«

»Aber du warst doch bestimmt gut in Englisch.«

»Ich war ganz okay. In Prüfungen nicht überragend. Und als ich den Bogen endlich raushatte, war es vorbei. Bücher waren mein Fernsehen, ich war echt besessen. ›Jetzt geh doch endlich mal vor die Tür‹, haben meine Eltern immer gesagt. Ich konnte keinen Sinn darin erkennen. So viel Platz, aber nicht eine Sitzgelegenheit. Und das mit der frischen Luft ist doch ein Mythos. Es ist überall dieselbe Luft, egal, was sie einem weismachen wollen.«

»Keine Wanderurlaube mit der Familie?«

»Nein, nur Ausflüge zu Naherholungsgebieten. Mit dem Auto, und dann sind wir Eis essen gegangen. Wir waren zwar draußen, aber nur, um wieder reinzugehen.«

»Aber sieh dich jetzt an!«

»Sieh mich jetzt an!«

»So was wie schlechtes Wetter gibt's wirklich nicht.«

»Norwegen, ich nehme alles zurück.«

»Hey«, sagte er, blieb abrupt stehen und streckte die Hand aus. »Hast du's schon bemerkt?«

»O mein Gott«, sagte sie, »du hast recht.« Der Regen hatte zwar nicht ganz aufgehört, war aber etwas schwächer geworden, so als hätte sich jemand über den Lärm beschwert. Versuchsweise nahmen sie ihre Kapuzen ab wie Astronauten die Helme. Warum auch nicht? Sie war ohnehin schon völlig durchnässt, spürte, wie sich auf ihrem Rücken ein feuchter Fleck bildete und sich das Wasser einen Weg durch das Futter ihres Sport-BHs bahnte, so dass sie zwei feuchte Dreiecke auf ihrem Sweatshirt haben musste, die an einen Bikini an einem griechischen Badestrand erinnerten. Und auch wenn ihre Wanderstiefel noch dicht waren, wurden ihre Socken langsam feucht und scheuerten auf der Haut. Ihre Hose hatte dem Regen standgehalten, doch darunter staute sich der Schweiß, kondensierte am Stoff wie Dampf an einem Topfdeckel.

Trotzdem war sie fest entschlossen weiterzugehen. Das war immer noch besser, als gelangweilt und rastlos herumzusitzen, und außerdem wollte sie die Beziehung zu Conrad wieder auf null setzen. Wäre sie im Hotel geblieben, hätte sie nur Geld ausgegeben. Cleo war wunderbar, aber wie viele von

Marnies alten Freunden hielt sie Wohlstand für etwas Selbstverständliches – die geteilte Restaurantrechnung, das Taxi, die spontane Zugfahrt. Nichts war demütigender, als einer Freundin gestehen zu müssen: »Das kann ich mir nicht leisten.« Seit sie Freiberuflerin war, konnte sie sich nur noch wenig leisten. Und ihr Singledasein gab ihr unbegrenzte Freiheit, sich Sorgen zu machen, wann immer sie wollte, besonders nachts. Einen Großteil ihres Arbeitstages verbrachte sie damit, passiv-aggressive E-Mails an Finanzabteilungen zu schreiben, um zu fragen, ob es nicht eventuell doch möglich wäre, et cetera pp., oder damit, Geld von der Kreditkarte aufs Konto einzuzahlen, um eine Überziehung zu vermeiden und die Gasrechnung oder die Miete zu begleichen.

Sie fragte sich, ob Conrad ahnte, dass sie … nun ja, nicht unbedingt arm, aber auch nicht gerade gut abgesichert war. Dem Anschein nach hielt sie zwar einen stabilen urbanen Lifestyle aufrecht, sie besaß Regale voller Bücher, ordentliche Kleidung, erlaubte sich gelegentlich auch mal einen Kinobesuch, aber die Ärmelaufschläge an ihrem Wintermantel wurden immer fadenscheiniger, und ein Großteil ihrer Garderobe entstammte einem Whistles-Musterverkauf aus dem Jahr 2016. Was wäre, wenn, Gott bewahre, keine Aufträge mehr reinkämen oder ihr unerwartet eine saftige Mieterhöhung ins Haus stünde? Wie lange noch, bis die KI *Lasterhafte Nächte* in einer Nanosekunde lektorierte? Ihre bisherige Altersrente versprach ihr zwei Pfund zwanzig die Woche, und es ging ihr unglaublich gegen den Strich, einer Generation anzugehören, deren zukünftige finanzielle Sicherheit vom Tod der Eltern abhing, so dass sich nur Waisen einen Urlaub leisten konnten.

In all diese Sorgen mischte sich Wut, nicht zuletzt, weil

Neil beim Verkauf ihrer Wohnung fünfzehntausend Pfund für »Verfahrenskosten« einbehalten hatte. Bei ihrem letzten Gespräch vor zwei Jahren hatten sie sich darüber gestritten. Und er hatte seufzend angedeutet, wenn sie das Geld zurückverlangte, wäre er gezwungen, die Schuhe und das Spielzeug seines Sprösslings zu veräußern. Er sagte, er wolle sehen, was er tun könne, aber es sei gerade »kein günstiger Zeitpunkt«. Anscheinend wogen die Ansprüche einer jungen Familie schwerer als die kleinlichen Forderungen einer alleinstehenden Frau, und ihr hatte die Energie – oder der Mut? – gefehlt nachzuhaken. Cleo bekam bei dem Thema regelmäßig Tobsuchtsanfälle, wobei sich ihr Zorn ebenso sehr gegen Neil wie gegen Marnie richtete. *Er tritt dich immer noch mit Füßen, der Dreckskerl, hol dir das Geld zurück, nimm dir einen Anwalt*, schimpfte sie, wobei sie vergaß, dass Anwälte bezahlt werden mussten, um das Geld zurückzuholen, mit dem sie überhaupt bezahlt werden konnten.

Teufelskreise der Sorge, uralte Schuldgefühle, von denen sie kein Berg in ganz England ablenken konnte. Sie spürte, wie der Regen ihr in den Kragen lief, und betete, dass ihr Laptop nicht nass wurde, sie konnte sich keinen neuen leisten. Ein Verlust von tausend Pfund gegenüber den Kosten für eine Taxifahrt: Wie viele falsche Entscheidungen waren bei dieser Milchmädchenrechnung getroffen worden?

Doch diese Gedanken waren zu düster, um ihnen länger nachzuhängen. Die Wanderung hatte sich zu einem langen Marsch durch Hektar über Hektar voller dürrer Weihnachtsbäume entwickelt; in manchen Gebieten rotteten umgefallene Fichten auf der Erde vor sich hin, als wären sie von einem Riesen niedergetrampelt worden. Der Weg zog sich immer weiter hin, und sie dachte: *Auf dem Laufband kann man sich wenigstes Musikvideos reinziehen.* Der Regen fiel jetzt wieder dichter, und sie setzten ihre Kapuzen auf, während der Pfad holperiger wurde und immer mehr anstieg, bis sie eine kleine Hütte am Ende eines Tals erreichten; plötzlich ragten jäh zu allen Seiten Berge auf, die Gipfel von Wolken verhüllt. Sie hatte das Gefühl, in der Falle zu sitzen wie eine Spinne in einer Badewanne.

»Also ist das hier eine Sackgasse?«, fragte sie. »Ist das der korrekte Ausdruck?«

Er lachte. »Schätze schon. Aber wir klettern über einen Berg ins nächste Tal.«

»Okay. Okay. Echt jetzt?«

»Ich fürchte, ja.«

»Wir klettern? Mit Seilen?«

»Nur mit Händen und Füßen. Wir gehen es langsam an. Das wird schon.«

»Wie hoch ist er?«

»Um die sechshundert Meter.«

»Das sagt mir gar nichts.«

»Na ja, weniger als ein Kilometer.«

»Schon, aber …«

»Nur eben senkrecht.« Er deutete nach oben. »Wird ziemlich anstrengend. Wir müssen zuerst was essen.«

Die Hütte war unbewohnt, also setzten sie sich draußen unter das Dach auf die Bank; der Regen floss wie ein Wasserfall vom Dachvorsprung, und sie dampften wie heiße Kartoffeln. Michael nahm die Kapuze ab, trank Kaffee aus einer Thermosflasche, biss in einen Apfel und erklärte ihr mit seiner schönen Stimme, wie die Berge um sie herum hießen. Zumindest hatte sie das Gefühl, in guten Händen zu sein.

Doch der Schutz vor dem Regen fühlte sich schrecklich

temporär an, und die Banane, die Marnie aus der Obstschale in Herne Hill mitgenommen hatte, war mittlerweile angeschlagen und hatte schwarze Stellen. Sie schaufelte sich den süßen Brei in den Mund. »Costa Rica« stand auf dem klebrigen Etikett. Was hatte diese Banane hier verloren? Was hatte *sie* hier verloren?

Michael reichte ihr den Kaffeebecher, und sie prostete ihm damit zu. »Auf Ausflüge!«

»Auf Ausflüge!«

»Weißt du«, sagte sie, »ich hab darüber nachgedacht, und ich glaube nicht, dass ich je zuvor in meinem Leben so weit von anderen Menschen entfernt war.«

»Tja …«

»Von dir mal abgesehen, natürlich«, sagte sie und stieß ihn mit dem Ellbogen an. Und während sie in ihrem vorübergehenden Unterschlupf hockten und durch den dichten Regen zu all der wolkenverhüllten Erhabenheit hinaufspähten, hatte Marnie Sehnsucht nach einer Vision: dem goldenen Scheinwerferlicht eines zufällig vorbeifahrenden Taxis.

ROLLTREPPE ABWÄRTS

Ob es an der Höhe lag, in der sie sich befanden, oder daran, dass das Universum von Grund auf böse war, jetzt erst begann es richtig zu schütten. Der Weg war kaum mehr erkennbar, weil ein Strom darüberfloss, parallel zum Bach, der zuerst links, dann rechts von ihnen dahinplätscherte, weil sie hin- und hersprangen, um einen begehbaren Weg zu finden.

Doch es gab keinen begehbaren Weg mehr, und bei jedem Sprung über den Strom brachte das Gewicht seines Rucksacks ihn aus dem Gleichgewicht, so dass er entweder mit dem Gesicht voran auf die scharfkantigen Felsen zu fallen oder abzustürzen drohte. Zum ersten Mal fragte er sich: Was soll das alles eigentlich, was hat es für einen Sinn? Kein klarer Kopf, keine innere Reinigung, kein Exorzismus, kein Gefühl, etwas zu erreichen. Man konnte es nicht mal Masochismus nennen, denn das hätte seines Wissens nach etwas Lustvolles haben müssen; es war die reine Qual, während der Regen immer heftiger auf das Felsgestein prasselte, als wollte er sie hinunterspülen. Marnie zu fragen, wie sie zurechtkam, erübrigte sich, denn sie verfluchte den Berg und den Regen in den höchsten Tönen, schrie »Scheiße« und »Kacke« und »beschissene Kacke«. Er spürte die alte Angst hochkommen, ein Gefühl nackter Panik, Visionen von gebrochenen Knochen und blutenden Köpfen, und er sagte sich, was er zu seinen Schülern sagen würde: Ganz ruhig, teil das, was dir unüberwindlich scheint, in kleine Etappen auf, zwanzig Schritte, dann noch mal zwanzig Schritte. Doch als er mit brennenden Augen nach oben spähte, war der Gipfel noch kein Stück nähergekommen. Es war, als würden sie auf Händen und Knien eine abwärts fahrende Rolltreppe hinaufkriechen, und nun richtete Marnie ihren Zorn gegen ihn.

»Du hast mich ANGELOGEN!«

»Inwiefern habe ich dich angelogen, Marnie? Ich hab dir doch gesagt, wir müssen klettern.«

»Ich krabble auf allen vieren! Das hier ist schrecklich, einfach nur grauenhaft!«

»Wir sind fast da! Kletter einfach weiter! Dauert nicht mehr lange.« Doch mit jedem Schritt schien er zu altern, er keuchte, schnaufte, seine Hüfte und die Knie schmerzten, er war durchnässt vom Regen und völlig verschwitzt und dehydriert zugleich. Vor Anstrengung hatte er einen galligen Geschmack im Mund. Jetzt begann auch er, Felsen und Regen zu beschimpfen, zwar mit gemäßigteren Ausdrücken wie »Mist« oder »Scheißdreck«, aber ebenso vehement.

»Bradshaw, du dreckiger Lügner!«, schrie Marnie.

Sie befanden sich jetzt in der Wolkendecke und würden den Gipfel erst sehen, wenn sie ihn erreichten. Aber trotzdem. »Nur noch ein kleines Stück, versprochen«, log er.

ÜBER DEN WOLKEN

In den Flitterwochen waren sie nach New York gereist; für Marnie war es das erste Mal, und so erlaubte Neil ihr großmütig, auf dem Fensterplatz in der Premium-Economy-Klasse zu sitzen, obwohl der laut Boardingpass ihm zustand und man ja immer auf dem Platz sitzen sollte, der einem zugewiesen wird. Trotz ihrer fünfundzwanzig Jahre waren lange Flugreisen eine Neuheit für Marnie, und sie hatte die Stirn gegen die dicke Glasscheibe gepresst und darüber gestaunt, wie solide die Wolken wirkten, wie fest ihre Umrisse vor dem Blau aussahen. Würden die Wolken sie auffangen, falls das Flugzeug abstürzte? Wie wäre es, sich in einer Wolke zu befinden?

Wie sich herausstellte, lautete die Antwort »beschissen«, und nein, Wolken würden einen nicht auffangen, denn sie waren hinterlistige Scheißer, ebenso wie die Felsen und der Regen, und Gebirgsbäche murmelten auch nicht, sie verhöhnten einen, so wie alles hier draußen, die ganze gottverdammte Natur.

»Wieso tu ich mir das hier eigentlich an?«, schrie sie in den Regen. »Ich werd nicht mal gesponsert!«

»Ha!«, rief Michael plötzlich. »Wir sind da! Wir haben es geschafft!« Er richtete sich auf. »Na ja, fast!« Selbst der Berg war ein Lügner, denn Marnie musste noch ein Stück weiterkriechen, bevor sie wieder aufrecht stehen konnte, und an dem Punkt kam ein neues entsetzliches Element ins Spiel: ein heftiger, schneidender Wind, der ihr die nassen Klamotten an die Haut presste und Eissplitter ins Gesicht schleuderte.

»Ist *das* eine Sturmhöhe, Mr. Bradshaw? Würden Sie das jetzt als Sturmhöhe bezeichnen?«

»Ja, das ist eine Sturmhöhe.«

»Ich krieg die Schwindsucht. Ich spür sie praktisch schon in der Lunge.«

»Aber schau dich doch nur mal um, wo wir hier sind!«

Nichts. Genau das sah sie, als er ins Nichts deutete. »Da drüben ist der Haystacks, einer der interessantesten Gipfel hier in der Region!« Das Grau eines Krankenbettlakens. »Da hinter uns liegen der Great Gable und der Green Gable« – das Grau von altem Schnee und schmutzigem Badewasser – »und da unten befindet sich – theoretisch – der wunderschöne Buttermere!« Das Grau eines speckigen Hemdkragens. »Und da ganz hinten könnte man, wenn sich der Nebel lichtet, den kleinen Bergsee Innominate Tarn sehen, wo die Asche von Alfred Wainwright verstreut wurde, dem Mann, der diesen Wanderweg beschrieben hat.«

»Gut!«, schrie sie. »Hervorragend! Ich bin froh, dass er tot ist!«

»Marnie!«, sagte er leicht schockiert. »Das ist ein bisschen hart.«

»Hellgrau, dunkelgrau, schwarz, grau und braun. Da unten könnte die Golden Gate Bridge oder der beschissene Golf von Neapel sein, wir würden es nie erfahren!«

»Ich kann nichts für den Regen, Marnie!«

»Ist klar, hinterher will's wieder keiner gewesen sein.«

»Sollen wir uns an den Abstieg wagen? Mal sehen, wie du dich fühlst, wenn du erst wieder im Hotel bist.«

»Ich weiß, wie ich mich fühlen werde. Verdammt … *angepisst.* Hör auf zu lachen!«, sagte sie, obwohl sie selbst kurz davor stand loszuprusten. »Hilf mir einfach nur, hier runterzukommen.«

Er wischte die Regentropfen von dem seltsamen Gerät in seiner Hand, einer Art Navi, das an eine Requisite aus *Star Trek* erinnerte, an der man steigende Strahlenbelastung und aufziehende Plasmastürme ablesen konnte. »Da entlang!«, verkündete er schließlich und deutete in das undurchsichtige Grau. Und dort erwartete sie eine weitere neue Gemeinheit der Natur, mit der sie sich herumschlagen mussten. Der Gipfel bestand aus einer Art Plateau, und der Regen hatte den Pfad komplett aufgeweicht. Also mussten sie über kleine Inseln aus dornigen rötlichen Pflanzen hüpfen, die außerirdisch und gefährlich aussahen und die, wie sich herausstellte, oftmals alles andere als fest waren, so dass Marnies neue Wanderstiefel wieder und wieder im Matsch stecken blieben, bis Wasser hineinschwappte, was einen neuerlichen Schwall von Flüchen auslöste.

»Scheiß auf ›Zurück zur Natur!‹«

»Was?«

»Ich find's furchtbar. Menschen haben hier oben nichts zu suchen.« Sie hopste weiter; jeder ihrer Schritte verursachte deutlich hörbare Schmatzgeräusche, und ihre Zähne klapperten wie eines dieser Aufzieh-Gebisse aus dem Scherzartikelladen. Sie starrte durchdringend Michaels Rücken an und nahm sich vor, ab jetzt zu schweigen. Einmal hatte sie einen Film gesehen, in dem ein schweigsamer, knallharter Abenteurer einem neurotischen Großstädter zeigt, wie man in der Wildnis überlebt; anfangs findet der Großstädter ihn schrecklich, später aber eigentlich doch ganz nett. Scheiß drauf. Sie würde sich dem Klischee widersetzen und beweisen, dass sie ebenso knallhart, kompetent und fähig sein konnte wie er, denn genauso endete es auch in dem Film.

SELBSTBETRUG

Nach dem Sumpf folgte der Abstieg durch die Wolken, und sie erreichten ein Tal, das komplett anders aussah als das letzte – steil, trostlos, bleigrau und mit schwarzen, tattooartigen Streifen an den Felswänden. Nun, da sie es über den Berg geschafft hatten, war die Landschaft so karg, dass es wenig zu feiern gab; es war ein Ort, den ein Locationscout als lebensfeindlichen außerirdischen Planeten vorschlagen würde. Selbst sein Name klang nach Science-Fiction.

»Das ist der Honister Pass«, sagte er.

»Ganz reizend«, sagte sie, ohne aufzusehen.

»Na, dann schau ihn dir doch mal an!«

»Vergiss es«, knurrte sie. »Die Genugtuung gönne ich ihm nicht.«

»Sieh dir doch nur mal den ganzen Schiefer an!«

»In London haben wir auch Schiefer, auf Dächern, da, wo er hingehört – er ist grau und langweilig wie … tja, um ehrlich zu sein, wie du, Michael.«

Er beschloss, dass ihre Feindseligkeit scherzhaft gemeint war, auch wenn sie etwas bissiger klang, als er es gewohnt war. »Also willst du *nichts* über den Schieferabbau …«

»Michael, ist mir egal – ist mir egal – ist mir *egal*, ob sie in diesem Tal Schiefer, Gold oder verdammten *Toffee* abgebaut haben. Ich will einfach nur ins Hotel. Okay?«

Sie erreichten einen weiteren Pfad, der glitschig, schwarz

und schnurgerade war. »Das hier war mal eine funktionierende Trambahn in …«

»Okay, und funktioniert sie noch? Fährt hier eine Bahn, die uns zum Hotel bringt?«

»Schon seit hundertfünfzig Jahren nicht mehr.«

»Dann. Ist. Es. Mir. Egal.«

Die Überreste eines verfallenen Gebäudes mit ordentlich aufgeschichteten Schieferstapeln zu beiden Seiten markierten den Anfang des Weges. »Das ist die Ruine von Drum House. Willst du wissen, warum es Drum House genannt wird?«

»Michael, wenn du es mir sagst, schubse ich dich den Hügel runter.«

»Das ist doch kein *Hügel.*«

»Lass uns – lass uns einfach zum Hotel gehen. Wie lange dauert es noch?«

»Äh, ungefähr anderthalb Stunden?«

»Scheiße! Abgefuckte, beschissene Scheiße.«

»Vielleicht würde es schneller gehen, wenn du einfach mal aufschauen würdest.«

Ihre Augen wurden schmal. »Ach … scheiß doch die Trockenwand dahinten an.«

Sie gingen jetzt schneller abwärts, aber das Wasser suchte ebenfalls den kürzesten Weg nach unten, was den Schiefer glitschig und glatt wie Eis machte. Doch als er ihr die Hand hinhielt, schlug sie sie beiseite. Vorsichtig schlurften sie vorwärts, stießen sich bei jedem Schritt die Zehen. »Autsch, autsch, autsch«, zischte Marnie mit vor Wut bebender Stimme, bis sie schließlich die asphaltierte Straße erreichten – ein luxuriöses Gefühl unter den Füßen.

Der letzte trockene Teil seines Körpers hatte angesichts

der Nässe schon vor einiger Zeit kapituliert. Es war, als wäre er vollständig bekleidet in ein Schwimmbecken gefallen, und so komplett durchnässt zu sein gab einem ein gewisses Gefühl von Freiheit; es war längst nicht mehr nötig, die Kapuze aufzusetzen. Trotzdem kam es ihm vermessen vor, ein Gespräch zu beginnen, und so gingen sie weiter, Marnie mitten auf der Straße, als versuchte sie, überfahren zu werden. Als er Motorgeräusche hörte, drehte er sich um. »Sieh mal!«

Marnie machte große Augen. Ein kleiner Bus, o Wunder, ein öffentliches Verkehrsmittel! Sie fing an zu lachen. »Ich danke dir, Gott!« Der Bus hatte sie fast eingeholt, und Marnie suchte hektisch nach der nächsten Bushaltestelle. »Kommst du?«

»Ich glaube, ich gehe lieber zu Fuß.«

»Aber da ist ein *Bus*, du Idiot! Ein Bus!«

»Nein, danke.«

»Aber wieso denn nicht?«

»Ich will den ganzen Weg zu Fuß gehen.«

»Schau dich doch mal um! Hier ist doch keiner. Niemand wird je davon erfahren! Und ich werde dich nicht verraten.«

»*Ich* würde es wissen.«

»Aber er hat ein Dach!«

»Schon gut. Steig ruhig ein.« Der Bus fuhr an ihnen vorbei, und Marnie rannte los, oder versuchte es zumindest, während der locker sitzende Rucksack ihr gegen den Rücken schlug. »Bus! Bus! Bus!«, rief sie, als wäre das der Name des Fahrzeugs. Er sah, wie der Fahrer sich ihrer erbarmte und wie sie sich, ohne einen Blick zurückzuwerfen, mit beiden Händen ins Innere zog. Er blieb stehen und spürte, wie ihm der kalte Regen den Rücken hinunterlief. Durch die beschlagene Heckscheibe sah er einen Schemen, der vielleicht Marnie war, die sich setzte, dann ein blasses Oval, das vielleicht ihr Gesicht war, eine Hand, die gegen das Glas klopfte, ein Finger, der rückwärts ein Wort an die Scheibe schrieb, aber der Bus war schon zu weit entfernt, um die Botschaft zu lesen.

ZÄHNEKLAPPERN

Conrad gab gerade an der Rezeption seine Schlüsselkarte ab.

»Hi!«

Er sah geschockt aus, nachdem er sich zu ihr umgedreht und sie gesehen hatte. »Mein Gott, alles in Ordnung?«

»Ich bin nur nass, und mir ist kalt. Willst du etwa …«

»Haben sie dich aus dem Wasser gefischt? Wer hat dir das angetan?«

»Mr. Bradshaw. Conrad … willst du etwa auschecken?«

»Äh. Ja. Ja, will ich. Ich hatte noch vor, dir eine Nachricht zu hinterlassen. Ich muss zurück, wegen der Arbeit.«

»Ich dachte, du hättest Mo-Montag frei?«

»Ja, es ist nur – es ist eine lange Fahrt, das Wetter ist schrecklich, und ich habe keine wasserdichten Sachen, keine Wanderstiefel und …« Er trat näher an sie heran und flüsterte: »In dem Hotel hier kann ich nicht bleiben.« Dann fuhr er in normalem Ton fort: »Außerdem ist mir wieder eingefallen, dass ich wandern nicht ausstehen kann. Hey, brauchst du ein Handtuch oder eine Decke?«

»Alles gut. Ich t-tropfe einfach vor mich hin.«

»Aber ich hab von Cleo deine Nummer bekommen, und wir können uns in London treffen, ja? Du klapperst übrigens mit den Zähnen.«

»Ist eine … unwillkürliche Reaktion.«

»Ich dachte, das gibt's nur in Cartoons.«

»Nein, nein, a-auch im echten Leben.«

Er warf einen Blick zum Ausgang. »Wie auch immer, ein Taxi bringt mich zu meinem Wagen zurück. Ich hoffe, er ist noch da. Ist ein elektrischer Audi.«

»Ja, hast du erwähnt.«

»Du bist ganz schön blass. Geh besser schnell auf dein Zimmer! Lass dir ein gutes geben.« Er trat vor und tätschelte ihr die Schulter, als wäre sie ein Hund, der gerade aus einem Kanal geklettert war. »Hat Spaß gemacht mit dir«, sagte er.

»Aber so was von«, sagte sie. »Ich ch-check dann mal ein.«

»Klar. Natürlich. Dir noch gute Erholung!« Er ging, ohne sich noch einmal umzudrehen, und sie stakste mit schmatzenden Schritten zur Rezeption. Das WLAN-Passwort lautete wainwright2014.

In ihrem Zimmer zog sie all ihre Sachen aus und warf sie als großen, nassen Klumpen auf den Badezimmerboden, wo sie mit einem comicartigen »Platsch!« landeten. Immer noch nass und mit tropfenden Haaren krabbelte sie zitternd ins Bett, sortierte die überschüssigen Kissen aus, zog die Decke bis zum Kinn hoch und wartete darauf, dass das Gefühl in ihre Gliedmaßen zurückkehrte. Von der Kieseinfahrt aus betrachtet wirkte es wie ein großes, sogar imposantes Hotel, innen jedoch war es überbeleuchtet und funktional – Konferenzräume, ein riesiger Frühstückssaal, ein Konferenzhotel für gleichförmige Tage zwischen gleichförmigen Konferenzen. Borrowdale sei, so behauptete es die Informationsbroschüre, das schönste Tal des Landes. Durch das beschlagene Fenster sah sie rostige, mit einer Plane abgedeckte Gartenstühle und einen überschwemmten Tennisplatz, dessen Netze in Pfützen hingen. *Dafür habe ich mir die Beine enthaart?*, dachte sie.

Als sie ihren Körper wieder spürte, tappte sie ins Bad, rollte hektisch ihre Kleidung zusammen und wrang gräuliches Wasser in die Wanne. Es stimmte, dass die Gespräche mit Conrad nie richtig in Gang gekommen waren und dass sie ihn nur theoretisch attraktiv gefunden hatte, und es stimmte auch, dass sie im Grunde keine Chance gehabt hatten, sich über Oberflächlichkeiten hinaus auszutauschen (schreckliche Formulierung), obwohl das mit der Zeit vielleicht noch gekommen wäre. Aber auch wenn nichts passiert war, hatte es etwas Demütigendes, so sitzengelassen zu werden, ein mieses Date, und das vor ihrer Freundin, vor ihrem Patenkind! Wieder einmal war sie mit der Kluft zwischen Hoffnung und Realität konfrontiert – keine Sonne im Gesicht, kein Naturgenuss, kein Spaß mit Freunden, kein Sex. Ganz gleich, mit wie viel Bedacht man seinen Rucksack packte, es gab nichts, was einen vor dieser bitteren Enttäuschung bewahren konnte. Sie hob ihre malträtierten Sachen vom Boden auf und drapierte sie auf der Heizung. Es gab zwar ein Schild, das Gäste höflich darum bat, keine Kleidung darauf zu trocken, aber was blieb ihr anderes übrig? Sollte sie sie trocken pusten?

Wenigstens ihr Laptop hatte den Regen unbeschadet überstanden, und so arbeitete sie an *Lasterhafte Nächte* weiter, wo ein maskierter Killer Mitglieder der L. A.-Sexparty-Community ermordete. Doch schon bald wurde sie abgelenkt. Durch die Reibung der nassen Socken hatte sich die tote Stadt-Haut an ihren Füßen abgeschält, in grauen Fetzen, die Radiergummiresten ähnelten; sie zupfte sie angewidert ab und fühlte sich allmählich besser. Wenigstens war ihr das Vergnügen abgesagter Pläne geblieben. Heute Abend brauchte sie keine Show abzuziehen, es würde kein vom Brandy befeuertes Herumgealbere geben, sondern nur ihre Füße und ein

Abendessen mit einer alten Freundin. Und mit Michael, aber sie hatte nicht das Bedürfnis, sich vor ihm zu verstellen. War das gut oder schlecht? Egal. Die neue Haut, die unter der abgescheuerten zum Vorschein kam, war weiß wie die unter der Schale eines hartgekochten Eis – so viel Spaß hatte sie den ganzen Tag nicht gehabt.

Ihr Smartphone vibrierte, als eine Textnachricht von Cleo eintraf:

Lebst du noch? Es gibt hier einen POOL! Sehen uns in 20 im Whirlpool

Marnie schrieb zurück:

Muss noch arbeiten. Und hab keine Schwimmsachen dabei!

Wobei sie, als sie auf »Senden« drückte, schon ahnte, dass sie damit nicht durchkommen würde.

Sie verkaufen welche an der Rezeption. Sehen uns in 15

BADEKOSTÜM

Michael stand in einer Pfütze an der Rezeption und starrte auf sein Handy. Es war ein altes Modell und weit davon entfernt, wasserdicht zu sein, und so hatte er es beim Wandern nicht aus der Tasche genommen, was bedeutete, dass Natashas Nachricht vielleicht schon den ganzen Tag da gewesen war.

»Sir?«

Er sah auf.

»Ihre Schlüsselkarte.«

»Alles klar, wunderbar, vielen Dank.«

Es war das erste Mal seit Monaten, dass er etwas von seiner Frau hörte, und obwohl es irrational war, schämte er sich dafür, dass er durchnässt, erschöpft und mit angeklatschten Haaren den Teppich dieses Mittelklassehotels volltropfte. Er sollte auf sein Zimmer gehen, wo es warm und trocken war, und die Nachricht dort lesen.

»Da bist du ja!« Es war Marnie, die am Gürtel ihres Bademantels zupfte und in Einweg-Pantoffeln auf ihn zu schlappte. »Du siehst aus wie ein Amphibium, das seine ersten vorsichtigen Schritte an Land wagt …«

»Und wie geht's der Schwindsucht?«

»Wieder besser. Zum Glück hatte ich meine Tinktur gegen Schwächeanfälle dabei. Ich trage zwar immer noch großen Hass auf dich in meinem Herzen, aber ansonsten ist alles gut.«

»Kein Stolz darauf, etwas erreicht zu haben?«

Sie tastete suchend die Taschen ihres Bademantels ab. »Nö. Nichts dergleichen. Obwohl ich mich bei dir dafür entschuldigen möchte, dass ich laut geworden bin.«

»Ist schon okay. Ich bin auch laut geworden.«

»Du hast mich aber nicht angeschrien.«

»Na ja, es war ja auch echt grausam. Und, das sage ich jetzt nicht einfach so, das mit dem Fluchen hast du echt drauf.«

»Oh, danke schön. Trotzdem, tut mir leid, dass ich hässliche Sachen über Alfred Wainwright gesagt habe.«

»Tja, er ist nicht hier, also« – er schaute auf sein Handy – »halb so wild.«

»Ich mach mich mal auf den Weg. Wir wollen schwimmen gehen, falls du Lust hast, noch mal nass zu werden.«

»Äh, nein, danke.«

»Es gibt sogar einen Whirlpool.«

»Ich habe kein Badekostüm dabei.«

»Meinst du das Badekostüm, das dir deine edwardianische Gouvernante gehäkelt hat?«

»›Schwimmbekleidung‹?«

»Nein, das ist noch schlimmer.« An die Rezeptionistin gewandt fragte sie: »Wie nennt man so was?«

»Für Männer? Badeshorts?«

Doch er konnte nur daran denken, dass er eine Textnachricht bekommen hatte – von Natasha. »Tut mir leid, ich muss los ... Sehen wir uns nachher an der Bar? Auf einen Drink?«

»Klar«, sagte sie, dann, zu seinem Rücken: »Ach, Conrad ist übrigens schon abgereist. Er lässt grüßen, tat ihm leid, dich zu verpassen. Er ist einfach abgehauen.«

Michael drehte sich um. »Okay. Tja, schade. Aber wir haben durchgehalten, Marnie!«, sagte er und öffnete noch im Gehen die Nachricht seiner Frau. »Wir sind noch da!«

CHLOR

Der Pool war in einem instabil wirkenden halbrunden Bau untergebracht, der aussah wie die Folientunnel, in denen man im Winter Salat anbaut. Das Gemälde mit Palmen und einer riesigen Piña colada an der Wand schien die moosbraune Landschaft jenseits der jetzt beschlagenen Glasscheibe zu verhöhnen, die Metallstreben waren mit Rostflecken übersät. Statt nach Hibiskus oder Kokosöl roch es nach benutzten Handtüchern und Chlor, aber wenigstens hatten sie das Schwimmbad ganz für sich. Anthony hielt sich am Beckenrand fest und strampelte müßig mit den Beinen, während Cleos Kopf aus dem schaumigen Wasser des Whirlpools ragte. »Komm rein!«, rief sie.

Marnie zog den Bademantel aus und schlappte steifbeinig zum Whirlpoolrand; ihre geschundenen Füße waren empfindlich. Wäre Conrad geblieben, hätten sie sich vielleicht gegenseitig ins Wasser schubsen oder nassspritzen können. Aber vielleicht war es auch besser, dass er weg war. Es hatte etwas Intimes, sich vor jemandem im Badeanzug zu zeigen. Der, den sie an der Rezeption erstanden hatte, war so schlicht und züchtig, dass man ihn sogar auf einer Beerdigung hätte tragen können, trotzdem zupfte sie den hinteren Beinausschnitt nach unten, als sie ins Wasser stieg.

»Na, was sagst du zu unserem Wellnesstempel?«, fragte Cleo.

»Club Tropicana, nur mit Bierschaum. Gefällt mir«, sagte

Marnie und deutete auf den Schaum, dessen graue Streifen an schmutzigen Schnee erinnerten. Sie schloss die Augen und lauschte dem Blubbern der Wasserpumpe.

»Schade, dass Conrad schon fahren musste«, sagte Cleo schließlich.

»Ich find's nicht schlimm«, sagte Marnie betont beiläufig.

»Arbeit, lange Fahrt und so«, sagte Cleo. »Er meinte, er hätte sich sehr gefreut, dich kennenzulernen.« Marnie stöhnte auf. »Wirklich! Es stimmt!«

»Daher die quietschenden Reifen.«

»Er will dich anrufen, wenn er wieder in London ist. Ihm ist bloß klargeworden, dass das hier nichts für ihn ist.« Marnie erwiderte nichts, schob nur den Schaum von ihrem Gesicht weg. »Und, wie war's?«, fragte Cleo, und Marnie erzählte ihr vom Regen, dem Schlamm und der Kraxelei.

»Wie bist du mit Michael klargekommen?«, erkundigte sich Cleo.

»Er war nett. Eher ruhig. Na ja, wir konnten uns nicht so richtig unterhalten, weil der Regen zu laut war, und am Ende bin ich etwas ausgeflippt und habe ihn beschimpft, aber er scheint ein netter Kerl zu sein.«

»Er *ist* ein netter Kerl«, sagte Cleo.

»Ist er«, sagte Marnie, »ein sehr netter Kerl.« Doch dann verstummte sie, denn Nettigkeit war nicht nur selten, es gab auch nicht viel über sie zu sagen.

»Er hat einiges durchgemacht«, sagte Cleo bedeutungsvoll. »Einiges.«

Marnie öffnete die Augen. »Wir haben kein so persönliches Gespräch geführt.«

»Solltet ihr aber. Ich glaube, es würde ihm guttun, mal mit jemandem zu reden.«

»Worüber?«, fragte Marnie.

»Es ist so: Anthony und ich fahren morgen Vormittag wieder nach Hause«, erklärte Cleo, und Marnie spritzte ihr Schaum ins Gesicht.

»Wir wollten doch drei Tage lang wandern!«

»Aber es regnet und es ist anstrengend, und Anthony wurde auf eine Paintball-Party eingeladen …«

»Und was mache *ich* dann? Mein Zug fährt erst am Dienstag von Penrith aus!«

»Das Hotel ist gebucht. Ist ganz schön nobel. Bleib doch einfach noch.«

»Was – mit einem Unbekannten?«

»Er ist doch jetzt gar kein Unbekannter mehr. Und es ist ja auch nicht so, als müsstet ihr euch ein Zimmer teilen.«

»Ich wollte dich wiedersehen. Hauptsächlich bin ich mitgekommen, um Zeit mit *dir* zu verbringen!«

»Okay, dann fahr mit uns zurück nach York. Wir unterhalten uns auf der Autofahrt.«

»Das ist mal wieder so typisch, Cleo, erst triezt du mich so lange, bis ich mitkomme …«

»Hallo? ›Triezen‹?«

»Ständig sagst du: ›Du musst mehr rausgehen! Du bist einsam! Zeit, wieder aufs Pferd zu steigen‹ –«

»Das ist kein Triezen, das ist Besorgnis.«

»Ach, ich bitte dich, jetzt hör endlich auf, dir Sorgen um mich zu machen!«

»Dann nenn es halt Fürsorglichkeit. Du bist brillant! Eine wundervolle Frau, und es macht mich verrückt, dass du … nicht mehr von dir hältst und öfter rausgehst.«

»Wo raus? Hier raus?«

»Einfach aus deiner Wohnung! Früher warst du nicht so.

Andere Freunde sagen, sie hören nichts von dir, sehen dich kaum, und du würdest ständig absagen. Das mit Neil ist lange her …«

»Wieso erwähnst du es dann?«

»Weil er schlecht für dich war, dir verdammt nochmal geschadet hat – er hat dein Selbstvertrauen komplett ruiniert …«

»Kannst du bitte einfach … aufhören, dich in mein Leben einzumischen?«

Sie lauschten schweigend der Pumpe. »Cleo, ich bin allein sehr glücklich. Ich meine, sieh nur!« Marnie schaufelte sich eine Handvoll Schaum auf den Kopf. Cleo lächelte, sagte jedoch nichts, und sie schauten zum Schwimmbecken hinüber, wo Anthony locker ein paar Bahnen schwamm.

»Ich glaube, es war ein Fehler, ihn mitzunehmen. Er ist total angeödet.«

Mit einem Anflug von Empörung dachte Marnie: *Wen kümmert's, was ein Kind will?* Wenn sie mit ihren Eltern in den Urlaub gefahren war, hatten die es als gegeben hingenommen, dass sie sich langweilte. Aber in einem Whirlpool die Ansicht zu verteidigen, dass die Meinung eines Kindes weniger zählte, dass Anthonys Kindheit mehr ihrer eigenen gleichen sollte, war schwierig und würde gemein rüberkommen. Es war allerdings auch schwer zu schmollen, wenn einem schmutziger Schaum vom Kopf tropfte. Dennoch gab sie sich alle Mühe.

Sie war eine gute Schwimmerin. Während ihrer Ehe und in der schwierigen Zeit danach hatte sie sich immer im Schwimmbad ausgepowert, und nach ein paar Bahnen im Pool würde es ihr besser gehen. Es wäre albern, sich den letzten Abend mit Schmollen zu verderben. Sie sprang ins Becken, tauchte unter und sah Anthonys dürre, strampelnde Beine. Gerührt von dem Anblick näherte sie sich ihm tauchend wie ein Hai und packte ihn an den Knöcheln. Selbst unter Wasser konnte sie seinen Aufschrei hören.

»Sorry! Tut mir echt leid! Ich wollte nur Hallo sagen!«

Anthony klammerte sich mit aufgerissenen Augen am Beckenrand fest.

»Was ist?«, rief Cleo und reckte den Kopf aus dem Schaum.

»Nichts, ich hab nur – es war nur ein Scherz!«

»Du hast mich unter Wasser gezogen!«

»Stimmt doch gar nicht! Jetzt verpetz mich nicht, Anthony. Ich wollte wirklich nur Hallo sagen. Hallo. Alles in Ordnung!«, rief sie Cleo zu, die wieder abtauchte. Marnie rieb sich die Nase. »Ich hab dich vorhin schwimmen sehen. Du bist sehr gut.«

»Bin ich nicht. Eigentlich bin ich sogar ziemlich schlecht.«

»Kein bisschen. Zeig mal! Zeig mir deine Technik.«

»Bin zu müde.«

»Okay. Stehst du nicht auf Whirlpools?«

Er rümpfte die Nase. »Whirlpools sind was für alte Leute.«

Sie lachte. »Tja, da hast du wohl recht. Du bist ja auch noch nicht verschwitzt und völlig verspannt. Das kommt später.« Sie schwiegen eine Weile. Dass offene Gespräche mit Erwachsenen unangenehm sein konnten, war für Marnie selbstverständlich, aber sollte es mit Kindern nicht leichter sein? Früher hatte sie sich gut mit Anthony verstanden, nach ihrer Scheidung hatte er sie sogar in den Ferien in London besucht, und das Einzige, was diese Zeit getrübt hatte, war die Annahme seiner Eltern, sie müsse neidisch sein – so als würde Cleo ihr eine Zeitlang ein heißgeliebtes Spielzeug leihen, solange sie es hinterher ja wieder brav zurückgab. Doch Marnie hatte Anthony geliebt, ohne ihn behalten zu wollen, und gehofft, es würde immer so bleiben. Nun aber, da er in die Pubertät kam, war sie nur noch eine peinliche, lächerliche Erwachsene unter vielen, der man bei gesellschaftlichen Ereignissen besser aus dem Weg ging.

»Ich war in den letzten paar Jahren keine gute Patentante, was?«, fragte sie. »Ich glaube, ich hab mir einfach abgewöhnt, mich mit Leuten zu treffen, mit deiner Mum, deinem Dad, mit Freunden, und dann ist es plötzlich schwer, wieder anzufangen, als würde man auf eine neue Schule kommen oder so. Was verrückt ist, wenn man achtunddreißig ist.« Wieso sprach sie das alles laut aus? Anthony starrte stur geradeaus. »Aber es ist toll, dich aufwachsen zu sehen, alle sind so stolz auf dich. Und wenn du einfach mal Lust hast, mich anzurufen und zu quatschen oder mich in London zu besuchen … Ich weiß, meine Wohnung ist klein, aber …«

»Okay. Ja, das wär cool«, sagte er.

»Echt?«

»Ja. Ich fand's immer gut bei dir.«

»Oh. Ja, toll. Dann lass uns das so machen! Wir können Mangas kaufen bei Forbidden Planet oder ins Kino gehen.«

»Cool.«

Plötzlich verspürte sie den sentimentalen Drang, seinen Kopf in beide Hände zu nehmen und seine reizende pickelige Stirn zu küssen, aber er war schon wieder untergetaucht. Sie fühlte, wie sein kühler, dünner Körper ihr Bein streifte, als er sich abstieß und den ganzen Weg zur anderen Poolseite tauchte.

HOFFEALLESGUT

Hallo! Ein Vögelchen hat mir gezwitschert, dass du von Küste zu Küste wanderst. Wow! Hoffeallesgut x

Das gab nicht viel her. Das »Vögelchen« war vermutlich Cleo. »Hoffeallesgut« schrieb seine Frau, was wahrscheinlich bedeutete, dass sie hoffte, bei ihm sei alles gut.

Trotzdem. Immerhin etwas. Seit Weihnachten waren die Streaming-Accounts, die sie sich immer noch teilten, ihre Hauptkommunikationsquelle gewesen; ein merkwürdig intimes Tagebuch bestehend aus der Historienserie, die sie verschlungen, und dem künstlerisch wertvollen Film, den sie nicht zu Ende geschaut hatte. Allerdings waren die Botschaften verschlüsselt – sollte er sich wegen der Serienkiller-Dokus Sorgen machen? Schaute sie sich die Sitcoms an, weil sie glücklich oder traurig war? Auch er kuratierte seinen Verlauf, hielt sich zurück, was Zombies und Erotik anging, guckte sich stattdessen Tiefsee- oder Vulkan-Dokus an. Wenn er sich *Master & Commander – Bis ans Ende der Welt* reinzog, würde sie glauben, dass es ihm gut ging.

Gelegentlich meldete sie sich bei ihm, um sich nach dem Haus zu erkundigen. Sie war schnell ausgezogen und hatte versprochen, ihre restlichen Sachen abzuholen, sobald sie etwas Eigenes gefunden hatte. Es wäre ihm lieber gewesen, sie wäre sofort ganz aus seinem Leben verschwunden, anstatt ihn nur halb zu verlassen. Zu Hause war sie überall präsent, in den

Möbeln, den Bildern an der Wand und den Tellern, die sie zur Hochzeit geschenkt bekommen hatten, ebenso wie in der Bürste, in der immer noch ihre Haare hingen, dem Roller, mit dem sie (mit beherztem Abwärtsschwung und Knick in der Hüfte) die Fusseln von ihrem Rock entfernt hatte, oder der Tube Canesten, die er nicht wegwerfen mochte. Obwohl zwei Menschen in diesem Haus gelebt hatten, war sein eigener Einfluss weniger spürbar, selbst seine schlichte, elegante Armbanduhr hatte er von Nat zum Vierzigsten bekommen. Wie oft schaute er am Tag auf die Uhr? Ohne sie wüsste er nicht einmal, wie spät es war. Neuerdings aß er im Stehen, und in der leeren Obstschale sammelte sich der Staub. Zwar sah er fern und schaltete einmal die Woche den Geschirrspüler ein, aber es war immer zu ruhig, keine Diele quietschte, alles war still, jeder Raum ein leer stehendes Gästezimmer. Einmal war er, als er von der Schule gekommen war, auf einen Immobilienmakler gestoßen, der das Haus einem jungen Paar als ideales Familienheim mit Ausbaumöglichkeit anpries, und das Gefühl, seinem früheren Ich zu begegnen, hatte ihn dazu gebracht, sich wieder ins Auto zu setzen und Klausuren zu korrigieren, bis sie gegangen waren. Es war ein Musterhaus für ein Leben geworden, das sich ihm entzog, und er wollte es einerseits unbedingt loswerden – und andererseits, dass alles so blieb, wie es war.

Im Moment war die Anonymität des Drei-Sterne-Hotels fast eine Erleichterung. Er warf das Handy aufs Bett und nahm die Umgebung in sich auf, während er – in immer noch klatschnassen Sachen – dastand; schließlich schälte er sie sich angewidert vom Körper; dann setzte er sich aufs Bett, um die Nachricht erneut zu lesen. Hoffeallesgut, das klang, als hätte sie sie zwischen Tür und Angel verfasst. Was sollte er zurückschreiben?

Sein Blick blieb an einem früheren Nachrichtenaustausch hängen.

Lass uns eine Pause einlegen. Es ist einfach zu viel

Es war die letzte Nachricht aus einem Schlagabtausch, der Post-mortem-Analyse eines schrecklichen Telefongesprächs, in dem sie ihm enthüllt hatte, dass sie zu ein paar Dates gegangen war; es sei noch zu früh, um etwas zu sagen, nichts Ernstes, ein Kollege, Frank. Seltsam, dass einem ein Name ein ganzes Leben lang gleichgültig sein konnte, bis er eines Tages eine völlig unerwartete Bedeutung bekam; heute konnte er ihn nicht mehr hören, ohne höhnisch das Gesicht zu verziehen. Dieser *Frank* war ebenfalls Lehrer, für Englisch, und er stellte sich vor, wie sie, Kopf an Fuß, zusammen auf dem Sofa lagen und Wilfred Owen zitierten oder über *Ein Inspektor kommt* plauderten. Als er sie gefragt hatte, ob sie bei ihm einziehen würde, hatte sie erwidert: *Ganz sicher nicht, es ist noch zu früh, ist alles ganz unverbindlich*, und dann folgte der schreckliche Satz: *Ich fand nur, du solltest es erfahren*. Er hatte den Lehrertonfall in ihrer Stimme gehört und bissig und ungeschickt reagiert, hatte im Bemühen um Höflichkeit banale Fragen über ihren neuen Job, das Dorf, die Gesundheit ihrer Eltern gestellt. Klischees über das Ende einer Ehe hatten in der Luft gelegen, *kein Bedauern, wir hatten eine schöne Zeit zusammen, jeder geht seinen eigenen Weg, aber wir bleiben in Kontakt* – doch es gab einiges zu bedauern, es hatte schreckliche Zeiten gegeben, und welchen Weg sollte er einschlagen? Sie hatten einander nicht ausreden lassen, sich missverstanden, er hatte gemauert und sie hatte sich gedrängt gefühlt, die Gesprächspausen zu füllen. Es war so anders gewesen als früher, als sie noch offen miteinander hatten reden können. Jetzt war es, als gebe es eine Störung in der Leitung.

Sie hatten sich in die langsamere Kommunikation per Textnachricht geflüchtet; Natashas rücksichtsvolle, freundliche Nachrichten in grauen Sprechblasen auf der linken Seite, seine knappen, blauen, einsilbigen auf der rechten (ja, nein, noch nicht, mach ich) – ein Symbol für seinen trotzigen Rückzug. Es war schrecklich, dieses bittere kleine Zwei-Personen-Stück schwarz auf weiß zu sehen, und er wusste, wenn er nach oben scrollte, würde er dort noch mehr brutale, bittere Dialoge finden, über Anwälte, Lastschriften und Formulare, und dann Du fehlst mir, ich finde das alles auch schrecklich, bitte antworte mir. Wut, Verwirrung, Verwaltungskram.

Er legte das Handy beiseite. Wieso ausgerechnet jetzt? Sie musste doch wissen, dass er in ein paar Tagen an ihrem Wohnort vorbeikommen würde. Wollte sie sich mit ihm treffen? Die Nachricht war dürftig, aber unmöglich zu ignorieren, es war, als würde man jemandem auf der Straße begegnen, den man früher einmal gekannt hatte. Ansprechen oder weitergehen?

Er seufzte, vergrub die Hände in den Haaren und zog sich daran praktisch selbst auf die Füße, um sich um seine nassen Sachen zu kümmern. Auf einem Schild an der Heizung stand, man dürfe nichts darauf trocknen, und so hängte er sie auf Kleiderbügeln an die Stange des Duschvorhangs. Dann nahm er seine Armbanduhr ab und legte sie mit dem Zifferblatt nach unten neben das Waschbecken. Auf der Rückseite stand: »Für Mike, in unverbrüchlicher Liebe.« Fast niemand nannte ihn Mike.

Er lächelte versuchsweise vor dem Spiegel, einmal, zweimal, so wie man die Bremse eines Wagens austestet, bevor man einen steilen Abhang hinunterfährt. Wenigstens brauchte er nicht darüber nachzudenken, was er anziehen sollte.

ESSIG

In ihrem zweitbesten Kleid begab sie sich hinunter an die Bar. Die ermittelnde Polizistin in *Lasterhafte Nächte* war gerade vom Hauptverdächtigen verführt worden, und zwar, wie der Zufall es wollte, in einem Whirlpool, wenn auch vermutlich in weit weniger chlorhaltigem Wasser. Nach der eingehenden Lektüre erotischer Literatur fühlte Marnie sich sexy und verführerisch, und so hatte sie das schwarze Kleid mit den roten Rosen angezogen – eine Witwe, die im Verdacht steht, ihren Mann ermordet zu haben. Conrad war mittlerweile bestimmt schon auf der Autobahn, aber das war sein Pech, und es gab keinen Grund, warum sie sich nicht auf der Suche nach Snacks und ein bisschen Spaß in der Wainwright-Bar herumtreiben sollte. Der Dienstag war, wie eine Tafel verkündete, Pastetentag. Es würde eine Auswahl von acht Pasteten geben. Unter der Tafel saß Michael im selben Hemd wie gestern und studierte seine Landkarten. Aus den Lautsprechern schallte ein Achtziger-Jahre-Song, »Sweet Dreams« von den Eurythmics.

»Das ist echt ein süßer Traum«, sagte sie.

Er schaute auf. »Wie bitte?«

Sie deutete mit dem Finger auf die Tafel. »Ich wusste gar nicht, dass es acht verschiedene Pastetensorten gibt.«

Er drehte sich um und las sie. »Offenbar schon«, sagte er, »aber anscheinend haben sie sowohl herzhafte als auch süße, also …«

»Siehst du, deshalb arbeitest du im Bildungswesen«, sagte sie. »Soll ich dir was zu trinken mitbringen?« Er deutete auf sein noch volles Glas. »Einen Snack? Eine kleine Pastete?« Er verneinte, und sie ging zur Bar und stellte sich vor, dass er ihr entweder hinterhersah oder wieder auf seine Karte schaute. Die Einrichtung bestand aus einer nicht zueinander passenden Mischung aus altenglischen Ohrensesseln und modularen Flughafenmöbeln, aber das kümmerte sie nicht. Kokett und in Flirtlaune beugte sie sich über die Theke und strich sich die Haare zurück, so dass sie perfekt lagen, während der junge Mann dahinter ihr alle vorrätigen Chipssorten aufzählte, und ob es nun an dem Softporno-Buch lag oder am Schwimmen, sie erinnerte sich daran, dass selbst schlecht bewertete Konferenzhotels eine sinnliche Atmosphäre haben konnten. Ihre erste gemeinsame Nacht mit Neil hatte in einem Hotel wie diesem stattgefunden, und zwar bei einer Teambuilding-Maßnahme in den Cotswolds, wo sie – als eine Art aufwendiges Vorspiel – mit Brettern und Ölfässern Brücken gebaut hatten und jeder Blick und jede Berührung erotisch aufgeladen gewesen war, bis er ihr später am Abend, nach dem Karaoke, eine Textnachricht mit seiner Zimmernummer geschickt hatte. Das Herz hatte ihr bis zum Hals geklopft. Danach hatten sie zusammen im Bett gelegen und sich scherzhaft gefragt, ob das jetzt auch eine Teambuilding-Maßnahme gewesen war. Aber vielleicht war es besser, hier niemandem davon zu erzählen.

»Und was möchten Sie trinken?«

Sie hätte gern einen Wodka-Martini gehabt, sehr trocken und mit Zitronenschale, aber etwas Derartiges überstieg wohl das hiesige Angebot. Stattdessen bestellte sie einen Gin Tonic und – warum auch nicht? – eine Packung geriffelte

Chardonnay-Essig-Chips, umfasste den Rand ihres Glases wie eine Sektschale, klemmte sich die Chipstüte unter den einen Arm und *Sturmhöhe* unter den anderen. Michael hatte den Blick gesenkt, und so setzte sie sich an einen Tisch in der Nähe und versuchte zu lesen, doch es war, als würden Frankie Goes to Hollywood Heathcliff befehlen zu relaxen, und so …

»Wie sieht denn die Route für morgen aus?«

Erschrocken sah er auf. »Kommst du etwa mit?«

»Nein, keine Sorge, ich bin fertig mit Wandern. Ich fahre mit den anderen zurück nach York.«

»Wie schade. Ich glaube, morgen soll es nicht regnen. Patterdale liegt nur zwei Täler entfernt, das heißt, zwei Steigungen, aber nicht so schlimm wie heute … Alles gut?«

Sie verzog das Gesicht. »Wow. Die Chips sind *tierisch* sauer. Willst du mal probieren?«

»Äh, nein. Man muss ganz schön viele Bäche überqueren, aber der Abstieg nach Grasmere wird …«

»Teufel auch!« Sie schlug mit der flachen Hand auf den Tisch. »Das muss ein Herstellungsfehler sein. Es fühlt sich an, als würde meine Mundschleimhaut gleich anfangen zu bluten.«

»Wenn es ein Herstellungsfehler ist –«

»– es hat was von Batteriesäure –«

»– und deine Mundschleimhaut blutet, solltest du vielleicht einfach aufhören, die weiter in dich reinzustopfen.«

Sie lachte. »Ach was. Erzähl weiter.«

»Die Sache ist die, am Nachmittag müsstest du noch mal das Gleiche machen und fünfhundert Höhenmeter zum Grisedale Tarn raufkraxeln.«

Sie spürte, wie ihr Interesse schwand. »Wie war's denn beim letzten Mal?«

»Ich hab das auch noch nie gemacht. Ich lese nur die Karte.«

»Zeig mir mal, wie das geht«, sagte sie und setzte sich neben ihn.

Sie wusste zwar sehr gut, wie man eine Karte liest, aber es war schön zu sehen, wie begeistert er davon war; sie ertappte sich dabei, dass sie ihn verstohlen beobachtete, während er von Höhenlinien, dem Unterschied zwischen Wander- und Reitwegen und davon erzählte, wie man die Entfernung mit Hilfe seines Daumengelenks schätzt. Es war natürlich langweilig, oder, besser gesagt, das Thema war langweilig, der Gesprächspartner nicht. Sie mochte seine Stimme, fand sie beruhigend wie die des Sprechers, der im Nachmittagsprogramm Beerdigungspläne bewarb (»... sowohl herzhafte als auch süße Pasteten ...«). Auch sein Profil gefiel ihr; er sah auf altmodische Art gut aus wie jemand auf einem sepiafarbenen Foto, dessen einzige Geliebte das Meer war. Es war schön, einfach nur dazusitzen und an ihrem Gin zu nippen, während ihre Hüften und Ellbogen sich berührten, nur abgelenkt von den wunden Stellen auf ihrer Zunge.

»Was bedeutet eigentlich dieses ›Hic sunt draconis ...‹«

»Ich langweile dich, wie?«

»Nein. Echt nicht.«

Ein kurzer Moment, dann kamen Cleo und Anthony. Marnie rückte mit quietschendem Stuhl von ihm ab.

Da dies nur ein Drei-Sterne-Hotel war, waren die Pasteten mit einem Ring aus grünen Pfefferkörnern und altmodischer Kresse garniert. Marnie hatte sich vorgenommen, wegen der früheren Abfahrt nicht zu schmollen, und so redeten sie über die Schule und zogen Anthony liebevoll auf, weil er so clever war. Cleo wuschelte ihm durch die Haare, küsste ihn auf den Kopf und streichelte ihn auf jene überschwänglich-mütterliche Art, mit der sie wohl ihr vertrauensvolles Verhältnis und ihre moderne Einstellung zu zeigen versuchte. Marnie ging durch den Kopf, dass es, obwohl sie beide sehr liebte, Momente gab, in denen sie am liebsten den Tisch umgeworfen hätte. Wenn sie Zeit mit Familien verbrachte, kam ihr das manchmal vor wie eine Belehrung, als würde sie eine Tagung zum Thema Familienleben besuchen. Das hättest du haben können, wenn du klügere Entscheidungen getroffen hättest, hier wäre ein Objekt für deine Liebe gewesen. Wieder störte sie die Unterstellung, neidisch zu sein, mehr als der Neid selbst. Es gab schwache Momente, aber sie fand, dass die Kinderlosigkeit auch zahlreiche Vorzüge hatte. War es ein Wunder, dass sie sich zurückgezogen hatte, wenn ihre Freunde sich oft so angeberisch selbstzufrieden gaben wie eine reiche Familie, die die verarmte Cousine zu Weihnachten einlädt?

Ging es Michael ähnlich? Vielleicht hätten sie sich lieber darüber unterhalten sollen als über Höhenlinien. Für den Moment aßen sie industriell hergestellte Desserts mit einem Berg Sprühsahne, dann gingen die Jungs Billard spielen und ließen die beiden Freundinnen zurück, die ihre Gläser in der Hand drehten.

»Meinst du, du siehst ihn noch mal wieder?«, fragte Cleo.

»Conrad? Er hat zwar gesagt, er will anrufen, aber …«

»Du könntest ja auch *ihn* anrufen.«

»Ich glaube«, sagte Marnie und nippte an ihrem Drink, »der Etikette nach ist es die Pflicht der *geflüchteten* Person, sich zu melden, und nicht die der Person, vor der geflüchtet *wurde* –«

»Er ist nicht *geflüchtet*. Und du machst es schon wieder.«

»Was?«

»Das weißt du ganz genau.« Am Billardtisch war Anthony ein genialer Stoß gelungen, und Michael schrie in gespielter

Empörung auf. Sie schienen sich miteinander wohlzufühlen, Michael wirkte locker, nicht herablassend, und Anthony schien ihn zu mögen.

»Darf ich fragen – obwohl ich nicht interessiert bin –, warum hast du geglaubt, dass ich mich mit Michael nicht so verstehen würde?«

»Äh, na ja, manchmal ist er ziemlich ernst und reserviert.«

»Ich kann auch ernst sein. Und ich kann mit reservierten Leuten ins Gespräch kommen.«

»Aber er ist ein bisschen verkorkst, weißt du, er hatte so eine Art Zusammenbruch, er musste sich einige Zeit freinehmen, und die Trennung macht ihm schwer zu schaffen.«

»Trotzdem …«

»Ich weiß nicht, ich dachte, ein Londoner, der etwas kontaktfreudiger ist, würde dir besser gefallen, und es würde dir guttun, zur Abwechslung ein bisschen Spaß zu haben.«

»Ich habe Spaß.«

»Wenn du deine Besteckschublade sortierst?«

»Ich habe Spaß!«

»Du hast deine Wohnung drei Jahre lang kaum verlassen.«

»Das hat niemand! Es war verboten!«

»Nicht drei Jahre lang, und es hat schon lange davor angefangen.«

»Was ist mit der anderen Frau, die mitkommen sollte? Was hatte sie, was ich nicht habe?«

»Tessa? Ich weiß nicht, sie ist eher der Outdoor-Typ.«

»Ich bin auch der Outdoor-Typ! Mann, bloß weil ich Bäume nicht erkennen kann. Dabei kann ich sehr wohl Bäume erkennen.«

»Du kannst erkennen, ob es ein Baum ist.«

»Mehr als das! Und wir können uns unterhalten. Eigentlich

haben wir uns richtig gut verstanden. Und er ist witzig, oder? Er hat doch Sinn für Humor?«

»Ja, er hat … einen trockenen Humor.«

»Trocken. Na, trocken ist doch gut. Damit kann ich arbeiten.«

»Toll. Dann nichts wie ran!«

»Da gibt's kein ›Nichts wie ran‹! Ich wollte mich nur vergewissern, dass mit ihm nicht irgendwas … nicht stimmt.«

»Nein!«, sagte Cleo. »Das glaube ich eigentlich nicht«, und Marnie war beruhigt, obwohl sie wünschte, Cleo hätte überzeugter geklungen.

TAG DREI

BORROWDALE, GRASMERE, GLENRIDDING

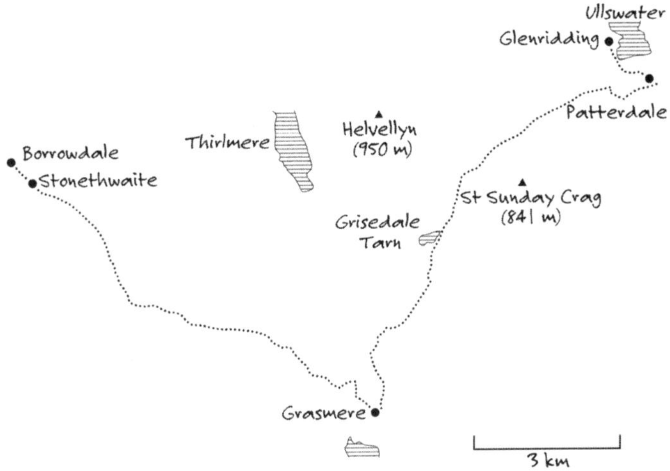

DAS SCHWEIGEGELÜBDE

Tiefer Schlaf: Er hatte ganz vergessen, was für eine Freude das war, und er war bester Laune, als er den riesigen Frühstückssaal betrat. Die Küche hatte ein Lunchpaket vorbereitet, er hatte eine Feldflasche mit Kaffee dabei, und alles war so altmodisch und gesund, dass er es in einem gepunkteten Tuch am Ende eines Stocks hätte mitnehmen können.

Luftlinie war das Ziel nur neun Meilen entfernt, aber da er nicht fliegen konnte, würde er auf den gewundenen Pfaden mindestens siebzehn Meilen zurücklegen müssen, mehr, falls das Wetter aufklarte und er beschloss, den Höhenweg zu nehmen. Es war nebelig, und die Bäche und Wasserfälle liefen vom Regen des Vortags über, so dass er häufig steinige Wildbäche überqueren musste, die über den Weg flossen. Über glitschige Felsen und über wasserbedeckte Steine balancierte er dann zur anderen Seite des Wegs, und wenn er den Fuß vom Wegrand nahm, um ihn auf einen der nassen schwarzen Felsen zu setzen, gab es immer einen Punkt, an dem leichte Panik in ihm aufstieg, doch er fand jedes Mal Halt. In stetigem Tempo stieg er zum Gipfel des Lining Crag hinauf und schaute zurück ins Tal, das gesättigt war vom Potenzial des Frühlings, dem Geruch nach feuchter Erde und zerknickten Blättern, wie ein Garten nach schweren Regenfällen.

So war es besser, oder nicht? In Gegenwart anderer Menschen machte er sich zu viele Gedanken um ihre Zufriedenheit und ihr Wohlergehen, darüber, was er sagen, wie er sein sollte. Jetzt konnte er sich wieder dem ursprünglichen Ziel widmen, über sein Leben nachzudenken, sich durch das Wandern zu läutern. Doch abgesehen vom Hotelpersonal würde er acht Tage lang mit keiner Menschenseele reden, und bei der Vorstellung überkam ihn doch eine gewisse Beklemmung. »Ich kann wirklich nachvollziehen, dass du Zeit zum Nachdenken brauchst«, hatte Cleo am Vorabend gesagt, »aber warum bezahlst du nicht einfach jemanden dafür, dich eine Woche lang in der Garage einzusperren?«

»Aber die Landschaft, Cleo!«

»Landschaften sind keine Menschen. Seen und Flüsse sind nur Dinge, auf die man mit dem Finger zeigt. Außerdem schließt das eine das andere nicht aus. Ich erinnere mich an eine Zeit, in der du andere Menschen *mochtest.*«

»Ich mag sie immer noch, aber eben in Maßen.«

»Hm. Tja, an irgendeinem Punkt wirst du jemanden in dein Leben lassen müssen.« Es war ein ziemlich düsteres Gespräch gewesen. »He, Michael«, hatte sie gesagt und seinen Ellbogen umfasst, »lass mich rein!«, und sie hatten gelacht. »Na ja, vielleicht nicht mich, aber irgendwen.«

»Sag mal, hast du Nat eigentlich von der Wanderung erzählt?«

»Sie brauchst du nicht mehr in dein Leben zu lassen.«

»Ist schon gut. Ich hatte mich das nur gefragt.«

»Du weißt, dass ich nicht mit dir über Nat reden kann. Ich meinte jemand Neues.«

»Dafür bin ich, glaube ich, ein bisschen zu alt.«

»Du bist doch erst zweiundvierzig!«

Zweiundvierzig, sechs mal sieben, praktisch mittleres Alter, aber immerhin erst der Beginn davon, und war zweiundvierzig nicht eine ganz besondere Zahl? Besser noch, wenn man die Kindheit abzog – sechzehn, nein, achtzehn Jahre –, dann war er erst seit vierundzwanzig Jahren erwachsen, und mit Hilfe dieser Kombination aus Mathematik und Numerologie trickste er sich vorübergehend in seine Jugend zurück, hüpfte von einem Stein zum nächsten und verlor erst beim letzten Aufstieg nach Grasmere an Schwung. Er entdeckte am Horizont einen roten Fleck, die Wollmütze eines anderen Wanderers, und legte einen Zahn zu, damit er ihn mit einem Minimum an Konversation überholen konnte. *Auch auf dem Weg nach Grasmere?* oder *Könnte später noch aufklaren!*, die Art Bemerkung, die vor Interesse und einem längeren Gespräch schützte. Als er sich der Person näherte, erkannte er sie an der leicht vorgebeugten Haltung und daran, dass sie den Berg als Scheiß-Hügel beschimpfte. Es führte kein Weg an ihr vorbei, außerdem hatte sie ihn schon erspäht und wartete grinsend auf dem Gipfel, als hätte sie ihm einen tollen Streich gespielt.

Er hätte genervt sein sollen, war es jedoch nicht, oder zumindest nicht sehr. Sein Schweigegelübde konnte er später wieder aufnehmen.

Der Weg führte sie durch ein Dorf, über eine Steinbrücke und einen Pfad am Flussufer; das Tal war nur von Nebel und gedämpften Geräuschen erfüllt, als wäre es noch nicht ganz wach. Sie lauschte ihrem Atem, dem Zwitschern unbekannter Vögel, dem Tropfen und Plätschern des Wassers, und alles stank nach Petrichor; als die Symphonie der Natur zu langweilig wurde, setzte sie ihre Ohrhörer ein und hörte sich einen Podcast an. Es kam ihr zwar wie ein Sakrileg vor, inmitten all dieser Schönheit den zynischen Stimmen von Stadtmenschen zu lauschen, aber es war niemand da, der sie verurteilen oder dazu bringen konnte, sich den Hals zu verdrehen, um sich einen windschiefen Baum oder einen sonderbar geformten Felsen anzuschauen, und sie verspürte ein Gefühl von Unabhängigkeit, ja, Zufriedenheit.

Sie hatte den Plan in der Nacht gefasst, als sie sich beim Gedanken an den nächsten Tag ruhelos in dem fremden Bett herumgewälzt hatte. Die Rückkehr im Taxi nach St. Bees hätte sich wie eine Niederlage angefühlt, und dann waren da auch noch die lange Fahrt nach York und Cleos Forderungen, ihr Leben zu ändern. Es wäre wenig erholsam, und sicher gab es eine bessere Art, den Tag zu verbringen. Online fand sie Unmengen von Landkarten, von denen sie Screenshots anfertigte, die sie sich per E-Mail aufs Handy schickte. Bewölkt, später Auflockerung, zwanzig Prozent Niederschlagswahrscheinlichkeit. Siebzehn Meilen waren selbst auf ebenem Terrain ziemlich viel, mindestens drei Daumenglieder, aber wäre es nicht witzig, vor Michael da zu sein und ihn in Patterdale an der Hotelbar zu erwarten? *Ja, ja, schwieriger Untergrund beim Abstieg nach Easedale, aber wunderschöne Aussicht auf den Eagle's Crag*, oder was auch immer Wanderer sich so erzählten. Sie hatte geduscht, ihre noch steife Kleidung angezogen und sich für den Notfall am Gratis-Shortbread bedient. Im noch dämmrigen Frühstückssaal hatte sie eine große Schale Grapefruit aus der Dose, eine abgepackte Scheibe Knäckebrot und blasse Erdbeeren gegessen, die hart waren wie Äpfel, während sie Cleo einhändig eine Textnachricht schrieb.

Wandere heute noch mit, fahrt ohne mich nach Hause! Bis ganz bald und danke

An der Rezeption hatte sie ihre Wanderstiefel so fest verschnürt, als wollte sie ihre Füße auf eine Amputation vorbereiten, hatte die rote Mütze auf ihrem Kopf zurechtgezupft und sich den Kompass um den Hals gehängt wie eine Christophorusmedaille.

Ihre Selbstzufriedenheit hatte natürlich nicht lange angehalten. Über Bäche zu hüpfen, verlor unweigerlich den Bilderbuchcharme, je riskanter es wurde, und sie war sich der Mini-Dramen bewusst, die sich in ihren Stiefeln abspielten: aneinander scheuernde Zehen, eine sich bildende Blase, ein Zehennagel, der sich ins Fleisch bohrte. Ihr Handyakku leerte sich zusehends, und sie stellte sich vor, wie sie der Bergrettung erklären musste, dass sie sich wegen eines Podcasts verlaufen hatte. Keuchend und fluchend blieb sie auf dem Gipfel stehen und warf einen Blick auf die Karte. Noch ein halber Daumen. Als sie gereizt einen Blick über die Schulter warf und die einsame Gestalt hinter sich erkannte, überkam sie ein unerwarteter Anflug von Freude. Sie suchte sich einen soliden Felsen, stützte den Fuß darauf, nahm die Mütze ab und strich sich die Haare glatt. Sie hatte zwar genug Zeit, um sich eine geistreiche Begrüßung einfallen zu lassen, aber …

»Du hier?«, fragte sie.

»Na, das ist ja ein Zufall«, erwiderte er keuchend.

»Ich wollte dich eigentlich überfallen, wie eine edle Wegelagerin. Um dir die Thermosflasche und die Müsliriegel zu entreißen.«

»Weingummi oder Leben!«

»Sag bloß, du hast Weingummis?«

Er schaute zum Himmel auf. »Wie kommst du darauf?«, fragte er mit gespielter Unschuld, und sie standen einen Moment lang da und lächelten einfach nur, bis er sagte: »Ich dachte, du wärst schon nach Hause gefahren.«

»Ich hab's nicht über mich gebracht. Es verstößt gegen meine Religion, eine Hotelreservierung verfallen zu lassen. Aber ich will dich nicht stören, falls du lieber Zwiesprache mit der Natur halten willst.«

»Nein, nein, ich kann auch mit dir Zwiesprache halten.«

»Wir könnten auch hintereinandergehen, so als wären wir zerstritten.«

»Nicht nötig. Es sei denn, du bist noch sauer auf mich.«

»Nein, ich hab dir verziehen.«

»Okay. Schauen wir mal, wie wir klarkommen.«

Es gab ein kurzes Hin und Her, bis beide auf dem schmalen Pfad Platz gefunden hatten. »Ist das so wie in der U-Bahn? Sollte ich mich lieber rechts halten?« Dann gingen sie Seite an Seite los.

»Gefällt mir«, sagte er und deutete auf den großen, nutzlosen Kompass, den sie um den Hals trug.

»Der? Das ist mein Flaschenöffner«, sagte sie und deutete es pantomimisch an, dann hielt sie sich den Kompass ans Ohr wie ein Mobiltelefon. »Hallo? Hallo? Kein Empfang!« Genug Pantomime.

»Wie hast du den Weg gefunden?«

»Sonne, Mond, Sterne. Nein, ich hab mir einen Screenshot der Karte aufs Handy geschickt. Ich dachte, damit wäre ich vielleicht schneller als du«, sagte sie. »Aber keine Chance.«

»Wie war es denn, allein zu wandern?«

»Man muss sich dran gewöhnen. Ich meine, wenn ich in London allein unterwegs bin, hab ich immer meinen Schlüsselbund in der Hand, aber hier, na ja, man ist immer noch ein bisschen nervös, aber wenigstens hört man die Leute kommen. Obwohl ich mir Podcasts angehört habe. Ist das erlaubt? Oder wirft der National Trust einen dann in hohem Bogen vom Helvellyn?«

»Ich finde, du solltest tun, wonach dir ist.«

»Also, ich mag die Natur, aber hier gibt's schon eine Menge davon. Ich wette, selbst William Wordsworth war das alles manchmal ein bisschen zu viel. Es gab garantiert Momente, in denen er zu Dorothy gesagt hat: Also, wir haben Buchfinken, Biber und lauschige Lauben gesehen, aber jetzt zähl mir mal deine Top-Five-Historienspiele auf.«

Wieder lachte er, und sie merkte, wie sehr sie es genoss, ihn zum Lachen zu bringen. »Top-Five satirische Stiche«, sagte er.

»Top-Five-Oden über die Französische Revolution. Oder: Nenn mir deine Top-Five-Syphilis-Symptome, Dorothy.«

»Oder Gicht-Symptome.«

»Liebster William, erzähl mir deine peinlichsten Erlebnisse auf Laudanum.«

»Ich glaube übrigens nicht, dass Wordsworth je was über Biber geschrieben hat.«

»Ich denke schon. Ist jedenfalls ein gutes Reimwort.«

»Man kann sein Haus in Grasmere besichtigen, wenn du vorbeischauen willst.«

»Nein, lass mal. Ich lese für mein Leben gern, und ich lese alles, aber mit Poesie bin ich nie so richtig warm geworden. Romane findet man überall, aber nach Gedichtbänden muss man schon suchen. Und ich habe dabei immer eine Stimme im Kopf, die sagt: *Sieh dich nur an mit deinem dünnen Büchlein.* Ich verstehe die einzelnen Wörter, aber der Sinn des Ganzen erschließt sich mir einfach nicht. Ich weiß noch, wie wir das über Tintern Abbey in der Schule gelesen haben, aber dieses ganze Zeug über Ekstase ging einfach über meinen Horizont.«

»Das Erhabene.«

»Genau, das Erhabene. Ist das dasselbe wie ›frischluftfanatisch‹?«

»Ich glaube, ein bisschen mehr gehört schon dazu. Gibt's in London auch was Erhabenes?«

»Schon, aber nur in bestimmten Ecken. Das ist wie mit guten Schulen, die treiben auch die Preise in die Höhe. Trotzdem weiß ich immer noch nicht genau, was es bedeutet.«

»Ich bin Erdkundelehrer, daher ist das nicht mein Spezialgebiet. Aber wir haben damals ›Narzissen‹ in der Schule durchgenommen, und ich erinnere mich noch an das Ende. Irgendwas von wegen ›Glück der Einsamkeit‹ und ›Erfüllt von Glück mein Herz dann singt, mit den Narzissen tanzt und springt‹. Und ich finde, das ist das Erhabene. Ein Herz, erfüllt von Glück.«

»Tja, Wordsworth würde definitiv keinen Podcast hören.«

»Vielleicht ändert sich so etwas ja im Laufe der Zeit. Ganz gleich, an was für schöne Orte man Jugendliche mitnimmt, blauer Himmel, Berge, das wilde Meer, sie können sich trotzdem nicht von ihrem Handy lösen, oder dem Pickel, der auf ihrem Kinn sprießt, oder dem Jungen, den sie cool finden. Aber wenn man einmal ein gewisses Alter erreicht hat ...«

»Worüber denkt man dann nach?«

»Keine Ahnung, über die verstreichende Zeit, Sterblichkeit, deinen Platz in der Welt, wie unbedeutend du bist.«

»Ich? Meinst du jetzt speziell mich?«

»Klar, nur dich.«

»Klingt etwas deprimierend.«

»Oder es ist das Gegenmittel für Depressionen. Zumindest ist das die Theorie.«

»Und die funktioniert?«

Er dachte einen Augenblick nach. »Wir werden sehen«, sagte er, und sie überlegte, ob sie nachfragen sollte, aber es schien nicht der richtige Zeitpunkt zu sein. Stattdessen betrachteten sie die Aussicht. Der Nebel hatte sich verzogen, und vor ihnen lag das Easedale Valley, ein langer, sanft ansteigender Weg neben einem Bach, der zu einem Flickenmuster aus leuchtend grünen Feldern am Rand einer Ortschaft führte. Durch die tief hängenden Wolken schimmerte die Sonne wie eine Taschenlampe, die durch eine Decke leuchtet.

»Siehst du, das ist mein Problem. Ich kann auch immer nur an den Pickel auf meinem Kinn denken.«

»Und den Jungen, auf den du stehst?«

»Das war mal«, sagte sie und dachte, er würde vielleicht nachhaken, aber da gingen sie schon weiter.

»Wie alt bist du, Marnie? Wenn ich das fragen ...«

»Ich bin achtunddreißig.«

»*Echt?*«

»Weil ich aussehe wie ein junges Reh? Es macht mir nichts aus, wenn man mir mein Alter ansieht.«

»Vielleicht kann ich so was einfach schlecht einschätzen. Es sei denn, es geht um Erdzeitalter. Wärst du eine Gebirgskette …«

»Neunzig Milliarden Jahre, sagst du?«

»Du siehst nicht einen Tag älter aus als fünfundsiebzig Milliarden Jahre.«

»Tja, liegt an meiner Spezialcreme«, sagte sie und dachte: *Da sieh mal einer an, wie die Funken sprühen.* »Wie alt bist du denn?«

»Zweiundvierzig«, erwiderte er.

»Mit Verlaub, du siehst aus, als wärst du *mindestens* zweiundvierzig.«

»Vielen Dank auch.«

»Gern geschehen. Wir sehen halt beide so alt aus, wie wir sind.« Er sah tatsächlich etwas zerzaust aus, und es wurmte sie, dass Männer mit so etwas durchkamen. Niemand würde sagen: »Wow, sie sah gestern Abend echt zerzaust aus.« Vielleicht war das der Look, den er anstrebte, auf gut aussehende Art ungepflegt, obwohl es schwer vorstellbar schien, dass er das mit Absicht machte. Bärte sollten beispielsweise urban wirken, Michael dagegen sah aus wie jemand, der ein Jahr lang Papageientaucher auf den Hebriden gefilmt hatte.

»Tja, vielleicht kommt das noch, wenn du vierzig bist«, sagte er.

»Die Depression?«

»Die Liebe zur Natur. Zur Gärtnerei.«

»Ich habe keinen Garten. Ich besitze seit Jahren einen kleinen Kaktus, weiß aber ehrlich gesagt nicht, ob er noch lebt.

Und ich habe zwei Blumenkästen vor dem Fenster, die aussehen wie Miniaturmodelle vom Niemandsland.«

»Dann hast du wohl keine Pläne, irgendwann auf einen Bauernhof zu ziehen?«

»Auf keinen Fall. Am ersten verregneten Nachmittag würde ich mich umbringen. Oder eine Nachbarin würde mit einem Eintopf oder wildem Knoblauch vorbeikommen, und ich wäre weg.«

»Du bist ein Stadtmensch.«

»Ach, die Stadt ist auch nicht viel besser.«

»Aber *hier* ist es gar nicht so schlecht, oder?«

Sie schwiegen eine Weile. Der Weg war jetzt solider und breiter, der See blitzte zwischen den Bäumen auf, und das Ende der vormittäglichen Wanderung nahte. Wäre das Wetter besser gewesen, hätte es spektakulär sein können, aber selbst so … »Ist das hier das Erhabene?«, fragte sie.

»Ist dein Herz von Glück erfüllt?«

»Es ist sehr hübsch hier«, sagte sie und machte mit ihrem Smartphone ein Foto.

Aus der Felslandschaft zu ihrer Rechten ertönte eine Art Fanfare, ein ansteigender Ton, absurd und klischeehaft wie aus einem Robin-Hood-Film. »Was war das?«, fragte Marnie. Als sie stehen blieben und sich umschauten, traten drei Gestalten mit Schiebermützen und Wanderstäben über den Kamm. »Sind das Farmer? Oder Schäfer?« Erneut ertönte das Hornsignal. Dann folgte ein außergewöhnlicher Anblick.

Ein Rudel aus Dutzenden von Hunden strömte über den Bergkamm. Instinktiv überkam Marnie die alte Stadtbewohnerfurcht vor unbefugtem Betreten, als würden die Hunde *ihnen* nachjagen, und sie hielt sich an Michaels Arm fest, während sie auf sie zu stürmten. Sechzig, siebzig Tiere, in allen

Formen und Größen, rannten über den Weg, bis sie sie erreicht hatten und gleichgültig an ihnen vorbeiliefen, gefolgt von Menschen mit Pfeifen und Stöcken; eine Frau hatte ein hübsches kleines Messinghorn dabei, das fast wie ein Spielzeug aussah. Das Tal wurde von Hunden überflutet, sie schienen aus geheimen Tunneln hervorzuquellen, und Marnie konnte nicht anders, sie musste einfach lachen, es waren so viele, Jagdhunde, Terrier und Lurcher, einige zottig und hager, andere wohlgenährt, alle beunruhigend still, während sie ihnen um die Beine strichen, angetrieben von den Farmern, die jetzt ebenfalls, trittsicher und herrisch in Lederstiefeln und Tweed, an ihnen vorbeigingen. Marnie rührte sich nicht vom Fleck, bis der letzte Hund verschwunden war, dann sahen sie und Michael sich an und lachten. »Ganz ehrlich«, sagte sie, »hier auf dem Land geht's doch völlig *irre* zu.«

STEGOSAURUS

Pfade wurden zu Reitwegen und Landwege zu Dorfstraßen, auf denen Touristenbusse vor Teestuben geparkt waren. Er fürchtete schon, Marnie an einen der Souvenirshops mit Lebkuchen und Postkarten von Narzissen zu verlieren, aber sie beschlossen weiterzugehen. Zu viele Touristen, da waren sie sich einig, ohne sich ganz sicher zu sein, was sie von denen unterschied. Dann entdeckten sie einen urigen Pub mit weiß getünchter Fassade. »Durst«, krächzte sie und rieb sich die Kehle.

Im Pub war es dunkel und gemütlich, und sie konnten zwischen Biersorten wie Goatherd's Moone, Olde Thumb und Foggie Moss wählen. »Die Biere müssten mal korrekturgelesen werden«, sagte sie und tippte auf die Zapfhähne. Sie stießen an und tranken einen Schluck, dann suchten sie sich einen Tisch in der Nähe des Kamins. Eine Zeitlang nippten sie an ihren Getränken und schauten auf ihre Handys – nichts Neues von Natasha –, bis sich ihre Blicke trafen. »Erzähl mir von deiner Arbeit«, sagte er.

»Im Ernst? Es ist ziemlich langweilig.«

»Das glaube ich nicht. Du bist doch Korrektorin.«

»Lektorin. Obwohl ich auch Korrektorin bin.«

»Was ist der Unterschied?«

»Korrekturlesen wäre: ›Du hast *Bredouille* falsch geschrieben.‹ Lektorieren dagegen: ›Wieso nimmst du nicht stattdessen *Bedrängnis*?‹ Dabei geht's auch um Dinge wie Einrücken, Absätze setzen und logische Schlüssigkeit, aber hauptsächlich sorgt man dafür, dass der Autor auch das ausdrückt, was er sagen will.«

»Als würdest du Hausaufgaben korrigieren.«

»Mir ist klar, dass es langweilig klingt.«

»Nein, ich korrigiere gerne Hausaufgaben. Wirklich. Bin gleich zurück«, sagte er, erhob sich und holte noch zwei Bier. Als er zurückkam, hatte sie ihren Laptop ausgepackt.

»Okay, ich sollte dir das hier eigentlich nicht zeigen ...« Sie drehte den Bildschirm zu ihm.

Er überflog den Text. Das Kaminfeuer knisterte. »Wow«, sagte er.

»Ich weiß!«

»Das hat wirklich überhaupt nichts mit Hausaufgaben korrigieren zu tun.«

»Das will ich schwer hoffen.«

»Ich weiß gar nicht, wo ich anfangen soll.«

»Heißer Scheiß, was? Lies ruhig. Warst du schon mal in einem Sexclub in Hollywood?«

»Schon seit ... Ewigkeiten nicht.«

»Sag mir als Amateurleser, was dir auffällt.«

Er warf einen Blick auf den Bildschirm. »Tja, die Kommata ...«

»Die Kommata sind mein geringstes Problem.«

»Und das da habe ich noch nie mit H geschrieben gesehen.«

»Richtig.«

»Und was die Logistik angeht, bin ich mir auch nicht ganz sicher.«

»Genau, denn hier setzt sie sich, aber plötzlich steht er hinter ihr und ...«

»Also wie soll er dann –«

»Eben.«

»Ich weiß echt nicht, ob das Sinn ergibt.«

»Es ist ziemlich chaotisch. Bei Adjektiven ist die Reihenfolge per Konvention Meinung, Größe, Alter, Form, Farbe. Das lernt man nicht, man weiß es einfach – es heißt ›das reizende, kleine, alte, dicke, rote Rotkehlchen‹, aber bei ihr ist es Größe, Größe, Farbe, Größe. Und es ist nicht mal die richtige Farbe.«

»›Zuckend‹ wird zu häufig wiederholt?«

»Ja.«

»Und ich glaube, ich würde nichts davon in einem Whirlpool machen.«

»Das ist ein Hygiene-und-Gesundheitsproblem, aber ich bin ganz deiner Meinung.«

»Und wenn du an so was arbeitest, lässt du dich manchmal …«

»Reinziehen? Nein, ich geh da ran wie eine Chirurgin, klinisch, objektiv.«

»Ich muss zugeben«, sagte er, »*ich* bin ziemlich gefesselt.«

»So wie die männliche Hauptfigur«, sagte sie und klappte den Laptop zu. »Mr. Bradshaw, Sie sehen aus, als würde Ihnen gleich Rauch aus den Ohren kommen.«

»Ach, das liegt am Alkohol«, sagte er und schaute in sein Glas. Ein paar der schlimmsten Szenen mit Natasha hatten sich nach der zweiten Flasche Wein abgespielt, als der Alkohol sie nicht mehr locker, liebevoll und albern, sondern missmutig und streitlustig gemacht hatte. Und nach der Trennung war er manchmal völlig hinüber die Treppe raufgetaumelt oder um drei Uhr morgens elend und verwirrt auf dem Sofa aufgewacht. Aber das hier fühlte sich eher an wie in seiner Jugend, als wäre er wieder Student. Er hatte sich tatsächlich dazu hinreißen lassen, Spaß zu haben. Das Feuer war angenehm warm, und Marnie sah toll aus, wie sie in dem goldenen Schein mit schelmischem Blick vorschlug, sich noch zwei Bier zu gönnen. »Äußerst erfrischend«, sagte sie, als sie das dritte Glas austrank, und beide lachten.

Nach dem schummrigen Licht im Pub musste er draußen die Augen zusammenkneifen, als würde er gerade aus dem Kino kommen, dabei war der Himmel bedeckt. »Ganz schön hell«, sagte er mit übertrieben deutlicher Stimme, und wieder mussten sie lachen. Es lag nicht nur an der Helligkeit, die Kombination aus frischer Luft, körperlicher Anstrengung und Alkohol hatte eine fast halluzinogene Wirkung, und der Grisedale Pass wirkte plötzlich so urzeitlich, dass jeden Moment ein Stegosaurus über die Kuppe des Great Rigg gezockelt kommen könnte. »Ich bin echt breit«, sagte er, und Marnie nahm seinen Arm.

»Ich auch! Komm, schwitzen wir es aus. Wer zuerst da ist!«, sagte sie und sprintete los, wobei ihr Rucksack von einer Seite zur anderen schlenkerte. »Ich hab demnächst ein Casting beim Special Air Service!«, rief sie.

»Ich glaube nicht, dass der SAS so was Casting nennt«, sagte er, und sie mussten vor Lachen stehenbleiben, während sie darüber spekulierten, was eine Bewerbung beim SAS wohl beinhaltete. »Einen Nachtmarsch mit einem Zwanzig-Kilo-Rucksack, und man muss ein Lied singen und ein Dschungel-Training absolvieren. Dann Jazzdance, und später schlagen sie dich windelweich.«

Danach spielten sie ein Spiel, bei dem Michael ihr mit Blick auf die Karte Ortsbezeichnungen nannte und Marnie entscheiden musste, ob sie echt oder erfunden waren. Nethermost Pike! Catbells! Hoghouse Platter! Cold Kaller! Dollywaggon! Craggy Crag! Zwei Wanderer, ein weißhaariges älteres Paar, überholten sie. »Guten Tag!«, grüßte sie der Mann mit schottischem Akzent.

»Guten Tag!«, antwortete Michael mit demselben Akzent, und zehn Meter weiter mussten sie lachen. Hatten sich so früher die Punks gefühlt? »Wir sind böse Wanderer!«, sagte Michael.

»So was von böse«, erwiderte Marnie, und ihm ging durch den Kopf, wie sehr er sie mochte, wie sehr es ihn freute, dass sie sich über den Weg gelaufen waren, und zwar buchstäblich! Hätten sie noch ein Bier mehr getrunken, hätte er ihr das vielleicht sogar gestanden.

Er war gleichzeitig betrunken und tat nur so, als wäre er betrunken, wie ein Kind, das nach einem Schluck Ginger Ale umhertaumelt, und er hatte das seltsame Gefühl, zugleich in und außerhalb seines Körpers zu sein, fand alles amüsant, erheiternd und lustig und dachte gleichzeitig: *Du Idiot, hör sofort auf damit.* Konnte er das eine je ohne das andere haben, konnte er einmal aufhören, sich selbst zu überwachen? *Ich tu mal so, als hätte ich das nicht gesehen, mach den Glimmstängel aus, morgen geht's früh raus.* Vielleicht hätte eine weitere Runde die innere Stimme beschwichtigt. Vielleicht sollten sie sich, wenn sie das Hotel erreichten, direkt an die Bar begeben. Sie waren schließlich im Urlaub. Womöglich blieb sie ja noch ein, zwei Tage.

Alberne Idee. Am Grisdale Tarn liefen sie bis ans Seeufer. »Vielleicht sollten wir schwimmen gehen, um wieder nüchtern zu werden«, sagte er, und sie hielten die Finger ins eisige schwarze Wasser, um die Temperatur zu testen.

»Ich glaube, das würde mich umbringen«, sagte sie.

»Oder es würde dich stärker machen«, sagte er.

»Nein, es würde mich definitiv umbringen. Aber nur zu, hüpf rein.«

»Heute nicht. Trotzdem, noch bevor die Wanderung vorbei ist, werden wir schwimmen gehen«, sagte er. Doch wie sollte das gehen? Schließlich würde sie morgen nach Hause fahren.

Sie gingen weiter. Wäre er allein und nüchtern gewesen, hätte er einen der Berge bestiegen, den St. Sunday Crag oder sogar den Helvellyn mit den Touristenhorden, das Madame Tussauds der Berge. Aber Marnies Kräfte ließen sichtlich nach. »Ich seh noch kein Hotel.«

»Noch zwei Stunden«, sagte er, und sie stöhnte auf. »Okay, ich verrate dir ein Geheimnis«, fuhr er fort. »Ich glaube, ich kenne dich jetzt gut genug.«

»Ooh, das klingt ja pikant«, sagte sie und stieß ihm den Finger in die Rippen.

»Es *ist* pikant, aber dazu müssen wir uns hinsetzen.« Sie fanden zwei Felsbrocken, die sich auf dem schmalen Pfad gegenüberlagen, und er öffnete den Rucksack. »Das gibt dir einen Energieschub.«

»Hast du Methamphetamine?«

»Nein, viel besser«, sagte er und wühlte in der oberen Lage herum, bis er sie fand. »Frische Socken.«

»Oh. Ich bin mir nicht so sicher, ob das wirklich besser ist.«

»Vertrau mir, zieh einfach frische Socken an. Danach fühlt man sich, als hätte man ein neues Paar Füße.«

Sie pustete sich den Pony aus der Stirn und griff nach ihrem Rucksack. »Ich kann jetzt nicht so tun, als wäre ich begeistert.«

»Versuch's einfach. Ich glaube, es wird dir gefallen.«

Sie zogen ihre Schuhe aus, als wollten sie sich bettfertig

machen, und es hatte etwas leicht Aufreizendes, am helllichten Tag die Füße zu entblößen. »Schau an«, sagte sie. »Ein Blick hinter die Kulissen. Männerfüße sind schon komisch, oder? Die sind riesig.«

»Das sind ganz normale Füße.«

»Kein Wunder, dass Fußfetischisten meist Heteromänner sind. Das sind doch Riesen-Yeti-Latschen, mit Haaren auf den Zehen.«

»Hey. Nimm den Mund nicht so voll.«

»Oh, ich weiß, meine sind auch unansehnlich«, sagte sie und legte die nackten Füße über den Pfad hinweg nacheinander auf seine Knie – eins, zwei. »Der Typ in dem Laden hat mich bei meiner Seele schwören lassen, dass ich mir die Zehennägel schneiden würde. Aber schau dir diesen haarigen Zeh an, den Rasputin hier.«

Er schaute. Ihre Füße waren blass und feucht, die Zehen an den Gelenken gerötet, und auf den Nägeln befanden sich noch Reste von abgesplittertem rotem Nagellack. »Wie vakuumverpackte Schweinefüße«, sagte sie, doch er hätte sie am liebsten in die Hand genommen, festgehalten und die Daumen gegen die Fußgewölbe gepresst. Ein Moment verging. Nach einer Weile nahm sie die Füße von seinen Knien, und beide zogen frische Socken an.

»Darf ich dich was fragen?«, sagte sie. »Wenn du zehn Tage lang wandern willst, wie kommt es dann, dass du mit so leichtem Gepäck unterwegs bist?«

»Ich hab ein bisschen Angst davor, es dir zu erzählen.«

»Mich schockiert nichts so leicht.«

»Okay. Ich hab nur drei Unterhosen und drei Paar Socken dabei, die ich jeden Abend im Waschbecken wasche. Im Wechsel.«

Sie schüttelte nachdenklich den Kopf. »Aha. Okay.«

»Bist du jetzt doch geschockt?«

»Nein, es ist nur … Wieso macht mich das traurig? Es hat so eine tiefe, elementare Traurigkeit an sich.«

Er lachte. »Ein bisschen trostlos ist es schon.«

»Es ist diese Formulierung, sie ›im Waschbecken waschen. Im Wechsel‹.«

»Hey, so ist das Leben auf der Straße nun mal.«

»Wie bei Jack Reacher.«

»Ach, der macht so was auch?«

»Aus anderen Gründen. Er ist ein Ex-Militärpolizist, du bist ein Mitglied des Wandervereins.«

»*Ex*-Mitglied.«

»Wieso, hast du auch jemanden um die Ecke gebracht?«

»Echt witzig, aber ich reise mit leichtem Gepäck, wer lacht also zuletzt?«

»Stimmt allerdings. Ich habe zwölf Unterhosen hier drin, und das für drei ganze Tage.«

»Wieso?«

»Keine Ahnung. Vielleicht hatte ich Angst, mir viermal am Tag in die Hose zu machen?«

»Ist das schon vorgekommen?«

»Seit meinen Flitterwochen nicht mehr.« Marnie hatte die Schuhe wieder angezogen, stand auf, beugte die Knie und wippte auf den Füßen, wie um sie auszuprobieren. »Das grenzt ja an ein Wunder!«

Sie brachen auf, und als sie das nächste Tal erreichten, riss der Himmel auf, kleine Wolkenschollen entstanden und enthüllten das erste Blau seit Tagen. Allmählich fühlte es sich an, als wären sie eine kleine Prozession, die am Ende von einer jubelnden Menschenmenge empfangen werden würde.

DER HOCHZEITSLACHS

Die Wolken teilten sich und gaben die Sicht auf den blauen Himmel frei, und Marnie fragte sich, wo sie das schon einmal gesehen hatte, bis ihr klar wurde, dass es im Vorspann von *Die Simpsons* gewesen war. Doch um nicht zu oberflächlich zu erscheinen, sagte sie: »Deshalb nennt man es also himmelblau«, eine Bemerkung, die darauf hindeutete, dass sie wohl noch nicht ganz nüchtern war.

Nach einer Weile sagte sie: »Das mit dem In-die-Hose-Machen in den Flitterwochen ist übrigens nicht wirklich passiert. War nur ein Witz.«

»Gut zu wissen.«

»Ich meine, alles andere ist schiefgelaufen, aber das nicht.«

»Was ist denn genau schiefgelaufen?«, fragte er.

»Es ginge schneller aufzuzählen, was nicht schiefgelaufen ist. Ich weiß auch nicht, das Ganze war einfach ein Fehler.«

»Die Flitterwochen oder die Hochzeit?«

»Beides.«

»Du musst nicht darüber reden, wenn du nicht …«

»Ach, das macht mir nichts aus. Meine Haupterinnerung an die Flitterwochen und auch an die Hochzeit ist der Gedanke: Auweia, das ist eine *ganz* miese Idee. Er wusste es auch, wir wussten es beide, haben uns aber nicht getraut, es laut auszusprechen, besonders nachdem wir so viel Geld ausgegeben hatten. Selbst in den Flitterwochen musste ich mir laufend Kommentare darüber anhören, wie teuer alles war. Er hat in der Buchhaltung gearbeitet, wobei er immer lieber ›im Finanzwesen‹ gesagt hat. Er konnte also gut mit Zahlen umgehen. Beim Flug hatten wir uns die Premium-Economy-Klasse gegönnt, und unterwegs hat er dann ausführlich dargelegt, wie viel jeder Quadratzentimeter Beinfreiheit, jede Seemeile gekostet hat. Als wir im Rainbow Room im Rockefeller Center Cocktails getrunken haben, sagte er beim Anstoßen: ›Das Zeug kostet drei Pfund pro Schluck. Genieß es!‹ Wir haben lautstark über die Frage gestritten, ob ein Burger eine Form von Sandwich ist. Das war auch echt romantisch, mit jemandem die Fifth Avenue runterzuschlendern, der brüllt: ›Definier Sandwich! Definier Sandwich!‹«

»Ein Burger ist kein Sandwich.«

»Ganz genau, danke, Michael! Wie auch immer.«

»Wie lange wart ihr denn zusammen?«

»Verheiratet waren wir fast drei Jahre, was mehr ist, als man für Totschlag kriegt. Davor waren wir drei Jahre zusammen.«

»Und wo habt ihr euch kennengelernt?«

»Bei der Arbeit. Damals habe ich noch in einem Büro gearbeitet. Kennst du diese großen Werbeflächen an Kreisverkehren und Bahnhöfen? Die haben wir verkauft. Ich habe als Aushilfe dort angefangen, am Empfang, und dann haben sie mich gebeten zu bleiben. Es war okay. Manche von den Leuten waren ganz nett. Neil, mein Ex, hat immer einen auf Don Draper gemacht. Das war seine Rolle. Schicker Anzug, manchmal mit einer kleinen Weste, wie aus dem Ei gepellt, sehr selbstbewusst, hat ständig von Geschäftsessen mit Klienten erzählt oder davon, wie entscheidend der Standort fürs Geschäft ist. Er konnte an keiner Reklametafel vorbeigehen, ohne einen Vortrag darüber zu halten, wie oft sie Leuten ins Auge fällt, wie viel sie gekostet hat und wie viel besser die digitalen sind. Wenn wir über den Piccadilly Circus spaziert sind, hätte ich mich am liebsten jedes Mal vor den Bus geworfen. Aber ich sollte nicht so gemein sein. Ich hab ihn geheiratet, und anfangs hatten wir viel Spaß zusammen.«

»War er …?«

»Attraktiv? Auf eine klischeehafte Art, wie das unbeliebteste Mitglied einer Boygroup. Er war großspurig, selbstbewusst, ambitionierter als ich, acht Jahre älter, und es war schön … keine Ahnung, sich davon mitreißen zu lassen, zumindest am Anfang. Ich dachte immer: Wieso ausgerechnet ich? Warum hat er sich nicht eine Frau ausgesucht, die selbstbewusster, sexyer und forscher ist? Ich dachte, es wäre romantisch, sich das zu fragen, aber wie sich herausstellte, tat er das Gleiche und kam zu dem Schluss: ›Also, genau genommen hast du recht.‹«

»Wie seid ihr zusammengekommen?«

»Er hat immer mit mir geflirtet, sich jeden Vormittag auf meinen Schreibtisch gesetzt, total abgedroschen, Bond und Moneypenny, echt übel. Und manchmal sind wir zusammen mittagessen gegangen. Er war der erste Mann, den ich Sushi essen gesehen habe – das war 2006 –, und ich fand es einfach … umwerfend. Ich glaube, er wollte mir eine Art Bildung vermitteln, nicht mit Büchern, sondern mit, na ja, weltmännischem Gehabe, auf eine sehr männermagazinmäßige Weise, Espresso, Martini, Poker, Karten für *Stomp*, glamouröser geht's nicht. Es gab da eine Frau in der Personalabteilung, die total auf ihn stand und mich nicht leiden konnte, *wirklich* nicht leiden konnte, sie hat mich praktisch gemobbt, hat mir nachts Textnachrichten geschickt, hat meine Arbeit kritisiert, und mit der hat er auch geflirtet, er hat mit allen geflirtet, aber dann waren wir bei einer Teambuilding-Maßnahme in den Cotswolds und haben was miteinander angefangen, heimlich, sind nachts auf sein Zimmer geschlichen. Damit hat es begonnen. Und es hat mir so einen Kick gegeben, dass er sich, du weißt schon, für mich entschieden hat, was nicht ganz dasselbe ist wie Liebe, aber doch ein Teil davon. Er will *mich*! Das erste Jahr war ziemlich aufregend, Rummachen im Materialraum und im Aufzug, sich im Büro verabschieden und nach der Arbeit treffen, das volle Romeo-und-Julia-Programm. Das war der schönste Teil, wir zwei gegen den Rest der Welt. Und der Sex, schätze ich, jede Menge Sex. Sorry.«

»Schon okay.«

»Ich meine, wir haben *alles* gemacht. Also alle drei Sachen.«

»Drei Sachen?«, fragte er, und sie deutete in einer Art obszönem Hand-Jive auf verschiedene Teile ihres Körpers. »Ja«, sagte er. »Das dürfte so ziemlich alles abdecken.«

»Ich glaube nicht, dass wir gegen irgendwelche Firmenvorschriften verstoßen haben, aber wir dachten, es wäre besser, es geheimzuhalten. Na ja, *er* dachte das. ›Besser, wir behalten es für uns.‹ Aber dann hat jemand geplaudert, und alles kam raus, und es wurde richtig unangenehm. Die Frau aus der Personalabteilung war stinkwütend, fuchsteufelswild, hat mir die Schuld gegeben, mich wie Luft behandelt, hat angedeutet, ich wäre mit jemand anderem glücklicher. Und er hat trotzdem weiter mit ihr geflirtet. Ich war unglücklich, hab schlecht geschlafen, wurde immer deprimierter und hab irgendwann angefangen, mich nach etwas anderem umzusehen. Ich hatte zwar keinen Uniabschluss, habe aber immer viel und schnell gelesen, das war das Schönste jeden Tag, in der Bahn zu lesen, zwei, drei Bücher pro Woche, und ich war gut darin, Schriftstücke, Briefe und Werbetexte zu korrigieren, besser als meine Vorgesetzten. Und so habe ich in meiner Freizeit einen Kurs belegt, an alle möglichen Verlage geschrieben und ein paar Probelektorate gemacht. Dann hab ich meinen alten Job gekündigt und mich selbständig gemacht.«

»Und während der ganzen Zeit …«

»Waren wir zusammen. Er war nett. Er hat mich ermutigt, vermutlich auch, weil er mich aus dem Büro raushaben wollte, aber eine Zeitlang waren wir ganz glücklich. Wir sind zusammengezogen. Haben jede Menge billige Möbel und eine Espressomaschine gekauft, und als unsere Leben zu sehr miteinander verstrickt waren, haben wir uns verlobt. Da hätte ich echt mal innehalten sollen, denn niemand hat sich darüber gefreut, und ich meine, wirklich niemand, nicht richtig. Es war, als hätten wir verkündet, wir wollten, keine Ahnung, eine Kamelzucht aufmachen – alle lächelten verkniffen und sagten: ›Wie schön für euch‹, aber man merkte, dass alle dachten: *Ach, du Scheiße,* Kamelzucht, *was für eine grässliche Idee.* Die Einzige, die sofort gesagt hat, lass es, war Cleo. Sie konnte ihn von Anfang an nicht leiden, hielt ihn für einen nichtsnutzigen Aufreißer, der mit seinen kleinen Westen nicht mal sonderlich attraktiv war. Sie hat uns nur einmal in unserer gemeinsamen Wohnung besucht. Wir hatten so ein teures gerahmtes Poster von *James Bond 007 – Moonraker* im Eingangsbereich hängen, und sie warf mir einen Blick zu, der besagte: ›Pack deine Sachen und mach, dass du hier wegkommst.‹ Sie hatte natürlich recht, sie hat immer recht, wie du wahrscheinlich weißt.

Im Grunde war es eine Art Rebellion. Cleo hat ständig

gesagt: ›Du brauchst dich noch nicht fest zu binden, warte noch‹, aber ich war fünfundzwanzig, was jetzt nicht wahnsinnig früh ist, und dieser Ratschlag, man soll warten, bis man fünfunddreißig ist, kam mir einfach ein bisschen … spießbürgerlich vor. Ich war zwar beruflich nicht unbedingt erfolgreich, aber er schon, und es ging uns ganz gut. Meine Eltern mochten ihn, oder zumindest meine Mutter. *Seine* Eltern haben so getan, als hätte er das Dienstmädchen geheiratet, auch wenn sie es nie offen gesagt haben. Wir haben darüber gesprochen, nach ein, zwei Jahren Kinder zu kriegen. Er wollte Vater werden, hatte richtige Vater-Phantasien, er hat geglaubt, es würde ihn lockerer machen. Wozu noch warten?

Aber ich glaube, ich habe es damals schon gewusst. Und die Hochzeit war eine Herausforderung. Ich wäre liebend gern vor dem Altar sitzengelassen worden. Wie Miss Havisham, das wäre mein *Traum* gewesen. Die Zeremonie war schrecklich – die Gleichgültigkeit im Raum –, und die Reden waren unterirdisch. Neils Trauzeuge erzählte eine furchtbare, ellenlange Anekdote darüber, wie Neil sich mal bei einer Grundschulversammlung eingenässt hat. Danach: Totenstille. Dann stand mein Mann auf und führte das Thema noch weiter aus, als wäre sich einzunässen die großartigste Sache der Welt, als hätte er nur zwei Dinge in seinem Leben geleistet, sich in die Hose zu machen und zu heiraten, und dann erzählte er stundenlang davon, wie teuer die Hochzeit war. Natürlich im Scherz, aber gleichzeitig auch nicht im Scherz. Ich will nicht wie eine Egomanin klingen, aber das war *mein* Hochzeitstag, ich dachte, ich wäre zumindest der Erwähnung wert. Hätte, na ja, wenigstens einen Gastauftritt. Wir mussten den Kuchen früher anschneiden, weil alle schon gingen, sie haben richtiggehend die Flucht ergriffen. Bei unserem ersten Tanz waren nur noch neun Leute da. Der Trauzeuge musste den Kellnern sagen, dass sie die Stühle erst aufeinanderstapeln sollten, wenn der Song zu Ende war. Errötende Braut? Ich war *zutiefst* gedemütigt. Und dann der ganze übrig gebliebene Lachs. Neil hat darauf bestanden, dass wir ihn tütenweise mit nach Hause schleppen und einfrieren. Ich weiß, es hat Tradition, ein Stück von der Hochzeitstorte einzufrieren, aber doch nicht den Hauptgang. Wir haben uns noch jahrelang davon ernährt, als würden wir in einem Atombunker leben. Was gibt's zum Abendessen? Ach, cool, den Hochzeitslachs. Hey, das ist aber ein schöner Berg. Wie heißt er?«

»Helvellyn.«

»Ah. Da ist er ja. Bisschen Schnee auf der Spitze, der Graue-Schläfen-Look, das zieht. Sieht gut aus für sein Alter. Welches wie viele Jahre beträgt?«

»Ungefähr fünfhundert Millionen. Und deine Flitterwochen?«

»Ah, die Flitterwochen. Ich glaube, da ist es uns klargeworden. Es war harte Arbeit, dafür zu sorgen, dass er gut drauf war, dass alles entspannt blieb, dass es sexy war, und man konnte spüren, wie die Begeisterung einfach ... verpuffte. Wir sind zur Freiheitsstatue rausgefahren, und er meinte, sie wäre weniger beeindruckend, als er erwartet hatte, und das galt auch für das Empire State Building, unser Hotelzimmer und unsere Ehe.

Wie auch immer. Wir haben es versucht, aber er hat die Familienplanung ständig hinausgezögert, was verdächtig war, und es war, als ... Kennst du das, wenn du dir einen Film anschaust, der dir eigentlich gar nicht gefällt, und die andere

Person mag ihn auch nicht, aber man hat fürs Ausleihen bezahlt, hat ihn schon halb gesehen und will wissen, wie er ausgeht, außerdem läuft nichts Besseres im Fernsehen? Aber eigentlich wartet man nur darauf, dass jemand sagt: ›Können wir das bitte ausmachen? Es ist einfach schrecklich.‹ Aber wir haben es beide nicht getan. Ein paar Leute kleben ihr ganzes Leben so zusammen. Warten darauf, dass sich etwas ändert, warten auf die guten Zeiten. In der Hinsicht hatten wir sogar Glück. Es hätte noch länger dauern können.«

»Aber ihr seid mehr und mehr auseinandergedriftet.«

»Tja, von *auseinanderdriften* würde ich da nicht sprechen. Er hat die Personaltussi gevögelt, also ist er mehr in sie *reingedriftet* …«

»Ah. Okay. Dieselbe, die …«

»Ja.«

»Wie hast du davon erfahren?«

»Sie hat es mir erzählt. *Die* Gelegenheit hat sie sich nicht entgehen lassen. Sie hat mir eine Textnachricht geschickt, als würde sie mir in einer Teestube einen Geburtstagskuchen überreichen. ›Hi, Marnie, wie geht's? Ich hätte da eine nützliche Info für dich.‹«

»Das tut mir leid.«

»Ach, das berührt mich nicht mehr. Heute kann ich darüber lachen. Siehst du?« Sie bleckte die Zähne. »Sie hat ihre *Stomp*-Eintrittskarten bekommen, und ich immerhin ein paar Anekdoten. Und ein enzyklopädisches Wissen über Bond-Filme. Vielleicht zwei gute Jahre und weniger als die Hälfte der Wohnung. Der Mistkerl schuldet mir immer noch fünfzehntausend Pfund.«

»Die musst du dir zurückholen.«

»Das sagt Cleo auch immer. Ich glaube, für ihn ist das so, als hätte ich zu kurzfristig abgesagt, weshalb er die Anzahlung behalten darf. Wie auch immer. Alle meine Freunde waren sehr nett – ›Ohne ihn bist du besser dran‹, ›Sein Pech‹, und so weiter. Natürlich haben alle geheiratet, kurz nachdem die Scheidung rechtskräftig wurde. Es war, als wäre ich gerade vollgekotzt aus einer schrecklichen Achterbahn getaumelt und hätte sie gewarnt: ›Lasst das bloß bleiben, es ist *grauenvoll*‹, und sie hätten gesagt: ›Nein, wir kommen schon klar, unsere Erfahrung wird ganz anders sein, ciao, bis später.‹ Und größtenteils war es wohl auch so. Ich sehe sie heute kaum noch. Also, tja. Glück für sie, schätze ich.«

»Und bereust du …?«

»Was?«

»Dass du keine Kinder bekommen hast?«

»Mit dem? Das nicht, aber … Ziemlich persönliche Frage. Ich sag dir mal, wie ich das sehe …« Sie zögerte kurz. »Ich schätze, heute denke ich vor allem – und ich möchte daran erinnern, dass ich ein bisschen was getrunken habe –, dass ich gern jemanden geliebt hätte. Du weißt schon, eine Liebe, die auf Gegenseitigkeit beruht, längere Zeit dauert und in einer Lebensphase stattfindet, in der man so viel davon hat. Liebe, nicht Lachs. Ich glaube, das wäre mein Ding gewesen. Das hätte ich mir gewünscht, und ich habe es echt versucht. Aber er war das falsche … ich weiß auch nicht … ich wollte sagen, das falsche Objekt für meine Zuneigung, aber er war einfach nur ein Objekt. Eine schlechte Investition. Ich hätte mein Geld woanders anlegen sollen.«

»Vielleicht klappt es ja noch.«

»Nein, ich habe alles verschwendet. Ich bin jetzt zu erschöpft, zu alt. Angegraut wie der Helvellyn. Wenn man in dem Alter eine neue Beziehung eingeht, ist es doch, als würde man mitten in einem Buch anfangen zu lesen. Und sich so einem Wildfremden präsentieren zu müssen, nicht, wie man ist – denn wer will einen dann schon? –, sondern in der Rolle, von der man glaubt, dass sie dem anderen gefallen würde, man achtet krampfhaft auf das, was man sagt, was man anzieht, was man mit seinem Gesicht anstellt – ehrlich, die Befangenheit wäre so groß, dass sie mich verschlucken würde, bis nur noch ein schwarzes Loch zurückbleibt. Und wer will schon ein Date mit einem schwarzen Loch?«

»Wie soll man da auch die Rechnung aufteilen?«

»Wozu aufteilen, wenn das schwarze Loch sowieso alles verschlingt?«

»Ich hoffe, du empfindest das jetzt gerade nicht so.«

»Nein, aber das hier ist was anderes, wir unterhalten uns ja nur. Aber da unten …« Sie deutete vage in die Richtung, wo ihrer Ansicht nach London liegen musste. »Wozu sollte man sich das antun? Ich bin damit zufrieden, allein zu sein. Kann machen, was ich will, anschauen, essen, lesen und hören, was ich will, schlafen. So. Sollen wir jetzt abrupt das Thema wechseln?«

»Wenn du möchtest.«

»Ich möchte. Und hier kommt eine Frage von mir an dich: Sind wir bald da?«

»Ja! In einer Viertelstunde.«

»Oh. Echt? Ich hätte noch weitergehen können.«

»Siehst du? Frische Socken.«

»Frische Socken. Angetrieben vom Klang meiner eigenen Stimme. Aber jetzt musst du mir deine Lebensgeschichte erzählen. Das ist meine Rache. Was war es bei dir und …«

»Natasha? Das ist leider eine längere Geschichte, ein sechsstündiger Aufsatz, wenn es eine Prüfung wäre.«

»Vielleicht ein andermal.«

»Vielleicht beim Abendessen. Sollen wir zusammen essen gehen, wenn wir da sind?«

»Klar. Gerne.«

»Wir nüchtern ein bisschen aus, dann trinken wir weiter.«

Sie gingen durch ein waldiges Tal, und die letzten Wolkenreste verflüchtigten sich wie der Dunst auf einem Spiegel. Die Geschichten, die wir über uns selbst erzählen, sind nie neutral: Man gestaltet und strukturiert sie um, weil man einen bestimmten Eindruck hinterlassen will, und Marnie hoffte, nicht zu weit gegangen zu sein. Aber sie war überrascht, dass es sie nicht geschmerzt hatte, sich an ihren Schmerz zu erinnern. Im Gegenteil. Und obwohl sie es später, wenn sie wieder nüchtern war, vielleicht bereuen würde, so viel von sich preisgegeben zu haben, überließ sie sich nur zu gern der angenehmen Benommenheit dieses Nachmittags mit seiner tief stehenden Frühlingssonne und den diversen Vögeln, die mit ihrer Abendvorstellung in der Hauptsendezeit begannen, wie Marnie insgeheim dachte. Für den Moment war sie zufrieden, nicht, weil sie geredet, sondern weil man ihr zugehört hatte.

Und dieses Gefühl hielt an, bis sie die Auffahrt des prachtvollen Hotels am Ufer des Ullswater erreichten, wo etwas Seltsames geschah.

Als sie kurz an der Hotelpforte stehenblieben, fasste er sie sanft am Arm und drehte sie zu sich. »Kann ich dir was gestehen?«, fragte er, dann seufzte er fast verzweifelt. »Das will ich schon tun, seit ich dich am Bahnhof zum ersten Mal gesehen habe«, sagte er, legte ihr die Hände auf die Schultern und zog sie zu sich, und sie schloss unwillkürlich die Augen, hob das Kinn und neigte den Kopf zur Seite.

HÔTEL DU LAC

»Kann ich dir was gestehen? Das will ich schon tun, seit ich dich am Bahnhof zum ersten Mal gesehen habe«, sagte er und begann damit, ihre Rucksackriemen richtig einzustellen. »Es macht mich verrückt. Und dich bringt es aus dem Gleichgewicht, das Ding schwingt ja völlig frei …«

Wieso hat sie die Augen geschlossen?

»… das Gewicht sollte auf den Hüften ruhen, nicht auf den Schultern.«

Und jetzt runzelte sie die Stirn, wieso runzelt sie die Stirn?

»Darf ich?«, fragte er. Sie leckte sich über die Lippen und nickte. Er löste die Plastikschnallen über ihrem Schlüsselbein und zog die andere Schnalle über ihrer Taille enger. »Ist zwar ein bisschen spät, aber … bitte schön. Und, wie fühlt sich das an?«

Auch ihr Lächeln wirkte etwas angespannt. »Viel besser!« Sie ließ die Schultern kreisen. »Hat ein bisschen was davon, nach einer Beratung endlich den richtigen BH zu tragen«, sagte sie – eine seltsame Bemerkung, aber vielleicht waren sie beide noch nicht ganz nüchtern.

Seite an Seite und mit kerzengeradem Rücken gingen sie die Kiesauffahrt hinauf, wie zwei Teenager, die in einen Nachtclub reinkommen wollen. Das Gebäude stammte aus den 1920er Jahren, hatte eine flache Fassade und war in einem exklusiv wirkenden Cremeweiß gestrichen, davor erstreckte sich eine leuchtend grüne Rasenfläche bis zum Ullswater. Ein Holzsteg, geschmackvolle Gartenmöbel, sogar eine Frau mit Sonnenhut, die im luftigen weißen Kleid vor einer am See aufgestellten Staffelei stand und malte.

»Ganz schön vornehm«, sagte er und dachte an seine mit Matschspritzern übersäte Hose, seinen klebrigen, vermutlich nach Bier riechenden Mund und die salzig-verschwitzte Haut.

»Zu vornehm für uns«, erwiderte sie. »Die lassen uns garantiert im Pavillon übernachten.«

Es war nicht nur vornehm, sondern auch auf noble Weise romantisch, eine Art Flitterwochenhotel, ein Wochenendrefugium für Frischverliebte. »Starr nicht zu auffällig hin«, sagte Marnie, »aber ich glaube, das ist jemand von der Bloomsbury Group.« Die Frau an der Staffelei winkte ihnen mit dem Pinsel zu, und als er zurückwinkte, roch er seinen eigenen Achselschweiß.

»Mein Deo hat versagt.«

»Wäre schon witzig, wenn man jetzt einen Blick auf ihr Bild werfen und feststellen würde, dass sie einen großen Schwanz mit Eiern gemalt hat.«

»Bier und Schweiß. Ich glaube echt, die lassen uns nicht rein.«

»Wir sind genauso gut wie die ganzen feinen Pinkel«, sagte Marnie. »Außerdem sind die Zimmer schon bezahlt.«

»Müssen wir hier essen?«

»Also, ich gehe nirgendwo anders mehr hin. Aber hör mal, wenn du lieber allein essen möchtest …«

Wollte er das? »Nein, lass uns gerne zusammen essen. Ich würde mich freuen.«

»Ich mich auch.«

Sie warteten an der Rezeption: Eichenvertäfelung, Parkettboden, eine einzelne weiße Lilie in einem Messbecher. Sades »Smooth Operator« schallte gedämpft aus den Lautsprechern. Plötzlich hielt er einen Finger hoch. »Hast du das gehört?«

»Was?«

»Sade. Sie hat ›coast to coast‹ gesungen!«

»Hat sie nicht.«

»Doch, wirklich. Es kommt im Refrain vor«, und er sang den Teil nach.

»In ›Smooth Operator‹ geht es *nicht* ums Wandern.«

»Ich weiß!«

»Sie singt von L. A. und Chicago.«

»Okay, aber da müsste ich einwenden, dass Chicago nicht am Meer liegt.«

»Es liegt auf dem Weg nach Key Largo. Wie auch immer, sag das ihr, nicht mir.«

Die Rezeptionistin, deren Haare zu einem straffen Knoten gebunden waren, kam in einer roségoldenen Bluse und einer hellbraunen Hose mit hohem Bund auf sie zugeschwebt. »Wie kann ich Ihnen helfen?«

»Wir haben reserviert.«

»Natürlich. Auf welchen Namen?«

»Walsh.«

»Und Bradshaw.«

»Zwei Zimmer.«

Marnie war in Shelley, Michael in Keats untergebracht. »Sie liegen einander gegenüber«, sagte die Rezeptionistin bedeutungsvoll, bevor sie ihnen zeigte, wo sie die Bar finden würden, die Bibliothek, die Terrasse, den Ort, an dem der High Tea serviert wurde, die Broschüre über romantische Spaziergänge und die über Wellness- und Gesichtsbehandlungen, die sie zusammen oder getrennt buchen konnten. Das WLAN-Passwort lautete »romanticwordsworth«, alles kleingeschrieben.

Während sie die breite Holztreppe hinaufstiegen, überflog Marnie die Wellness-Broschüre. »Hot Stone Massage?«

»Da könnte ich immerhin den Stein bestimmen.«

»Stimmt! Fühlt sich an wie … Ist das mein alter Freund … Basalt?«

Sie blieben auf gegenüberliegenden Seiten des Flurs stehen, so dass sich ihre Rucksäcke streiften. »Bereit?«, fragte Marnie, und sie öffneten gleichzeitig die Türen zu ihren Zimmern. Keats war noch schlimmer, als er erwartet hatte: Himmelbett, frische Schnittblumen, die einen schweren Duft verströmten, eine dunkle, samtige Tapete – fast so, als hätten die Möbel und die übrige Einrichtung sich zwecks großer Verführungsszene miteinander verschworen, was vielleicht Cleos letzter Streich war. Womöglich, wenn Conrad noch geblieben wäre, wenn Tessa, die Triathletin, nicht abgesprungen wäre …

»Lass mich mal dein Zimmer sehen.« Marnie zwängte sich an ihm vorbei. »Die reinste Bruchbude. Was hast du für einen Ausblick?«

»Berge.«

»Ich hab den See.«

»Willst du lieber die Berge?«

»Nein, ich komm schon klar.«

»Ein Himmelbett.«

»Oh ja. Und eine große, frei stehende Badewanne. Also, falls wir je wieder heiraten sollten …«

»… wissen wir, wo wir absteigen«, ergänzte er. Sie schwiegen kurz.

»Gut! Okay. Es ist jetzt fünf. Machen wir beide erst mal unser eigenes Ding? Ich arbeite noch ein bisschen, und wir treffen uns gegen halb acht?«

»Klingt gut«, sagte er, und sie boxte ihn leicht unbeholfen gegen die Schulter.

»Hat Spaß gemacht heute«, sagte sie und war schon verschwunden.

Er hatte einen Ohrwurm von »Smooth Operator« und murmelte den Text im Bossa-Nova-Rhythmus vor sich hin, während er die Stiefel auszog, wobei er ihn so veränderte, dass er sich auf diverse Fernwanderwege bezog. *Coast to coast, star-ting out in Cumbria / Pen-nine Way / Up the Yorkshire coast to Northumbria / Eleven days.* Heißes Wasser ergoss sich donnernd in die riesige Kupferbadewanne, während er überlegte, wie sich sein Verhalten erklären ließ, bis er gezwungen war, sich einzugestehen, dass er flirtete. Ungezwungenheit war ihm zwar nicht gerade in die Wiege gelegt worden, aber was konnte es schaden? Es war weiß Gott schon eine Weile her. Nach Begutachtung der Gratis-Toilettenartikel schüttete er mit dem Schwung eines Chefkochs etwas Schwarzer-Pfeffer-und-Rosmarin-Badeessenz ins Wasser. Dann stieg er in die Wanne, hielt sich die Nase zu und tauchte unter.

Wieder nüchtern, dachte er über ihr Gespräch nach. Er war zwar kein Experte für die menschliche Natur, wusste aber, dass sich hinter Humor manchmal tiefe Verletzungen verbargen; er hoffte, dass er angemessen und mitfühlend reagiert hatte, und sei es nur, indem er ihr zugehört hatte. Das Wichtigste war, dass sie sich ihm anvertraut hatte, dass solche Geständnisse eine Art Geschenk waren und dass er wahrscheinlich im Gegenzug etwas von sich preisgeben sollte. Vielleicht würde es ihm guttun, mit jemandem, den er mochte, über die schwierigen letzten Jahre zu sprechen, obwohl er dazu noch einen Drink und schummrige Beleuchtung brauchen würde. Seine Ein-Hemd-Strategie ging eigentlich nur auf, wenn er allein war, und es gab in Patterdale nirgendwo einen Laden für Herrenmode. Vielleicht, wenn er es bügelte, die Ärmel herunterkrempelte oder sein olivgrünes Sweatshirt darüber trug … Wenn es im Restaurant Kerzenbeleuchtung gab, fiel es ihr womöglich gar nicht so auf.

Das Wasser hatte sich abgekühlt. Er überlegte zu masturbieren, hatte jedoch Angst, mit dem Ellbogen gegen die hohen Wände der Kupferbadewanne zu stoßen, dong, dong, dong, wie eine gewaltige alte Glocke, ein Geräusch, das über das ganze Tal schallen würde, so dass Bauern über die Felder angerannt kommen würden, weil sie fürchteten, eine Scheune stünde in Flammen. Er hielt sich zurück, nur für den Fall, aber für welchen Fall?

IN SHELLEY

Die Wanne hatte einen hohen Rand, bestand aus gehämmertem Kupfer, war groß und imposant wie die Bundeslade und eindeutig für zwei Personen gedacht. Da Marnie allein darin saß, musste sie die Knie fest gegen die Seitenwände pressen, wie ein Kaminkehrer, der nicht den Schornstein hinuntersegeln will. Außerdem musste sie aufpassen, dass ihr Telefon nicht nass wurde, während sie mit Cleo Textnachrichten austauschte.

Wie ist das Hotel so?

Irre. Danke.

Wann seid ihr angekommen?

Gerade eben. Bin gelaufen!

! Mit M?

Ja

Um das Thema zu wechseln, tippte sie:

Muss sehr teuer sein. Was schulde ich dir?

Nichts. Montag, Nebensaison. Unser Geschenk für dich.

Sollte sie widersprechen? Sie beschloss, es sein zu lassen, tippte:

Danke.

– und ließ das Telefon auf ein Handtuch plumpsen. Jetzt, in nüchternem Zustand, verspürte sie Unbehagen. Sie war froh, dass sie es überspielen konnte, aber es war und blieb ein Überspielen, und hätte man ihr, Gott bewahre, eine Mitschrift dessen gegeben, was sie von sich preisgegeben hatte, wäre darin eine Unmenge hinzuzufügen und zu löschen, zu korrigieren und zu präzisieren gewesen. Die Fakten stimmten zwar im Großen und Ganzen, aber nichts an ihrem flapsigen Bericht verriet den Schmerz, den sie verspürt hatte, als sie vorgab, ihre Hochzeit wäre der schönste Tag ihres Lebens und ihre Ehe kein Riesenfehler. Sie hatte nicht gelogen, ausgenommen beim wichtigsten Punkt: wie sich alles angefühlt hatte.

Und dann die Dinge, die sie ausgelassen hatte. Es war ihr herzlich egal, wie Neil in ihrer Schilderung wegkam, und wenn überhaupt, dann war sie zu nett gewesen, weil sie nichts von seiner Gehässigkeit und den spitzen Bemerkungen erzählt hatte, nichts davon, wie er unablässig ihr Selbstvertrauen untergraben hatte. Aber sie hatte auch nicht erwähnt, dass sie ihn einmal geliebt hatte, oder die sexuelle Anziehung, die sehr real gewesen war, sogar berauschend. Und sie hatte ebenso verschwiegen, wie sich alles ins Gegenteil verkehrt hatte, so dass er sie schließlich anscheinend wegen genau jener Dinge verachtete, die er einmal begehrt hatte, und wie ihre Hoffnungen auf eine Familie immer mehr schwanden und sich schließlich in Luft auflösten, und mit diesen Hoffnungen auch der Sex und ihr sexuelles Selbstvertrauen. Sechs Jahre war das jetzt her.

Parallel zur Realität ihrer Ehe mit Neil gab es noch die Phantomversion ihres Lebens zwischen zwanzig und dreißig, in der Marnie ehrgeiziger war, studiert hatte, viel reiste, Risiken einging, Ja zum Leben sagte. Wenn sie an ihr jüngeres Ich dachte, was sie vielleicht zu oft tat, verspürte sie ein wenig Mitgefühl, aber hauptsächlich Wut, als würde sie mit den Fäusten gegen eine dicke Glaswand trommeln. Und doch:

Mit jemandem, den sie kaum kannte, über dieses Bedauern, diese Demütigungen zu sprechen, wäre so furchtbar und unerträglich gewesen, wie mitten im Supermarkt in Tränen auszubrechen. Niemand wollte bei einer Nachmittagswanderung mit so viel Aufrichtigkeit konfrontiert werden. Doch eine müde Anekdote daraus zu machen, war kaum besser.

Jetzt kam sie sich unehrlich vor. Nur ein Satz war neu. *Ich hätte gern jemanden geliebt.* Es erschien ihr anmaßend zu erklären, sie habe etwas zu geben, und trotzdem war das das Aufrichtigste, was sie von sich gegeben hatte, wenn auch das Peinlichste. Was würde als Randbemerkung in der Mitschrift ihrer Geschichte stehen? »Zu viel Info?« Rückblickend und wieder nüchtern, stöhnte sie auf über ihre Bemerkung. »Glah«, sagte sie, löste ihre Knie von den Seiten der Badewanne und tauchte unter. Durch die U-Boot-Tiefen hörte sie ihr Telefon erneut vibrieren. Letzte Worte von Cleo …

Mach das Beste draus. Viel Spaß! X

Das kam Marnie vor wie eine Ermahnung. Morgen bist du wieder zu Hause, hak die Sache einfach ab. Sie stieg aus dem Wasser, kletterte aus der hohen Wanne wie über einen Zaun und trocknete sich ab. Vor dem frei stehenden Spiegel spannte sie ein paar Muskeln an, begutachtete sich von allen Seiten, drückte die Schultern durch und zog einen leichten Schmollmund. Es war natürlich unrealistisch zu glauben, dass drei Tage körperliche Anstrengung sichtbare Auswirkungen hatten, und vielleicht schmeichelte ihr das weiche Abendlicht, aber sie fand, dass sie gar nicht mal so übel aussah, rosig vom Dampf wie die sich nach dem Baden abtrocknende Frau auf dem impressionistischen Gemälde, von dem sie mal eine Postkarte besessen hatte. Hätte sie genau diese Lichtbedingungen mit sich herumtragen können, wäre sie als ganz passabel durchgegangen. Vielleicht sollte sie an Michaels Zimmertür klopfen. *Na, wie gefällt dir das?* Stattdessen warf sie den Bademantel über und ging ans Fenster. Mach das Beste draus, hatte Cleo geschrieben, und so schaute Marnie sehr, sehr lange auf den See hinaus.

Dann breitete sie das schickste ihrer drei Kleider, einen Ärmel am Ellbogen abgeknickt, auf dem Bett aus und stellte dazu die Schuhe auf den Boden, um einschätzen zu können, wie sie wohl aussähe, wenn sie auf dem Weg zu einem Date von einer Dampfwalze überrollt würde. Nicht, dass das hier ein Date war. Immer noch leicht benommen vom Bad, ließ sie sich neben das Kleid aufs Bett fallen und klappte ihren Laptop auf.

Ihr blieb noch eine Stunde, um zu arbeiten, doch die Schriftart schien sich plötzlich auf Wingdings geändert zu haben. Also schaute sie sich stattdessen online die Karte vom Restaurant an und überlegte, was sie bestellen würde. Guter Wein, nette Konversation, eingelegte Garnelen, irgendwas mit einem *jus*. Das Himmelbett fühlte sich plötzlich so gemütlich an wie eine Höhle unter dem Esstisch in ihrer Kindheit. Sie stellte den Handyalarm auf zwanzig Minuten und legte das Telefon neben ihren Kopf. Es rutschte in eine Schlucht des Kissengebirges, während sie in einen tiefen Schlaf sank, der fast drei Stunden dauern sollte.

DER LEIHSCHLIPS

Michael nahm sein Buch, ging früh nach unten und setzte sich am Ullswater auf eine Bank. Er wusste, dass Marnies Zimmer Seeblick hatte, deshalb hatte seine Lesebegeisterung etwas Theatralisches, sein Blick streifte kaum die Seiten. Als er vor vielen Jahren neu an seine jetzige Schule gekommen war, hatte er im Lehrerzimmer demonstrativ Bücher von Natashas Literaturliste gelesen, Orwell und Steinbeck, denn bestimmt wollte sie in ihrer Freizeit über Dinge wie Totalitarismus und den Klee in *Von Mäusen und Menschen* plaudern.

Doch es hatte funktioniert, hatte Eindruck hinterlassen, und jetzt war er hier und spielte das gleiche Spielchen, posierte, die Beine übereinandergeschlagen, mit einem Buch. Fast schon pubertär, seine zur Schau getragene Gefühligkeit, aber es war ein wunderschöner Abend und würde sein letzter im Lake District sein. Bald würde er das ausgedehnte Plateau von Westmorland allein überqueren, da hatte er es sich verdient, gedankenversunken am Ufer entlangzuspazieren, das Buch unter den Arm geklemmt und die Hände hinter dem Rücken verschränkt wie der Moderator einer Dokumentation über die Rosenkriege.

Um halb acht ging er im immer noch hellen Licht des frühen Abends zurück ins Hotel, dessen Terrassentüren geöffnet waren. Er hatte die Wanderschuhe gesäubert und seine Hosenbeine heruntergekrempelt, trotzdem kam er sich plump und laut vor, als er so ins Restaurant stiefelte. Ein Kellner, ganz in Schwarz, schlank und aalglatt, trat auf ihn zu, und plötzlich war es, als würde Michael bei einer Grenzkontrolle versuchen, mit gefälschten Papieren einzureisen. Wäre Marnie bei ihm gewesen, hätte er es mühelos geschafft.

»Einen Tisch für zwei Personen, bitte.« Der Blick des Kellners glitt suchend über seine Schulter. »Sie kommt gleich runter. Doch bevor ich mich setze, also, es klingt vielleicht exzentrisch, aber … ich habe das Gefühl, ich bin etwas zu leger angezogen.«

Die Krawatte, die der Kellner aus der Kiste für Fundsachen fischte, passte nicht ganz zu Michaels porridgefarbenem Hemd. Sie war dünn und glänzend, das einzige Stück von Prada, das er je getragen hatte, und sein Hemdkragen war so weich und verschlissen, dass der Schlips ständig verrutschte. Zumindest wäre es für einen Lacher gut. Um Eindruck zu machen, bestellte er eine Flasche Weißwein, die dritte von oben auf der Karte. Obwohl sie auf Englisch verfasst war, hätte er eine Übersetzung gebrauchen können. Er wusste, dass *jus* eine dünnflüssige Soße war und dass ein Spiegel nicht unbedingt an der Wand hängen musste, nur was waren *gnudi* und was das *dukkah* zur Ente? In Gedanken legte er sich Witze zurecht und kraulte sich den Bart, als wäre er sein eigener Hund.

»Möchten Sie etwas bestellen, Sir?«

Wann hatte man ihn jemals mit »Sir« angesprochen? Es war beinahe acht. »Ein paar Minuten noch.« Das Licht im Raum wurde schwächer, der leere Stuhl wurde gerade so vom Schein der Kerzen erhellt. Im Restaurant waren noch drei andere Paare, aber keine Wanderer. Alle waren sie in präerotischer Träumerei versunken, und er fragte sich, ob er die

Krawatte ablegen sollte. Vielleicht arbeitete Marnie, sah fern oder hatte sich früh schlafen gelegt. Er hätte ihr eine Textnachricht schreiben können, hatte jedoch ihre Nummer nicht. Sollte er an ihre Zimmertür klopfen? Er verspürte eine große Enttäuschung, wie jemand, der Kuchen für eine Feier besorgt, aber die Adresse verloren hat. Wie jemand, der bei einem Date versetzt wurde.

»Ich würde dann gerne bestellen, wenn das in Ordnung ist.«

Von den Liebespaaren beobachtet, aß er allein zu Abend. Zunächst kam ein *Amuse-Bouche*, mit Grüßen aus der Küche, ein winziges Glas mit grünem Schaum, der nach gefrorenen Erbsen und Sahne schmeckte und auch genau das war. Dann Lachs auf fünferlei Art, was ihm eine Menge erschien, fünf rosa Häufchen mit einem unnatürlichen Plastikglanz, wie Plastik-Sushi zu Ausstellungszwecken. Wäre Marnie hier gewesen, hätte er an ihre Lachsgeschichte anknüpfen können, vielleicht wäre das eine Möglichkeit gewesen, auf Natasha zu sprechen zu kommen. So aber nippte er nur am Wein und versuchte, sein aufgeschlagenes Buch an Salz- und Pfefferstreuer anzulehnen. Als das nicht klappte, aß er einfach weiter, ließ sich den Lachs auf der Zunge zergehen wie ein Lutschbonbon und starrte in die Luft wie jemand, der über einen Pflasterstein gestolpert ist und so tut, als wäre nichts geschehen. Wenn Marnie hier gewesen wäre, hätten sie eine Rangfolge von allen fünf Arten Lachs erstellen können. *Mach's doch einfach.* Von unten nach oben: Schaum, geräuchert, Confit, Tuile von der Haut, Mousse. *Iss langsamer*, ermahnte er sich im Stillen, *sonst hast du gleich nichts mehr zu tun.* Eigentlich hatte er erwartet, hier bloß etwas zu verzehren, was man zusammen mit einem Stück Brot essen konnte, und es kam ihm verrückt vor, ganz allein so verschwenderisch zu speisen wie ein Bauerntrampel am Hof des Sonnenkönigs. Zwischen zwei Bissen legte er die Gabel beiseite und schaute auf sein Telefon. Natashas Nachricht. Hoffeallesgut. Zum Haus ihrer Eltern in Richmond auf der anderen Seite der Dales war es mit dem Auto nur ein Katzensprung. In vier Tagen konnte er dort sein.

Sein Hauptgang wurde gebracht, die dritte Pastete in Folge, wenn auch diesmal in dekonstruierter Form, das Rinderhack war als klebriger brauner Zylinder auf der einen Seite des Tellers aufgetürmt, die Teighülle befand sich auf der anderen Seite, als hätten sie und das Fleisch sich zerstritten. In der Schule waren irgendwann mal alle ganz wild auf neuartige Radiergummis in Form von Essen gewesen, und die Karotten hier sahen ähnlich unnatürlich perfekt aus. Die Soße wurde in einem Espressotässchen gereicht, zwei Teelöffel Sirup mit Fleischgeschmack. Liebespaare wollten etwas Leichtes essen, bevor sie sich ins Obergeschoss verzogen, er hingegen konnte alles mit vier Bissen vertilgen, was bedeutete, dass er zwischen jedem Häppchen sieben Minuten pausieren müsste, wenn er nicht vor neun zu Bett gehen wollte. Vielleicht sollte er Natasha schreiben, dass er in der Gegend sein würde. Die Verliebten zogen sich paarweise zurück, und nachdem sein Gedeck abgeräumt worden war, begann er mit dem Entwurf einer Textnachricht.

Ja, alles gut. Bin übrigens Freitagabend bei dir in der Nähe

Und dann kam Marnie ins Restaurant gerauscht. Er stand hastig auf, stieß dabei gegen den Tisch und stopfte das Telefon in seine Tasche, drückte sich die Krawatte an die Brust. Sie sah elegant und gehetzt zugleich aus, als würde sie zu den Rettungsbooten stürmen, und entschuldigte sich schon, bevor sie richtig bei ihm angelangt war.

»Es tut mir so furchtbar leid.«

»Schon gut.«

»Ich hab den Vibrationsalarm nicht mitbekommen, wegen der ganzen Scheißkissen.«

»Wirklich, ich habe nicht …«

»Wieso bist du nicht hochgekommen und hast geklopft?«

»Ich dachte, du willst womöglich einen ruhigen …«

»Nein! So ist das, wenn man sich schon mittags einen hinter die Binde kippt. Ich war total erledigt!« Sie zog geräuschvoll den Stuhl heran und setzte sich. Obwohl sie wunderschön aussah, fiel ihm auf, dass ihr Lippenstift schief aufgetragen war, so als hätte sie ihn erst auf dem Weg nach unten aufgelegt.

»Das macht mir nichts.«

»Mir aber! Heute ist unser letzter Abend.« Und als wollte sie sich verbessern, fügte sie hinzu: »Außerdem bin ich kurz vorm Verhungern. Wie ist das Essen?«

»Köstlich, allerdings sehr übersichtliche Portionen.«

»Ja, das hab ich befürchtet.« Er schenkte ihr Wein ein und war überrascht, wie leicht die Flasche war – er musste drei Viertel davon allein getrunken haben –, als der Kellner mit dem Dessert kam. »Hallo«, sagte sie und legte ihm die Hand auf den Arm. »Könnten Sie mir vielleicht sagen, welches Gericht auf Ihrer Karte am meisten satt macht?«

»Es tut mir sehr leid, aber die Küche ist schon geschlossen.«

»Nein! Oh Gott, wirklich?« Sie schielte auf Michaels Teller.

»Schokolade auf siebenerlei Art«, sagte er und bot ihn ihr an.

»Ich brauche mehr als sieben.«

»Ich könnte Ihnen eine Käseauswahl bringen?«

»Ja, bitte, aber vergessen Sie die Auswahl. Wenn Sie ein

Wagenrad von irgendeiner Sorte haben, toll, rollen Sie es her. Und viel Brot, bitte, danke Ihnen, danke.« Durstig schüttete sie den Wein in sich hinein.

»Also«, sagte er.

»Also.« Jetzt war sie hier, doch der Abend war dahin, ihm schien, sie waren zu müde und zu schweigsam, betrunken, aber ohne die Freude und Lebendigkeit des Tages. Die Krawatte war ihr gar nicht aufgefallen.

»Also«, sagte er noch einmal. »Wie sieht dein Plan für morgen aus?«

»Ach, ich werde einfach hier rumhängen, das Frühstücksbüffet plündern. Vielleicht gehe ich sogar zur Massage. Ich meine, meinen Rücken hat seit, was weiß ich, den Olympischen Spielen in London niemand mehr angefasst, aber wenn ich jemanden dafür *bezahle* … Vielleicht lassen sie mich etwas später auschecken. Das Taxi kommt um fünf, und dann bin ich um neun wieder in London. Fertiggericht, Fernsehen, *ennui*.« Ihr Käse wurde gebracht, er war kalt und kam anscheinend direkt aus dem Kühlschrank. Man gestand ihnen eine weitere halbe Stunde zu, doch der Kellner lungerte in ihrer Nähe herum, wohl verärgert über den sich dahinschleppenden Montag in der Nebensaison. »Er tippt allen Ernstes auf seine Armbanduhr«, sagte Marnie, und sie gaben klein bei. Sie stiegen die Treppe hinauf, stöhnten über ihre Schmerzen und Wehwehchen und blieben dann vor ihren Zimmertüren stehen.

»Hey, Keats, tut mir leid wegen heute Abend«, sagte sie.

»Schon in Ordnung, Shelley.«

»Ich quatsche den ganzen Tag lang, und wenn du dran bist …«

»Du hast nichts verpasst, wirklich.«

»Aber danke für heute. Es hat echt Spaß gemacht. Nicht wie diese anderen Höllentage.«

»Wart's ab, vielleicht kommst du noch auf den Geschmack.«

»Unwahrscheinlich. Na ja. Gute Nacht.«

»Gute Nacht. Und falls wir uns morgen früh nicht sehen sollten – mach's gut.«

»Du auch. Wenn du mal runter nach London fährst …«

»Oder du rauf nach York.«

»Ach, und ich hab ganz vergessen zu sagen, dass mir die hier gefällt«, bemerkte sie und kam so plötzlich einen Schritt auf ihn zu, dass er unwillkürlich einen Schritt zurückwich und gegen seine Tür stieß. Sie zog am unteren Ende seiner Krawatte.

»Ach, das alte Ding? Hab ich mir ausgeborgt.«

»Das ist gar nicht deine? Passt nicht ganz zum Hemd, aber ich weiß die Mühe zu schätzen.«

»Prada.«

»Was! Die solltest du mitgehen lassen.«

»Und als Gürtel benutzen.«

»Also, sie macht wirklich was her.« Sie schaute ihn prüfend an. »Du siehst echt schick aus. Wie hast du das geschafft? Hast du deine Hose mit einem feuchten Lappen gesäubert?«

»Ich glaube, die Kids nennen das ein Glow Up«, sagte er und stützte das Kinn in die Hand. Sie lachte und legte ihm ihre Hand auf den Arm, und er dachte, wie schön es war, wieder jemanden zum Lachen zu bringen.

»Siehst du, du kannst also doch lustig sein«, sagte sie.

»Klingt, als wärst du überrascht«, entgegnete er und zog sich die Krawatte über den Kopf, wobei sie kurz an seinem Ohr hängen blieb.

»Cleo hat gesagt, du hättest einen ›trockenen‹ Humor.«

»Das hat sie wirklich gesagt?«

»Immerhin nur trocken und nicht *schrullig*.«

»Das hört niemand gern.« Er wickelte sich die Krawatte um die Hand wie ein Boxer, der sich die Finger bandagiert. Es verging ein Moment, dann sagte er, beziehungsweise ertappte sich dabei, wie er sagte: »Morgen wird es schön. Den ganzen Tag über Sonne, kein Wind. Und es ist der höchstgelegene Teil der Strecke, achthundert Meter bis zum Kidsty Pike, aber sanft, ein langsamer, leichter Anstieg, dann um Haweswater herum, und dann hat man den ganzen Lake District durchwandert, von West nach Ost. Buch doch einfach dein Taxi um und lass dich in der Stadt abholen, bis fünf schaffen wir es locker dorthin. Du kannst denselben Zug nach Hause nehmen.«

Während er redete, beobachtete sie ihn mit schräg gelegtem Kopf, und er spürte, wie seine Überzeugung sich verflüchtigte. »Also, du musst es ja nicht jetzt entscheiden. Warte einfach an der Rezeption auf mich, wenn du …«

»Nein«, sagte sie, »das würde mir gefallen«, wandte sich um und öffnete ihre Zimmertür.

TAG VIER
VON GLENRIDDING NACH SHAP

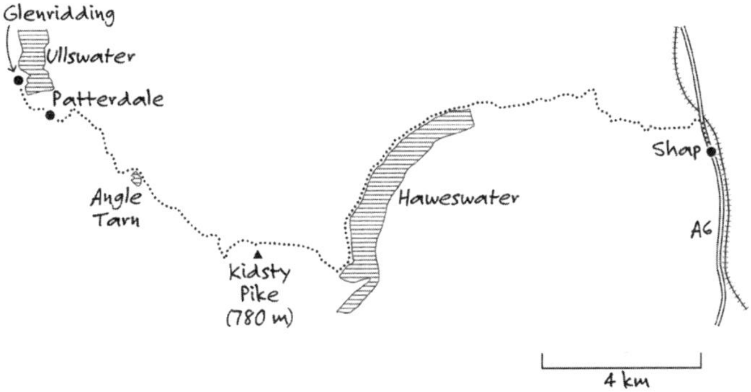

KATZE / KUH

Sie wachte früh auf und war in einem anderen Land, der Schweiz vielleicht, oder bei den norditalienischen Seen. Sie hatte diese Orte nie mit eigenen Augen gesehen, wohl aber Romane gelesen, in denen sich die Figuren in Bergsanatorien zurückziehen, um sich von zum Scheitern verurteilten Affären oder einem schlimmen Krieg zu erholen. Das leuchtende Türkis des Himmels verlieh dem Wasser, das gestern bleiern und düster gewirkt hatte, eine Klarheit, die vergleichbar mit der eines Ozeans auf einem fernen Planeten war. Es glitzerte, und man konnte vielleicht Ruderboot darauf fahren, möglicherweise sogar darin schwimmen, nicht jetzt sofort, aber bald. Vielleicht hätte sie heute doch im Hotel bleiben und ihre Sanatoriumsphantasien ausleben sollen.

Aber sie hatte zu viel Zeit in Innenräumen verbracht, und die Berge wirkten auch einladend, jedenfalls soweit das möglich war. Die Schmerzen in ihren tieferen Muskelschichten waren etwas abgeklungen, und Marnie hatte das Gefühl, den Prozess durch einige Aufwärmübungen noch beschleunigen zu können. Darum klappte sie ihren Laptop auf und stellte ihn für eine Runde Onlineyoga aufs Bett. Ihre Yogalehrerin, in die sie sich ein wenig verknallt hatte, war in den letzten zwei Jahren wahrscheinlich der wichtigste soziale Kontakt für sie gewesen. Zunächst war Marnie zynisch gewesen, doch die Lehrerin war so munter und positiv, so ermutigend und authentisch, dass sie ihrem Charme erlegen war und nun über ihre albernen Witze lachte und sich fragte, wie sie wohl roch, nach Zitronengras, Orchideen, Zahnpasta, einem leichten, aluminiumfreien Deo? Es hatte eine Weile gedauert, bis Marnie ihre Nervosität überwunden hatte, aber jetzt redeten sie ziemlich entspannt miteinander, lachten beide bei den anspruchsvolleren Positionen.

»Ist nicht dein Ernst!«, sagte Marnie zum Bildschirm.

»Du schaffst das! Noch drei Atemzüge!«

»Ich kann nicht!«

»Zwei, eins. Gut, dann sehen wir uns gleich im herabschauenden Hund.«

»Okay, einverstanden!« Da war definitiv was zwischen ihnen, auch wenn es niemals funktionieren würde. Die Yogalehrerin lebte in einer Welt mit bodentiefen Fenstern, teuren Teppichen und Bienenwachskerzen in Keksdosengröße, und insgeheim wäre sie wohl entsetzt über Marnies mottenzerfressenen Ikea-Teppich, die Tupperware-Käseboxen, die sie als Yogablöcke verwendete, und die ungewaschenen, am Hintern schon fadenscheinigen Leggins mit Polka-Dot-Muster und Löchern im Schritt. »Atme die Liebe ein«, sagte die Lehrerin, doch manchmal klang ihre Heiterkeit abgehoben, als wüsste sie nicht, dass es Marnie gab, was ja auch tatsächlich der Fall war.

Nein, Marnie kam nicht rein heute. Zu hungrig, zu steif, zu abgelenkt und aufgeregt verließ sie den Kurs. Würde sie sich jetzt den ganzen Tag lang schief fühlen und kippeln wie ein Tisch im Pub? Egal. Sie packte ihre Sachen, humpelte nach unten und nahm ein Sanatoriumsfrühstück zu sich; dann buchte sie ihr Taxi um und wartete an der Rezeption, wo die Tür geöffnet war und das gleißende Sonnenlicht die

Landschaft draußen wie ein überbelichtetes Foto erscheinen ließ.

Als Michael auftauchte, machte er einen verkaterten Eindruck, er hatte geschwollene Augenlider und sein Lächeln wirkte etwas gequält. »Morgen!«, begrüßte sie ihn, und sie umarmten sich kurz. (*Das ist neu,* dachte sie, eine Entwicklung, die kurze Umarmung, auch wenn ihr auffiel, dass er dabei ein wenig den Rücken krümmte, als wollte er ihre Brüste nicht berühren – er bewegte sich, als würde er sich über ein Feuer beugen.) Er bestand darauf, das Abendessen zu bezahlen, gab dem Mann an der Rezeption die Krawatte zurück, danke, auf Wiedersehen, wir kommen wieder, und gleich darauf traten sie hinaus ins grelle Licht. Im Dorf reihten sich die Touristen in die Schlange zur Helvellyn-Besteigung ein, aber Marnie kam es vor, als wären sie beide die wahren Pioniere, während sie den Fluss überquerten und dann einem gut sichtbaren Pfad folgten, der anstieg, jedoch nicht stärker als die Rampe in einem Supermarkt. Sie wanderten entspannt dahin und unterhielten sich, so dass das Tal, als sie endlich daran dachten, einen Blick zurückzuwerfen, aussah wie mit teurem Holzspielzeug bestückt, bemalte Klötzchen auf grünem Filz um einen See aus Zellophan. Wie hatten sie es derart hoch hinaufgeschafft, ohne es zu bemerken?

Damit war es nun jedoch vorbei, der Pfad wurde steiler, man konnte es gar nicht *nicht* bemerken, und die Sonne knallte vom Himmel. Marnie war schon lange nicht mehr im Urlaub gewesen und hatte seit Jahren die Sonnenstrahlen nicht mehr so auf der Haut gespürt, es war eine Wonne, machte aber auch müde. Im Lauf des Vormittags rationierten sie ihr Wasser, was ihr übertrieben vorkam, aber auch aufregend, und dann erreichten sie wieder einen Meilenstein, als

Michael sich auf einen großen Felsblock setzte, die Stiefel auszog und sich daranmachte, die Reißverschlüsse an den Knien seiner Hosen zu öffnen.

»Ich hab das Gefühl, ich sehe da Dinge, die keine Frau je zu Gesicht bekommen sollte.«

»Zu provokant?«

»Wie diese Hosen für männliche Stripper, die sie sich von den Beinen reißen, und gleichzeitig überhaupt nicht so.«

»Ta-da!« Er erhob sich in Shorts.

»Hotpants!«

»Ist das zu krass?«

»Was ist mit dem Typen in langen Hosen passiert?«

»Hat sich vom Acker gemacht.« Sie gingen weiter den Anstieg hinauf, wobei Marnie immer wieder verstohlen auf Michaels Waden schielte. Hatten »Waden« eigentlich was mit »waten« zu tun? Wie dem auch sein mochte, sie lenkten sie vom Anstieg zum Angle Tarn ab, wo sie und Michael Rast einlegten. Der See war wunderschön, es gab eine Reihe von Buchten und Halbinseln, sogar ein paar bilderbuchartig anmutende Inseln, und sie war sich sicher, dass das Gewässer aus bestimmten Gründen diese Form hatte und nicht einfach nur rund war. Doch sie fragte nicht nach, damit er es ihr nicht erklärte. Stattdessen lagen sie in Ufernähe auf der Erde, schweigend, mit geschlossenen Augen, die Köpfe auf die Rucksäcke gebettet und ihre Gesichter der Sonne zugewandt. *Noch ein Meilenstein,* dachte sie, *dieses unangestrengte Schweigen*, und ihr wurde plötzlich bewusst, wie weit sie innerhalb von nur drei Tagen gekommen waren. Diese Art von intensivem Zusammensein barg ihre eigenen Gefahren, und Marnie war sich immer noch nicht sicher, was das hier eigentlich war, eine Frage, die sie einigen Schlaf gekostet hatte und ebenso ungewohnt war wie der Sonnenschein im Gesicht. Für den Augenblick war es angenehm, schweigend dazuliegen und der Lichtshow auf den Innenseiten ihrer Augenlider zuzusehen.

»Ich hab Kopfschmerzen«, sagte er. »Ich hätte nicht allein trinken sollen.«

»Ich auch nicht. Während des Lockdowns war das echt ein Problem. Eine kleine Belohnung, dienstagsabends um drei nach sechs. Die vielen kleinen Belohnungen.«

»Ja, genau. Man bleibt zu Hause und dreht fast durch. Als Nat noch da war, hat es ja noch Sinn ergeben, man isst gemeinsam, man schaut einen Film, aber sich allein die Kante zu geben …«

»Man redet mit dem Radio, stößt gegen Möbel. Die Leute erzählen immer was von mysteriösen blauen Flecken, aber entweder war's der Couchtisch oder die Kommode, was ist daran mysteriös?«

»Machst du dir Sorgen deswegen?«

»Weil ich allein trinke? Schon. Aber ich tu alles allein, von daher …«

»Und das stört dich nicht?«

»Das Trinken? Als es außer Kontrolle geraten ist, hab ich aufgehört. Dienstags bin ich meistens nüchtern.«

»Sehr vernünftig.«

»Du solltest mich mal allein an einem Freitagabend sehen.«

»Wenn ich dich sehen würde«, erwiderte er, »dann wärst du ja nicht mehr allein.« Sie hielt die Augen geschlossen.

Wieder schwiegen sie, und das orangefarbene Leuchten hinter ihren Augenlidern verlieh der Hitze etwas Höllisches, Radioaktives. »Ich werde gebräunt zurückkommen«, sagte sie. »Oder verbrannt.« Die Zeit verging, die Sonne war wie eine heiße, auf Marnies Gesicht gepresste Hand, Schweißperlen bildeten sich auf ihrer Brust und Stirn. Sie döste ein, bis das Geräusch knirschender Steinchen sie hochschrecken ließ.

»Hm?«, murmelte sie. »Brechen wir wieder auf?«

»Schlaf weiter«, flüsterte er. »Ich gehe schwimmen.«

Plötzlich war sie wieder hellwach.

»Nicht richtig schwimmen«, sagte er. »Nur mal reinhüpfen. Kurz untertauchen.«

Sie hatte sich inzwischen aufgesetzt. »Tu das nicht!«

»Die Skandinavier machen das doch auch so. Ich muss den Kater loswerden. Schlaf weiter.«

»Aber wer ruft dann den Notarzt?« Er lachte, obwohl ihm der Gedanke auch schon gekommen war. »Ernsthaft, Michael, das ist geschmolzener Schnee.« Die höchsten Gipfel waren immer noch mit dem Zeug bestäubt, doch er steuerte bereits auf den kleinen Bergsee zu.

»Ich pack das schon«, rief er und zog sich das T-Shirt über den Kopf. Er hatte Artikel darüber gelesen, über den Nervenkitzel und die reinigende Kraft des kalten Wassers beim Eintauchen, ein flüssiger Defibrillator für Herz und Kopf, Blut und Libido. Als er in der Sonne geschwitzt hatte, war ihm die Idee großartig erschienen, und nun hing ihm die Hose schon in den Kniekehlen, während er noch die Schnürsenkel seiner Stiefel löste; beim Vornüberbeugen spürte er, wie sein Bauch Falten warf, weshalb er ihn einzog. »Vielleicht guckst du besser weg«, rief er, ohne sich umzudrehen. Wenn er jeden Muskel anspannte und Marnie den Rücken zuwandte, bot er möglicherweise noch einen ganz passablen Anblick. Er straffte die Schultern, legte seine Kleidung ordentlich auf einem Stein neben seinen Schuhen ab und gab sich alle Mühe, zielstrebig über das piksende Gras zu schreiten. Am Kiesufer tauchte er die Finger ins Wasser.

»Was soll das?«, rief Marnie und lachte. »Glaubst du etwa, das könnte warm sein?«

Die Sonne brannte auf seinen Schultern, aber selbst die größte Hitze hätte die Aktion nicht erträglicher machen können. Schon als er bloß die Zehen ins Wasser tauchte, rauschte ihm das Blut in den Ohren, und sein Herz hämmerte in einem rhythmischen *Lass es sein, lass es sein, lass es sein* gegen das Brustbein. Das silbern schimmernde Wasser schien zähflüssig wie Gin aus dem Eisfach, und er bückte sich, schöpfte es mit den Händen und tröpfelte es sich in den Nacken. Er spürte ein Brennen und dann, wie sich erst seine Eingeweide und kurz darauf seine Genitalien zusammenzogen. So viel zur großen Show. Seine Kühnheit war längst verflogen, das hier war ein Bilderbuchbeispiel für eine Midlife-Crisis, und doch gab es jetzt keinen Weg mehr zurück, ihm blieb keine andere Wahl, als sich kopfüber ins Säurebad zu stürzen. Die Füße im Wasser spürte er schon nicht mehr. Was, wenn sie einfach an den Knöcheln abbrachen? Dann hörte er, wie Marnie hinter ihm ans Ufer heruntergekraxelt kam. Hatte sie vor, ihn reinzuschubsen? Er würde bis drei zählen und dann hineingehen, um ihr keine Gelegenheit dazu zu geben. Er atmete aus, kurze, schnelle Atemzüge, eins, zwei, drei, vier, fünf, sechs, sieben …

»Das ist so was von hirnrissig«, sagte sie, und er drehte sich um und musste lachen. Neben ihm stand Marnie in schwarzer Unterwäsche, die Arme vor der Brust verschränkt, die Schultern hochgezogen, ihre Haut blass und marmoriert und mit einem kleinen rosa Lätzchen dort, wo sie Sonne abbekommen hatte. »Ich kann dich nicht allein in den Tod gehen lassen.« Er erlaubte sich bloß den verstohlenen Blick eines Schuljungen, doch er fand, dass sie hinreißend aussah. Instinktiv verschränkte er ebenfalls die Arme und versuchte, alle Muskeln in seinem Körper gleichzeitig anzuspannen.

»Okay. Wie machen wir das jetzt?«, fragte sie.

»Wahrscheinlich zählen wir bis drei und gehen dann rein.«

»Ich kann nicht tauchen.«

»Lass dich einfach irgendwie nach vorn fallen, wie ein gefällter Baum.«

»Und der Kopf muss unter Wasser?«

»Ich glaube, ja.«

»Man taucht also komplett unter?«

»Sonst bringt es nichts. Es wird weh tun, aber bloß wie ein Klaps, nur eine Sekunde lang.«

»Auch ein Klaps kann ganz schön weh tun. Und ich steh nicht auf Schläge.«

»Aber das Gefühl danach muss unglaublich sein, als wäre man high, auf Drogen.«

»Sollen wir uns dann nicht lieber Drogen besorgen?«

»Das hier ist ein natürliches High.«

»Oder ein Low, ein natürliches Low.«

»Wir können's ja rausfinden.«

»Okay.«

»Okay.«

»Was ist das für ein Vogel da? Der da drüben, mit dem gebogenen Schnabel.«

»Nicht ablenken, Marnie. Bist du so weit?«

Sie zählten zusammen, »Eins … zwei … drei!«

Keiner von ihnen bewegte sich vom Fleck.

»Ein Brachvogel«, antwortete er.

»Okay, noch mal«, sagte sie. »Eins … zwei … drei.«

Wieder rührten sie sich nicht.

»Ich spüre meine Zehen nicht mehr«, klagte sie.

»Gehen wir mal ein Stück weiter rein«, schlug er vor, und auf steif gefrorenen Füßen wagten sie sich Schritt für Schritt hinein, bis sie bis zu den Waden im Wasser standen.

»Okay, noch mal. Bereit?«

»Eins … zwei …«

»Zähl rückwärts.«

»Du meinst, es liegt an der Reihenfolge der Zahlen?«

»Das ist das Einzige, was mich davon abhält. Drei, zwei, eins und dann rein.«

»Auf ›Los‹?«

»Auf ›Los‹.«

Sie skandierten zusammen – »Drei, zwei, eins, los« –, blieben aber immer noch wie festgewachsen stehen.

»Okay, dann zählen wir halt gar nicht«, sagte sie. »Wir gehen einfach rein. Los, gehen wir einfach zusammen rein. Packen die Gelegenheit beim Schopf. Komm. Wir schaffen das. Komm schon!«, und sie nahm ihn bei der Hand. »Bist du so weit? Jetzt!«

»Jetzt!«

»Nein … jetzt!«

»Loooooos … JETZT!«

»Okay, diesmal gibt's keine Ausrede. Wir gehen rein … jetzt!«

»Jetzt!«

»Jetzt. Nein, jetzt!«

»Ich glaube, wir gehen da zu lasch ran«, bemerkte sie nach einer Weile. »Ich glaube, wir sollten einfach …« Plötzlich versuchte sie, ihn an der Hand herumzureißen, und verdrehte ihm dabei das Handgelenk – »Au!« Er stolperte bei dem Versuch, im Kies Halt zu finden, bekam ihren anderen Arm zu fassen und zog sie an sich, so dass sich ihr Körper einen Augenblick lang an seinen presste, während sie lachte und kreischte. Er spürte Wasserspritzer, die ihn wie Eissplitter von hinten an den Oberschenkeln trafen, er machte einen Satz vorwärts und riss sie mit sich, die Hand an ihrem BH-Träger und dann auf ihrem Kreuz, lange genug, dass er die weiche, schweißfeuchte Haut oberhalb ihrer Hüften und auch ihren Schenkel spürte. Sein Oberschenkel war zwischen ihren Beinen, und einen Moment lang standen sie da, aufeinandergestützt, sein Kinn auf ihrer Schulter, wie erschöpfte Tänzer. Wieder hatte er das Gefühl, nicht ganz im Moment zu sein, sondern sich von außen zu betrachten und kopfschüttelnd zu bewerten, und wäre es nicht besser, gegenwärtig zu sein? Wie schaffte man das? »Kämpf nicht dagegen an, Michael«, flüsterte sie ihm atemlos ins Ohr. »Du willst es doch. Es ist schön, wenn du erst mal drin bist, versprochen«, und er stellte sich vor hineinzuspringen, und sei es nur, um eine Erektion zu verhindern. Noch ein plötzlicher Satz vorwärts, und fast, beinahe, um ein Haar hätte er nachgegeben und sich mitreißen lassen.

Doch er wich zurück, und sie kämpften gegeneinander, wie Hirsche mit ineinanderverhakten Geweihen. Eine Sekunde verging, dann noch eine, und nur ihr Keuchen war zu hören, während sie noch immer knöcheltief im Wasser standen, Stirn an Stirn, die Hände auf die Oberarme des jeweils anderen gelegt. »Die Kunst des Sumo«, sagte sie, und er spürte ihren Atem im Gesicht, roch ihren Morgenkaffee, schaute nach unten und dachte an das Wort »Busen«, was ihn zum Lachen brachte. Er blickte hoch und sah, dass sie ihn anschaute, sie lächelte und …

»Guten Morgen!«

Die Stimme kam vom Pfad her, und sie schauten auf. Zwei weißhaarige Wanderer, ein Mann und eine Frau, das Paar, das gestern an ihnen vorbeigekommen war, nachdem sie betrunken den Pub verlassen hatten. »Hallo!«, rief er und ließ Marnie los.

»Bisschen kalt zum Baden, meinen Sie nicht?«, fragte die Frau mit schottischem Dialekt.

»*Ich* möchte schon«, sagte Marnie, drehte sich schwungvoll um und verschränkte die Arme vor der Brust, »aber er hält mich die ganze Zeit davon ab.«

»Besser Sie als ich«, sagte der Mann lachend, und die beiden hoben mit einem freundlichen Schmunzeln den Stock zum Gruß und gingen weiter Richtung Gipfel, während Marnie und Michael dastanden und sich plötzlich ähnlich wie Adam und Eva gewahr wurden, dass sie halb nackt waren.

»Ich glaube, wir müssen einsehen, dass keiner von uns da reinspringt«, sagte Marnie.

»Und ich glaube, wir sollten uns anziehen und so tun, als wäre das alles nie passiert«, erwiderte er.

»Wie meine Flitterwochen!« Sie lächelte schwach, und er humpelte zurück zu seinem Kleiderstapel. Marnies Sachen lagen ein Stück weiter weg, und er schaute ihr hinterher, während sie auf dem Weg dorthin ihre Unterwäsche zurechtzupfte, mit den Fingern über die Rückseiten ihrer Oberschenkel strich, eine Geste, an die er sich für immer erinnern würde. Er spürte, wie ein Gefühl in ihm aufwallte, das sein Herz schneller schlagen ließ, wie das Wasser, nur wärmer; wenige Minuten später waren sie wieder auf dem Weg. »Wie erfrischend«, sagte sie.

»Nichts bringt den Kreislauf besser in Schwung, als krachend zu scheitern«, pflichtete er ihr bei.

»Vergiss nicht, manchmal ist es am mutigsten, sich als Hosenschisser zu outen«, bemerkte sie. Er beschloss, ihr zu glauben.

NICHT PORTUGIESISCH LERNEN

Ihre Spontaneität hatte wenig Spontanes an sich gehabt. Marnie hatte einiges abwägen, gedanklich ihre Unterwäsche checken (schwarz, passendes Set, Kevlar) und überlegen müssen, wie sie mit ihrer Aktion rüberkommen würde (unbefangen und reizvoll oder gestört und verzweifelt). Rückblickend betrachtet, erschien sie ihr etwas gezwungen, und Michael spürte es vielleicht auch, denn der Rest des Vormittags verging insofern ohne weitere Vorkommnisse, dass keiner von ihnen nochmals die Hüllen fallen ließ.

Und doch war sie sich sicher, dass da irgendwas im Busch war. Ihre verloren geglaubte Neugierde war zurück; Marnie wollte alles über Michael erfahren und ihm alles erzählen, fast alles jedenfalls, so dass sie gestern Abend auf der Karte sogar nachgesehen hatte, ob noch weitere Eisenbahnstrecken auf ihrer Route lagen. In Kirkby Stephen, wo sie am Mittwoch ankommen würden, gab es einen Bahnhof, und noch einen in Northallerton, falls Marnie bis Freitag durchhielt.

Tut mir leid, ich muss nach Hause, weil … Es gab keine Möglichkeit, diesen Satz zu beenden, ohne zu lügen. Niemand würde sie vermissen, kein Haustier würde leiden; ihr Kaktus würde nach wie vor in seinem Zombiezustand verharren; sie würde keine Besprechung verpassen, keine Dates, würde nicht einen Menschen enttäuschen. Natürlich musste sie arbeiten, aber ihr blieb immer noch das Wochenende, an dem sie Zwölf-Stunden-Schichten einlegen konnte. Zugegeben, es wäre schon schön, keine fremden Toiletten mehr benutzen zu müssen, doch ihre dringlichste Verpflichtung war eine offene Packung Feta, die bis Donnerstag aufgebraucht werden musste, und sie durfte sich in ihren Entscheidungen nicht von einem in Salzlake eingelegten Block Käse abhängig machen. Tatsache war: Wenn sie plötzlich spurlos verschwand, würde es keine Menschenseele in ganz London früher als nach einigen Wochen bemerken, und dass es keinen Grund gab abzureisen, war der beste Grund zu bleiben. Nur Michael würde sie vermissen.

Stimmte das? Auf jede Annäherung seinerseits folgte ein ängstlicher Rückzug, als wäre Marnie eine gezündete Feuerwerksbatterie, der man besser nicht zu nahe kam. War ihre Gesellschaft eine angenehme Überraschung für ihn, oder war sie der Partygast, der einfach nicht heimgehen wollte? Wenn es eine Sache gab, die die Menschheit erfinden sollte, dann wäre es ein System allgemein verständlicher Geräusche und Gesten, um Gedanken und Gefühle auszudrücken. Ihr fiel eine Kurzgeschichte von Roald Dahl ein, die sie als Kind gelesen hatte und in der es um eine Maschine ging, die die Schreie von Bäumen und Rosen aufzeichnen konnte, wenn sie gefällt oder abgeschnitten wurden. Und vielleicht wäre ehrliche, direkte Kommunikation in dem Sinne ja tatsächlich wie Rasenmähen – einfach zu viel, um es zu ertragen. Aber da Michael und sie keinen Klartext redeten, mussten sie sich weiter mit Ironie, Anspielungen und Doppeldeutigkeiten abmühen; mit der beiläufigen Berührung einer Hand, mit Blicken, Lächeln und Wrestling in Unterwäsche. Jane-Austen-Kram.

Glücklicherweise bot die Schönheit der Natur Ablenkung, sie schien ihnen winkend zuzurufen: »Hier drüben! Schaut mich an!« Überall um sie herum waren Berggipfel, die scharf voneinander abgegrenzt aufragten wie altmodische Theaterkulissen. Sie gingen über einen Grat, immer noch mit Steigung, aber nicht zu anstrengend, auf gut begehbarem, kurzem und dichtem Gras, das an einen Büroteppich erinnerte, bis sie sich an einem Aussichtspunkt wiederfanden, einer Felskrone mit zinnengleichen Zacken – der perfekte Ort, um Drachen herbeizurufen.

»Da wären wir. Kidsty Pike. Fast achthundert Meter«, sagte er atemlos. »Unser höchster Punkt.« Ihr Zug ab Penrith ging um 18:23 Uhr.

»Unglaublich«, sagte sie in der Hoffnung, das decke alles ab, und dabei ging ihr durch den Kopf, dass sie, falls der Sainsbury's an der Euston Station geschlossen wäre, zum Tesco am Brockwell Park gehen müsste, der bis Mitternacht geöffnet hatte. »Dahinten ist der Helvellyn«, sagte er, »und das Tal, von wo wir gekommen sind.« Sie würde Milch, Eier und Brot besorgen, Klopapier, irgendeine Mikrowellensuppe. »Das da ist der Rampsgill Head, das der High Street, und da ist der Place Fell …« Und nun benannte er alle möglichen Gipfel, Grate und Flanken, während sie ihn beobachtete. So wirkte er nicht unanziehend. Selbst wenn das, was er sagte, vielleicht langweilig war, erzählte er mit einer Lebhaftigkeit, die Marnie nicht unattraktiv fand, und da war sie wieder, die doppelte Verneinung. Wäre sie ihr in einem Manuskript untergekommen, hätte sie das in einer Randbemerkung beanstandet: »einfacher: ›attraktiv‹«.

»Alles okay?«, fragte er.

»Ach, ich lass das alles nur auf mich wirken. Es ist sehr attraktiv.«

»Und von hier aus geht es buchstäblich nur noch bergab.

Na ja, wenn man von den Pennines absieht. Die sparst du dir immerhin.«

»Gott sei Dank. Also, wohin jetzt?«

»Da runter nach Haweswater, am Fluss entlang, querfeldein, damit du rechtzeitig deinen Zug bekommst. Wir gehen besser weiter. Alles okay mit dir?«

»Ja, alles gut. Nur dass ich plötzlich wieder rennen muss, um einen Zug zu kriegen.«

»Uns bleibt noch genug Zeit. Kein Grund zur Eile.« Sie machten sich an den Abstieg; die sanfte Steigung wich einem felsigen Abhang, den sie hinunterklettern mussten wie eine verfallene Treppe, was es schwer machte, sich zu unterhalten oder die gestrige Nähe wiederherzustellen. Die Zeit verstrich, während sie am Ufer eines weiteren Sees entlangwanderten.

»Wobei es vielmehr ein Reservoir ist.«

»Und was ist der Unterschied?«

»Es wurde künstlich angelegt. Hier war früher mal ein See, aber ein deutlich kleinerer, und es gab auch ein Dorf, Mardale Green, das die Armee gesprengt hat, einen Pub, eine Kirche mit Friedhof. Sie haben die Toten umgebettet und danach alles geflutet. Bei niedrigem Wasserstand kann man die Überreste noch sehen. Vom Dorf, nicht von den Toten. Einem versunkenen Dorf.«

»Unheimlich.«

»Ich meine, Städte brauchen Wasser, deshalb muss es ja Reservoirs geben, aber sie sind nicht dasselbe wie Seen. Keine natürlichen Ufer oder Strände, nur Pegelstände. Der Wasserstand geht rauf und runter, die Vegetation wächst also nicht wie sonst.«

»Kann ich dich was fragen?«

»Klar.«

»Sag mir, wenn es zu persönlich ist. Es ist ziemlich persönlich, eigentlich die persönlichste Frage überhaupt.«

»Okay, schieß los.«

»Wieso habt ihr keine Kinder bekommen?«

Die Frage fiel, als der Pfad schmaler wurde und sie Michaels Gesicht nicht sehen konnte. »Tut mir leid, wenn ich dir zu nahe getreten bin. Mich macht die Frage auch sauer. Es gibt nichts, was andere weniger etwas angehen dürfte, ich hab dich jetzt wahrscheinlich auch verärgert, aber wir hatten das Thema angeschnitten und sind damit nicht zum Ende gekommen.«

»Nein, mir macht das nichts aus.«

»Warte mal«, sagte sie, »lass mich …« Der Pfad wurde wieder breiter, und sie ging schneller, bis sie ihn eingeholt hatte. »Erzähl weiter.«

»Okay. Also. Wir wollten welche. Ich glaube, wir brauchten nicht einmal darüber zu sprechen, es war einfach selbstverständlich, und die Jahre vergingen, aber es kamen keine, und als wir rausfanden, woran es lag … Jetzt muss ich über meine Spermien sprechen, lässt sich leider nicht vermeiden.«

»Total okay.«

»Ich hatte anscheinend eine niedrige Spermienzahl und dazu eine niedrige Motilität, also haben wir was dagegen zu unternehmen versucht. Aber es hat nicht geklappt. Wir wollten gerade die nächste Möglichkeit ausprobieren, du weißt schon, ein paar von den Dingern in einem Becher einfangen, nur ist dann das eine und das andere dazwischengekommen, und dann brauchte Natasha eine Pause, Abstand, Zeit zum Nachdenken. Und das ist der Stand der Dinge. Das heißt, er war es. Vor anderthalb Jahren ist sie ausgezogen.«

»Und wie geht's dir damit?«

»Dass ich kein Vater bin?«

»Bis jetzt.«

»Bis jetzt. Ich weiß nicht. Ehrlich gesagt, bin ich ziemlich traurig, aber nicht nur darüber, sondern auch, weil unsere Ehe gescheitert ist, und über andere Dinge, und das ist, na ja, verzwickt.«

»Verzwickt. Verstehe. Tut mir leid.«

»Schon in Ordnung.«

»Stört es dich, wenn Leute danach fragen?«

Er dachte einen Augenblick nach. »Ich glaube, was mich mehr ärgert, ist Mitleid. Und Vorsicht. Man spürt bei Eltern, dass es ihnen peinlich ist. Du weißt schon, ›Erwähn die Kinder nicht, versteck sie im Schrank‹, als würden sie erwarten, dass man in Tränen ausbricht. Entweder das, oder sie machen ein Riesenaufheben um ihre Kinder. Ich meine, ich mag Cleo ja *sehr* …«

»Ich auch, aber …«

»Du weißt schon.«

»Ja. Ich erlebe das die ganze Zeit, oder hab es erlebt, wenn ich meine Freunde mit ihren Babys besucht habe, wie sie mich angesehen haben, mit diesem Blick, der sagt ›Tut mir leid, aber ist sie nicht einfach ein kleines Wunder?‹ Und dann immer dieses betretene, verkniffene Lächeln. ›Du darfst die Kleine mal halten, aber nicht entführen.‹«

»Und ich verstehe ja das Dilemma, sie möchten den Familienzuwachs feiern …«

»Sie wollen bloß mitfühlend sein.«

»Aber ihr übertriebenes Mitgefühl ist nicht mitfühlend.«

»Man möchte halt einfach nicht, dass es zum Tabu wird.«

»Was aber auch nicht heißt, dass man darüber reden will.«

»Und das macht es schwer. Für alle Seiten.«

»Ja«, sagte er. »Stimmt.« Sie redete zu viel und beschloss,

mehr zuzuhören, doch gleich darauf fragte er: »Wie geht es dir denn damit?«

»Damit, keine Kinder zu haben?«

»Bis jetzt.«

»Na ja, ich bin achtunddreißig, also nehme ich mal an, vielleicht, wenn ich mich beeile … Aber ich weiß nicht. Da gibt es natürlich das offenkundige Problem, doch selbst wenn ich daten würde, eine Singlefrau Ende dreißig muss ja ein Kind wollen. Für die Männer bin ich eine wandelnde rote Flagge.«

»Bestimmt nicht für jeden.«

»Meinst du nicht? Ich hab die Angst in Conrads Blick gesehen, sie hat ihn dazu gebracht, Vollgas zu geben und abzuhauen. Geht das überhaupt bei einem Elektroauto? Egal, man müsste auf jeden Fall darüber sprechen, oder? Es ist schwer, locker zu sein, wenn so ein Thema in der Luft liegt, und da steht immer die Annahme im Raum …« Sie hielt einen Augenblick inne und atmete durch. »Manchmal bin ich traurig, manchmal hab ich das Gefühl, ich sollte trauriger sein. Ich wollte ein Kind, manchmal will ich immer noch eins, aber es ist nicht *alles*, was ich will. Ich meine, es gibt definitiv – ein blödes Wort – triggernde Situationen, und dann spüre ich diese … Welle von … nicht wirklich Bedauern, sondern eher ein Ziehen, und zwar hier«, und sie legte sich die Hand auf die Brust. »Aber es ist ein leichter Schmerz, kein überwältigender, und ich starre nicht geistesabwesend auf Spielplätze, ich streichle keine Babyschühchen, ich denke nur darüber nach. Manchmal sieht man jemanden mit Kind und bekommt so eine kleine Geste mit, eine Hand auf einer Wange, einen Augenblick der Verbundenheit, und dann denke ich: Hm, das hätte ich auch gern gehabt, es muss schön sein, schade, dass es jetzt wahrscheinlich nicht mehr dazu kommt. Aber dann plärrt so ein kleines Gör im Bus, und ich denke: Na ja, vielleicht auch nicht. Vielleicht ist alles gut so, wie es ist.«

Er schwieg einen Moment. »Ich hab mir immer gern vorgestellt, ein Kind auf den Schultern zu tragen. Ich weiß, das klingt komisch …«

»Nein, ich versteh das.«

»… nur wie sie halt da oben sitzen, das passt so perfekt, wie in einem Sattel. Das fand ich immer schön.«

»Soll ich mich auf deine Schultern setzen, Michael?«

»Später vielleicht.«

»Ich wollte mich nicht über dich lustig machen …«

»Alles gut.«

»… aber ich bin nicht einfach nur traurig. Ich bin auch wütend, dass ich so viel Zeit mit dem falschen Menschen verschwendet habe. Kaum dass wir verheiratet waren, hat er alles getan, um es zu verhindern. Alles. Was sollte das? Oder wenn einem Freunde mehr oder weniger offen zu verstehen geben, dass sie einen *beneiden*, du Glückliche, die vielen Freiheiten, all der Schlaf und so weiter. Marnie, du kannst ausschlafen, du kannst es dir leisten, ständig verkatert zu sein, du kannst Crack rauchen, das kümmert niemanden einen Scheiß. Ja, ich habe Zeit und Freiheiten, und ich find's auch cool, manchmal zumindest. Aber die Vorstellung, dass ich ›das ausnutzen‹, eine Weltreise machen oder jede Nacht ausgehen soll, das hat auch was Diktatorisches. Als müsste das Leben *erfüllt* sein, als wäre ein Leben ein Loch, das man immer wieder stopfen muss, ein löchriger Eimer, und nicht nur erfüllt soll es sein, das sollen auch alle sehen. ›Du hast keine Kinder, wieso hast du nicht Portugiesisch gelernt?‹ Muss ich ständig irgendwelche Hobbys und Projekte und Lover haben? Muss ich Hochleistungen bringen? Kann ich nicht einfach nur glücklich oder unglücklich sein, mein Ding machen, lesen, Zeit verschwenden und ganz allein unerfüllt sein?«

»Du könntest mit dem Wandern anfangen«, sagte er.

»Vielleicht liegt darin die Lösung. Wandern und Portugiesisch.« Sie gingen eine Weile schweigend nebeneinanderher. »Früher hatte ich mehr Freunde. Und ich hab sie sehr gemocht, und ich glaube, sie mich auch.«

»Bestimmt.«

»Aber dann sind sie alle weggezogen in ihre ach so besonderen Leben, auch meine männlichen Freunde, und mit der Zeit hatte ich immer mehr das Gefühl, ich wäre diejenige, die allein ist. Wie in einer Gang, es gibt die Clevere, die Wilde, die Lustige und die, die keinen hat. Man will doch nicht über das definiert werden, was man nicht hat, ob es nun ein Kind oder ein Partner ist, und die Leute, vor allem die in einer Beziehung, sind total besessen von dem Thema. Man geht irgendwohin, und irgendwer, den man kaum kennt, fragt einen: ›Bist du mit jemandem zusammen? Willst du mit jemandem zusammenkommen? Benutzt du Dating-Apps, Sex-Apps?‹ Ja, *das* fragen sie dich echt gern, besonders verheiratete Männer, als wollten sie stellvertretend durch dich noch mal einen draufmachen. ›Hast du Sex mit Fremden? Reich mir mal die Oliven.‹ Das ist sehr … übergriffig. Einerseits kann ich es verstehen, man lernt jemanden kennen, und dann fragt man entweder das oder ›Und was machst du so beruflich?‹ Aber es wird mit der Zeit einfach anstrengend.«

»Natürlich kennst du die Lösung.«

»Geh niemals raus, nie. Ich hab's versucht, aber das funktioniert auch nicht. Es ist ein Teufelskreis, nicht wahr, oder vielleicht eine Falle? Man ist allein, also ist man am besten allein.«

»Man wird einsam.«

»Da ist es. Das Tabuwort, man wird *einsam*«, sagte sie und dachte: *Mein Gott, ich hab es ausgesprochen.*

»Das Gefühl kenne ich«, sagte er, »sehr gut sogar«, und sie gingen weiter.

Da sie befürchtete, selbst zu viel geredet zu haben, obwohl sie eigentlich ihn aus der Reserve hatte locken wollen, beschloss sie zu schweigen, damit er auch zum Zuge kam. Aber er machte nur nichtssagende Bemerkungen über die Aussicht, die Vögel, die Bäume; höflich, aber mit einer aufgesetzten Fröhlichkeit, als hätten sie sich zuvor gestritten und es wäre nicht passiert, was auch immer zuvor gerade passiert war. Als die Stille zu viel wurde, sagte sie: »Ich hab so ein Gefühl wie am letzten Tag vom Urlaub. Man ist noch weg, aber man könnte genauso gut schon zu Hause sein.«

»Ich weiß, was du meinst.« Der See kam ebenfalls langsam an sein Ende, er wurde brutal von einer grauen Staumauer abgeschnitten, die einer Gefängnismauer glich und über deren oberen Rand Koniferen spähten. »Willst du was Interessantes sehen?«

»Der Satz verheißt nichts Gutes, denn meistens wird es dann ziemlich öde.«

»Das hier«, sagte er und deutete auf die Mauer, »ist die erste aus Beton errichtete Pfeilerstaumauer der Welt.«

»Ich präsentiere der Jury Beweisstück A.«

»Schau sie dir doch nur mal an! Großartig.«

»Auf jeden Fall eine Menge Beton.«

»Du bist wie meine fünfzehnjährigen Schüler. Du kannst sehr grausam sein!«

»Tut mir leid. Du hast recht, es ist die beste – was war das noch mal?«

»Pfeilerstaumauer …«

»Pfeilerstaumauer aus Beton der Welt.« Wieder Schweigen, dann schob sie hinterher: »Natürlich würden wir so was nicht zu sehen bekommen, wenn wir Kinder hätten.«

Es verging ein Moment, bis er lachte. »Willst du ein Foto davon machen?«, fragte er.

»Nein, ein Foto könnte den Zauber nicht einfangen. Es sei denn …« Sie griff nach ihrem Smartphone, und ihr wurde bewusst, wie intim und bedeutsam es war, jemanden zum ersten Mal zu fotografieren und seiner Bibliothek hinzuzufügen, wie ein Buch, das man gelesen oder zumindest zu lesen begonnen hatte. Wieso sonst hieß es »Bibliothek«? Die Umarmung am Morgen, das Unterwäsche-Wrestling, jetzt das Foto. Die Reihenfolge war eigentümlich, aber es war nicht wegzudiskutieren: Sie wollte ihn ansehen können, wenn er nicht da war. »Bleib so stehen. Lächeln.«

»Aber wenn ich hier stehe, dann kriegst du die Staumauer nicht mit drauf.«

»Guck zu mir.« Sie machte das Foto. »Und jetzt …« Sie stellte sich neben ihn und hantierte am Display herum. Sein Arm um ihre Schultern fühlte sich so steif an wie die Schultertrage einer Milchmagd, außerdem war die Kamera zu nah, das Bild zu sehr Fish-Eye-Perspektive, als dass es ihnen geschmeichelt hätte. Aber jetzt war es zu spät, um abzubrechen. »Okay. Sag … ich weiß nicht … ›Pfeilerstaumauer.‹«

»Pfeilerstaumauer.«

Sie schauten sich das Bild an. »Na ja, wenigstens sind wir angezogen. Soll ich das jetzt löschen oder es dir schicken, damit du es löschst?«

»Das lösche ich garantiert nicht«, sagte er. »Das wird mein Bildschirmschoner.«

»Aber ich habe noch nicht einmal deine Nummer.«

Sie tauschten Nummern aus. »Hast du auch eine fürs Festnetz?«, fragte er.

»Ja, West Dulwich zwei fünf zwei. Wozu brauchst du meine Festnetznummer, Opa?«

»Was ist denn am Festnetz so schlimm?«

»Warum schickst du mir nicht gleich ein Telegramm?«

»Oh, Mann … du bist also zu cool und zu großstädtisch, um ein Festnetztelefon zu benutzen?«

Sie liefen weiter. Ein Dorf, ein Fluss, ein Feld, dann noch eins, die Seen hatten sie schon lange hinter sich gelassen, die Landschaft wandelte sich so abrupt, als träte man aus der Küche direkt ins Wohnzimmer. Ihr Ziel, die Stadt Shap, war in Sicht, als er plötzlich sagte: »Morgen kommt dann Kalksteinlandschaft. Ein ganz anderes Terrain, einfacher zu gehen, Westmorland und dann das Eden Valley. Es wird sehr schön, übermorgen auch, wenn es in die Dales geht, da ist es nicht so schroff und viel grüner.«

»Red weiter.«

»Also, wenn du magst, könntest du deinen Taxifahrer anrufen, den Zug einfach fahren lassen und in Kirkby Stephen oder sogar erst in Northallerton einen anderen nehmen. Ein Tag, zwei Tage mehr. Nur, wenn du willst. Lass es dir einfach mal durch den Kopf gehen.«

TEIL DREI
DIE DALES

»[Es gibt] zwei Arten von Menschen [...] – solche, die Aussichten vergessen, und solche, die sie nicht vergessen, selbst solche aus kleinen Zimmern nicht.«

E. M. FORSTER, **ZIMMER MIT AUSSICHT**[4]

DER BLACK DOG

Fast sofort beschlich ihn das Gefühl, einen Fehler gemacht zu haben.

Er hatte ohne jegliche Erwartungen drei Tage in der Gesellschaft eines ihm zuvor unbekannten netten menschlichen Wesens verbracht, und nun war er auf dem besten Weg, alles kaputtzumachen, indem er mehr wollte. Wie ein allerletzter Drink oder der Kaffee nach dem Abendessen – durch Maßlosigkeit konnte man sich die schönste Zeit verderben. Fast unmittelbar nachdem Marnie ihr Taxi gecancelt hatte, wurde die Wanderung langweilig und ermüdend, die Unterhaltung steif und verkrampft, und jetzt, am Nachmittag in diesem furchtbaren, düsteren Pub namens The Black Dog, verstärkte sich das Gefühl, eine Dummheit begangen zu haben. Der schwarze Hund, so hatte Churchill seine Depression genannt, und vielleicht hatte ihn just dieser Ort auf die Idee gebracht: Auf der riesigen Flachbildmattscheibe lief ein Pferderennen in Australien, es roch nach Bleiche, und von der Bar aus hatte man Blick auf die Urinale. »Völlig okay«, hatte es in den Online-Rezensionen geheißen, »aber nichts für einen längeren Aufenthalt«. Gab es hier ein weiteres freies Zimmer? Natürlich, denn alle anderen Leute waren in den beiden freundlichen Pubs oder dem B&B an der Hauptstraße abgestiegen. Während er an der Bar auf die Schlüssel wartete, kam er sich vor, als würde er sich auf einem Polizeirevier stellen.

»Letzte Nacht waren die Flitterwochen«, flüsterte Marnie. »Das hier ist die unschöne Scheidung.«

Alleine wäre es in Ordnung gewesen, doch selbst ein Masochist hat gern ein sauberes Handtuch zur Verfügung, und in Gesellschaft war es ihm hochnotpeinlich. »Du könntest deinen Zug noch kriegen«, sagte er.

»Nein, mir gefällt es. Ich mag das Geräusch vom Teppich«, sagte sie, tippte mit dem Fuß auf den Boden und summte »Hotel California«, während der Barmann zurückkam und die Schlüssel wie einen Wetteinsatz auf den Tresen knallte. Gab es hier WLAN? Nein. Michael nahm Zimmer drei und überließ Marnie Zimmer eins in der Hoffnung, es wäre das bessere.

Sie stiegen die Treppe hinauf. »Glaubst du, hier spukt es?«

»Ja, hier gehen die Geister verstorbener Hygienekontrolleure um.«

»Unfassbar, dass die Zimmer kein Motto haben.«

»Die zehn Plagen.«

»Die apokalyptischen Reiter.«

»Hautinfektionen. Ich krieg Eiterflechte, du Ringelflechte.«

Doch er fragte sich, ob ihr morgen das Lachen vergangen sein würde. Eine Glühbirne an der Decke, Vinylboden in Holzoptik, eine speckige schwarze Tagesdecke, Ausblick auf die Gleise. »Zimmer 101, wie bei Orwell«, sagte sie.

»Wollen wir abhauen?«, flüsterte er, weil ihm bewusst war, wie dünn die Wände waren.

»Ist schon in Ordnung. Es gibt hier einen Schreibtisch und einen Stuhl, und ich kann arbeiten. Solange dein Zimmer nicht der pure Luxus ist.«

Es war nicht der pure Luxus. Wieder allein, ließ er sich

schwer auf sein Einzelbett fallen, dessen Matratze aus Pappeschnipseln in einem Sack zu bestehen schien. Um die Zeit totzuschlagen, rief er seine Eltern an. Seine Mum half gerade ehrenamtlich in der Kirche, und so unterhielt er sich mit seinem Dad, was bedeutete, dass er nebenher auspacken konnte.

»… und über Grisedale nach Patterdale.«

»Das Stück kenne ich gut.«

»Dann ging's rauf, vorbei am Angle Tarn zum Kidsty Pike.«

»Es gibt eine schönere Route.«

»Aber ich bin eben die gelaufen.«

Und so ging es weiter: Sein Vater ließ ihn wissen, was er alles hätte besser machen können, bis Michael sagte: »Dann kommt Richmond, und danach geht's durch die North York Moors.«

»Richmond ist doch ganz in der Nähe von Natashas Wohnort, oder?«

Schlagartig war Michael bei der Sache. »Ja, ist nicht weit weg.«

»Triffst du dich mit ihr?«

»Ich weiß nicht, Dad. Sie hat sich bei mir gemeldet, aber wahrscheinlich nicht.«

»Sie hat sich gemeldet?«

»Nur, um Hallo zu sagen.«

»Um sich mit dir zu treffen?«

»Das lassen wir wohl besser.«

»Na ja. Wenn du …«

»Es besteht kein Grund dazu.«

»Falls doch, grüß sie schön von uns.«

Schweigen. Er hatte bemerkt, wie sich die Stimme seines Vaters verändert, eine untypische Sanftheit angenommen hatte, auf die er vielleicht hätte reagieren können. »Werd ich machen, falls ich sie treffe«, sagte er kurz angebunden. »Ich muss los.«

»Und du bist ganz allein?«

Es war zu aufwendig, es zu erklären, zu verwirrend. »Ja«, antwortete er.

»Und dir geht es gut allein.« Es war keine Frage, und die einzige Antwort, die Michael geben wollte, war: »Ja. Mir gefällt's. Sag Mum, dass ich angerufen habe.«

»Klar.«

Michael legte auf, obwohl sein Vater den Hörer wahrscheinlich noch am Ohr hatte. So verlief jeder Anruf, ein Rollenspiel, eine Reinszenierung der Frustrationen seiner Jugend mit ihren Vorschriften und Zurechtweisungen, dem Unvermögen, irgendetwas offen und geradeheraus zu besprechen. Er hoffte, nicht die Verschlossenheit seines Vaters geerbt zu haben. Hätte er selbst einen Sohn, würde er sich bemühen, anders zu sein.

Doch dann dachte er zurück an die Unterhaltung vom Nachmittag, wie er sich ins Schweigen und in Belanglosigkeiten geflüchtet hatte, wo er doch beispielsweise hätte erzählen können, wie es war, als Lehrer einen unerfüllten Kinderwunsch zu haben, mit dieser Schar an Schülern konfrontiert zu sein, mit ihren guten und schlechten Eigenschaften, Jahr für Jahr, und mit ihren Eltern, die selbstgefällig, inkompetent oder nicht präsent waren und das alles für selbstverständlich hielten, so dass er sie am liebsten geschüttelt und gesagt hätte: *Schaut doch, seht, was ihr da habt!* Er traute sich nicht zu, irgendeinen dieser Gedanken laut zu formulieren, aber es musste doch eine Form von Unterhaltung geben, die irgendwo zwischen einer Gesprächstherapie und dem Austausch von Banalitäten lag. In der Vergangenheit, mit Natasha, hatte er sie gefunden.

Da war sie wieder. Als hätte er einen Geist heraufbeschworen, schien das Zimmer plötzlich zu vibrieren; der Schlüssel klapperte im Schloss des Kleiderschranks, die Glühbirne schaukelte, als der Schnellzug Richtung Süden vorüberrauschte. Er wartete, bis er vorbeigefahren war, und sah dann auf sein Handy. Keine Textnachrichten und keine anderen Benachrichtigungen, doch daran durfte er nicht denken, er musste sich wieder in die Gegenwart zerren, musste versuchen, präsent zu sein, mit jemand anderem im Hier und Jetzt, wenn auch idealerweise vielleicht nicht genau hier und genau jetzt.

DER KANNIBALE IM KLEIDERSCHRANK

Fast sofort beschlich sie das Gefühl, einen Fehler gemacht zu haben.

Sie hatte zu viel gewollt, hatte es übertrieben, und nun befand sie sich in einem noch trostloseren Zimmer als dem, das sie in London erwartete. Sie spürte ein Vibrieren, hörte das nahende Grollen und das Rattern auf den Schienen, dann sah sie durch die schmutzige Scheibe des PVC-Fensters den 18:23er-Zug nach Euston vorbeidonnern, so dicht, dass sie bei geöffnetem Fenster aufs Dach hätte springen, zwischen den Wagen herunterklettern, die Tür aufreißen und sich auf ihren Platz hätte setzen können, Wagen H, Platz 23. Doch das Fenster ließ sich nicht öffnen, und so machte sie sich wieder an die Arbeit und brachte Struktur und Kohärenz in eine Orgie in einem Bungalow des Beverly Hills Hotels. Es kamen derart viele »wohlgeformte« Penisse vor, dass es selbst dann nicht plausibel war, wenn die Orgie in einer geräumigen Suite stattfand, und Brüste, die so unermüdlich »hoch angesetzt« waren, dass es sich praktisch um Schultern handeln musste. Das Buch war natürlich reine Phantasie, und jemand mit Durchschnittsfigur wäre dort so fehl am Platz gewesen wie eine Blechbläserkapelle, trotzdem fragte Marnie sich, ob es auch möglich wäre, die gewöhnlichen Körper der nicht mehr ganz Jungen zu erotisieren, mit Leberflecken und sichtbaren Adern, schon jenseits einer Blütezeit, die sie nie als solche erkannt hatten. Unweigerlich musste sie an den Vorfall am Bergsee denken; dass es ihr gefallen hatte, wie Michael aus- und sie angesehen hatte. Es war ihr peinlich gewesen, aber nicht nur, und sie fragte sich: Was, wenn wir noch eine zweite Nacht in dem hübschen Hotel geblieben wären?

Im Black Dog hingegen war wohl noch nie etwas Sinnliches oder Romantisches vorgefallen und wäre dort auch niemals möglich. Dafür hatte sie sich jetzt sogar noch die Kosten für ein weiteres Zugticket aufgehalst. Zurück an die Arbeit. Sie grübelte über die Formulierung »luxuriöser Bungalow« nach. Dass es in Beverly Hills Bungalows gab, dessen war sie sich sicher, aber auch ihre Tante Pat besaß einen. Sie suchte nach einem Synonym für »Umfang«, dann klappte sie seufzend den Laptop zu.

Melancholie befiel sie, die Art von destillierter, hochprozentiger Traurigkeit, wie man sie vielleicht an einer Bushaltestelle in einem verregneten Badeort empfindet. Wie konnte sie sie wieder loswerden? Nach einer Dusche würde sie sich immer noch schmutzig fühlen, und obwohl Onlineyoga ihr vielleicht geholfen hätte, ihr inneres Gleichgewicht wiederzufinden, ließ der Gedanke sie zögern, ihr Gesicht könne dabei auch nur in die Nähe des Fußbodens gelangen. Was Michael wohl gerade machte? Als hätte er ihre Gedanken gelesen, hörte sie, wie sich seine Zimmertür öffnete, und sie hastete so überstürzt durch den Raum, dass sie einen Moment warten musste, bevor sie auf sein Klopfen hin öffnete.

»Ich will ja nicht bei der Party stören«, sagte Michael, »aber möchtest du …«

»Ja!«, rief sie unendlich dankbar. »Ja! Ja, bitte.« Und sie zog mit ihm los, ohne sich darum zu kümmern, dass sie noch ihre Wanderstiefel trug.

Sie gingen den Weg zurück Richtung Hauptstraße und waren froh, wieder an der frischen Luft zu sein und in normaler Lautstärke miteinander sprechen zu können. »Das mit der Unterkunft tut mir leid.«

»Ach, schon gut«, entgegnete sie. »Das ist einfach nur das erste *Psycho*-Erlebnishotel, in dem ich übernachte. Das Bett ist in Ordnung, ich hab nur das Gefühl, dass im Kleiderschrank jemand sitzt, der mich durch ein Guckloch beobachtet und dabei masturbiert. Wahrscheinlich ein Kannibale.«

»Darum habe ich gedacht, wir essen am besten woanders.«

»Seh ich genauso. Nicht, dass ich noch ein Büschel Haare von irgendwem im Essen finde.«

»In dem Fall vom Schäfer, heute gibt's nämlich Shepherd's Pie«, sagte er und wirkte dabei ziemlich zufrieden mit sich.

»Der war echt gut«, sagte sie.

Sie fanden einen hellen, freundlichen Fish-&-Chips-Laden mit beschlagenen Scheiben und Resopaltischen. Michael sagte, das Lokal sei »in Wandererkreisen berüchtigt«, auch wenn Marnie sich fragte, ob »berüchtigt« das richtige Wort war. Regenjacken, schwere Stiefel und Trekkingstöcke neben der Tür wie in einer Skihütte. Sie setzten sich in eine Nische mit roten Vinylbänken, endlich einander gegenüber, und ihr kamen die billigen Läden in den Sinn, wo Teenager bei ihren ersten Dates versuchen, den einen Gang auf mehr als eine halbe Stunde auszudehnen. 1998, mit Sean Hayward in Nick's Big Easy Diner in der Einkaufsstraße von Bromley. Eine unschuldigere Zeit, auch wenn das hier ebenfalls unschuldig zu sein schien. Während Michael die Speisekarte studierte, sah Marnie sich um. Sie hatte die Hoffnung längst aufgegeben, auf der Wanderung jemand Jungem oder Coolem zu begegnen. Webdesigner, Kameraleute und Kriegsreporter trieben sich nicht an einem Abend mitten in der Woche in einem Imbiss herum. Hier gab es nur Rentner, die beschlossen hatten, aktiv zu bleiben, alte Schulfreunde mittleren Alters, die sich mal wieder trafen, und lang verheiratete Paare, die sich über die beste Wanderroute stritten.

»Fürs Early-Bird-Angebot sind wir zu spät dran«, bemerkte Michael.

»Und zu jung, um zu sterben.«

»Hm?«

»Ich dachte nur gerade, das hier ist wahrscheinlich der schlechteste Ort in ganz England, um Ecstasy zu verkaufen.«

»Dafür aber der beste Ort für Krabbenbrötchen.«

»So viel Regenkleidung. Wenn die Sprinkleranlage angeht, merkt es keiner.«

»Ist dir klar, dass wir wahrscheinlich die coolsten Leute hier im Raum sind?«

»›Wir‹?«

»Hängst du dich immer noch an der Festnetzsache auf?«

»Aber du hast recht, alle sind merkwürdig aufgedreht.«

»Die freuen sich schon auf die Karren morgen.«

»Was, welche Karren?«

»Das ist ein geologischer Fachbegriff, eine natürliche Landschaftsform, ziemlich speziell, markante weiße Platten.«

»Und du zählst dich ernsthaft zu den Coolsten hier im Raum?«

»Eigentlich sind die da drüben cooler«, entgegnete er und deutete mit dem Kopf auf ein sichtlich jung gebliebenes, elegantes älteres Paar; der Mann trug eine Strickkrawatte und ein Tweedjackett, die Frau eine feine Strickjacke und ein Pinafore-Kleid. Die beiden lachten und küssten sich, während sie darauf warteten, einen Tisch zugewiesen zu bekommen. »Die sehen aus, als könnte man Spaß mit ihnen haben.«

»Warum küssen sich alte Menschen nur so?«, fragte sie. »Die Lippen gespitzt wie Goldfische.« Sie imitierte es. »Alte Menschen und Kinder mit Hundewelpen.«

»Ich find's schön.«

»Ach, wirklich, Michael? Schon okay, aber wenn ich alt bin, dann küsse ich normal. Nicht mit dieser Schmollmundgrimasse, als würde man an einem Strohhalm saugen.«

»Übrigens, wie dir vielleicht aufgefallen ist …«

»Wechselst du gerade das Thema?«

»Ja. Abgesehen von den Socken hab ich nur ein Hemd mitgenommen.«

»Ja, ist mir aufgefallen.«

»Ich möchte mich dafür entschuldigen. Ich dachte, na ja, ich bin allein, zwei Stunden am Abend, neun Abende, achtzehn Stunden, niemand sieht mich.«

»Du brauchst deine bescheidenen Ansprüche vor mir nicht zu rechtfertigen.«

»Ich habe keine bescheidenen Ansprüche, ich dachte bloß, ich würde unsichtbar bleiben.«

»Ist schon gut. Bleib einfach nur auf deiner Seite vom Tisch.«

»Das Hemd ist nicht mal hübsch.«

»Ich mag's – die Farbe knallt wirklich. Aus so einem Stoff hab ich ein Geschirrtuch.«

»Absorptionsfähigkeit, darauf kommt es bei einem Hemd an. Und wenn du genau hinsiehst …« – er zupfte am Ärmel – »… hat es diese feinen Linien hier, ein dezentes Karomuster.«

»Karomuster! Ein Millimeterpapierhemd. Selbst deine Klamotten sind wie Hausaufgaben.«

»So kann ich den Verlauf des Abends kartographieren.«

»Und wo befinden wir uns gerade?«

»Auf einer exponentiellen Kurve.«

»Aber geht sie hoch oder runter?«

»Das ist noch nicht ganz klar. Wenn du dich an einen anderen Tisch setzen willst …«

»Zu spät. Sieh dich vor«, sagte sie mit kurzem Blick zu dem älteren Paar, das sich geküsst hatte und jetzt näherkam. »Wir dürfen uns von denen nicht zu irgendwelchen zweifelhaften Psychospielchen hinreißen lassen.«

»Hätten Sie etwas dagegen, wenn wir …?«, fragte der Mann.

»Aber nein, bitte, nehmen Sie Platz«, erwiderte Michael, und sie rückten pflichtbewusst zur Seite. Gleich darauf legte die weißhaarige, stilvoll gekleidete Dame Michael mit leuchtenden Augen die Hand auf den Arm. »Es ist schön, Sie vollständig bekleidet zu sehen«, bemerkte sie mit Edinburgher Akzent, und die beiden lachten.

»O Gott, Sie waren das!«, rief Marnie.

»Tut uns leid«, sagte Michael.

»Ach, wieso denn? Wir fanden es höchst amüsant.«

»Haben Sie es ins Wasser geschafft?«, wollte der Mann wissen.

»Ich wollte reinspringen«, sagte Michael. »Aber sie hat mich zurückgehalten.«

»Ach, wirklich?«, fragte Marnie.

»Leider hatten wir nicht den nötigen Mumm.«

»Das war sehr vernünftig«, sagte der Mann. »Ich glaube, es hätte Sie umgebracht.«

»Ganz sicher.«

»Machen Sie die komplette Wanderung von Küste zu Küste?«, fragte die Frau.

»Er ja«, antwortete Marnie. »Ich nicht.«

»Also, dann müssen wir uns ein Wettwandern mit Ihnen liefern«, sagte der Mann. »Wie viele Tage?«

Michael sagte es ihnen. Sie bestellten und führten dann die übliche Art von Unterhaltung, sprachen über dieses und jenes, Wettervorhersagen, den Zustand ihrer Füße, die gezierte Prahlerei des *Und wie weit wandern Sie?* Es war langweilig und tröstlich zugleich, wie das gedämpfte Geräusch eines Radios im Nebenzimmer. Das Essen kam und war vorzüglich, darin war man sich einig, und Marnie fand sich damit ab, dass sie sich doch nicht mit Michael unterhalten würde. Stattdessen beobachtete sie schweigend, wie er sich charmant und anscheinend aufrichtig für Dinge interessierte, die eigentlich niemanden interessierten, so dass sie sich großzügig vorkam, weil sie den ganzen Abend auf ihn verzichtete – wie jemand, der seinen Regenschirm verleiht, obwohl er ihn selbst gebrauchen könnte. Sie dachte an das letzte Mal, als sie zu viert aufeinandergetroffen waren, wie er am See sein Bein zwischen ihre Schenkel geschoben, seine Hand auf ihre Hüfte gelegt hatte. Ja, *jetzt* war er der nette junge Mann, doch was, wenn sie den Fuß heben und zwischen seine Beine legen, Druck ausüben und ihn beobachten würde? Aber das würde mit ihren Wanderschuhen nicht funktionieren, und so riss sie sich zusammen und konzentrierte sich wieder auf das Gespräch. Sie unterhielten sich gerade über die beste Socken-Stiefel-Kombination, und Marnie dachte: *Okay, das reicht jetzt.*

»Sagen Sie mal, wie heißen Sie denn eigentlich?«

Brian und Barbara kamen aus Morningside und würden morgen ihre beiden Söhne und ihre Schwiegertochter treffen, die sie ein, zwei Tage auf der Wanderung begleiten wollten. Die beiden waren seit zweiundvierzig Jahren verheiratet, so lange, wie Michael lebte. »Kommen Sie hier aus der Gegend?«, fragte Brian.

»Ich wohne in York, Marnie unten in London. Beziehungsweise im Süden.«

»Unten passt schon«, sagte Marnie.

»Ach, in London«, sagte Barbara mit ernster Miene. »Macht es das nicht kompliziert?«

»Entschuldigung, was, bitte?«

»Die Fernbeziehung.«

»Wir sind bloß Freunde«, sagte Michael.

»Für mich sah es nach etwas mehr aus«, sagte Barbara augenzwinkernd.

»Aber haben Sie denn nicht mitbekommen, wie sie ihren Fisch isst?«, fragte Michael, offensichtlich um das Thema zu wechseln, und eine Weile lang zogen alle drei Marnie auf. Grundsätzlich machte ihr so etwas nichts aus, sollten sie doch ihren Spaß haben, aber gerade war von ihrer Großzügigkeit nichts mehr übrig. Sie wollte Michael wieder für sich haben und verspürte dieselbe Gereiztheit und Ungeduld, die sie als kleines Kind empfunden hatte, wenn ihre Mutter beim Einkaufen stehen blieb, um sich mit langweiligen alten Leuten zu unterhalten.

Marnies Telefon summte und um es ihnen heimzuzahlen, schaute sie nach. Eine Textnachricht. Hey. Wahrscheinlich bist du schon wieder in London. Hoffentlich wurde es besser. Habe ein schlechtes Gewissen, weil ich mich ausgeklinkt habe. Hast du Lust, was trinken zu gehen, dann erklär ich's dir? Du brauchst auch nicht zu wandern! Vielleicht dieses Wochenende? Conrad xxx

Habe ein schlechtes Gewissen. Na immerhin. Sie grinste und wünschte halb, dass Michael es mitbekam, und tatsächlich fragte er: »Was ist?«

»Ach, nur eine Nachricht.« Sie zeigte sie Michael kurz.

»Ein Date?«

»M-hm.« Sie war sich bewusst, dass Brian und Barbara sie beobachteten.

»Na bitte, siehst du. Sagst du zu?«

»Noch nicht. Ich bin immer noch sauer. Erst muss ich ihn ein bisschen zappeln lassen. Katz und Maus. Mögen die Spiele beginnen!«

»Das freut mich«, sagte Michael, und bald darauf verabschiedeten sie sich und verließen das Lokal. Das Dorf war jetzt in Dunkelheit getaucht, und die Straße wirkte unheimlich.

»Wir könnten im Pub noch einen trinken«, sagte sie, aber der passende Moment dafür war vorüber. Autos fuhren an ihnen vorbei. Nach einer Weile sagte sie: »Übrigens, da ist nichts gelaufen. Mit Conrad, meine ich.«

»Vielleicht will er ja darüber mit dir reden.«

»Ich hätte nicht damit gerechnet.«

»Also, ich finde, du solltest dich mit ihm treffen.«

»Wirklich?« Sie zuckte mit den Schultern. Vor dem Black Dog zögerte sie nochmals, sie fürchtete sich vor ihrem Zimmer, doch er hatte dichtgemacht. »Ich geh dann wohl mal«, sagte sie. »Dieser Typ im Kleiderschrank wartet schon auf mich …«

»Natürlich. Morgen ist ein großer Tag. Zwanzig Meilen!«

»Und du musst noch deine Hotpants wieder zusammenzippen.«

»Stimmt.« Er bestand darauf, ihr Zimmer im Voraus zu bezahlen, und sagte dann, er würde sich noch einen Drink bestellen, den er zu einem kleinen Tisch trug, und sie ließ ihn im Schein des großen Fernsehers sitzen und alleine Snooker schauen.

TAG FÜNF
VON SHAP NACH KIRKBY STEPHEN

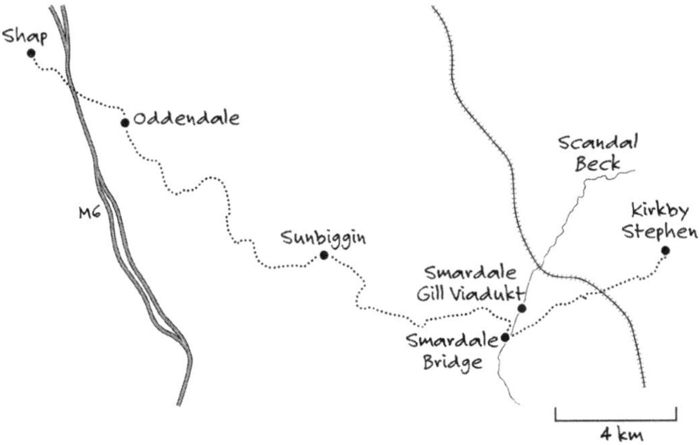

Sie ergriffen früh die Flucht, legten die Schlüssel auf das Gläsertuch auf dem Tresen und stahlen sich davon wie Schulschwänzer. Das Englische Frühstück im Black Dog klang unheilverkündend, deshalb kauften sie sich im Lebensmittelladen im Ort Snacks, Obst und Saft, dann gingen sie durch ruhigere Seitenstraßen zur Eisenbahnbrücke, wo sie stehen blieben, um zuzusehen, wie der Zug nach London unter ihnen hindurchrauschte.

»Es lohnt sich, versprochen«, sagte Michael.

»Da mach ich mir keine Sorgen.« Sie nahm die Packung Orangensaft entgegen und wischte mit der Handfläche über die Trinköffnung.

»Hast du da gerade drübergewischt?«

Sie lachte überrascht. »Ja.«

»Wieso?«

»Ich weiß nicht, irgendwas gibt mir in deiner Gegenwart das Gefühl, ich wäre auf Klassenfahrt. Und ich will mir nicht sonst was von dir holen.«

»›Sonst was‹?«

»Genau.«

»Aha, deine Handfläche ist also sauberer als mein Mund?«

»War sie, bis sie deinen Sabber abbekommen hat.«

»Du hättest die Packung ja hochhalten können. So machen das meine Schüler.«

»Wie, hochhalten?«

»Hochhalten und es sich in den Mund schütten. Damit die Lippen die vollgesabberte Trinköffnung nicht berühren.«

»Das geht nicht.«

»Versuch's mal.«

»Okay, ich versuch mal mein Glück.«

»Na los.«

»Okay.« Sie straffte die Schultern, leckte sich über die Lippen, hob die Packung an, und einen Augenblick lang klappte es super, der Saft floss in einem hübschen Bogen in ihren Mund, bis sie angesichts ihres Erfolgs lachen und sich das nasse Kinn mit dem Handrücken abwischen musste.

Sie überquerten zuerst die Eisenbahnstrecke, dann die Autobahn, sechs Spuren Rushhour-Verkehr. In den Monaten nach dem Überfall hatte er gemerkt, dass ihn angesichts viel befahrener Straßen manchmal Panik überkam und er überzeugt war, gleich würde etwas Schreckliches passieren. In der schlimmsten Zeit hatte er absurderweise nicht mehr Rad fahren können, denn er hatte nicht länger daran geglaubt, dass die Vorwärtsbewegung ihn aufrecht hielt. Was sollte verhindern, dass er aufs Pflaster knallte? Inzwischen hatten diese Ängste nachgelassen, doch auf der Brücke über der Autobahn verspürte er einen Widerhall davon, die Übelkeit, die Anspannung zwischen den Schultern. Ein Gefühl, als wäre man noch zu weit vom Ufer entfernt und würde keinen Boden unter den Füßen spüren. Er versuchte, es zu verdrängen. Heute Vormittag hatte er definitiv den Blues – wie Nat es formuliert hätte –, und vor ihnen lag ein langer Tag. Doch schon bald erreichten sie wieder die Wildnis, durchquerten eine Moorlandschaft und hatten eine neue Bergkulisse vor sich, die scheinbar unendlich weit entfernten Pennines.

»Was ist das?«, fragte Marnie.

Im struppigen Gras waren Reihen aus weißem Gestein zu sehen, wie freigelegte Rückenwirbel. »*Das* sind Karren! Siehst du, wie das Gestein zu Quadern erodiert, diese Linien, wie …«

»Straßenpflaster. Ja, sehe ich.«

Sie schauten sich die Karren an, und nach einer Weile sagte er: »Hab ich dir zu viel versprochen?«

Sie lachte, und er schöpfte neue Hoffnung. »Nein, es ist sehr hübsch. Wie ein Steingarten.«

»Genau. Der Steingarten der Natur.« Er befürchtete, dass sie ihre Entscheidung, mit ihm weiterzuwandern, bereute. In seinen Augen war die Landschaft wunderschön, jedoch weniger abwechslungsreich als der Lake District, und sieben Stunden waren eine lange Zeit, um sich mit jemandem zu unterhalten, selbst mit jemandem, den er sehr mochte.

»Wenn du willst, kannst du einen Podcast hören.«

»Nein, passt schon.«

»Oder Musik. Es wird eine lange Etappe, das macht mir nichts aus.«

Sie dachte einen Moment nach. »Ich hab eine Idee«, sagte sie. »Hast du kabellose Ohrhörer?« Und ob er die hatte. »Und dein Handy?«

Einen Augenblick lang war er nervös (Hoffeallesgut), dann wandte er ihr den Rücken zu, damit sie es aus seinem Rucksack fischen konnte.

»Wieso hast du es dadrin?«

»Damit ich nicht rankomme.«

»Aber wie guckst du dann drauf?«

»Für mich ist das okay.«

»Bist du oft online, Michael?«

»Was denkst du denn, Marnie?«

»Ich weiß nicht. Vielleicht bist du ja ein ganz dicker Fisch im Darknet. Egal. Also. Wie lautet deine PIN? Ich guck mir auch nicht deine schlüpfrigen Nachrichten an, versprochen.«

»1981.«

»Dein Geburtsjahr? Ernsthaft?«

»Plus eins.«

»Ausgefuchst. Okay, also, wir machen Folgendes. Wir hören zusammen die Musik vom jeweils anderen, alle Songs, per Zufallswiedergabe, und ich nehme dein Handy und du meins, also nichts mit Überspringen, keine Zensur. Einfach nur unser wahres Ich.« Sie hielt ihm einen ihrer Ohrhörer hin, und er nahm ihn und beäugte ihn kurz. »Machst du dir etwa Sorgen um mein Ohrenschmalz?«

»Eher um meins.«

»Ist mir egal, guck, hier …« Sie drückte sich seinen Ohrhörer demonstrativ in die Ohrmuschel, und er fragte sich, ob das auch Flirten war. »Okay. Also. Fangen wir an. Du zuerst. Wähl was Gutes für mich aus. Per Zufallswiedergabe.«

Er schaute auf ihren Handybildschirm. Musik. Lieder. Zufallswiedergabe. Play. Frauenstimmen, die sich an alle Mädels im Block richteten.

»BLACK MAGIC« VON LITTLE MIX (2015)

Michael verzog das Gesicht. »Ernsthaft?«

»Du darfst den Ohrhörer nicht rausnehmen.«

»Aber was ist mit dem Gesang der Feldlerche?«

»Das ist ein klassischer Popsong – den musst du kennen.«

»Von Schuldiscos kenn ich den. Den hab ich nicht in meiner Bibliothek.«

»Aber willst du nicht wissen, wie man die Jungs dazu bringt, dass sie mehr wollen?«

»Mit einer Art Liebestrank, ›a secret potion‹?«

»Genau! Genau. Wie in *Ein Sommernachtstraum*.«

»Aber wenn sie sich nur wegen des Zaubertranks verlieben …«

»Du befürchtest, das ist dann keine wahre Liebe? Weil sie nicht auf Gesprächen basiert?«

»Ich würde mich definitiv unwohl in einer Beziehung fühlen …«

»… mit jemandem von Little Mix …«

»… mit jedem, wenn sie auf Täuschung beruht.«

»Vielleicht ist das der Subtext …«

»Subtext.«

»Psst. Die Stelle mag ich so, wenn der Song zum Ende kommt und die eine Sängerin diese hohen Töne trällert.« Und sie sang es ihm kurz vor. »Bist du nervös, weil du dagegen vielleicht nicht anstinken kannst?«

»Mir ist nichts in meiner Musiksammlung peinlich.«

»Das lass mal mich beurteilen«, entgegnete sie und drückte auf Play. »Das Glücksrad dreht sich.« Klimpernde Gitarren, eine Melodie, Flötenklänge …

»EL CONDOR PASA (IF I COULD)« VON SIMON & GARFUNKEL (1970)

»Also, das macht einen direkt depressiv.«

»Nicht mein Lieblingsstück von denen«, sagte er.

»›A sparrow or a snail‹. Das ist hart, oder? Ich meine, ›hammer and nail‹, Hammer und Nagel, man will natürlich der Hammer sein.«

»Ich nehme an, sie wollen fragen: Ist es besser passiv oder aggressiv zu sein?«

»Wieso nicht beides?«

»Das Lied hab ich seit zwanzig Jahren nicht mehr gehört. Ich meine, es ist hier drauf, aber ich kann mich nicht erinnern, es mir mal angehört zu haben. Früher wurde es auf Schulversammlungen gespielt. Einer der Lehrer hatte die *Greatest Hits* von Simon und Garfunkel, und jeden Tag sind wir zu einem der Lieder aus der Aula gegangen. Neunjährige, die zu ›Bridge Over Troubled Water‹ einer nach dem anderen den Raum verlassen.«

»Ist viel Classic Rock dabei, Michael?«

»Ein bisschen schon. Tut mir leid.«

»Nein, ich mag das Lied. Es ist sehr kurz, oder? Ich muss die Party retten. Drück auf Play.«

Stille. Sie runzelten die Stirn und lauschten angestrengt.

»Was ist das?«, flüsterte er.

»Keine Ahnung. Mach lauter.« Und dann ein Donnern wie

ein Wasserfall. »Ach, ich weiß«, sagte sie. »Das ist mein braunes Rauschen.«

»Was ist das denn?«

»Wie weißes Rauschen, nur brauner. Das hilft mir manchmal beim Einschlafen.«

»Wirklich verstörend.«

»Ich weiß. Die Stelle hier mag ich … gleich kommt's …«

»Wie kannst du dabei schlafen? Das klingt wie der Weltuntergang.«

»Ich finde es tröstlich. Aber den Rest kannst du überspringen, glaube ich.«

»Du hast gesagt, kein Überspringen.«

»Ja, aber das geht acht Stunden lang so!«

»Okay, nur einmal überspringen.«

»Findest du, ich sollte es von meiner Big-Party-Playlist löschen?«

»Ich finde, du solltest es ganz löschen.« Er drückte auf Vorspringen, und eine E-Gitarre ertönte.

»DON'T SPEAK« VON NO DOUBT (1996)

»O Gott«, sagte sie, »dieses Lied …«

»Hat Höhen und Tiefen, deine Sammlung, was?«

»Wenn ich jetzt losheule …«

»Licht und Schatten, wie eine Achterbahn.«

»Ich meine es ernst. Das war mein erster Trennungssong, mit vierzehn, Sean Hayward. Ich hab das in Dauerschleife gehört, dabei hatten wir nur ein Date. Nick's Big Easy Diner.«

»Big Nick's Easy Diner.«

»Easy Nick's Big Diner. Außer dass an dem Abend gar nichts easy war.«

»Was habt ihr gegessen?«

»Sean hatte Barbecue-Rippchen und eine Backkartoffel. Ich den Jumbo-Krabbencocktail, weil ich Eindruck machen wollte.«

»Meeresfrüchte.«

»Ich weiß, ziemlich mutig in Bromley, so weit entfernt vom Meer. Dann sind wir *Deep Impact* gucken gegangen. Ich hatte mir schon genau ausgemalt, wie Sean Hayward und ich zusammen eine Riesenflutwelle überleben würden, aber als wir aus dem Kino rausgegangen sind, hat er mit mir Schluss gemacht.«

»Tut mir leid.«

»Schon okay.«

»Hattest du wirklich das Gefühl, deinen besten Freund zu verlieren?«

»Wie im Lied. Ich dachte, ich würde sterben. Natürlich fanden es alle anderen lustig, aber wenn man vierzehn ist, mein Gott, echt übel. Hast du so was nicht erlebt?«

»Paula Mattis. Aber das war später, mit siebzehn. Trotzdem hat sie mir das Herz gebrochen.«

»Wenn wir nur einen Zaubertrank gehabt hätten.«

»Stimmt.«

»In dem Alter hat eine Trennung was ganz Besonderes an sich, es ist, als hätte man sie sich durch ein Lied angeeignet. Natürlich würde man lieber sterben, als es zuzugeben, und es tut furchtbar weh, aber zugleich ist es auch eine Nachahmung von Schmerz. Dein Leben ist vorbei, aber, du weißt schon, lass mal ein, zwei Wochen vergehen. Es hatte etwas Unschuldiges, das hat mir gefallen. Mit Neil ging es vor allem um Papierkram und Geld und darum, wie beschämend es war, anderen Menschen davon zu erzählen. Kein gebrochenes Herz, sondern Scham. Wie war das für dich?«

»Anders. Das war ein gebrochenes Herz.«

»Wirklich? Oh. Tut mir leid.«

»Ich mag das Gitarrensolo.«

»Du wechselst das Thema.«

»Ja.«

»Na gut. Wenn du mir zu verstehen geben willst, dass ich den Mund halten soll …«

»Don't speak! Nein, du darfst reden.«

»Der Song ist leiser geworden, aber lass dich nicht täuschen, er wird noch mal laut.«

»Denkst du, dass … wie heißt er noch mal …«

»Sean Hayward?«

»Wenn er das Lied im Radio oder durch ein offenes Fenster hört, dass er dann stehen bleibt, hochguckt und sich fragt«, Michael kratzte sich am Kinn, schaute himmelwärts, »… wo bist du, Marnie Walsh?«

Sie lachte. »Garantiert *nicht.*«

»Ich wette schon. Ich wette, er denkt, dass du echt cool warst.«

»Okay, du bist dran. Ich hoffe, der nächste Song lockert die Stimmung ein bisschen auf.«

»PULL UP TO THE BUMPER« VON GRACE JONES (1981)

»Hui, Mr. Bradshaw, stille Wasser sind tief. Ich hatte mit Shanties gerechnet.«

»Ich mag das sehr. Definitiv eins meiner Top-Five übers Autofahren.«

»Ziemlich miese Fahrkünste.«

»Es gibt keinen Grund dafür, so dicht aufzufahren, selbst bei viel Verkehr.«

»Auch wenn es nicht wirklich ums Autofahren geht, wenn man zwischen den Zeilen liest.«

»Nicht?«

»Es geht ums *Einparken.*«

»Es ist der ultimative Einpark-Song.«

»Übers Rückwärts-Einparken.«

»Der Song über den Riesen-Supermarkt-Parkplatz.«

»Genau. Trotzdem, mich überrascht, dass du es auf dem Handy hast.«

»Ich glaube, es ist von Natasha.«

»Du brichst doch jetzt nicht in Tränen aus, oder? Wär echt komisch, bei diesem Lied zu weinen.«

»Nein, es ist auf einer Playlist, Sunday Afternoon Barbecue Vibes oder so.«

»Ja, genau das war Grace Jones' Zielpublikum, Grillpartygäste eines Erdkundelehrers an einem Brückentag.«

Sie wanderten ein Stück weiter.

»Wir *müssen* das nicht als Vorwand benutzen, um über Sex zu reden, wenn du nicht willst«, sagte sie.

»Gut, mein Erinnerungsvermögen ist nämlich nicht besonders.«

»Aber es ist schon eine Weile her?«, fragte sie.

»Ja.«

»Bei mir auch.«

»Wie lange?«

»Du zuerst.«

»Nein, du.«

»Okay«, sagte sie, »bei drei halten wir unsere Finger hoch.«

»Okay. Eins ... zwei ... drei und ...«

Michael hielt zwei Finger in die Höhe, Marnie vier.

»Nur zwei?«, staunte sie. »Du Erotomane.«

»Unersättlich.«

»Es fehlt mir echt sehr.«

»Mir auch, aber so was von.« Sie wanderten weiter.

»Aber sag mal – wie bist du denn so als *Fahrer*, Michael?«

»Zeit für ein neues Lied?«

»Ich meine, hältst du genug Abstand zum Wagen vor dir oder ...?«

»Ich glaube, es ist schwer, sich selbst einzuschätzen.«

»Aber was, wenn du es müsstest?«

»Ich denke, die Menschen, die mit mir gefahren sind, würden sagen, dass ich schon auf die Straße achte, aber nicht *zu* vorsichtig bin.«

»Hm. Jetzt ist mir ein bisschen komisch. Mach das braune Rauschen wieder an.«

»Es ist gleich zu Ende. Noch eins?«

»Okay. Diesmal ich. Neues Spiel, neues Glück!«

»NO LIMIT« VON 2 UNLIMITED (1993)

»O Gott, nein!«, rief sie. »Mach das aus.«

»Tut mir leid, kann ich nicht, ist gegen die Regeln.«

»Das ist gar nicht von mir! Wirklich, Michael, mach es aus.«

»Mir gefällt's. Echt eingängig.«

Sie wollte nach dem Telefon greifen. »Das zählt nicht!«

»Es hat einen starken Beat.«

»Guck, ich nehm den Ohrhörer raus. Ich weigere mich, mir das anzuhören.«

»Es ist auf deinem Handy!«

»Das ist von Neil! Es ist gar nicht meins. Es ist von Neil.«

Sofort drückte er auf Stopp, und sie nahmen die Landschaft um sie herum wieder wahr, betrachteten das weite Moorland, das vor ihnen lag, lauschten dem Vogelgesang, dem Knirschen ihrer Stiefel.

»Tut mir leid. Leichte Überreaktion. Ich dachte, ich hätte seine Scheißmusik komplett gelöscht. Ich hab mich hingesetzt, bin alles durchgegangen und habe ausgemistet, aber das hier muss mir durchgerutscht sein.«

»Mochte er so was?«

»Nicht mal guten Techno oder guten House, nur so ein ätzendes Popzeug, Musik für hyperaktive Kinder. Gott, war sein Geschmack unterirdisch. Frag ihn nach seinem Lieblingssongtext, und er sagt wahrscheinlich ›Techno, Techno,

Techno.‹ Wenn es nach ihm gegangen wär, dann wäre der Eröffnungstanz bei unserer Hochzeit ›Pump up the Jam‹ gewesen.« Michael lachte, und sie brachte immerhin ein Lächeln zustande. »Tut mir leid. Tust du mir den Gefallen und löschst das?«

»Okay.« Er blieb einen Augenblick stehen, scrollte und löschte es aus der Bibliothek. »So, bitte. Alles weg. Willst du noch mal?«

»Wenn es dir nichts ausmacht«, sagte sie, und er drückte noch mal auf Play. Ein Moment verging, und dann war ein Klavier mit den ersten Tönen eines Weihnachtslieds zu hören.

»Joni. Schon besser.«

»Den Song kenn ich.«

»Bisschen klischeehaft, ›Blue‹ auf dem Handy zu haben.«

»Mir gefällt's.«

»Natürlich. Ist ja auch Classic Rock.«

»Ich mag den Teil, wo sie ›Techno, Techno, Techno‹ ruft«, sagte er, und den Rest des Liedes wanderten sie weiter und hörten zu.

»HERE COMES THE SUN« VON THE BEATLES (1969)

»Ich *wusste* es«, sagte sie. »Ich wusste, dass die Beatles kommen würden.«

»Die Beatles mag jeder.«

»Männer mehr als Frauen, glaub ich.«

»Wirklich?«

»Die Beatles, George Orwell und *Die Verurteilten*.«

»Mag ich alles.«

»Und das ist in Ordnung. Ist so eine Phantasievorstellung, oder? In einer Band zu sein, einer der vier grundlegenden Charaktertypen. Man ist John, George, Paul oder Ringo. Es ist die Musik, aber auch dieser Traum von Männerfreundschaft.«

»Vielleicht.«

»Hast du solche Freunde?«

Er überlegte einen Augenblick. »Eher nicht. Oder ich hatte sie mal. Jetzt weniger.«

»Du hast die Band zerstört.«

»Technisch gesehen nicht, es war nur ...« Er schwieg einen Moment und traf eine Entscheidung. »Ich weiß nicht, ob Cleo es dir erzählt hat. Ich hatte da diese ... na ja, ich kann es nicht mal eine Schlägerei nennen. Ich bin verprügelt worden, ziemlich schlimm, auf offener Straße.«

»Sie hat erzählt, dass du im Krankenhaus warst.«

»Stimmt. War ich für eine Weile. Ich will das jetzt nicht

vertiefen, aber als ich entlassen wurde, war ich etwas … wacklig auf den Beinen. Nicht nur körperlich, ich war nervös in Gegenwart von Leuten, in Menschenmengen, den Schülern gegenüber. Manchmal ist es immer noch ein bisschen so. Jetzt gerade nicht …«

»Okay, gut zu wissen.«

»… aber es kommt und geht. Der Punkt ist: Ich hatte Freunde, manche davon Kollegen, und wir haben jede Woche Fußball gespielt, gekickt, Männer in mittlerem Alter, die Spaß zusammen haben, und als es mir besser ging, bin ich wieder hingegangen. Und alle waren wahnsinnig nett. ›Alles okay mit dir? Siehst schon wieder viel besser aus.‹ Und sie haben sich mit dem Gegrätsche und dem Geschrei zurückgehalten, und immer dieses Schulterklopfen, wenn ich Ballkontakt hatte, gut gemacht, Kumpel, gut gemacht, und es war wirklich rührend, alle waren sehr rücksichtsvoll. Aber ich hab mich nicht wohlgefühlt dabei. Also bin ich nicht mehr hin.«

»Du warst verärgert, weil sie nicht fieser zu dir waren.«

»Nein, es war bloß …« Er zögerte nun, denn da war noch eine Szene, direkt nach diesem Spiel, als er auf dem Parkplatz im Wagen gesessen hatte, das Gesicht in den Händen vergraben, mit bebenden Schultern, ohne wirklich zu wissen, wieso. »Es war einfach nicht mehr dasselbe.«

»Denkst du, du gehst vielleicht irgendwann wieder hin?«

»Vielleicht. Aber als Kumpel und nicht als … beschissener Geisteskranker, verdammt nochmal. Punkt.«

Das »beschissen« war ein Fehler. Der Lehrer in ihm meldete sich zu Wort und sagte: *Hey, das wäre nicht nötig gewesen.* Es war melodramatisch und troff vor Selbstmitleid, und er wollte unbedingt nach vorn schauen. Marnie musste es auch gespürt haben, denn sie fragte: »Dann arbeitest du also gerade an deiner Solokarriere?«

»Ich bin zurück im Studio.«

»Mit 'ner neuen Band, wie McCartney?«

»Hm, ich bin mir nicht sicher, ob ich Paul bin.«

»Und wer bist du dann? Von den vier Persönlichkeitstypen?«

»Keine Ahnung. Sag du's mir.«

Sie betrachtete ihn eingehend, als ob das helfen würde. »Ich glaube, George.«

»Echt? Wollen nicht alle John sein?«

»Die Pauls wollen alle Johns sein und die Johns sind im Allgemeinen unerträglich. Die Ringos sind ganz nett und lustig. Aber ein George ist die stilvollste Wahl. Glaub mir«, sagte sie, »ein George zu sein ist super«, und er war zufrieden damit. »Okay. Was jetzt?«

HA-TSCHI

Das Spiel begleitete sie durch Westmorland, vorbei an Orten mit ausdrucksstarken, bildhaften Namen wie Ravenstonedale, Nettle Hill und Orton Scar. Jedes Lied enthüllte einen kleinen Ausschnitt ihres Lebens, so dass Marnie, während sich die Landschaft mit der Zeit veränderte, von Michaels Besuch der Sonntagsschule erfuhr, von seinem Leibgericht und seinem schlimmsten Kater, von den Cousins und Cousinen in Dublin, den Klavierstunden, seinem ersten Schwarm und seinem Wahlverhalten, wobei jede Geschichte für sich genommen nicht groß von Belang war, aber dem Gesamtbild Details hinzufügte, als würde sie die Auflösung eines Fotos erhöhen. Solche Unterhaltungen bargen immer die Gefahr einer plötzlichen Entgleisung – Neil hatte es noch ziemlich spät in ihrer Ehe geschafft, Marnie mit seinen rigorosen Ansichten zu körperlicher Züchtigung oder einer grausamen Anekdote aus seiner Schulzeit zu schockieren –, doch wie sich herausstellte, gefiel ihr das Bild, das sie von Michael bekam, immer besser, je mehr Facetten es hinzugewann. Es gab keine Verstimmungen wegen politischer Ansichten, er hatte zwar Prinzipien, war aber nicht wichtigtuerisch, und Marnie gefiel größtenteils sogar seine Musik, auch wenn sie sich nicht von seiner Vergangenheit trennen ließ: Das war der Soundtrack zu seinem Leben mit Natasha, und es machte sie betroffen, etwas so Intimem wie der Musikauswahl eines fremden

Paars zu lauschen, den Songs, zu denen die beiden gekocht, gegessen und sich geliebt hatten. Es war, als hätte man Marnie dabei ertappt, wie sie bei den beiden zu Hause in die Schränke spähte. Er hatte garantiert Gedanken dazu, die er lieber nicht mitteilen wollte. Sie jedenfalls zensierte sich *(Sechs Jahre sind zu viel. Sag lieber vier)*. Die meiste Zeit redeten sie etwas verlegen über belanglose Themen, wie in einer Episode eines kurzlebigen Podcasts, doch sie sagte sich, dass das in Ordnung war und dass eine Unterhaltung, genau wie Musik, verschiedenen Zwecken dienen konnte, in diesem Fall: der Ablenkung von einer langen Wegstrecke.

Irgendwann wurde die Moorlandschaft weicher und hügeliger, dann fiel sie jäh in ein Tal ab, wie der Falz eines aufgeschlagenen Buchs. Michael erklärte, dass sie sich dem Eden Valley näherten und die Aussicht von Smardale Gill aus, einem auf langen Stelzen stehenden Viadukt, das sich über das Tal spannte, etwas Paradiesisches habe, wie eine ideale Landschaft auf einem Gemälde aus dem 19. Jahrhundert.

»Mach schon«, sagte sie. »Ich weiß, dass du es willst.«

»Dass ich was will?«

»Mir was über Viadukte erzählen.«

Er lachte. »Das ist eine Eisenbahnbrücke.« Dann fragte er, ohne sie anzusehen: »Nimmst du heute Abend den Zug?«

»Einen Tag noch?«, entgegnete sie und ließ ihn dabei nicht aus den Augen. »Wenn das für dich in Ordnung ist.«

»Ja, würde mich freuen. Dann kannst du die Pennines überqueren. Die Dales sehen. Und du hast ja zwölf Slips dabei, also …«

»Kriege ich das Hemd heute wieder präsentiert?«

»Mir bleibt doch keine andere Wahl.«

»Okay. Einen Tag noch, und dann verlasse ich dich.« Sie

erklommen die Talflanke, und Marnie hatte das Gefühl, dass sie nun ihren Rhythmus gefunden hatten, in jeder Hinsicht. Ihre Füße, Knie und Schultern beschwerten sich nicht mehr, lächeln fühlte sich nicht mehr unnatürlich an, und sie redete auch nicht mehr in ihrem persönlichen Kauderwelsch, fw und pfta, flu-ah und tja-ha. Es beunruhigte sie nicht mehr, wenn zwischen ihnen Schweigen herrschte, auch wenn sie der Ansicht war, dass es da noch etwas gab, worüber sie sich unterhalten mussten. Sie spürte, wie der Druck sich anstaute, und empfand ein gewisses Vergnügen dabei, wie das Kitzeln eines unterdrückten Niesers. Die Kunst bestand darin, Michael nicht ins Gesicht zu niesen.

Felder, Gehöfte, die Rückseiten von Häusern, eine Hauptstraße. Nach der Moorlandschaft wirkte die Stadt mit ihren Methodisten-Kirchen, Supermärkten und Bäckereien wie eine Metropole. Der Pub, in dem Michael übernachtete, war ausgebucht – oder vielleicht wollte er ihr nur einen weiteren Black Dog ersparen –, doch nachdem er eine Weile herumtelefoniert hatte, ergatterte er für sie ein Zimmer im »besten B&B des Eden Valley«. Sie befürchtete, in einem B&B zu übernachten sei, wie bei einer unbekannten Großtante unterzukommen, doch die Sunnyview Lodge erwies sich als groß und schön, mit einer ordentlich gestutzten Ligusterhecke und einem Buntglasoberlicht über der Haustür; und es hatte etwas Vornehmes, Altmodisches an sich, so bis zu ihrem Quartier begleitet zu werden.

»Ich komm mir vor wie eine Kriegsevakuierte«, sagte sie. »Mit meiner Londoner Art.«

»Soll ich dich um sieben abholen?«

Abgeholt werden: Das war definitiv vornehm und altmodisch, und einen Augenblick lang hatte sie Sorge, es könnte unschicklich sein, wenn eine ledige junge Dame sich nach Einbruch der Dunkelheit draußen mit einem Herrn herumtrieb. Diese Kostümdramaatmosphäre setzte sich fort, als die Vermieterin, deren Dauerwelle an einen mauvefarbenen Mopedhelm erinnerte, sie zu ihrem Zimmer führte – »Stiefel aus, bitte« – und Marnie in plumper Vertrautheit sofort mit »Liebes« und »meine Liebe« ansprach. Es gab eine Gästelounge mit Landkarten und Wanderführern, natürlich ein großes Englisches Frühstück und in der Lavendel-Suite einen Kamin, eine blassrosa Tagesdecke mit Candlewick-Stickereien sowie ein gusseisernes Bettgestell, das vom Schicksal davor bewahrt worden war, im Zweiten Weltkrieg für den Bau von Jagdflugzeugen eingeschmolzen zu werden. »Kein Besuch«, schärfte ihr die Hausherrin ein, dafür gab es eine mit einer Schleife geschmückte Flasche hausgemachten Schlehen-Gin, hausgebackenes Shortbread in einer Keksdose, eine Auswahl an Tees …

Und plötzlich fühlte sich Marnie wie im Jahr 1942 gestrandet. Einzig das Rumpeln der Lastwagen auf der Hauptstraße störte die Illusion. Sie stellte den Wasserkocher an, lud ihre elektronischen Geräte auf, legte sich aufs Bett und lauschte den quietschenden Matratzenfedern, was sie schlagartig an *Lasterhafte Nächte* denken ließ, das ihr verbotener denn je erschien, so verrucht wie eine Ausgabe von *Lady Chatterleys Liebhaber*.

DAS AULD SHILLELAGH

Im Auld Shillelagh war Curry-Club-Abend.

»Aufregend«, sagte sie. »Ein Privatclub.«

»Ich staune, dass sie uns überhaupt reingelassen haben«, sagte er, womit er recht hatte. Der Pub war bereits knackevoll, und die einzigen freien Plätze befanden sich im hinteren Teil, in einem holzgetäfelten gemütlichen Séparée mit Kerzenlicht, weit weg von der kleinen Bühne. Michaels Zimmer befand sich genau über ihnen, der lange umgebaute Teil eines Flurs, spartanisch, aber ganz nett, und als sie Platz nahmen, hatte er das Gefühl, dass sie am richtigen Ort waren. »Es ist, als wären wir ins Studio 54 reingekommen«, bemerkte Marnie, die ihre drei Kleider nach dem Rotationsprinzip trug und heute sein Lieblingskleid anhatte, das vom zweiten Abend mit den Rosen. *Sein Lieblingskleid.* Du liebes Bisschen.

Als wäre der Curry-Club-Abend nicht genug, fand gleichzeitig auch noch der Country-und-Western-Abend statt, mit einer Band aus dem Ort, samt Gitarre, Fidel und einem für später ans Piano gelehnten Waschbrett. Die Sängerin, die wasserstoffgebleichte, hoch aufgetürmte Haare und kräftig getuschte Wimpern hatte und eine Weste trug, schmachtete »Walkin' After Midnight« für die im Halbkreis lauschenden Einheimischen, die sich bei der Eins und der Drei rhythmisch auf die Schenkel tippten. Rogan Josh und Patsy Cline in einem Irish Pub in Cumbria; Michael fühlte sich wie zu Hause, aber bei Marnie war er sich da nicht so sicher. Er hatte nie in London gewohnt, hatte kein Verlangen danach und wusste auch, dass es dort nicht nur Bento-Boxen und Glastürme gab, doch er wünschte sich inständig, dass sie sich hier wohlfühlte. Als er sich an der Bar wartend zu ihr umdrehte, sah er, wie sie angestrengt versuchte, im Kerzenlicht *Sturmhöhe* zu lesen, und ihm fiel auf, wie hübsch sie aussah, dezentes Make-up, frisch gewaschene Haare, Rosenkleid. Was würde ein zufälliger Beobachter wohl annehmen? Dass dies ein Date war oder dass sie miteinander verheiratet waren? Ein Paar, das heute Abend ausging und die Kinder beim Babysitter gelassen hatte? War das plausibel?

Und wo wäre er jetzt ohne sie? Er stellte sich einen Abend in einer Parallelwelt vor, in der er ein ruhiges Plätzchen gefunden hatte und allein mit seinem Buch, seinem Handy und seinen Gedanken etwas trank. Das war auch nicht übel, und er spürte immer noch den Sog des Rückzugs. Trotzdem war er zunehmend skeptisch, was seine Fähigkeit betraf, sich selbst zu unterhalten, keine Überraschungen, keine Vergnügungen, keine Herausforderungen, gefangen in vertrauten Abläufen, wie wenn man einen Tennisball gegen die Wand spielt. Geselligkeit ging mit ihren eigenen Herausforderungen und Risiken einher, aber im Moment zog er sie dem Alleinsein vor. Für Letzteres hatte er noch reichlich Gelegenheit.

Sie sah ihn direkt an. Lächelte.

Doch dann schaute sie zur Seite, stand auf und deutete lachend an die Bar. Da war das Paar aus dem Fish-&-Chips-Imbiss, Brian und Barbara, die sich umdrehten, um ihm zuzuwinken. Er lächelte zurück, deutete pantomimisch ein Glas an, fragte tonlos: »Soll ich was für euch bestellen?« Aber sie schüttelten den Kopf und wiesen auf andere Leute, Familienmitglieder, die sich zu ihnen gesellten, Stühle heranzogen, Marnie die Hand schüttelten, und Marnie schaute ihn über Brians Schulter hinweg mit schreckgeweiteten Augen an wie eine Geisel.

Und so verlor er sie wieder und verbrachte stattdessen den Abend mit den beiden Söhnen von Brian und Barbara, Stewart und Donald, sowie der neuen Schwägerin Amelia, erfuhr alles über ihre Flitterwochen und wie sie sich kennengelernt hatten, wo sie in der Stadt übernachteten, das Wetter, das Essen, wo man in Edinburgh, Leeds und York das beste Curry bekam, Hypotheken, die Scheiß-Tories, schottischen Nationalismus, Röstkartoffeln und eichhörnchensichere Vogelfutterhäuschen, und wenn er hin und wieder kurz zu Marnie hinüberschaute, die das Kinn in die Hand gestützt hatte wie ein wohlerzogener Gast bei der Hochzeit von Fremden, trafen sich manchmal ihre Blicke, und ihrer schien zu besagen: *Bleib hier, warte, warte einfach ab.*

Stunden vergingen, die Musik wurde lauter und ausgelassener, und erst als er an der Reihe war, an die Bar zu gehen, wurde ihm bewusst, wie betrunken er war, so betrunken wie schon lange nicht mehr, vielleicht betrunkener als überhaupt jemals. Na und? Er *amüsierte* sich wieder, und es war nicht annähernd so schlimm, wie er es in Erinnerung gehabt hatte. Er quetschte sich durch die Menge, Fremde lächelten ihm zu und tätschelten ihm die Schulter, als würde er gleich einen Preis verliehen bekommen und nicht bloß die nächste Runde holen. An der Bar ertappte er sich dabei, dass er mit dem Fokus seines Blicks experimentierte, die Spirituosenflaschen scharf und unscharf werden ließ – sie waren jetzt bei Whisky angelangt, mochte Gott ihnen beistehen –, und die Band spielte einen alten Song von Hank Williams, »Hey Good

Lookin‹«, ein Lied, das er kannte, ohne es sich je bewusst angehört zu haben, die Art von einfachem, albernem Lied, die seinem Vater gefiel, und ihm kam eine sentimentale Erinnerung an seinen Dad, der es an einem Sonntagnachmittag in den späten Achtzigern zur Radiomusik mitgesungen hatte. Eine warme, leicht feuchte Hand ergriff seine. »Hey, Hübscher«, sagte Marnie. »Ich dachte, ich komm mal rüber und helfe dir.«

»Tut mir leid, ich hatte erwartet, wir würden unter uns sein.«

»Stört mich nicht. Na ja, ein bisschen schon.«

Einen Moment lang war er verwirrt. »Dauert ja ganz schön lange, bis man hier bedient wird.«

»Keine Eile. Lass uns einfach warten.«

Es machte Spaß, dazustehen und ihre Hand zu halten, als sei es ein Geheimnis, den Blick nach vorn gerichtet, obwohl er ihr Lächeln spürte. Er gab die Bestellung auf, und die Band kündigte ihr letztes Stück an. Und es machte Spaß, nein, mehr als das, mit den Gläsern anzustoßen, das Brennen vom Whisky zu spüren und sich dann zur Band umzudrehen, während sie »Crazy« spielte, den alten Song von Patsy Cline. Es war so, wie ein Silvesterabend sein sollte, aber nie ist, sentimental und großzügig, voller Hoffnung und allgemeiner Liebe für die Menschheit. Marnie hielt weiter seine Hand, und ihre Unterarme berührten sich, während die Menge vor ihnen tanzte, überwiegend ältere Pärchen, die Männer in karierten Hemden und mit Bootlace-Krawatten, und es kam ihm leicht und ganz natürlich vor, sich unter sie zu mischen, während Marnie den Arm um seine Taille schlang, und er legte das Kinn auf ihren Kopf, und sie tanzten, ironisch und ernst zugleich. *Crazy for feeling so lonely …*

Doch der Song war im Nu vorbei, und sie mussten immer noch die Drinks rüberbringen, also hielten sie die Gläser sehr hoch, die Finger achtlos in die Getränke getaucht, und schlängelten sich zurück durch die Menge, die jetzt jubelte, für die Band oder für sie beide. »Ah, vielen lieben Dank«, sagte Brian mit breitem Grinsen im geröteten Gesicht und hob sein Glas.

»Auf euch beide«, ergänzte Barbara, »euch wundervolle Menschen«, und jetzt flüsterte ihm Marnie mit Whisky-Atem etwas ins Ohr.

»Begleite mich nach Hause, Mikey«, sagte sie.

Er lachte. »Kein Mensch nennt mich Mikey.«

»Was dagegen?«

»Überhaupt nicht.«

»Also, begleite mich nach Hause, Mikey.«

»Wird gemacht«, sagte er. »Wird gemacht.«

GRÜSSE AUS DEM LAND DER VIADUKTE

Die beißend kalte Luft reichte nicht aus, um sie beide wieder nüchtern zu machen, während sie Arm in Arm durch die Stadt zu Marnies B&B gingen. Das Kleid klebte ihr schweißnass am Rücken, und es fröstelte sie plötzlich, so dass ihr nichts anderes übrig blieb, als sich eng an Michael zu schmiegen, wodurch er ins Stolpern geriet und ihm wiederum nichts anderes übrig blieb, als sich selbst lachend an ihr festzuhalten, und so torkelten sie zurück, wie Betrunkene in einem Stummfilm. Es erschien ihnen sehr wichtig, wohlüberlegt und deutlich zu sprechen, aber zugleich war es unmöglich, und »Das mit dem Curry-Club war so cool« war alles, was Marnie hervorbrachte.

»Fand ich auch«, erwiderte er, was zumindest bedeutete, dass sie beide in gleich übler Verfassung waren.

Und dann standen sie vor der Sunnyview Lodge, und aus irgendeinem Grund, vielleicht sublimiertem Verlangen, überkam Marnie der überwältigende Drang, Michael in die Ligusterhecke zu schubsen. »Hecken schmecken!«, rief sie, und er wirkte etwas überrascht, kam jedoch wieder auf die Füße und versuchte, sie ihrerseits in die Hecke zu befördern, und dann waren sie wieder beim Wrestling angelangt, zum zweiten Mal binnen zweier Tage. »Schh!«, sagte sie.

»Du hast angefangen!«, sagte er. »Du hast mich in die Hecke geschubst«, und sie schubste ihn noch einmal, aber dann war wieder Jane-Austen-Zeit.

Sie waren am Tor angelangt. »Ich geh wohl besser in meine Unterkunft«, sagte er. »Ist schon spät.« Sie schaute auf ihre Armbanduhr.

»Mikey«, sagte sie, »es ist exakt einundzwanzig Uhr fünfundvierzig«, und beide brachen in Gelächter aus, und während er noch lachte, fügte sie rasch hinzu: »Ich hab einen Wasserkocher auf dem Zimmer. Und Schlehen-Gin!«

»Whisky und Gin«, sagte er.

»Und Schlimmes im Sinn«, entgegnete sie, und dennoch folgte er ihr auf den Weg zum Haus.

»Psst!« Sie öffnete die Haustür so leise wie möglich. Aus der Gästelounge war der Fernseher zu hören, und sie winkte Michael zur Treppe, die sie auf Zehenspitzen hinaufschlichen, als würde Marnie einen Jungen auf ihr Zimmer schmuggeln, was sie ja irgendwie auch tat –, das heißt, nicht irgendwie, sie tat genau das. Auf halber Treppe gaben sie es auf, leise zu sein, und spurteten nach oben, eine Spur aus Ligusterblättern zurücklassend, schnell rein in die Lavendel-Suite, wo Marnie die Tür hinter ihnen schloss und merkwürdigerweise auch den Riegel vorschob, was ihm aber zum Glück nicht aufzufallen schien.

»Hübsch hier!«, sagte Michael, während sie eilig die herumliegende Kleidung und Unterwäsche einsammelte und in ihren offenen Rucksack stopfte. Das Deckenlicht war eingeschaltet, eine 100-Watt-Birne in einem Fransenschirm, doch es war wohl etwas zu eindeutig, einfach die Nachttischlampen anzuknipsen, und so, um ihn abzulenken …

»Guck mal, meine Keksdose«, sagte sie, und er tat wie geheißen und hob den Deckel an, während sie sich um die Beleuchtung kümmerte.

»Nobel, nobel«, sagte er. »Die wird deine Kekse garantiert frisch halten«, und wieder lachten sie, und es erinnerte sie an die Zeit, in der sie noch mit anderen menschlichen Wesen zusammengearbeitet hatte, die sie mochte und mit denen sie klargekommen war; manchmal hatten sie Ausflüge gemacht oder waren beim jährlichen Teambuilding-Wochenende zu jemandem aufs Hotelzimmer gegangen, und wie unangebracht und lustig das damals gewesen war, alle in ein Zimmer gequetscht, man konnte nur auf dem Bett sitzen, die Minibar plündern, am offenen Fenster rauchen, und von der Rezeption kamen Beschwerden. So war sie mit Neil zusammengekommen, aber vergiss Neil, er ist nicht Neil.

»Wir brauchen gute Mucke«, sagte sie, doch der Radioschrank war auf Radio 4 eingestellt, wo gerade eine Sendung über die Schriftrollen von Qumran lief. »Das killt ja jede Party!«, sagte sie, auch wenn Michael mit dem Kopf wippte und sich auf die Lippe biss. »Zu den Schriftrollen von Qumran kann man nicht tanzen. Stell was anderes ein!«, und während er auf gut Glück irgendwelche Knöpfe drückte, griff sie zu der schlanken, grünen, mit einer Schleife geschmückten Flasche mit Schlehen-Gin. »Das ist ein Zaubertrank!«, sagte sie und fing an, »Black Magic« zu singen, dabei sprang das Radio von Jazz über klassische Musik zum Wetterbericht, ein weiterer wunderbarer Tag im Nordosten, aber nutzen Sie ihn, denn … Sie öffnete die Flasche mit den Zähnen, spuckte den winzigen Korken durchs Zimmer wie eine Piratin, nahm einen Schluck, köstlich, wie Hustensaft, dann ließ sie sich aufs Bett plumpsen, wobei die Federn geräuschvoll quietschten. »Willst du ein Glas?«, fragte sie und bot ihm den Zaubertrank an. »Oder eine Teetasse?«

»Schon okay«, antwortete er und trank einen Schluck, verzog das Gesicht und stellte die Flasche vorsichtig auf den Nachttisch.

Und dann waren sie beide auf dem Bett, auf dem viel zu viele Kissen lagen. Die Köpfe fast im rechten Winkel abgeknickt, starrten sie zum Fußende des metallenen Bettgestells; sie kickte ihre Abendschuhe von den Füßen, bewegte seufzend die Zehen und rieb die Füße in den schwarzen Strümpfen aneinander, und er tippte ihre Füße mit seinen großen schlammverkrusteten Stiefeln an, einmal, zweimal.

»Hey!«, sagte sie. »Du hättest die Schuhe ausziehen sollen!«

Und dann küssten sie sich, und auch wenn es schwer war, genau zu sagen, wer angefangen hatte, bestand doch kein Zweifel an der beiderseitigen Begeisterung. Sie hatte noch nie jemanden mit Bart geküsst und hatte sich immer vorgestellt, es wäre, als würde man das Gesicht an einer Kokosnuss reiben, doch Michaels Bart war so weich wie sein Mund, der immer noch süß-klebrig nach Schlehen schmeckte, mit einer Spur Whisky und Curry aus dem Pub, nach irgendwas leicht Berauschendem jedenfalls, oder vielleicht kam es aus ihrem eigenen Mund, aber gleich wie, es war köstlich, und sie spürte es und erinnerte sich daran: Verlangen. *Da ist es wieder. Hallo, alter Freund! Gott, hast du mir gefehlt!*

Die Federn schrien auf, als sie Richtung Fußende rutschten, um sich einander zugewandt hinlegen zu können, wobei ihre Hand auf seinem Nacken ruhte, seine auf ihrer Hüfte, und einen Moment lang hatte sie Sorge, sie könnte etwas zwischen den Zähnen haben, ein Reiskorn oder ein Stückchen Nuss, das sich vielleicht lösen würde. Sie fragte sich auch, ob sie etwas in Sachen Musik unternehmen sollte; auf Radio 3 lief gerade eine Kultursendung, in der eine Neuinszenierung von *Hexenjagd* besprochen wurde, die alle Kritiker erfreulicherweise sehr genossen hatten und »kraftvoll«,

»am Puls der Zeit« und »aufregend« fanden. Doch jetzt lag seine Hand auf ihrem Oberkörper, sein Zeigefinger und sein Daumen an ihrem BH-Bügel, und sie überlegte, wie sie darauf reagieren sollte, vielleicht, indem sie den Reißverschluss an seinem Hosenknie öffnete. Vielleicht könnte sie einen Witz darüber reißen, doch das würde bedeuten, den Kuss zu unterbrechen, und das wollte sie nicht, denn sie fand ihn kraftvoll, am Puls der Zeit und aufregend. Am liebsten hätte sie laut gelacht, nicht spöttisch, sondern aus reinem Überschwang, ein Achterbahnlachen; als sie erneut ihre Position änderten, wurden die Bettfedern akkordeonartig zusammengedrückt, und sein Bein schob sich zwischen ihre Schenkel, so dass ihr Rock hochrutschte, seine Hand lag auf ihrem Oberschenkel, auf dem Bund ihres halterlosen Strumpfs, halterlose Strümpfe, plötzlich waren sie ihr peinlich, mein Gott, als wäre das hier die *Rocky Horror Picture Show* auf Tour, und sie spürte, wie seine Erektion – oder vielleicht auch sein GPS-Gerät – ihre Hüfte streifte, und sie zog an seinem Hemd, dem berühmten Hemd, und er flüsterte etwas wie *He, Vorsicht, das ist empfindlich*, und beide mussten lachen, bis sie ein anderes Geräusch hörte – ein leises Klopfen an der Tür. Er musste es auch gehört haben, denn er rückte von ihr ab, und sie blieben, einander immer noch zugewandt, reglos liegen.

»Was war das?«, fragte er.

Und dann hörte man es auf dem Flur rascheln, als würde jemand lauschen. »Warte«, sagte sie und befreite sich aus seiner Umarmung, schwang die Beine vom Bett, zog ihr Kleid herunter und ging leichten Schrittes durchs Zimmer.

Eine glänzende Postkarte von dem vollkommenen Tal, das sie heute Nachmittag gesehen hatten, auf der in Kursivschrift die Worte »Grüße aus dem Land der Viadukte!« prangten. Sie drehte sie um, und auf der Rückseite stand säuberlich mit dickem schwarzem Füller geschrieben – »Bitte keine Gäste nach 22 Uhr!«

»Ach, du Schande.«

»Was ist?«

»Sie wirft dich raus.«

Er lachte. »Ernsthaft?«

»Kein Herrenbesuch.« Sie zeigte ihm die Postkarte, und er fuhr sich mit den Händen durchs Haar, verzog das Gesicht und setzte sich auf den Bettrand. »Lässt wohl nicht viel Raum für Diskussionen«, sagte sie, »Hausordnung halt.« Seine Hand fand ihre, und er hielt sie fest.

»Du könntest mit zu mir kommen. Ich hab ein Einzelbett, aber …«

»Nee, lass mal.«

Es verging einige Zeit, sie saßen da und schauten die Keksdose an, den kleinen Wasserkocher, hielten Händchen. Ihr war, als spürte sie seinen Puls an der Handfläche, oder vielleicht war es auch ihrer oder der von ihnen beiden. Er seufzte. »Dann bis morgen?«

»Wir sehen uns morgen.«

»Ich glaub, ich bin ganz schön betrunken«, sagte er und fügte rasch hinzu: »Auch wenn das nicht der Grund war.«

»Ich auch«, sagte sie, »ich meine, bei mir auch nicht«, und sie küssten sich noch einmal, zögerlicher, sanfter und lange, bis Marnie sich von ihm löste. »Ich hab das Gefühl, sie schreibt gerade eine zweite Postkarte.«

»Ich geh dann mal«, sagte er. »Mach ’nen schnellen Abgang.«

»Wenn sie versucht, dich aufzuhalten, dräng dich einfach an ihr vorbei, sie ist schon etwas älter und klein.«

»Mach ich«, sagte er, die Hand am Türknauf. »Ich schubs sie die Treppe runter«, und ihr ging durch den Kopf, wie gut er aussah und wie sehr sie ihn begehrte. »War nur Spaß«, sagte er, und vielleicht wäre der schnelle Abgang gelungen, hätte sie die Tür nicht abgeschlossen. Nach einem Moment der Verwirrung und einigem Rütteln und Ziehen am Türknauf gelang es ihm, den Riegel zurückzuschieben, und er lächelte ihr zu und ging. Sie hörte seine Stiefel auf den Stufen und kurz darauf, wie sich die Haustür unten leise schloss.

Und dann lag sie still da, damit die Federn nicht quietschten, das Zimmer schien sich leicht zu bewegen, seine Proportionen zu verändern, und sie lächelte, verwirrt und aufgeregt, aber nicht zu aufgeregt, um in einen tiefen Schlaf zu fallen, um Viertel nach zehn, auf der Bettdecke, in ihrem zweitbesten Kleid und mit einem Strumpf, der ihr bis unter das Knie heruntergerutscht war.

NÄCHTLICHE NACHRICHTEN

Um drei wachte er mit hämmernden Kopfschmerzen auf, seine Zunge ein zusammengerolltes Geschirrtuch. Auf blasengeplagten Füßen stolperte er ins Bad und beugte sich über das kleine Waschbecken, um zu trinken, stieß sich dabei die Stirn am Heißwasserhahn, pinkelte geräuschvoll und wankte zurück ins Bett. Er berührte seinen Handybildschirm, um nach der Uhrzeit zu schauen, und entdeckte eine eingegangene Nachricht, von Marnie, wie er vermutete, hoffte.

Klar. Das wär nett. Machen wir doch was fest.

Sie kam von Natasha. Verwirrt tippte er darauf und stellte fest, dass er früher am Abend seinen Entwurf vervollständigt und versendet hatte.

Ja, alles gut. Bin übrigens Freitagabend bei dir in der Nähe, für den Fall, dass du dich mit mir treffen willst.

Womöglich ein Fehler. Er fragte sich, ob ihn das wachhalten würde, doch er schlief ebenfalls wieder ein, fiel in einen tiefen Schlaf voller wilder, atemberaubender Träume.

TAG SECHS
VON KIRKBY STEPHEN NACH IVELET

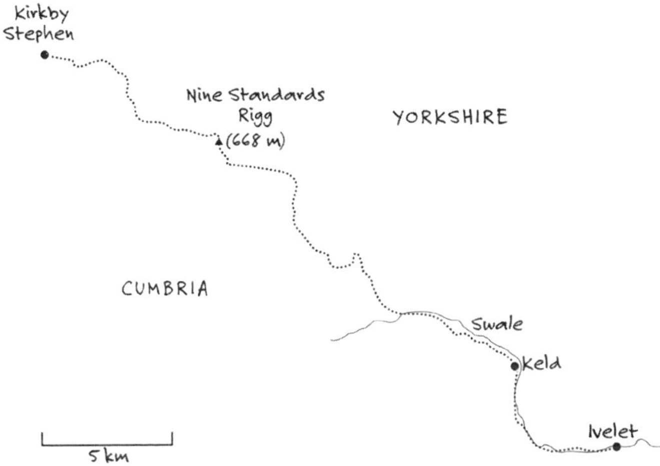

DIE WASSERSCHEIDE

Sie steckte die Postkarte ein. *Bitte keine Gäste nach 22 Uhr!* Ein witziges Souvenir, doch Marnie hatte insgeheim auch die sentimentale Hoffnung, dass die Karte eines Tages bedeutungsvoll werden könnte, eine künftige Reliquie. Zunächst würde Marnie jedoch der Vermieterin gegenübertreten müssen. Im Frühstücksraum wurde der skandalöse Vorfall mit keinem Wort erwähnt, sie erntete nur ein verkniffenes Lächeln, als sie auf das üppige Englische Frühstück verzichtete und lediglich um Toast und Kaffee bat. Kurz darauf trat sie hinaus in den Tag, und die Vermieterin beobachtete von der Schwelle aus, wie Marnie mit keckem Hüftschwung auf Michael zuging, der sie in sicherer Entfernung vom Haus erwartete, der örtliche Schürzenjäger. Er sah blass aus und wirkte ein wenig beschämt. Kein Kuss, doch sie berührten einander mit den Schultern wie zwei Gläser beim Anstoßen und lachten.

»Ich komm mir vor wie das Flittchen der Stadt. Ich müsste nur noch Kaugummi kauen.«

»Spring auf meine Harley«, entgegnete er.

»Und was ist mit meinen Heiratsaussichten? Kein anständiger Mann wird mich noch wollen.« Sie schulterten ihre Rucksäcke und brachen auf, überquerten den Eden River und gingen durch die hübschen Nebenstraßen, die zu Wegen wurden, welche zum Kamm der Pennines anstiegen.

Es kam ihr vor, als würden sie nicht nur quer durchs Land

wandern, sondern auch quer durch die Jahreszeiten. Der Himmel brachte ihr das Wort »vergissmeinnichtblau« in den Sinn, auch wenn sie schon lange kein Vergissmeinnicht mehr gesehen hatte. Dann vielleicht das blasse Blau eines Luftpostbriefs. Gleich darauf sah sie Weißdornblüten, so weiß wie ein A4-Blatt, Ginsterblüten in Post-it-Gelb und überall ein helles Textmarkergrün, so intensiv, dass es zu perlen schien. Sie kamen an einem flachen, dunklen Tümpel vorbei, in dem es wie in einem Kessel blubberte, was sich bei näherem Hinsehen als ein Gewimmel von sich windenden Kaulquappen entpuppte. Doch sie ekelte sich nicht. Auch wenn ihr die Augen brannten und der Kopf schmerzte, hatte sie das Gefühl, dass die Zeit schnell und unbeschwert verging und dass ein echter Sommer vor ihr lag, der erste seit vielen Jahren. In der Zeit der strengen Isolation hatte sie festgestellt, dass sie die Dunkelheit herbeisehnte, um einen Grund zu haben, ins Bett zu gehen. Nun hätte sie die Tage am liebsten verlängert, wünschte sie sich heller und wollte sie voll auskosten. Es wäre ein Fehler, es zu benennen, aber was war das für ein merkwürdiges Gefühl von Optimismus und Aufgeschlossenheit?

Irgendwann verließen sie den befestigten Weg und begannen, dem Horizont und neun unterschiedlich großen steinernen Erhebungen entgegenzukraxeln, die an Zähne mit großen Lücken dazwischen erinnerten. »Das ist das Nine Standards Rigg«, sagte er mit seiner Pädagogenstimme, was sie aber nicht störte. »Es markiert die alte Grenze zwischen Cumbria und Yorkshire.«

»Und du weißt was Interessantes darüber?«

»Klar! Es ist ungeheuer bedeutsam, weil … Hörst du mir überhaupt zu?«

»Ja! Erzähl weiter.«

»Erst, wenn wir da sind. Das ist dann deine Belohnung. Lokales Insiderwissen.«

Obwohl das Wetter die letzten Tage trocken gewesen war, war der Boden immer noch morastig und der Pfad ziemlich erodiert, daher ging sie so vorsichtig wie auf frisch gewischtem Fußboden. Bald war sie wieder außer Atem, ihr Schweiß roch säuerlich, fast hopfenartig, und sie kletterten, ohne sich umzuschauen, bis sie auf dem Grat angekommen waren und die zackigen Zähne sich als robuste, in komplizierten Mustern aufeinandergestapelte Steintürme entpuppten, die selbst in Stille und Sonnenschein etwas leicht Unheilverkündendes hatten. Die Luft war rein wie das Vakuum im Weltraum, die Sicht scheinbar unendlich, und nur die Hochmoore im Osten versperrten den Blick auf die Nordsee bis nach … Holland? Norwegen? Sie schwiegen einen Moment, machten sich bewusst, wie weit sie gekommen und wohin sie unterwegs waren, schauten überallhin, nur nicht einander ins Gesicht, bis sie sagte: »Na dann, schieß mal los.«

»Also, das hier ist eine Wasserscheide, und das ist ein geographischer Begriff, der besagt: Wenn es da drüben regnet«, er deutete nach Westen, ein Stück bergab, »dann fließt das Wasser in die Irische See, und wenn ein Regentropfen hier runterkommt, wo wir gerade stehen, dann landet er in der Nordsee.«

»Und wo musst du stehen, damit du in London landest?«

Er deutete auf ihre Füße. »Da vermutlich.« Ein Augenblick verging, dann umarmten sie sich, und er legte das Kinn auf ihren Kopf, so wie am Vorabend, als sie getanzt hatten, und sie trommelte ihrerseits ein kleines Trommelsolo auf den Seiten seines Rucksacks. Eine innige Umarmung, nüchtern und bei Tageslicht. Vermutlich ein weiterer Meilenstein. »Na dann mal weiter, oder?«, sagte er, und sie lösten sich voneinander.

Sie wandten sich um, folgten dem Grat und begannen mit dem Abstieg Richtung Swaledale. Mit großen Schritten stiefelten sie über Steinplatten, die in den Schlamm gelegt worden waren, durch eine Landschaft mit einer Reihe von Erhebungen und sumpfigen Senken. Auf dem nächsten Grat entdeckten sie eine Gruppe von vier Wanderern, die mit gesenkten Köpfen jeweils ein Stück voneinander entfernt standen, als würden sie auf einen Bus warten, und sie wappnete sich bereits für die Banalitäten. *Schöner Tag zum Wandern. Wohin soll's gehen? Vielleicht sehen wir uns dort!*

Doch als sie näherkamen, sah Marnie etwas auf der Erde liegen, eine fünfte Gestalt, die mit einer leichten silbernen Foliendecke bedeckt war, wie sie sich Sportler nach einem Marathon umlegen. Hier wirkte der Anblick beinahe komisch, er erinnerte an einen Braten, der nach der Zeit im Ofen noch etwas in Alufolie ruht. Vielleicht hatte sich jemand aus der Gruppe überanstrengt. Trotzdem, es war ungewöhnlich, dass auch das Gesicht bedeckt war.

Dann erkannten sie sie. Barbara stand wie gelähmt und mit ausdrucksloser Miene da, und ihre Kinder traten mit versteinerten Gesichtern und rotgeränderten Augen von einem Fuß auf den anderen, als hätte man sie bei etwas Verbotenem ertappt. Mittlerweile waren Marnie und Michael nahe genug, um Brians bleiche Hand unter der silbernen Folie hervorlugen zu sehen, die Handfläche zeigte nach oben. »Oh nein«, sagte sie und warf Michael einen Blick zu, doch der rannte schon auf die Gruppe zu, und während sie leise miteinander redeten, stand sie allein im gleißenden Sonnenlicht.

DAVONGEHEN

Sie mussten ein ganzes Stück zurücklegen, bevor sie wieder sprechen konnten, und selbst dann meinte Marnie: »Mir fehlen die Worte.«

»Mir auch.«

»Meinst du, wir hätten bei ihnen bleiben sollen?«

»Ich hab sie gefragt, und sie haben Nein gesagt, und guck mal …«

Sie blickten sich um und sahen, dass Hilfe unterwegs war, unten auf der Straße fuhr ein Krankenwagen, und auch ein Landrover kämpfte sich den holprigen Hang hinauf. Sie schauten einen Moment lang zu, dann gingen sie weiter. »Wie war es?«

Sie hatten alle unter Schock gestanden. Niemand weinte. Das würde noch kommen, für den Augenblick waren sie nur zu benommen, zu betäubt, um irgendetwas anderes zu tun, als dazustehen und zu warten. Es war ihm peinlich, als er merkte, dass er ihre Namen vergessen hatte, doch Brians Schwiegertochter, anscheinend die Einzige, die noch in der Lage war zu sprechen, hatte ihm erzählt, dass alles sehr schnell gegangen sei, dass Brian sich erst hingesetzt und dann hingelegt habe und dass die anderen sich anfangs über ihn lustig gemacht hätten, weil sie dachten, er sei nur verkatert. *Komm schon, Dad, nicht schlappmachen!* Aber dann hätten sie erkannt, dass er bereits tot war. Sie hätten getan, was sie konnten, aber …

»Es tut mir sehr leid für Sie«, hatte Michael gesagt. »Er war ein sehr netter Mann.« Und seine Schwiegertochter hatte sich bedankt, ja, das sei er tatsächlich gewesen, und bitte warten Sie nicht mit uns, es ist schon Hilfe unterwegs, wir kommen zurecht, Sie sind sehr freundlich, es war sehr schön, Sie beide kennenzulernen, nein, Sie können nichts für uns tun.

Als er zu ihnen gerannt war, hatte er einen Augenblick lang gedacht, er könne die Situation retten. Er kannte sich mit Erster Hilfe aus, wusste, was zu tun war, doch wie Marnie hatte auch er die bleiche Hand gesehen, die nach oben zeigende Handfläche, die leicht gekrümmten Finger, und beschämt erkannt, dass der Impuls, zu trösten und zu helfen weniger stark war als der Drang, das Weite zu suchen und die Menschen, mit denen er Zeit verbracht hatte, die er letzten Abend vielleicht als Freunde bezeichnet hätte, nun wieder wie Fremde anzureden und damit wieder zu Fremden herabzustufen. Vielleicht hatte die Schwiegertochter das gespürt: »Sie können wirklich nichts tun.« Brians Söhne standen einige Schritte entfernt, regungslos, den Blick zu Boden gerichtet, als wollten sie nicht gestört werden. Er schaute zu Barbara hinüber, doch sie hatte ihm den Rücken zugewandt, den Blick auf den Horizont im Osten gerichtet, noch ruhig, obwohl Michael zu spüren glaubte, wie eine gewaltige Woge der Trauer auf sie zurollte. »Wirklich, vielen Dank, aber gehen Sie ruhig weiter«, hatte der ältere Sohn schließlich gesagt, und so hatte Michael genickt, und nun gingen sie davon und setzten ihre Wanderung fort.

Den restlichen Vormittag über redeten sie nicht viel. Der Tag hatte sich zu etwas Scheußlichem entwickelt, hatte seine Farbe eingebüßt, die morgendlichen Versprechungen nicht eingelöst, und die Schönheit der Landschaft wirkte plötzlich verlogen. Bemerkungen über die Aussicht zu machen, als könnte sie Trost bieten, wäre geschmacklos gewesen, und so gingen sie über ein abschüssiges, matschiges Gelände zu einem Weg und dann zum Fluss Swale hinunter.

»Mir ist klargeworden, dass ich so was vorher noch nie erlebt habe«, sagte sie. »Du?«

»Nein. Nein, meine Eltern leben beide noch. Dad ist jetzt gebrechlicher, er hat Angst vor Krebs, aber es geht ihm gut.«

»Und deine Mutter?«

»Ist gesund. Hat ihr Klavier, die Kirche. Ich besuche die beiden nicht so oft, wie ich sollte.«

»Wer macht das schon?«

»Und bei dir?«

»Sie rühren sich kaum vom Fleck, aber sie sind noch am Leben. Ich rufe sie von Zeit zu Zeit an, mache dann aber nebenher was anderes. Muss ich den Kühlschrank sauber machen, ruf ich am besten Mum an.«

»Geht mir genauso.«

»Und trotzdem kann ich mir nicht vorstellen …« Sie schaute noch einmal den Hang hinauf. »Ich habe furchtbare Angst davor. Einfach furchtbare Angst. Steht ihr euch nahe?«

»Mein Dad und ich? Nein, aber ich glaube, das macht ihm nichts aus. Er ist … noch vom alten Schlag. Wir reden nicht so wirklich miteinander.«

»Nicht so wirklich?«

Er suchte nach dem passenden Wort. »Nicht offen.«

»Macht es *dir* denn was aus?«

»Ein bisschen. Ein-, zweimal hab ich's versucht, wollte über, keine Ahnung, Gefühle reden, es war fast wie eine Mutprobe, und da hab ich die Panik in seinem Blick gesehen. *Mach das nie wieder.* Wenn überhaupt, steht Natasha Dad näher, er vergöttert sie. Ich meine, es war fast peinlich, wie er sie immer angeschmachtet und kein Wort rausgebracht hat. Das einzige Mal, dass ich ihn weinen sehen habe, war an unserem Hochzeitstag. Dass sie ausgezogen ist, war schrecklich für ihn, für sie beide, aber wir reden nicht darüber. Und Mum ist ziemlich religiös, konservativ, darum hatte sie kein Verständnis dafür, und ich weiß nicht, es ist ein einziges Durcheinander.« Sie hatten jetzt ein Tal erreicht, eine weite, üppig bewachsene Ebene, die der Swale als breites schwarzes Band schmückte. Plötzlich fragte er: »Machst du dir Sorgen, weil du allein bist?«

»Allgemein, oder was das Ende meines Lebens betrifft?«

»Beides.«

»Ich bin allein. Das ist okay. Die meiste Zeit über gefällt es mir ganz gut. Niemand, dem ich gefallen muss, außer mir selbst. Ich arbeite, ich lese. Und es gab da mal eine Zeit, da hatte ich Angst davor, dass mein Partner nach Hause kommt, also im Vergleich *dazu* ist es ein Segen.«

»Du hattest Angst davor?«

»Am Ende schon.« Sie zuckte mit den Schultern. »Ich weiß, das klingt, als würde ich einen auf gleichgültig machen, aber wir veranstalten schon auch ein ziemliches Gewese ums Alleinsein. Es ist nicht jedem vorherbestimmt, sein gesamtes Erwachsenenleben mit einem anderen Menschen zu verbringen. Tatsächlich tun das nur sehr wenige. Na ja, nicht *sehr* wenige, aber deine Eltern und meine sind nicht die Mehrheit. Und viele Leute haben keinen Lebenspartner. Ich verstehe nicht, wieso so etwas völlig Normales als komisch oder traurig betrachtet wird.«

»Finde ich auch. Aber der Gedanke, den Rest deines Lebens allein zu leben, allein zu sein, wenn du stirbst, beschäftigt dich das nicht?«

»Natürlich nicht.« Sie gingen weiter. »Na gut, ab und zu.«

PREISE

Irgendwann, dachte Marnie, *müssen wir das Thema Tod hinter uns lassen.* So hatte sie sich diesen Tag nicht vorgestellt. Das Gesehene hatte ihr nicht den Boden unter den Füßen weggezogen, nicht völlig, und sie hatte kein großes Problem mit dem Thema. Doch sie hatte gehofft, sich auch über … nicht über die Liebe zu unterhalten, das vielleicht nicht, aber zumindest darüber zu sprechen, was gestern Abend passiert war, und nicht nur gestern Abend, sondern während der letzten paar Tage, ein Gespräch, in dem sie die Dinge beim Namen nennen und freundlich und offen darüber diskutieren würden, wie es weitergehen könnte. In der Lavendel-Suite war sie sich wie ein Teenager vorgekommen, aber auch wie eine Frau ihres Alters, und diese Kombination war aufregend und ungewohnt – Lust und Erfahrung, endlich vereint. Was wäre in einem anderen Zimmer geschehen, auf einem leiser quietschenden Bett, ohne Stiefel? Sie war sich sicher, dass auch er mehr gewollt hatte, aber es gab von dem, was sie soeben miterlebt hatten, keine einfache Überleitung zu der Frage, ob sie sich noch einmal küssen würden. Vielleicht eine Bemerkung in die Richtung, man solle den Tag nutzen? *Das Leben ist kurz und voller Leid, machen wir also das Beste draus, à propos …*

Ein ziemlich abrupter Themenwechsel, zumal er sie jetzt gefragt hatte, ob sie fürchtete, allein zu sterben. Oje! Die Frage machte ihr nichts aus, oder zumindest nicht allzu viel, und vielleicht war das die Art Unterhaltung, wie sie Studenten spätabends im Schein von Teelichtern führen. Werde ich allein sterben? Na ja, vielleicht, aber tun wir das nicht alle? »Damit ich Gesellschaft habe, wenn ich sterbe« war ein furchtbarer Grund für den Wunsch nach einer Beziehung, und ein noch schlechterer Grund, um Kinder zu bekommen – viel Glück dabei. Außerdem sollte man lieber aufs Hier und Jetzt schauen. Wir sind nicht allein, können wir nicht über die Gegenwart reden?

Sie wanderten bis spät in den Nachmittag, vorbei an uralten Steinscheunen mit winzigen hohen Fenstern, der Fluss immer in Sicht. Der Pfad war leicht begehbar, er wurde lediglich von den Trockenmauern unterbrochen, die sich wie Gitarrensaiten durch das Tal spannten, und alle paar Hundert Meter mussten sie über den nächsten Zauntritt steigen, auf eine weitere Weide voller neugeborener Lämmer, vielleicht eine Woche alt oder sogar nur ein paar Tage. Mit ihren auf das Fell gesprühten Zahlen erinnerten sie sie an eine Kinderfußballmannschaft, rücksichtslos in ihrer jugendlichen Ausgelassenheit, entzückend anzusehen, aber das ganze Herumgetolle und an Babysprache erinnernde Geblöke war auch ein bisschen viel, als würden sie es mit der Show übertreiben. Hatte sie sich in Conrads Gesellschaft auch so verhalten?

Michael gegenüber war sie anders. Sie sprachen über ihre Kindheit und die Ehen ihrer Eltern, die sich in ihrer Beständigkeit und Zurückhaltung ähnelten. Michael redete mehr als sie, und nicht zum ersten Mal dachte sie, dass man, wenn man einen Mann dazu bringen wollte, emotional zu werden, ihn nach seinem Vater fragen sollte.

Doch das Thema war selten eine Abkürzung zu guter

Stimmung. Offensichtlich hatte ihn der Vorfall auf dem Berg ziemlich erschüttert, und dabei musste etwas freigesetzt worden sein. Sie selbst hatte zu dem Erlebten zwei tröstliche Gedanken, die beide aber so klischeehaft waren, dass sie beschloss, sie nicht auszusprechen. Der erste – »Wenigstens ist er bei einer Aktivität gestorben, die er sehr mochte« – war ihr immer als ein ziemlich schwacher Trost erschienen. Sie ging nachmittags gern ins Kino, anschließend aber auch gern wieder nach Hause. Und doch, wenn man sich in Gesellschaft von Menschen befand, die einen liebten, und an einem schönen Ort und es, so hoffte sie, relativ schnell gegangen war, nun ja, dann gab es doch schlimmere Arten zu sterben.

Der zweite Gedanke war mit dem ersten verknüpft und sah so aus: In der kurzen Zeit, die sie mit Brian und Barbara verbracht hatte, hatten beide sehr glücklich gewirkt. Die Formulierung »Liebe ihres Lebens« war Marnie in den Sinn gekommen, eine Phrase, bei der sie immer ein wenig das Gesicht verzog. Es war eine melodramatische Vorstellung, dass einem diese Auszeichnung auf dem eigenen Sterbebett zuteilwerden sollte, eine Trophäe für den einen Menschen, der dafür sorgte, dass sich alles gelohnt hatte. Marnie hatte definitiv keine Liebe ihres Lebens gehabt und ging auch nicht davon aus, irgendwann für irgendjemanden diese Rolle auszufüllen. Und das war auch okay. Viele Menschen hatten ein erfülltes, glückliches Leben, ohne dabei großen Eindruck zu machen, und selbst wenn jemand sie so bezeichnen sollte, würde sie wahrscheinlich die Stirn runzeln und fragen: *Wirklich? Bist du dir sicher? Denk noch mal drüber nach.*

Vielleicht wäre die Vorstellung mit weniger mulmigen, bedrückenden Gefühlen verbunden, wenn man die Ehre gleichmäßig aufteilen könnte, so dass jeder einen Preis bekäme, wie bei einem Kindergeburtstag. Doch das war eine Milchmädchenrechnung. Ja, ein paar auserwählte schöne Seelen häuften vielleicht Trophäen an, aber viele Menschen würden niemals die Liebe des Lebens eines anderen Menschen sein, und es war albern und führte zu nichts, sich deshalb einen Kopf zu machen. Was konnte man schon tun? Sie hoffte einfach, von jemandem für eine gewisse Zeit sehr gemocht zu werden. Das schien erreichbar.

Doch das Paar, mit dem sie ein paar Stunden zusammengesessen hatten, hatte den Eindruck erweckt, bis über beide Ohren ineinander verliebt zu sein, und es schien nur normal, ein wenig neidisch darauf zu sein. Worum sie die Witwe nicht beneidete, war der Schock über den plötzlichen Verlust, den Michael auf dem Berg in ihrem Blick gelesen hatte, und vielleicht war Einsamkeit noch beängstigender, wenn einem jemand entrissen wurde.

DIE JURTE

»Sie hatten für eine Person reserviert«, sagte die Vermieterin an der offenen Tür.

»Ja, wir haben kurzfristig umdisponiert.«

Sie blies die Backen auf. »Wir haben zwei Einzelbetten, wenn es Ihnen nichts ausmacht, die Jurte zu teilen.« Die Frau war müde, trug das fettige Haar in einem praktischen Dutt, und irgendwo im Haus schrie ein Baby. »Ich lass Ihnen Zeit zum Überlegen«, sagte sie und verschwand im Haus. Es war ein weiß getünchtes Bauernhaus, zu dem es schon seit langem keinen Hof mehr gab, und die verbliebenen paar Morgen Land wurden nun von vier trommelförmigen, mit rotem Stoff bespannten Objekten eingenommen, wie Miniaturzirkuszelte, die man weit oben an der nördlichen Talflanke aufgeschlagen hatte.

»Wir könnten es im nächsten Dorf versuchen …«, bot Michael an.

Der Himmel färbte sich langsam rot, der Fluss und der Pfad lagen weit unter ihnen. »Nein, mir macht das nichts aus.«

»… weil ich nicht weiß, wie du zu Zelten stehst.«

»Es ist kein Zelt, sondern eine Jurte. Und außerdem ist es gut, mal ohne Komfort auszukommen. Das wird wie eine von deinen Schulexkursionen. Ich betrink mich mit Cinzano und küsse einen Burschen aus dem Dorf hier mit Zunge.«

Die Bemerkung hing eine Weile in der Luft.

»Soll ich also sagen, dass wir bleiben?«

»Lass uns gemeinsam zum Zirkus gehen«, antwortete sie, und er verschwand auf der Suche nach der Vermieterin im Haus, verwirrt und unsicher, wie es weitergehen würde und wie er es ihr erklären sollte: *Marnie, können wir bitte warten, es ist einfach wegen der Sache, die heute passiert ist, und ich treffe mich noch mit Natasha und muss nachdenken, es geht ums Timing, gib mir einen Tag Zeit, sechsunddreißig, nein, achtundvierzig Stunden, aber ich möchte dich wirklich irgendwann wieder küssen.* Ja, das würde er sagen, nur ohne das »irgendwann«, das klang ein wenig zu leidenschaftslos.

Im Haus fand er die Vermieterin, die gerade ihr mit verschmierten Wangen in einem Hochstuhl sitzendes Kind mit Banane fütterte, und sie erklärte ihm, wie das mit dem Essen und den Duschen funktionierte und wie sie Getränke und Frühstück bestellen konnten. Das Netz sei schlecht, und er murmelte einfach die üblichen Belanglosigkeiten, es sei ja ganz gut, mal offline zu sein und so weiter, obwohl er für seine Pläne eigentlich WLAN brauchte.

Das Zelt, die Jurte, war von innen ein großer runder Raum mit rohen Holzdielen, auf denen ein zerschlissener alter Orientteppich lag. Das rötliche Licht verlieh dem Zeltinnern so etwas wie eine Boudoir-Atmosphäre, und einen Moment lang standen sie jeweils am Fußende eines der beiden Betten. »Links oder rechts?«, fragte sie.

»Ich kann in jedem Bett schlafen«, antwortete er, und der Satz hing in der Luft wie so viele ihrer Bemerkungen, so dass sie ständig Gefahr liefen, sich daran den Kopf zu stoßen. Sie nahm das Bett auf der linken Seite, wo sie normalerweise schlief; er schlief normalerweise rechts, das war schon mal in Ordnung. Gleich darauf machte sie sich zu den Duschen auf.

Zum ersten Mal seit dem Vorfall auf dem Berg war er allein, und in Marnies Abwesenheit merkte er, wie die Depression wieder in ihm hochkroch. Er glaubte, es fast körperlich zu spüren, die Symptome waren so greifbar wie eine beginnende Grippe: schmerzende Augen, Verspannungen in Schultern und Nacken, ein Gefühl von Hilflosigkeit und plötzlich einsetzender Erschöpfung, so dass er sich auf dem Bett ausruhen musste. Er legte sich den Arm wie eine Kompresse über die Augen und empfand tiefe Scham und Verachtung für sich selbst, weil er heute geflohen war, auch wenn es irrational war, und er atmete unwillkürlich schneller. Sein Arzt hatte ihm für solche Fälle geraten, bis fünf zählend einzuatmen und langsam bis sieben zählend auszuatmen, doch das Missverhältnis löste immer Beklemmung in ihm aus, denn wenn man länger ausatmete als ein, erstickte man doch sicherlich …

»Alles okay bei dir?«

Er schreckte hoch, rieb sich quasi als Alibi die Augen. »Tut mir leid, ich war kurz davor einzuschlafen«, er blinzelte und gähnte, dann wandte er sich ihr zu, um sie anzulächeln.

Marnie stand im Jurteneingang, in den Händen ihre getragene Kleidung, mit nassem Haar, das auf eine Weise glatt zurückgestrichen war, die sie fremd wirken ließ; ihr Gesicht leuchtete, und sie sah so strahlend, warm und unsagbar hinreißend aus, dass er nichts mehr herbeisehnte, als dass sie auf ihn zukam und ihn in die Arme nahm. Oder vielleicht könnte er auch zu ihr gehen, schwer zu sagen, und in der Zeit, die er darüber nachdachte, fragte sie: »Und, womit vertreibt ihr euch bei diesen berüchtigten Schulexkursionen so die Zeit?«

LAGERFEUER

Sie saßen draußen in der verrauchten Luft und spielten Gin Rummy, dann spielten sie Whist, Doppel-Solitär und alberne Spiele wie Shithead oder Spit. So wie der Umgang mit Kellnern für Marnie ein Lackmustest war, war es auch die Art, wie jemand Karten spielte. In beiden Situationen hatte sich Neil immer in einen launenhaften, tückischen Caligula verwandelt, und er hatte regelmäßig so gefeixt, wenn er sein Siegerblatt ausspielte, dass sie ihm am liebsten die Hand mit einem Dolch an den Tisch gepinnt hätte. Michael schrie weder herum, noch brüstete er sich damit, wenn er gewann, und wenn er verlor, gab es kein Gejammer und auch keine Diskussionen, ob denn richtig gemischt worden war; zugleich war er ehrgeizig genug, dass es Spaß machte. Allerdings, so hielt sie sich vor Augen, war die Latte mit »besser als Neil« auch ziemlich niedrig gehängt.

Das Gelände, auf dem die Zelte standen, schien sich oberhalb des Tals auf einer Art erhöhtem Kaminsims zu befinden – auch wenn das wohl nicht der Fachbegriff dafür war –, und zwischen ihren Spielrunden betrachteten sie den Sonnenuntergang und sahen zu, wie in den weiter unten verstreuten Cottages die Lichter angingen. Hunde bellten, und es roch nach verbranntem Holz. Mit der Dunkelheit kam die Kälte, und Marnie musste ihre letzten sauberen Kleidungsstücke und auch ein paar von den schmutzigen überziehen.

Michael schichtete das Feuerholz auf und entzündete es, dann saßen sie warm eingemummelt auf Klappstühlen davor und tranken den billigen, marmeladesüßen Wein, den sie von der Vermieterin erstanden hatten. Dazu gab es Backkartoffeln, breiig, buttrig und köstlich. Das Feuer wärmte ihr Gesicht, und auch wenn der traurige Vorfall noch nachwirkte, kam ihr die eigene Zufriedenheit nicht unangemessen vor. Vor einem Nachbarzelt klimperte jemand auf einer Akustikgitarre. »Störe ich Sie?«, rief er ihnen durch die Dunkelheit zu, und Marnie verneinte, obwohl sie alles, was in Richtung Folk ging, furchtbar fand.

Schließlich wurde es zu schwierig, die Karten zu erkennen, und da ihre elektronischen Geräte gerade alle zum Aufladen in der Küche waren, machte Marnie die für sie neue Erfahrung, einen Abend außerhalb der Großstadt im Freien zu verbringen. Sollte sie die Sterne bewundern? Sie leuchteten hell und waren wohl wunderschön, doch Marnie wünschte, sie würden tanzen oder als Sternschnuppe vom Himmel fallen oder so etwas in der Art. Wenigstens war der Feuerschein schmeichelhaft – das wusste sie, weil sie immer wieder einen Blick zu Michael warf, der, wie sie fand, in diesem Moment verdammt viel Ähnlichkeit mit Gabriel Oak hatte und sich potenziell jeden Moment einen Finger ans Ohr halten und von den schönen Ufern des Loch Lomond singen würde und von der Geliebten am anderen Ufer des Meeres. Als hätte er ihre Gedanken gehört, wandte er sich zu ihr um. *Schnell, sag was.*

»Ich glaube«, sagte sie, »ich würde einen lausigen Höhlenmenschen abgeben. Von der Kälte und Brutalität mal ganz abgesehen – was macht man jeden Abend, wenn man seine Nüsse und Beeren zusammen hat?«

»Man erzählt sich am Lagerfeuer Geschichten.«

»Ich lektoriere die von anderen Menschen. ›Du hast fünf Mammuts gesagt, aber vorhin waren es nur drei.‹ Du dagegen würdest unter Höhlenmenschen gar nicht auffallen.«

»Danke. Liegt es hieran?«, fragte er und kratzte sich den Bart.

»Vielleicht. Seit wann trägst du den?«

»Erst seit ein paar Jahren. Ich hab da diese Narbe.« Er fuhr sich mit dem Finger über das Kinn. »Wahrscheinlich ist sie dir schon aufgefallen.«

»Ja. Aber Narben sind doch cool.«

»Damals fand ich sie nicht cool.«

»Wie ist das denn genau passiert?«, fragte sie. »Es sei denn, du willst nicht darüber reden.«

Er runzelte die Stirn. »Ich mach bei der ganzen Sache keine besonders gute Figur, muss ich zugeben.«

»Das kann ich mir nicht vorstellen.«

»Na ja. Warte erst mal ab. Also …«

Er schwieg einen Moment.

»Es ist eigentlich nichts Besonderes, in dem Sinne, dass so was oft vorkommt, aber ich hab immer meine Schwierigkeiten, wie ich es nennen soll, denn wenn ich ›Unfall‹ sage, entsteht der Eindruck, dass keine Absicht dahintergestanden hätte, was nicht stimmt, und wenn ich es als ›Kampf‹ bezeichne, dann denkt man, es hätte ein Hin und Her gegeben, was auch nicht stimmt. Aber wenn ich sage: ›Sie haben mir die Seele aus dem Leib geprügelt‹, klingt es ziemlich erbärmlich.«

»Finde ich nicht.«

»Na ja, jedenfalls, Nat und ich waren an einem Freitagabend auf dem Nachhauseweg aus der Stadt, da waren so ein paar Jungs im Bus, siebzehn, achtzehn Jahre alt, und haben Leute belästigt, du weißt schon, mit Pommes geworfen, um eine Reaktion zu provozieren. Dummer Kinderkram, aber auch bösartig, sexuell eingefärbt einigen Mädchen gegenüber, und nicht nur im Scherz, richtig unangenehm. Also bin ich, ganz Lehrer, hin und hab was gesagt, und sie haben für eine Weile aufgehört.«

»Das hast du doch goldrichtig gemacht.«

»Theoretisch ja. Es gab zustimmendes Gemurmel unter den anderen Fahrgästen, und ich hab mich wieder hingesetzt und war sehr zufrieden mit mir, und Nat hat meine Hand gedrückt. Mein Herz hat gerast, aber, du weißt schon, Zivilcourage zeigen und so. Ich hab mitbekommen, dass sie mich im Auge hatten, uns beobachteten, aber ich hab gedacht, gut, selbst wenn wir bis zum Busdepot weiterfahren, irgendwann steigen wir aus. Und ich hab gesehen, wie sie gelacht und die Köpfe zusammengesteckt und getuschelt haben, fünf waren es. Wir haben bis zur letzten Sekunde gewartet und sind dann zur Bustür gerannt, und ich hab gedacht, wir wären davongekommen, doch sie sind auch ausgestiegen und haben uns verfolgt, sind hinter uns her und haben darauf gewartet, dass wir in eine weniger belebte Gegend kamen. Das war das Allerschlimmste, mit Nat zusammen da langzugehen, sie ist mutig, lässt sich sonst nichts bieten, aber sie hatte echt Angst. Sie hatte gehört, was die Jungs zu den Mädchen gesagt hatten, und hat sich an meinen Arm geklammert, und ich hab zu ihr gesagt: ›Mach dir keine Sorgen, denen geht es um mich, nicht um dich. Wir warten, bis wir jemanden sehen, oder du rennst zu einem Haus und klingelst, rufst die Polizei und sorgst dafür, dass sie das auch mitbekommen.‹ Wir haben uns eine gefühlte Ewigkeit darüber unterhalten, ob wir beide losrennen sollten, ob sie in ihren Schuhen überhaupt rennen konnte, ob genug Zeit wäre, die Polizei anzurufen, ob wir einen Pub oder ein Geschäft suchen sollten, wo wir reingehen könnten. Ich habe gemerkt, welche Angst sie vor den Jungs hatte, und ich war so … wütend, so in Rage, ich hatte richtig Angst davor, wozu ich vielleicht fähig sein würde, hab mich gefragt, ob ich den Schlüsselbund in die Faust nehmen sollte, und was wohl passieren würde, wenn ich jemandem ein Auge aussteche, ob ich dann im Gefängnis lande. Was wäre mit einem Stift, hab ich einen Stift, kann man jemanden mit einem Stift erstechen, und hab ich das drauf? Scheiße, ein Stift. Jedenfalls haben wir beschlossen, irgendwo zu klingeln, und gerade als wir um die Ecke gebogen sind, wurde es hinter uns hektisch, Schritte auf dem Pflaster.

Ich hab Nat losgelassen. Ich hielt ihre Hand, und dann hielt ich sie nicht mehr. Sie lief irgendeine Einfahrt hoch, und sie haben sie Gott sei Dank in Frieden gelassen. Wahrscheinlich dachte ich, *Ich lenke sie von ihr ab,* das ist die wohlwollende Deutung. Jedenfalls waren sie jung und ich nicht, und sie haben mir ein Bein gestellt, und ich bin hingeknallt, wumms, auf Knie, Ellbogen und Gesicht, und die ganze Wut, die sich in mir aufgestaut hatte, der ganze Zorn … trotzdem hab ich noch nicht mal die Kappe von meinem Füller abbekommen. Als es vorbei war, hatte ich ein gebrochenes Schlüsselbein, die Zähne hier waren ausgeschlagen – das sind Implantate –, gebrochene Finger, tiefe Platzwunden da und da und in meiner Mundhöhle, eine Narbe oben am Kopf, an der ich manchmal herumfummele, sehr attraktiv. Und diese große Platzwunde am Kinn, vom Schuh eines Jungen.«

»O Gott, Michael …«

»Und es hat alles sehr lange gedauert, das war am merkwürdigsten daran. Ich meine, Ewigkeiten, so lange, dass ich tatsächlich Zeit hatte zu denken: Oh, interessante Erfahrung, ich werde zusammengeschlagen. Kann spüren, wie mein Schlüsselbein gerade bricht.«

»Sollen wir das Thema wechseln?«

»Nein. Jedenfalls, Nat hat an Haustüren geklingelt, und irgendwann waren schließlich so viele Leute da, die gegafft und gefilmt haben, dass es peinlich wurde, und da sind die Typen getürmt.«

»Und hat man sie geschnappt?«

»Hat man nicht. So gesehen war es das perfekte Verbrechen.«

»Und du bist ins Krankenhaus gekommen.«

»Ein paar Wochen, danach war ich zu Hause, krankgeschrieben, und dann kam der Lockdown, was erst mal echt zur Entspannung beigetragen hat. Aber als ich dann wieder zur Arbeit gegangen bin, wartete da dieses völlig neue, aufregende Abenteuer auf mich: Panikattacken, Atemnot, Weinkrämpfe auf dem Parkplatz, Ängste bei Lärm und in Menschenmengen, und in der Schule, tja, da gibt es überall Lärm und viele Menschen. Ich habe die Kinder immer sehr gern unterrichtet, obwohl sie es einem manchmal echt schwer machen, aber ich dachte immer, dass sie im Grunde gut und anständig sind. Doch dann stand ich vor der Klasse, vor allem bei den Älteren, und irgendeine Kleinigkeit passiert, eine spöttische Bemerkung von einem kleinen … und ich … bin zusammengebrochen. Also wurde ich wieder krankgeschrieben. Depression. Ich hab viel Zeit im Bett verbracht. Eine Weile konnte ich nicht mal mehr Fahrrad fahren, ich hab den Gesetzen der Physik nicht mehr vertraut, hab mir Katastrophen ausgemalt, wegen allem Möglichen Schuldgefühle gehabt, und dazu noch die Pandemie, ich dachte … verstehst du?«

»Ich kann dir versichern«, sagte Marnie, »die Pandemie war ganz sicher nicht deine Schuld.«

»Tja, das sagst du so.«

»Du warst traumatisiert.«

»Ich frag mich, ob das Wort nicht zu häufig verwendet wird.«

»Es ist das treffende Wort, wenn jemandem was Traumatisches passiert.«

»Aber ich war nicht im Krieg. In jeder Freitagnacht werden Leute zusammengeschlagen.«

»Und dadurch traumatisiert.«

»Vielleicht.«

»Und glaubst du …«

»Was?«

»Glaubst du, eure Trennung hatte irgendwas damit zu tun?«

»Auf Nats Seite? Ich weiß nicht. Ich glaube nicht, dass sie dachte: *Was für ein Weichei, ich mach Schluss.* Und wenn ich ehrlich bin, war es vorher schon nicht mehr so toll, all der Stress und die medizinischen Tests und die Überlegungen, was wir machen sollten, unterstützte Befruchtung, künstliche Befruchtung … Wenn dann so etwas passiert, merkt man sehr deutlich, wie einem die Würde genommen wird, das hat Methode, mit jedem Moment, den man am Boden liegt, und es war definitiv – ein bescheuertes Wort – entmännlichend, und so war es sicher auch gemeint, und man schämt sich, und selbst wenn der Mensch, den man liebt, sagt: ›Sei nicht albern, deshalb denke ich doch nicht schlechter von dir‹, hat man trotzdem daran zu knabbern. Also habe ich sie eine Weile auf Distanz gehalten, und schließlich ist sie auch auf Distanz gegangen.

Und es hat weh getan, berührt zu werden, körperlich, meine ich, aber auch als es irgendwann nicht mehr weh getan hat … Ich hab im Gästezimmer geschlafen, wegen meiner Schlaflosigkeit und der Albträume, und selbst, wer nicht viel über Unfruchtbarkeit weiß, versteht schon, dass es gut wäre, im selben Raum zu schlafen.

Und dann waren plötzlich überall Kinder und Babys, massenhaft Lehrerkollegen in Elternzeit. Wir konnten nicht entkommen, nein, es hat uns praktisch verfolgt. Und bei uns zu Hause herrschte eine so traurige Stimmung. Entweder haben wir uns angeschrien oder gar nicht miteinander gesprochen oder nur in diesem merkwürdig gestelzten Tonfall, in dem man mit Mitbewohnern redet. *Ob es heute wohl noch regnet, die Milch ist übrigens alle.* So kann man doch nicht leben, oder? Also haben wir drüber geredet. Sie ist zu ihren Eltern gezogen. Es ist jetzt gut so, wie es ist.«

PYJAMA-PARTY

Das Tal war mittlerweile in Dunkelheit getaucht, die anderen Camper hatten sich schon lange in ihre Jurten zurückgezogen. Das Feuer brannte allmählich nieder.

»Ich finde es schade.«

Er zuckte mit den Schultern. »Weniger schade, als weiter zusammenzubleiben. Früher habe ich immer meine Eltern beobachtet, und sie waren nicht wirklich … offen zärtlich zueinander, Dad sowieso nicht, aber ab und zu hat man was mitbekommen, eine kleine Berührung oder einen Blick, und man war beruhigt. Mir hat das als Kind genügt, und ich erinnere mich noch, wie ich dachte, das will ich auch.«

»Bei meinen Eltern hab ich das nicht gedacht. Ich habe sie gesehen und gedacht: *Ich will mehr.* Leidenschaft, irgendwas … Explosives. *Das* zumindest hat geklappt.«

»Vielleicht hat Nat sich das auch gewünscht. Vielleicht hat es nicht gereicht, aber ich war gern Ehemann, wie ich auch gern Lehrer bin. Vier Dinge wollte ich sein: ein guter Sohn, ein guter Ehemann, ein guter Lehrer, ein guter Vater. Und jetzt bin ich nur ein guter Lehrer.«

»Du bist ganz sicher mehr als das.« Sie zögerte und fragte sich, ob es dunkel genug war, um es auszusprechen. »Glaubst du, sie war die Liebe deines Lebens?«

Er dachte einen Moment nach. »Bis jetzt. Aber frag mich auf dem Sterbebett noch mal.«

»›Michael, hören Sie mich? Da ist Besuch für Sie.‹«

»›Die Dame sagt, sie hat eine Frage und will sich nicht abwimmeln lassen.‹«

»›Hey du. Wahrscheinlich erinnerst du dich nicht mehr an mich, aber …‹«

»Also, dich werde ich garantiert nicht vergessen«, warf er ein.

»Ah, wie schön.« Sie tätschelte seine Hand, zog ihre dann hastig zurück und wusste plötzlich nicht mehr wohin damit, wie bei einer leeren Chipstüte.

Er griff danach und sagte einen Moment später: »Das gestern Abend …«

»Du meinst … den Curry-Club?«

»Ja, den Curry-Club, aber auch das danach.«

»Ach so. Okay, dass wir *rumgeknutscht* haben.«

Er lachte. »Wollen wir das so nennen?«

»Na ja, das war es doch, oder? Zwei Freunde, zu viel Alkohol.«

»Ich weiß nicht. Vielleicht. Aber können wir …«

»Was?«

»Das für heute auf Eis legen. Ich bin irgendwie, wie soll ich sagen … bedrückt.«

»Liegt wahrscheinlich an dem ganzen Sterbebettgeflüster.«

»Ja. Vielleicht sollten wir morgen weniger über einsame Tode reden.«

»Als Belohnung am letzten Tag. Ist die Strecke weit morgen?«

»Fünfzehn Meilen, ein paar Berge, um sieben sitzt du schon im Zug nach London.«

Sie schwiegen eine Weile. »Ich bin fix und fertig«, sagte sie. »Wie spät ist es?«

»Viertel vor zehn!«

»Unsere übliche Schlafenszeit.«

Das gedämpfte Licht im Zelt war dem grellen Schein von wiederaufladbaren LEDs gewichen, und in der kalten Luft bildeten sich Atemwölkchen. Sehr gesittet und höchst ritterlich nahm sich Michael ausgiebig Zeit fürs Zähneputzen, so dass Marnie sich währenddessen ausziehen und unter die Bettdecke kriechen konnte, in Thermounterwäsche unter schweren Decken eingemummelt, eine Nonne auf einer Pyjama-Party bei einem Mönch.

»Hey, du hattest gar nicht dein Sackleinenhemd an.«

»Ist zu kalt für freizügige Klamotten«, sagte er. »Außerdem muss ich das Teil noch drei Tage tragen. Ich wollte nicht, dass es nach Rauch riecht.«

Sie schnupperte an ihrer Schulter. »Ich rieche wie ein Weihnachtsschinken.«

»Mir gefällt's«, sagte er, »ein schöner Geruch.« Und sie nahm es hin, praktisch gesagt zu bekommen, dass sie nach Schinken roch, mehr war heute zwischen ihnen wohl nicht drin. Wenn sie ihren Handywecker nicht überhört hätte, wenn die Vermieterin toleranter gewesen wäre, wenn der heutige Tag anders verlaufen wäre, wenn sie sich über etwas anderes unterhalten hätten, wenn es im Zelt nicht so kalt wäre – die Umstände fürs Zusammenkommen waren derart speziell, dass es ihr so unwahrscheinlich vorkam, wie eine Sternschnuppe am Himmel zu entdecken. Und doch geschah es manchmal, und vielleicht morgen, oder in naher Zukunft in London oder in York …

Alle großen Veränderungen in ihrem Leben lagen in der Zukunft, bis auf eine – dass sie Michael begegnet war. Das erschien ihr ein unerhörter Glücksfall und für den Moment ausreichend. »Soll ich das Licht ausmachen?«, fragte sie.

»Ja.«

Aber sie hatte seit Jahren nicht mehr so dicht neben jemandem geschlafen, den anderen atmen gehört oder die Veränderung gespürt, die ein zweiter Mensch in einem Raum bewirkt. Sie hatte das Gefühl, dem irgendwie gerecht werden zu müssen, und so zog sie den Arm unter ihrer Decke hervor, und er streckte seinen aus, und einen Moment lang berührten sich ihre Hände, Marnie strich leicht über seine Finger, als würde sie eine Katze am Kinn kraulen.

Dann wurde ihr Arm müde und ihre Hand kalt, und sie dachte *Verdammt,* schob den Arm wieder unter die Decke, drehte sich um und schlief ein.

AUSLASSUNGEN

Er schlief nicht sofort ein, sondern lag da und dachte über das nach, was er verschwiegen hatte.

Nicht erwähnt hatte er zum Beispiel, dass er ein Feigling gewesen war. Als ihm klargeworden war, dass es unweigerlich zu Gewalt kommen würde, hatte er überlegt, ob er vielleicht irgendeine in ihm schlummernde, durch gerechten Zorn entfachte innere Kraft mobilisieren konnte. So läuft das schließlich in Filmen, dachte er, wenn ganz gewöhnliche Menschen gezwungen sind, das zu verteidigen, was sie lieben. Doch keine solche Kraft kam ihm zur Hilfe, und auch wenn man sich nicht dafür zu schämen brauchte, von fünf fitten jungen Männern zusammengeschlagen worden zu sein, empfand er zweifelsohne Scham. In der Version, die er Marnie erzählt hatte, hatte er es so dargestellt, als hätte er sich einfach auf dem Boden zusammengekrümmt und die Tritte eingesteckt, eine Story über Zähigkeit also, kein Wort darüber, wie er gefleht und dass Nat es mitangehört hatte.

Außerdem hatte er es so geschildert, als hätte er den Angreifern vergeben, obwohl er in Wahrheit ziemlich oft daran dachte, sie umzubringen, vor allem den Jungen, der gegrinst hatte, ein Kind, nicht älter als die Kids in seiner Klasse, das ihn mit voller Kraft getreten hatte. Das Grinsen, die Schadenfreude, das alles war für Michael furchtbar, das Gesicht des Jungen die Galionsfigur seiner quälenden traumatischen Erinnerungen, ein Bild, dem er nicht entkommen konnte, egal, wie weit er wanderte. Nie zuvor hatte er für das Wort »Drecksack« Verwendung gehabt, und jetzt, in den Momenten der Panik, wenn er nachts hochschreckte, sah er das Gesicht dieses kleinen Drecksacks vor seinem inneren Auge, und sein Zorn, die Aggression, ließen sein Herz aufs neue rasen. Michael würde nie aufhören, diesen Jungen zu hassen, wegen der Zeit und des Seelenfriedens, die er ihm geraubt hatte, und er würde zugleich immer Angst vor ihm haben.

Dieser Hass war noch in anderer Hinsicht mit der Scham verbunden. Eine zentrale Maxime für seinen Unterricht war immer gewesen, dass alle seine Schüler gleich viel wert waren, jeder von ihnen hatte eine Eigenschaft oder ein Talent, das man herauskitzeln und fördern konnte. Aber die Jungs, die ihn angegriffen hatten, hielt er für wertlos, und er hatte das zwanghafte Bedürfnis, es ihnen zu sagen, es ihnen zuzuflüstern, damit ihr letzter Gedanke an jedem Abend wäre, dass er ihnen nichts als Unglück, Krankheit und Misserfolg wünschte. Solch ein Hass war eine schwere Last, und doch hatte dieser Hass in seinen Rachephantasien unbestreitbar auch etwas Aufregendes. Und das war nicht weniger beschämend.

Noch etwas war unausgesprochen geblieben. Liebte er Natasha noch? Das tat er, obwohl es schon so lange her war, dass sie im selben Raum gewesen waren. Er erwartete nicht, dass die Begegnung morgen das Ende ihrer Trennung einleiten würde, auch wenn er darüber nachdachte. Er war nicht mehr das Wrack, von dem sie sich getrennt hatte, und vielleicht, wenn sie miteinander redeten, richtig miteinander redeten … War sie die Liebe seines Lebens? Es sah auf jeden Fall danach aus, und auch wenn es nicht ideal war, konnte er wohl wenig dagegen tun. Mit Ausnahme der Frau, die eine Armlänge entfernt von ihm schlief, hatte er seit Jahren für niemanden mehr etwas empfunden, und er hatte angenommen, all das läge hinter ihm.

Mit Ausnahme der Frau … Marnie war eindeutig etwas Besonderes, er war definitiv glücklicher, wenn sie in der Nähe war, und in Gesellschaft von jemandem glücklicher zu sein als allein fühlte sich wie ein Durchbruch an. Vielleicht sollte er es aussprechen. *»Ich liebe dich noch nicht, aber ich will schauen, ob ich es eines Tages kann.«* Nicht wortwörtlich, aber so ähnlich. In der Dunkelheit war ihr Gesicht nur undeutlich zu erkennen, ihre Haare verdeckten ihre Augen. Ihr Atem bildete in der kalten Luft Wölkchen.

»Marnie«, flüsterte er, »bist du noch wach?«

Anstelle einer Antwort drehte sie ihm den Rücken zu.

Und zu guter Letzt hätte er ihr noch sagen sollen, dass er sich morgen Abend mit Natasha treffen würde. Sie hatte am Nachmittag geschrieben, Ja, treffen wir uns um halb sechs. Aber Marnie würde um die Zeit schon im Zug nach London sitzen, und weil wahrscheinlich gar nichts passieren würde, brauchte sie auch nichts davon zu erfahren.

TAG SIEBEN
VON IVELET NACH RICHMOND

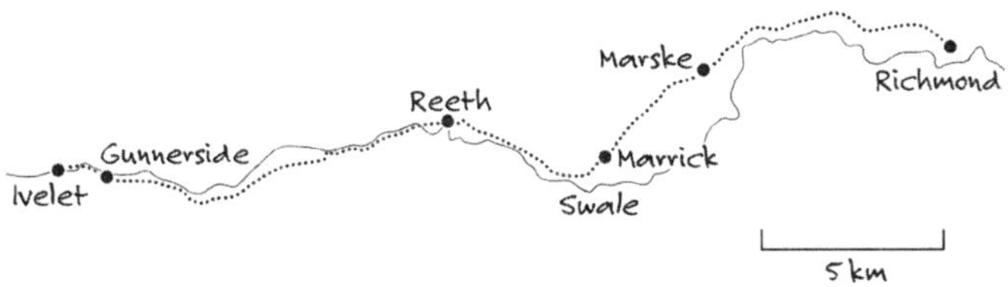

»SIE BEFINDEN SICH HIER«

Sie hätte ihre Schwierigkeiten gehabt, ihn auf der Karte zu finden, aber es musste einen Punkt gegeben haben, an dem ihr aufgegangen war, dass sie im Begriff war, sich zu verlieben, irgendwo zwischen Marrick und Marske vielleicht, in einem dunklen Waldstück, wo die Luft feucht war, penetrant nach Bärlauch roch und der Weg wieder oberhalb des Flusses verlief. Keine majestätische Aussicht, nur ein steiler, matschiger Hang an einem kühlen, wolkenverhangenen, trüben Tag.

Schon der ganze Vormittag war so gewesen. Anfangs hatten sie sich im Gänsemarsch den Randstreifen einer stark befahrenen Landstraße entlanggequält, dann bahnten sie sich einen Weg durch Birkenwälder, in denen überall Müll herumlag, vorbei an alten Schildern, die darauf hinwiesen, dass Müllabladen verboten war. Die ernsten Ereignisse des Vortags waren verblasst, doch um sie herum schien die Düsternis zu lauern, und über ihnen hing der graue Himmel tief und schwer wie eine alte Zimmerdecke aus Gips, die jeden Moment einstürzen kann.

»Tut mir leid, dass unser letzter Tag nicht schöner ist«, sagte er.

»Das stört mich nicht«, entgegnete sie und meinte es auch so, denn seine Gesellschaft machte sie glücklich. Bald ließen sie den Fluss und die Straßen hinter sich und machten sich an den Anstieg durch einen Wald namens Steps Wood, der so hieß, weil –

»Wegen der Band Steps? Wurde die hier im Wald gegründet?«

»Wenn es dich nicht interessiert, dann …«

»Okay, dann weil es hier irgendwo viele Stufen gibt?«

»Wegen dieser Steinplatten im Boden, die den Nonnen dazu dienten, vom Kloster nach Richmond zu gelangen. Sie heißen Nuns' Steps, Nonnenstieg.«

»Was auch der ursprüngliche Name der Band Steps war«, sagte sie, und er schmunzelte, und sie dachte: *Wenn uns einer zusähe, wie wir uns gegenseitig die Bälle zuspielen.* »Können wir mal kurz anhalten?«

Sie blieben ein Weilchen stehen, ihre Hand auf seiner Schulter, seine Hand auf ihrer. Es war ein sehr passender Ort zum Küssen, und sie sah ihn an und wartete. »Wie fühlst du dich?«, fragte er.

»Wie eine verschwitzte Nonne.«

»Von jetzt an geht's nur noch bergab.«

»Ja, das sagst du immer, und dann stimmt es nie.«

»Ein, zwei kleine Anstiege noch, aber ich verspreche dir, bis zum späten Nachmittag sind wir in der Stadt, und du kannst dich auf die Heimfahrt machen.«

»Klingt, als wolltest du mich loswerden!«, sagte sie, eine echte Steilvorlage, doch sie gingen weiter. Die Uhrzeit wurde ihr immer deutlicher bewusst, der Umstand, dass die noch verbleibende Zeit mit jeder Meile weniger wurde, auch im Hinblick auf das, was gesagt werden musste. Stattdessen stiegen sie in ein Tal hinab und verfielen wieder in kameradschaftliches Schweigen. Randbemerkung: »Kameradschaftlich« klingt nach einem Golden Retriever. Vorschlag: »Einvernehmliches Schweigen«? In den langen, leeren Stunden mit Neil, am Frühstückstisch, vor dem Fernseher oder in Restaurants, hatte sie manchmal versucht, sich einzureden, dass ihrer beider Schweigen nicht verwunderlich war, denn worüber sollten sie sich schon unterhalten? Es war nicht einmal leise gewesen, sondern eher ein dröhnendes Schweigen, wie das Summen eines Hochspannungsmastes oder das Brummen eines Kühlschranks, während sie sich fragte: Wie soll ich es brechen? Was kann ich sagen? Doch in den letzten paar Tagen mit Michael waren die stillen Phasen nicht beunruhigend gewesen, genauso wenig wie die Pausen zwischen verschiedenen Liedern, sie waren unbeschwert und ganz normal, weil bald ein neues Lied beginnen würde.

Als sie gerade eine Wiese halb überquert hatten, blieb er stehen und hob den Zeigefinger. »Hörst du das?« Es war der Gesang eines Vogels, ein ansteigender Ton, auf den ein Pfeifen folgte. »Was für einer ist das?«

»Ein Buchfink?«

»Nein.«

»Eine Blaumeise? Ein Star? Oder ein Turmfalke?«

»Du zählst einfach nur irgendwelche Vogelarten auf.«

»Okay, dann sag's mir, du Naturbursche.«

»Das ist der Ruf der Goldammer. Er ist sehr charakteristisch, erinnert an Worte, an einen Satz. Hör mal genau hin. Was sagt er?«

Sie lauschte. »Heißt das: ›Ich mag dich, aber nur als gute Freundin‹?«

»Er sagt: ›A little bit of bread with no cheese‹. Etwas Brot ohne Käse.«

Sie lachte. »Ah ja.«

»Ich weiß.«

»Ein Vogel redet doch nicht über Käse. Er hat keine Ahnung, was das ist.«

»Ist mir schon klar. Das ist, du weißt schon, eine Bauernweisheit.«

»Aha, eine Bauernweisheit!«

Natürlich war Miteinander-reden-Können nicht alles, Leidenschaft gehörte auch dazu, und es stimmte, hätte sie ihren »Typ« beschreiben müssen, wäre sie nicht direkt auf einen »Erdkundelehrer um die vierzig« abgefahren. Es war nicht Liebe auf den ersten, nicht mal auf den vierten Blick, und wenn sie versuchte, sich an sein Gesicht bei ihrer ersten Begegnung im Zug zu erinnern, war es so verschwommen, als würde sie es durch eine beschlagene Fensterscheibe betrachten. Dafür konnte sie es nun vor sich sehen, wenn sie die Augen schloss – sie hatte es ausprobiert –, und vielleicht war ein Gesicht wie eines dieser magischen Bilder aus abstrakten Formen und Mustern, nach denen alle als Kinder verrückt gewesen waren: Vielleicht bestand der Trick darin, sich gleichzeitig zu konzentrieren und zu entspannen, bis das Bild scharf wird und man denkt: *»Da ist es ja.«* Konzentrier dich und entspann dich. Jetzt betrachtete sie ihn definitiv sehr gern, seinen Mund, die Augen, auch seinen Körper, den sie sich dank kurzer Eindrücke zusammenpuzzeln konnte, keines dieser dummen, glatten, leicht muskulösen Exemplare, sondern passend: Der Körper eines einst begabten Amateurfußballers, der jetzt ein wenig Badminton spielt. Und wieder dachte sie an die Lavendel-Suite, sein Bein zwischen ihren Beinen, seine Hand unter ihrem Kleid. Sollte sie besser den Baum da anschauen? Los, schau dir den Baum an, Marnie. Den Baum. Konzentrier dich und entspann dich.

Oder vielleicht hatte sie sich einfach in diese Landschaft, in die Wälder und Bergrücken verliebt und ihn als Teil der Landschaft betrachtet. Sie hatte noch nie eine Urlaubsliebe erlebt, wusste aber, dass solche Beziehungen den Ortswechsel nicht immer überstanden. Sie versuchte, ihn sich abseits der Moore und Berge vorzustellen, versetzte ihn gedanklich in ihre Welt wie eine Figur im 3D-Modell eines Architekten. Michael vor der Metrostation Brixton; Michael vor dem Ritzy Cinema. Brockwell Park schien ihr ein wenig zu beengt, aber vielleicht könnte sie mit ihm in die Kensington Gardens gehen, da konnte er sich auspowern. Bei ihrem Italiener um die Ecke wäre er erschrocken über die Preise, würde aber nichts sagen. Und jetzt stieg er hinter ihr die Treppe zu ihrer Wohnung hinauf. In dem kleinen Zimmer wirkte er größer, aber er saß lachend an ihrem Tisch, und dann war er in ihrem Schlafzimmer, küsste sie, zog ihr das Kleid über den Kopf, ja, das alles funktionierte, das alles passte.

Natürlich müsste man an ein, zwei Dingen noch etwas feilen. Was Bärte anging, war sie hin- und hergerissen, aber das Grau war attraktiv, und getrimmt, mit einem Tropfen Öl vielleicht ... Mein Gott, dachte sie wirklich darüber nach, wie sie ihn aufmöbeln könnte? Ja, das tat sie, genauso wollte sie sein Haar bändigen, das überhaupt keine Form hatte, sondern einfach nur ständig zerzaust aussah. Es wäre ein herber Schlag, wenn sie entdecken würde, dass *alle* seine Hosen einen Reißverschluss am Knie hatten, und sie ging davon aus, dass er noch zwei, drei weitere von diesen Millimeterpapierhemden besaß, aber das waren alles Dinge, die man ändern konnte.

Aufmöbeln. Es war ein Fehler, so etwas zu denken, als wäre ein erwachsener Mensch eine alte Kommode, die man abbeizen und ölen konnte, und ganz sicher würde er seine eigenen Vorstellungen haben. Aber sie hatte auch seine Blicke aufgefangen, sogar im Zug schon, als sie einander noch nicht gekannt hatten. Nein, man konnte Marnie nicht eitel nennen, aber es hatte etwas sehr Attraktives, attraktiv gefunden zu werden, und vielleicht war Anziehung wie ein Flüstern, das sich in einer Feedbackschleife verstärkte, bis es so unerträglich laut war, dass jemand etwas gegen den Lärm unternehmen musste.

Während sie sich Richmond näherten, kamen sie an einem Schild vorbei, einer großen Tafel mit einer Karte von dem Wanderweg, auf dem sie sich befanden, eine krakelige rote Route von der West- zur Ostküste und auf zwei Dritteln der Strecke ein Pfeil, neben dem stand: »Sie befinden sich hier.«

»Guck dir an, was wir zusammen geschafft haben«, sagte sie.

»Ich weiß«, sagte er. »Ein ganz schönes Stück.«

»Und das …« Sie maß die verbleibende Strecke ab, eine Handbreite. »Das ist praktisch *nichts*«, sagte sie und dachte: *Was, wenn er mich bittet, zu bleiben und den Rest der Strecke mit ihm zu Ende zu wandern? Möchte er das? Wenn er mich fragt,* falls *er mich fragt, dann mach ich's. Ich bleibe bei ihm und gehe bis ins Meer hinein.*

WISCHEN ZUM ANNEHMEN

Um halb fünf wäre Marnie fort, so dass ihm noch eine Stunde bliebe, um sich fertig zu machen. Am Morgen, während sie geduscht hatte, war er auf der Suche nach Internetempfang ein Stück den Berg hinaufgegangen und hatte nach *bestes Restaurant Richmond Yorkshire* gesucht, winzige Fotos von saftigen Steaks, riesigen Braten und farbenfrohen Currys beäugt und sich gefragt: Was passt am besten zu Bedauern, Analyse und Reflexion? Er entschied sich für einen Italiener, der Intimität ausstrahlte, aber keine emotionale Bedürftigkeit, anschließend studierte er die Speisekarte, um sicherzugehen, dass es dort noch etwas anderes als Pizza gab – zu viel Herumsäbeln und Falten und dann der heiße, Fäden ziehende Käse. Nat würde den Salat Caprese und die Brasse bestellen, darüber hinaus hatte er keine Vorstellung, was ihn erwarten würde.

Er war gerade dabei zu reservieren, als das Telefon in seiner Hand klingelte. Natashas Nummer. Er hatte ihre Stimme seit vier Monaten nicht mehr gehört, und einen Augenblick lang konnte er sich nicht erinnern, wie ein Handy funktionierte. Anscheinend musste man wischen, um das Gespräch anzunehmen. »Hallo«, sagte er und wandte dem Tal den Rücken zu, als könnte es ihn belauschen.

»Hey! Wie geht's dir?« Ihre Stimme, der leichte Yorkshire-Akzent.

»Gut, ja, ganz gut. Ich wollte dir gerade eine Nachricht schreiben.«

»Okay. Wo bist du jetzt?«

»In Swaledale, ich gucke ins Tal runter. Wunderschön.«

»Und das Wetter?«

»Ist okay. Leicht bedeckt.« Sie redeten über das Wetter. »Tja.«

»Und wie ist die Wanderung?«

»Wunderschön.« Wieso war alles wunderschön? »Aber anstrengend.«

»Bleibt es bei heute Abend?«

»Ja, ja, natürlich.«

»Cleo hat gesagt, du bist mit einer Freundin unterwegs, und ich wollte nicht …«

»Äh, was? Nein, Marnie ist schon vor Tagen heimgefahren, vorgestern.«

»Also … ist das kein Problem? Mit heute?«

»Nein. Ich freu mich drauf.«

Sie hatten sich verabredet. Er würde ihr die Hoteladresse schicken. Es konnte zu nichts führen, denn sie traf sich mit einem Typen (noch nicht lange), trieb immer noch die Scheidung voran (ebenfalls noch nicht lange) und auch den Hausverkauf (noch keine Interessenten, man könnte aus der Nummer also einigermaßen leicht rauskommen). Ja, sie war diejenige gewesen, die dieses Treffen angeregt hatte, aber wahrscheinlich fühlte sie sich dazu nur verpflichtet, wie zu einem Besuch im Krankenhaus. Trotzdem hatte er auf ein besseres Hotel umgebucht, ein Doppelzimmer, denn es würde ja ohnehin zu nichts führen.

Auf ihrem Weg durch Reeth, Grinton, Marrick und Marske hatte er an fast nichts anderes denken können, und es hatte lange Phasen peinlichen Schweigens gegeben, auch wenn das Marnie nichts auszumachen schien. »Guck dir an, was wir zusammen geschafft haben«, sagte sie und maß die zurückgelegte Strecke auf der Karte mit der Hand ab, aber die Küste war immer noch ein gutes Stück entfernt, mindestens vier Tage. Bald liefen sie durch Gemeindeforst, vorbei an Joggern, Walkern und Bänken mit Widmungen für Verstorbene, denen es hier sehr gefallen hatte, und wenig später kam Richmond in Sicht, Wohnhäuser und Kirchen, der Swale, der wieder unten im Tal floss. Was an den Turm einer Kathedrale erinnerte, war eigentlich der Wehrturm einer Burg hoch über der Stadt. »Richmond kommt von riche-mont, das bedeutet: ›starker Hügel‹«, erklärte er, und sie schubste ihn vom Weg. »Ich glaube, das wird dir noch fehlen.«

»Mir wird gar nichts fehlen«, sagte sie, und die Vorstellung, dass sie schon bald nicht mehr da sein würde, löste leichte Panik in ihm aus.

In Richmond machten sie große Augen. Ampeln! Geschäfte und Fachwerkpubs und stattliche Häuser im georgianischen Stil; bald darauf der Marktplatz, eine große eiförmige Arena, die selbst mit Autos zugeparkt pittoresk wirkte. Sie gingen an seinem Rand entlang zum Hotel, und nun war es an der Zeit, sich zu verabschieden.

»Tja«, sagte sie.

»Tja. Da wären wir! Am Ende des Weges!«

NACH WEIHNACHTEN

»Hast dir ja ein hübsches Hotel ausgesucht. Piekfein.« Es war ein imposantes, schmuckes Stadthaus im georgianischen Stil. »Ich krieg den Black Dog, du diese Vier-Sterne-Herberge.«

»Das Zimmer war preiswert, Last Minute.« Schweigen. »Die können dir ein Taxi rufen, wenn du …«

»Der Zug fährt erst in anderthalb Stunden. Ich dachte, ich schau mich mal in der Stadt um. Hier gibt's ein Wollgeschäft, das sah spannend aus.«

»Okay. Na schön. Ich komm mit.«

»Nein, nein, du heizt schön deinen Whirlpool an –«

»Oder wir könnten Tee oder –«

Ein Zögern. »Nein, verabschieden wir uns lieber. Wobei, ich könnte meinen Rucksack vielleicht kurz an der Rezeption deponieren.«

Die holzgetäfelte Lobby war in gedämpftes Licht getaucht, und es roch wie in einer Zigarrenkiste. Marnie fühlte sich fehl am Platz, und Michael, der jetzt steif und rastlos wirkte, war eindeutig auch dieser Ansicht. War das Schüchternheit? Niemand sagte sich noch auf dem Flughafen Lebewohl, weil keine Liebe der Welt die Fahrt dorthin wert war, aber sicherlich würden sie irgendwie noch einmal ansprechen, was passiert war, und sei es nur, um zu sagen: »Lass uns einfach Freunde sein.«

Stattdessen fragte sie den Herrn an der Rezeption, ob sie

ihren Rucksack eine Stunde lang dalassen könnte, bestellte das Taxi und stand dann in der Gegend herum, während Michael eincheckte. Beide wussten vor Verlegenheit nicht, was sie sagen sollten. Er hielt den Zimmerschlüssel in der Hand.

»Und was ist hier das Motto?«

»Rebsorten, eigenartigerweise.«

»Das ist ja mal versnobt. Wie heißt deine?«

»Ich bin in …« Er zeigte ihr den Schlüsselanhänger. »Wie würdest du das aussprechen?«

»Bacchus?«

»Bacchus.«

Hotelzimmer, die nach Rebsorten benannt waren. Unwillkürlich ging sie die Witze durch, die man darüber reißen konnte, doch mal ehrlich, was hätte das noch gebracht? Sie war hundemüde, und ihre Fußsohlen waren so lädiert, dass sie ihr beim Stehen mehr weh taten als beim Gehen. Zeit heimzufahren. Sie wollte nicht nach Hause, aber es gab keinen anderen Ort, wo sie hätte hingehen können.

»Und ich soll dich ganz sicher nicht in die Stadt begleiten?«, fragte er und schaute zur Treppe.

»Nein, nein, geh du hoch zu Bach-was-weiß-ich, und ich mach die Straßen unsicher. Ich hab gehört, hier gibt es einen starken Hügel!«

»Okay.«

»Ich lass dich in Ruhe.«

»Endlich!« Er trat einen Schritt auf sie zu, und sie umarmten sich, steif und irgendwie förmlich, wie auf einer Beerdigung. Das Vorbeugen übers Feuer, schon wieder. »Wir hatten Spaß zusammen, was?«, sagte er.

»Nicht, dass ich mich erinnern könnte«, sagte sie.

»Ich hatte gar nicht erwartet, dass es Spaß machen würde.«

»Tut mir leid, dir deine Pläne vermasselt zu haben.«

»Wir sehen uns, wenn du das nächste Mal rauf nach York kommst.«

»Oder du runter nach London. Ich weiß, es ist beängstigend, mit all den großen roten Bussen.«

»Wenn ich den Mut aufbringe.«

»Wir sehen uns.«

»Mach's gut.«

»Du auch.«

»Bis dann.«

»Tschüs.«

Und dann stand sie draußen, an einem grauen Nachmittag in einer fremden Stadt. Sie schlenderte herum, doch selbst die berühmte Markthalle, selbst die Käseverkäufer und Fudge-Läden konnten ihr nicht über ihre Enttäuschung hinweghelfen. Sie kaufte sich ein Würstchen im Schlafrock, das sie direkt aus der Tüte aß, verbrannte sich den Gaumen an dem heißen rosa Fleisch und dann nochmals an heißem Tee, machte sich Sorgen wegen ihrer verbrannten Zunge und wartete darauf, dass ihr Taxi endlich kam. Dabei fühlte sie sich wie früher als Kind nach Weihnachten, nicht einfach nur traurig, dass es vorbei war, sondern enttäuscht darüber, wie es gewesen war, dass Wünsche offen geblieben waren – mit dem einzigen Unterschied, dass Weihnachten wiederkehren würde.

Nein, so konnte es nicht enden. Wenn es vorbei, wenn es ein Irrtum gewesen war und sie sich das alles nur eingebildet hatte, dann wollte sie es aus seinem Mund hören. Das Taxi würde in einer Viertelstunde kommen. Sie warf die fettige Tüte in den Müll und ging dann zügig zurück zum Hotel, an der Rezeption vorbei, direkt zur Treppe. Es gab ein System, französische Rebsorten im ersten Stock, italienische im zweiten, spanische und portugiesische im dritten und deutsche im vierten, und mit einem Anflug von Empörung darüber, dass auch der Riesling dorthinverbannt worden war, machte sie sich auf den Weg nach oben. Ein Korridor führte sie vorbei an Cabernet Franc, Merlot und Shiraz hinauf zu Chianti und Valpolicella, dann zu Rioja und Tempranillo, Garnacha und Albariño und schließlich in einen Flur im Dachgeschoss des Hotels, zu Bacchus. Neben dem Aufzug, den sie erst jetzt entdeckte, hing ein Spiegel, vor dem sie einen Moment stehen blieb, um zu verschnaufen, sich den Schweiß von der Stirn und das Fett von den Lippen zu wischen. Das Würstchen im Schlafrock war ein Fehler gewesen. Ihr Atem würde nach Schweinefleisch und Tee riechen. Aber spielte das überhaupt eine Rolle? Sie ging zur Tür und klopfte an.

Ein Wildfremder öffnete ihr.

»Oh, tut mir leid, ist Ihr Vater da?«

»Marnie –«

»Ich wollte Mr. Bradshaw sprechen, aber … Was hast du getan?«

Er kam anscheinend direkt aus der Dusche, war glatt rasiert und sah so blendend aus, dass selbst das berühmte Hemd, das er schon anhatte, wie neu und gebügelt wirkte.

»Ich dachte, ich … mach mich mal frisch.«

»Ich hoffe, du hast den schrittweise abrasiert. Koteletten, Backenbart, kleiner Chaplinbart …« Als er die Tür geöffnet hatte, hatte er hocherfreut ausgesehen, aber jetzt schien er alles andere als begeistert, fast gereizt, und sie warf einen Blick an ihm vorbei ins Zimmer. Sie sah eine Flasche Sekt in einem Kühler und fragte sich: *Woher wusste er, dass ich zurückkommen würde?*

Später im Zug nach London würde sie Schwierigkeiten haben, sich an ihre genauen Worte zu erinnern, doch schon Sekunden später marschierte sie davon, drückte energisch auf den Knopf und trat in den Aufzug, der nur darauf zu warten schien, sie aus dem Hotel zu bringen, abwärts, abwärts, abwärts, durch die Weinberge Spaniens, Italiens und Frankreichs. Als sie sich an der Rezeption den Rucksack aushändigen ließ, fuhr ihr Taxi vor, und eine Frau kam ins Foyer, ungefähr in Marnies Alter, gepflegt, sorgsam gekleidet und sichtlich schwanger. Die Frau lächelte, und aus irgendeinem Grund erwiderte Marnie ihr Lächeln. Dann folgte sie dem Fahrer zum Taxi und fuhr, schweigend und verwirrt, zum Bahnhof und zum Zug, der sie nach Hause bringen würde.

ROMANTISCHES WOCHENENDE

Der Sekt war ein Fehler gewesen. Er hatte gedacht, es könnte eine charmante Geste sein, aber nun erschien sie ihm abgedroschen, sogar ein wenig schmierig. Egal, jetzt war es zu spät. Er leerte die Einkaufstüte auf dem Bett aus: eine kleine Schere, ein Rasierer, Rasierschaum. Um Marnie nicht in die Arme zu laufen, hatte er sich verstohlen zum Drogeriemarkt rausschleichen müssen, wie ein Spion hinter die Feindeslinie, was ihm ebenfalls schmierig vorgekommen war. Dann duschte er, stutzte den Bart so weit wie möglich, säuberte das Waschbecken mit den Fingern und rasierte dann vorsichtig den Rest ab, zweimal hoch, zweimal runter, wobei er versuchte, es nicht zu stark symbolisch aufzuladen. Das Abnehmen des Bartes hatte etwas Entblößendes, als hätte er eine Maske abgenommen und ein jüngeres Gesicht aus der Zeit enthüllt, bevor alles den Bach runtergegangen war. Leicht nervös zog er die Haut mit den Fingern straff und betrachtete die blasse, erhabene Narbe. Er würde sie zwar nie als verwegen oder cool betrachten können, doch sie hatte nichts Abstoßendes mehr. Vielleicht verblasste das alles allmählich. Er knöpfte sich das frisch gebügelte Hemd zu; zum ersten Mal hatte er in einem Hotelzimmer das Bügeleisen benutzt, es war auch das erste Mal seit Monaten, dass er gebügelt hatte, und der Geruch nach warmer Baumwolle hatte etwas Nostalgisches, Häusliches an sich gehabt, auch wenn er hoffte, dass

Nat nicht bemerken würde, wie viel Mühe er sich gegeben hatte.

Das mit dem Sekt herunterzuspielen würde schwieriger sein. Er war ein Spontankauf gewesen, ein Sonderangebot auf der Website des Hotels, das Romantische-Wochenende-Paket, und nun stand der mit schmelzendem Eis gefüllte Kübel mit der Flasche und zwei umgedrehten Gläsern auf einem kleinen Ständer neben dem Bett, anmaßend und aufdringlich. Konnte er den Kühlbehälter hinter dem Vorhang verstecken, oder wäre das noch schlimmer? Er rückte ihn in eine Ecke.

Er war erschöpft und zugleich voller Adrenalin. Fühlte man sich so, wenn man eine Affäre hatte, ein geheimes Tête-à-Tête – so hieß das doch? Sekt, der warm wurde, das Warten auf den Anruf von der Rezeption. Ein Treffen mit der eigenen Frau konnte man nicht als Affäre bezeichnen, dennoch fragte er sich, wen er gerade hinterging.

Es klopfte. Vielleicht war sie am Empfang vorbeigeschlüpft. Er fuhr sich mit der Hand über Mund und Kinn und öffnete die Tür.

»Oh, tut mir leid, ist Ihr Vater da?«

»Marnie –«

»Ich wollte Mr. Bradshaw sprechen, aber … Was hast du getan?«

»Ich dachte, ich … mach mich mal frisch.«

»Ich hoffe, du hast den schrittweise abrasiert.«

Und schon riss sie wieder ihre Witze, die jedoch nicht völlig zu ihm durchdrangen. »Nein, nein, in einem Rutsch.« Schweigen. »Ich dachte, du wärst …«

»Ja, tut mir leid«, sagte Marnie. »Ich weiß, wir haben uns schon verabschiedet, und ich fahre …« Ihr Blick fiel ins Zimmer hinter ihm. »Bist du beschäftigt?«

»Nein, überhaupt nicht, aber dein Taxi –«

»Das kommt gleich, aber vorher wollte ich noch sagen … das ist doch komisch, oder? Einfach so auseinanderzugehen? Denn ich dachte, da war doch was zwischen uns. Ich meine, ich hab dich wirklich, wirklich gern, und so was ist mir seit – ich wollte schon sagen, seit Jahrzehnten – nicht mehr passiert, und dann dachte ich: *Das kann nicht stimmen*, aber es ist schon über ein Jahrzehnt her, und ich meine, es war nicht einfach nur freundschaftlich, nicht nur nette Gespräche, sondern auch körperliche Anziehung. Dass man aufeinander steht. Ich meine, ich will dich wirklich gern küssen, die *ganze* Zeit. Das ist total komisch …«

»Mir ging's genauso.«

»›Ging's?‹«

»Mir geht's genau so, wirklich, mir auch«, sagte er, und doch rührte er sich nicht vom Fleck.

»Wieso wandern wir dann nicht zusammen weiter bis ans Meer? Sechzig Meilen sind nichts. Nur so wenig.« Sie hob die Hand und zeigte die Handspanne. »Praktisch ein Katzensprung, und ich hab das Gefühl, da ist was zwischen uns, und da wäre es doch verrückt, jetzt heimzufahren. Du würdest mir fehlen, und ich hatte den Eindruck, ich dir vielleicht auch. Also wieso …«

»… wandern wir nicht weiter? Ja, in Ordnung.«

Sie lachte. »Wie – ist das alles?«

»Nein, ich finde, lass uns weiterwandern und reden und … gucken, was passiert.«

»Okay. Okay.« Sie schien verwirrt. »Also, was jetzt, soll ich das Taxi stornieren?«

»Ja, ja. Stornier es. Bestens.«

»Okay. Schön.« Sie wirkte immer noch verwirrt, und er

ertappte sich dabei, wie er an ihr vorbei in den Flur spähte. Und sie bekam es mit. »Tut mir leid, es geht mich ja nichts an, aber erwartest du ein Callgirl?«

Er lächelte schmallippig. »Nein. Nein, ich treffe mich mit Natasha.«

»Oh. Na schön. Was, jetzt?«

»Jede Minute.«

»Okay. Okay, das wusste ich nicht.«

»Nein.«

»Ich finde, das hättest du erwähnen sollen.«

»Jetzt ist kein guter Zeitpunkt, um das zu besprechen, Marnie.«

Sie warf den Kopf zurück. »Ist das deine Lehrerstimme?«

»Nein, es ist nur –«

»Verdammte Scheiße, sorry, ich meine, du hast alles Recht der Welt dazu, aber wieso hast du mir nicht …?«

»Weil sich daraus wahrscheinlich sowieso nichts ergibt und du eigentlich schon weg sein solltest. Darum.«

»Ah. Verstehe.« Sie kaute an ihrer Unterlippe, war kurz davor zu gehen. »Aber du findest immer noch, wir sollten gemeinsam bis ans Meer weiterwandern?«

»Ich finde die Idee super.«

»Gut. Aber wenn ich fragen darf, liebst du sie noch?«

Er war Marnie gegenüber nicht immer ganz aufrichtig gewesen, doch es erschien ihm wichtig, jetzt offen und ehrlich zu sein.

»Ich liebe sie«, antwortete er, »hier und jetzt.«

Und daraufhin lächelte sie, aber nicht auf freundliche Art. »Aber Michael«, sagte sie, »wir *sind* im Hier und Jetzt.«

TEIL VIER
DIE MOORS

Der Narr
Diese kalte Nacht wird uns alle zu Narren und Tollen machen.
SHAKESPEARE, **KÖNIG LEAR**

NARZISSEN

Dumm, dumm, dumm war sie gewesen, dumm, jemanden gern zu haben, dumm, sich Hoffnungen gemacht, eine Veränderung herbeigesehnt zu haben.

Der Freitagabendzug aus Northallerton war brechend voll, schon bevor sie zugestiegen war, Junggesellinnenabschiede, Junggesellenabschiede, lärmende und betrunkene Fußballfans und Touristen, kein einziger freier Sitzplatz, Gedränge selbst im Gang und in den Waggonübergängen. Sie fand ein Plätzchen auf dem Fußboden, behielt den Rucksack auf den Schultern und betrachtete die Knie der Fahrgäste, die die Toilettentür öffneten und angewidert zurückwichen.

Sie würde eine Ablenkung brauchen, aber *Sturmhöhe* war hier nicht das Richtige. Arbeiten war unter diesen Bedingungen unmöglich, doch es war auch unmöglich, sich wegen der Arbeit keine Sorgen zu machen. Wäre sie weitergewandert, hätte sie um eine Verlängerung bitten können, aber jetzt gab es keine Entschuldigung: Montag war das Lektorat fällig. Vielleicht würde es hinhauen, wenn sie das Wochenende durchackerte – was blieb ihr auch anderes übrig? Das alles wäre vermeidbar gewesen, wenn sie am Dienstag einfach wie geplant heimgefahren wäre. Sie hätte sich wieder akklimatisiert, hätte wieder in ihren Rhythmus gefunden, hätte die Deadline eingehalten, hätte gute Laune gehabt – na ja, nicht unbedingt gute Laune, aber wenigstens wäre sie nicht aufgebracht und wütend über ihre eigene Dummheit. Es war dumm, dumm, dumm gewesen, sich von Hoffnung verleiten, von menschlicher Interaktion täuschen zu lassen. Im Bahnhof von York, wo Michael wohnte, erhob sie sich von ihrem Platz an der Automatiktür, um nicht rückwärts aus dem Zug zu fallen, ließ sich dann wieder zu Boden gleiten und widmete sich erneut ihrem Handy, scrollte durch die Mails, die sie ignoriert hatte, Betreffzeilen wie »Neue Telefonrechnung einsehbar« oder »Änderung unserer Datenschutzbestimmungen«. Das Hotel in Ullswater bat um eine Bewertung ihres Aufenthalts, nur wo war das Kästchen für »irreführend« oder »selbstbetrügerisch«? Sie bekam wieder Hunger und aß einen klebrigen, zerdrückten Energieriegel, den sie in einer Seitentasche gefunden hatte, ein derartig süßer und kompakter Pressling, dass sie sofort zu zittern begann. Mit zusammengebissenen Zähnen, nervös und gegen Übelkeit ankämpfend, fragte sie sich, ob es sich so anfühlte, wenn man einen Speedball konsumiert hatte. Wie konnte so etwas überhaupt legal sein? Sie raste mit hundertzwanzig Meilen pro Stunde durch die östlichen Midlands, high von fünfzig Gramm reiner Glukose und immer noch nicht schnell genug angesichts der Karaoke-Party in Wagen H, die jetzt ihren Höhepunkt erreicht hatte, und des Zugführers, der sich über Lautsprecher dazuschaltete und Pete und Claire in Wagen E zu ihrer Hochzeit an diesem Wochenende gratulierte. Jubelrufe, Applaus, während Marnie vor Erschöpfung und nervöser Energie völlig neben sich stand. Sollte sie Claire ausfindig machen und ihr sagen: »Lass es sein, sieh zu, dass du Land gewinnst, du machst gerade einen furchtbaren Fehler«?

Die letzte Woche hatte sie verändert, und nun musste sie sich zurückverwandeln. Da sie die meiste Zeit offline gewesen war, machte sie sich daran, ihre Standardeinstellungen wieder zu aktivieren, scrollte durch die Websites und Sozialen Medien. Tiefseetaucher, die an die Oberfläche zurückkommen, müssen sich erst akklimatisieren, und so fühlte sich das Internet jetzt an, die Nachrichten über die Streitereien und Fehden, die sie verpasst hatte, die Wut und die Weltuntergangsprophezeiungen, bis sie das alte Gefühl wieder eingeholt hatte, ihre Schultern wieder verspannt waren und auch der letzte Rest des mit ländlicher Idylle verbundenen Wohlgefühls verflogen war. Im Vorfeld hatte sie gedacht, sie könnte ein, zwei Fotos posten, eine Aussicht oder ein Selfie mit einem selbstironischen Kommentar. Hätte sie es bis zur Nordsee geschafft, hätte sie einen perfekten Schnappschuss ihrer Wanderschuhe im flachen Wasser posten können: *War spazieren, hab's etwas übertrieben.* Noch heute früh hatte sie Vogelrufe gelernt. Du Scheißgoldammer mit deinem Brot ohne Käse. In Finsbury Park kam sie mühsam auf die Beine, während sie an den Raumschiffflutlichtern des Fußballstadions vorbeirollten und dann in die King's Cross Station einfuhren.

Die Menge drängte zu den Türen und quoll aus dem Zug, Touristen und Liebespaare, die zu Restaurants und Hotelzimmern in Shoreditch und Soho eilten. Als Marnie ihren Rucksack schulterte, hatte sie das Gefühl, in einer fremden Stadt anzukommen, benommen und orientierungslos, aber ohne die Vorfreude einer Touristin. Unter dem einem Verdunklungsrollo gleichenden Himmel überquerte sie, den Geruch von Diesel und frittiertem Essen in der Nase, den Vorplatz und ging hinunter zur U-Bahn; dann stand sie mit den Partygängern auf dem Bahnsteig der Victoria Line Richtung Brixton und bot ein vollkommen lächerliches Bild in ihren

Wanderstiefeln und der wetterfesten Kleidung. Am Ausgang der Brixton Station predigten sie immer noch die frohe Botschaft über Jesus, doch sie hatte keine Zeit für frohe Botschaften und rannte, um den Dreier-Bus noch zu erwischen, nun wieder ganz Londonerin. In dem Supermarkt, der bis spätnachts offen hatte, kaufte sie Brot *und* Käse, Milch, Eier, Saft, eine Banane, hart wie ein Schlagstock, eine Packung mit Chlorwasser gewaschenen grünen Salat, genug zu essen, um die nächsten Tage zu Hause bleiben zu können, dazu Wein, Schokolade und eine Dose Gin, die Rückkehr der Belohnungen. Billige Narzissen hatten gerade Saison, und, ohne groß zu überlegen, kaufte sie leichtsinnigerweise welche, um ihre Wohnung fröhlicher zu gestalten. *Erfüllt von Glück mein Herz dann singt / Beim Supermarkt die Kasse klingt.*

Ihre Schlüssel waren ganz unten in ihrem Rucksack vergraben, und auf der Treppe vor ihrem Haus musste sie den Reißverschluss öffnen und in dem Durcheinander aus getragener Unterwäsche und Ladekabeln danach suchen. Auf dem Brett im Hausflur hingen Rechnungen und Flyer von Take-Away-Restaurants und Maklern, nichts Nettes oder Handgeschriebenes. Mit schmerzenden Beinen und protestierenden Knien stieg sie die endlosen Treppenabsätze hoch, vorbei am dröhnenden Fernseher in der 2B, einem Streit in 3A, jemandem, der in 4B Computerspiele spielte, und schloss die Tür von 5A auf.

Es war, als öffnete sie eine versiegelte Grabkammer, die Luft war kalt und abgestanden. Sie schüttelte den Rucksack ab – das hatte Zeit bis morgen – und zog die Stiefel aus, um die Nachbarn von unten nicht zu verärgern. Auf geschundenen Fußsohlen tappte sie durch die Wohnung und knipste alle Lampen an, bis es zu hell war, und machte sich mit den Geräuschen ihrer Welt wieder vertraut, dem Klicken vom Thermostat, dem Rauschen des anspringenden Boilers, dem Ticken der Heizkörper, dem Schmatzen der Kühlschranktür. Sie verstaute die Einkäufe und stellte die Narzissen in einen kleinen Krug, doch die Knospen waren noch geschlossen, so dass sie an ein Arrangement von fünf Frühlingszwiebeln erinnerten. *Erfüllt von Glück mein Herz dann singt ...*

Im Schlafzimmer roch es nach Laken, dem Wäschekorb und dem sich auf den Heizkörpern erwärmenden Staub. Schmutzig, lädiert und erschöpft sehnte sie sich einfach nur danach, warm und sauber in frischer Bettwäsche zu liegen und sich von der Gewichtsdecke wie von einer großen Hand sanft niederdrücken zu lassen.

Doch es würde eine Stunde dauern, bis das Wasser heiß genug zum Baden war, und das Bett frisch zu beziehen erschien ihr wie eine unmöglich zu bewältigende Aufgabe. Stattdessen legte sie sich aufs Bett, die Füße noch auf dem Fußboden, und blickte an die Decke zu der vertrauten Landkarte aus Flecken, Bläschen und Rissen. Plötzlich kam sie sich unendlich allein vor, was vollkommen in Ordnung und nur dann ein Problem war, wenn man etwas anderes erwartet hatte.

TAG ACHT, TEIL EINS

VON RICHMOND NACH OSMOTHERLEY

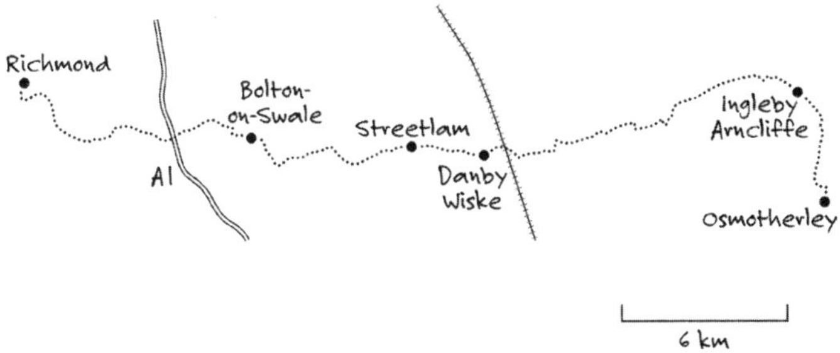

BÜCKLINGE

Denk dran, es geht ja um die Einsamkeit.

Im holzgetäfelten Frühstücksraum begrüßte ihn die Bedienung und platzierte ihn an einem Einzeltisch am Fenster. Gestärkte weiße Tischdecken, schweres Besteck. So früh am Samstagmorgen lagen die Liebespaare noch im Bett, und so nahm er sein aus Bücklingen, Orangensaft und Kaffee bestehendes Frühstück allein zu sich, wie ein kleiner König, der kein Wort mit anderen zu wechseln brauchte, sich lediglich seine Wanderroute noch einmal anschauen und sich sagen musste: *Brich jetzt bloß nicht zusammen, reiß dich am Riemen.*

Dann war es Zeit, oben im Zimmer zu packen. Da der Fisch ihn durstig gemacht hatte, trank er einen Schluck Wasser und dann noch einen, wobei ihm auffiel, dass die Sektflasche von gestern Abend noch zu zwei Fingerbreit gefüllt war. Selbst gekühlt und frisch geöffnet schmeckte ihm Sekt nicht besonders, aber ihn wegzuschütten wäre unerträglich gewesen, und so hob er die Flasche an die Lippen, nippte probehalber daran, verzog das Gesicht und stellte sie wieder in den Kübel. Er richtete das Bett etwas her – er hinterließ Hotelzimmer gern ordentlich –, dann ging er nach unten, gab seinen Schlüssel ab und trat hinaus auf den Marktplatz, der um diese Uhrzeit an einem Samstagmorgen noch verschlafen wirkte. Es war bewölkt, nicht unangenehm, gutes Wanderwetter, und so ging er an der Burg vorbei, die Straße hinunter und am Fluss entlang. Heute lag die längste Etappe vor ihm, sechsundzwanzig Meilen flaches Gelände mit einem letzten Anstieg in die Hambleton Hills. Ein Tag mit Äckern, Feldwegen und leichten Schauern, an dem die größte Herausforderung die Langeweile sein würde, Langeweile und vielleicht Verzweiflung: *Alles gut, das geht vorbei, lauf einfach weiter.*

Und so machte er um Ortschaften einen Bogen, wanderte durch Erholungsgebiete und vorbei an Abwasseranlagen, den schmutzigen Ecken, die es überall gibt. Es würde besser werden, sobald er die Autobahn hinter sich gelassen und einigen Abstand zwischen sich und den letzten Abend gebracht hatte – *O Gott, gestern Abend, Idiot, Idiot, Idiot.* Fürs Erste ging er über matschige, von Pferdehufen aufgewühlte Pfade und langweilige kleine Straßen in Richtung des braunen Rauschens der A1. Als er sich der Stelle näherte, wo die Unterführung sein musste, bog er falsch ab und fand sich auf einem verlassenen Gehöft wieder, irrte zwischen Schuppen, Scheunen und Plumpsklo umher, während ihn der Ammoniakgeruch des Silofutters in der Nase stach, immer noch allein, aber mit dem Gefühl, beobachtet zu werden, wie durch das Zielfernrohr eines Gewehrs. Er umrundete ein Silo und stieß auf einen schlammverkrusteten gelben Bagger, in dessen Schaufel der Kadaver eines Kalbes lag, mit steifen Beinen und aufgeblähtem Bauch, das gelbe Auge nach hinten verdreht, und er lachte laut auf und dachte: *Ach, komm schon, war das heute echt noch nötig?*

Bleib ruhig. Schau auf die Karte, nimm denselben Weg zurück. Er ging am Rand der Autobahn entlang, bis er den Fluss entdeckte, einen Pfad, die Unterführung. Bald würde es besser werden, da war er sich ganz sicher. *Währenddessen*, dachte er, *bin ich froh, dass Marnie gerade nicht hier ist*, und wünschte sich, sie wäre es doch.

TAG ACHT, TEIL ZWEI
VOM SCHLAFZIMMER ZUR KÜCHE
INS WOHNZIMMER

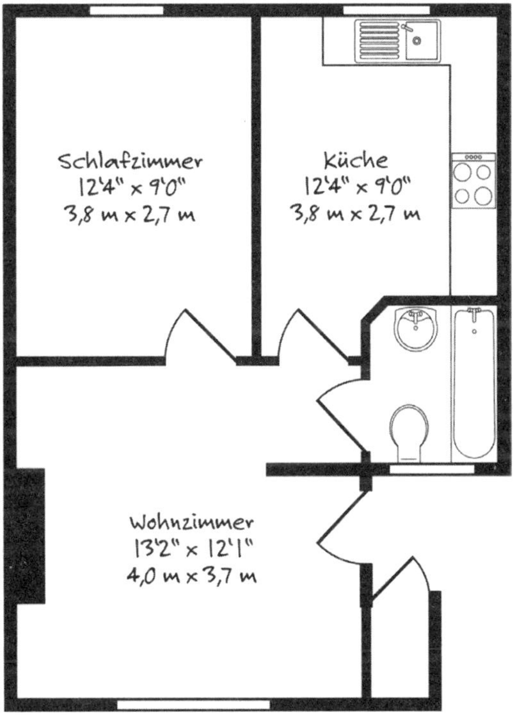

ARBEIT

Und war es nicht eine Freude, sich wieder der Arbeit zu widmen? Die Sicherheitskette vorzulegen, den Wasserkocher zu füllen, für Geborgenheit und Behaglichkeit zu sorgen? Ihre Oberschenkel, Knie und Füße schmerzten, aber heute würde sie ihnen keine Anstrengungen mehr zumuten, würde dafür sorgen, dass ihre Schrittzahl im zweistelligen Bereich blieb. Die Schmerzen würden verschwinden wie die Sonnenbräune nach einem normalen Urlaub. Sie duschte, aß ihr übliches Frühstück und machte sich einen Becher Kaffee. Dann wischte sie die Krümel vom Tisch und fing an.

Sie hatte erst ein Viertel von *Lasterhafte Nächte* durchgearbeitet und Montag war die Deadline, aber jetzt war sie im Flow, sprintete durch die Kapitel, Sexszene, Mord, Sexszene, Mord, Frage, wer der Mörder ist (der Makler), und sie fand Trost in diesem Rhythmus, kam in einen reinen, intensiven Zustand des Lektorierens, eliminierte wie ein Kind bei einem Arcade-Spiel zielsicher jedes »gehangen« statt »gehängt«, jedes »sie« statt »Sie«, die blauen Augen, die zuvor grau gewesen waren. Die Erotik konnte sie nicht berühren, und die Stunden verflogen, ohne dass ihr auch nur ein Gedanke an Michael kam, daran, wo er war, was er gerade machte, was am Vorabend passiert war, was zwischen ihnen schiefgelaufen war, ob er an sie dachte, ob er ihr eine Nachricht schreiben oder sie anrufen würde, wie wütend sie auf ihn war, wie traurig und dumm sie sich vorkam, ob sie ihn je wieder sehen würde, wie das Wetter und die Landschaft in Yorkshire so waren, wie es seinen Füßen wohl ging und wie weit er es noch hatte. Wie gut, dass ihr all diese Gedanken nicht in den Sinn kamen.

MARSCHIEREN

Nur die Kühe sahen ihm beim Mittagessen zu. Es war zwar nicht das abgelegenste Fleckchen auf der Wanderung, doch seit er Richmond verlassen hatte, war er keinem Fußgänger mehr begegnet. Er wusste, dass eine Landschaft sich durch die Abwesenheit eines Menschen nicht ändert, aber die Wälder und Wege wirkten langweilig, der Flickenteppich aus Feldern einfach nur zusammengestückelt. Wäre Marnie noch hier, würde sie jetzt nach Busrouten schauen, aber sie war nicht hier, also …

Er wanderte weiter, auch wenn er sich genauso gut auf einem Laufband hätte befinden können. Die anspruchslose Route ließ ihm Zeit zum Nachdenken, was das Letzte war, was er wollte, und er merkte, dass er sich immer wieder gedanklich vom Vorabend losreißen musste, so wie man ein Lenkrad herumreißt, um einen Zusammenstoß zu verhindern. Er versuchte, sich stattdessen auf das Gehen, das Marschieren zu konzentrieren, eins-zwei, eins-zwei, in Richtung der hohen Felswand der Hambleton Hills und weiter noch, zu den Cleveland Hills, die sich nach Norden zogen. Auf ihrem Gipfelplateau befanden sich die North York Moors, noch unsichtbar, wodurch er sich wie ein kleines Kind vorkam, das nicht auf die Tischplatte gucken kann. Auf den Karten sah das Plateau schrecklich nackt und bloß aus, wie ein Buch, in dem die Seiten plötzlich leer sind, und selbst das

Wort »Moors« verhieß eine gewisse Düsternis. Natürlich konnte er sich irren und vielleicht war es dort ja auch schön, dennoch beunruhigte ihn das, was vor ihm lag.

Zunächst führte ihn der Weg jedoch durch Danby Wiske, Oaktree Hill, Harlsey und Ingleby und anschließend am Rand der Ebene entlang, wo der Pfad jäh anstieg und in ein Waldgebiet führte, das einen gewissen Schutz vor dem unablässigen Regen bot. *Typisch Frühling,* hatte er gesagt. Nach der Steigung ging es wieder bergab zu einer hübschen Ortschaft mit gepflegten, massiven Häusern aus unverputzten Natursteinblöcken. Auf der Dorfwiese war es unangenehm still. Im Pub wechselte er tatsächlich ein paar Worte mit einem anderen Menschen, allerdings nur, um den Schlüssel ausgehändigt zu bekommen. Der Name des Zimmers lautete Weißdorn, das WLAN-Passwort wainwrightc2c.

Ein Einzelbett, wie man es in einer Kaserne erwartet hätte. Constables *Heukarren* in einem Clip-Bilderrahmen. Kekse, H-Milch, ein kleiner Wasserkocher. Es war 17 Uhr, und er hatte keine Ahnung, womit er die Stunden bis zum Schlafengehen ausfüllen sollte. Ohne etwas zu erwarten, warf er einen Blick auf sein Handy. Jegliche weitere Kommunikation mit Marnie würde von ihm ausgehen müssen, und er hatte keine Ahnung, was er ihr sagen sollte. Stattdessen las er drei Nachrichten von Natasha.

Hoffe, dir geht's gut

Bitte antworte.

Alles okay?

Der Vorabend in Richmond fiel ihm wieder ein. *Mein Gott,* schoss es ihm durch den Kopf, *ich habe Sekt bestellt.*

FETA

Den ganzen Vormittag über arbeitete sie mit vollem Einsatz und schaute kaum vom Laptop auf. Gegen Mittag entdeckte sie im Kühlschrank die offene Packung Fetakäse. Er war an den Rändern weicher geworden und hatte einen mauvefarbenen Stich bekommen. Sie futterte ihn mit einem Teelöffel von einer Untertasse, wie Eiscreme. Er prickelte auf der Zunge, aber ihr wurde nicht schlecht davon, was zwar nur die Minimalanforderung an eine Mahlzeit sein sollte, aber zumindest bedeutete, dass sie ihre Arbeit nicht unterbrechen musste.

Am Nachmittag brauchte sie etwas, woran sie ihren Frust auslassen konnte, und ihr Ex-Mann fiel ihr ein. Schnell öffnete sie eine neue E-Mail und schrieb:

Hallo Neil,
wie geht es dir? Ich hoffe, der Familie geht's gut und du fühlst dich wohl in der Vaterrolle.
Mir geht es auch gut. Ich bin tatsächlich gerade frisch aus einem Urlaub zurückgekommen, in dem ich nachgedacht und auch ein paar gute Ratschläge erhalten habe.
Ich möchte dir Folgendes mitteilen: Es ist Zeit, dass du mir endlich das Geld zurückgibst, das du mir schuldest. Idealerweise in einem Rutsch, aber mir ist bewusst, dass du finanzielle Verpflichtungen hast. Wenn das also nicht möglich sein sollte, würde ich auch monatliche Raten akzeptie-

ren. Bitte mach mir einen Vorschlag. Ich bin bereit, dir die Zinsen zu erlassen, aber du musst mir zurückzahlen, was mir gehört. Auch ich habe finanzielle Verpflichtungen.
Ich wünsche dir wirklich alles Gute für die Zukunft und hoffe, dass wir zu einer einvernehmlichen Lösung finden.
Ich glaube, es wird uns beiden besser gehen, wenn die Angelegenheit abgeschlossen ist und wir nach vorn schauen können.
Viele Grüße
Marnie

Sie las den Text noch einmal durch, änderte die Formulierung »habe ein paar gute Ratschläge erhalten« in »habe juristischen Rat eingeholt« und klickte auf Senden. Dann stand sie auf und ging in der Küche umher, soweit das dort möglich war. Sie hatte sich ein Hochgefühl erhofft, die Art von Genugtuung, die man normalerweise empfindet, wenn man einem Rüpel die Stirn bietet, doch es war schwer vorstellbar, dass der Neil, den sie kannte, auf ihre Forderungen eingehen würde. Sie hatte bloß die Feindseligkeiten neu entfacht, mehr nicht.

Tatsächlich ließ sie wenig später das Geräusch einer eingehenden Textnachricht hochschrecken. Die Vergeltung, schoss es ihr durch den Kopf, oder vielleicht war es auch Michael. Gestern hatte sie beschlossen, dass sie Nachrichten von ihm ungelesen löschen würde. Sie griff zum Handy.

Hallo! Bist du wieder zurück? Soll ich die Bergrettung alarmieren? Hab an dich gedacht. Wenn du hier bist, wie wär es mit dem Drink? Ohne Wandern, versprochen. Meld dich mal, Conrad x

Sie las die Nachricht zweimal, dann noch einmal und war sich nicht sicher, ob sie sich ob seiner Hartnäckigkeit genervt oder geschmeichelt fühlte. Vielleicht würde es ja nett werden oder die Gelegenheit zur Revanche bieten. Waren »Spaß« und »Rache« miteinander kompatibel? Sie sah keinen Grund, wieso nicht.

Gemäß den Gesetzen der Bücher, die sie lektoriert hatte, hätte sie zwei Tage warten müssen, ehe sie antwortete, aber wer hatte dafür schon Zeit? Sie las die Nachricht noch einmal und antwortete dann mit zwei Wörtern. Ja und Morgen?

AM VORABEND IN RICHMOND

»Mike«, sagte Natasha, »du hast Sekt bestellt.«

»Ja, aber den müssen wir nicht trinken«, erwiderte er und wies auf den Sessel am Fenster. Wieso behielt sie den Mantel an?

»Nettes Hotel. Nobler als sonst.«

»Na ja, hm. Willst du …?«

»Ja«, sagte sie und zog ihren Mantel aus.

Und da war sie, die sanfte Wölbung unterhalb ihres Rockbunds, die er in all den Jahren herbeigesehnt hatte, und ihm war, als würde ihm mit einem tiefen Seufzer alle Luft aus der Lunge gepresst. *Reiß dich zusammen, versuch zu lächeln.*

»Wie man sieht, gibt es einen Grund, aus dem ich den Sekt nicht trinken kann.«

Er atmete tief durch. »Verstehe.«

»Aber wenn du …«

»Alles gut. Vielleicht später. Vielleicht … Wie auch immer, Glückwunsch, Nat.«

»Danke.«

»Welcher Monat?« Das fragten die Leute doch, oder? Sein Gehirn hatte einen Aussetzer.

»In der siebzehnten Woche jetzt.«

»Wow«, sagte er, eine bedeutungslose Antwort auf bedeutungslose Worte. Und weiter: »Dann nehm ich mal an, es ist nicht von mir!«

Sie wirkte geschockt, doch nur für einen Moment, dann lächelte sie. »Nein«, sagte sie. Sie hielt den Mantel über dem Arm drapiert, als wollte sie jeden Moment aufbrechen.

»Bitte, setz dich doch. Den kannst du ja beiseitelegen.« Sie deponierte ihren Mantel auf dem Bett und setzte sich, und er ließ sich auf dem anderen Sessel nieder, beide im fünfundvierzig-Grad-Winkel zueinander, den Blick aufs Bett gerichtet, als könnte dort irgendetwas passieren, als wäre es eine Bühne. Es war unerträglich.

»Sollen wir woandershin?«, fragte er.

»Ja«, antwortete sie und stand auf, eine Hand auf den Bauch gelegt.

»Ich hab einen Tisch in einem Restaurant reserviert. Hast du Hunger?«

»Ich kriege garantiert gleich welchen.«

»Die Reservierung ist erst für acht Uhr.« Er schaute auf die Armbanduhr. Es war zwanzig vor sechs. »Aber vielleicht könnten wir einen Spaziergang machen und schon früher hingehen.«

»Ja. Ja, machen wir das so.«

Im Lift begegneten sich ihre Blicke, sie lächelten sich an, und dann sah er zu Boden, die Hände vor dem Bauch verschränkt, wie ein Priester. Er fragte sich, ob Marnie noch in der Lobby war. Vielleicht würde sie eine Vase nach ihnen werfen. Aber natürlich war Marnie schon lange fort.

Sie traten hinaus auf den Marktplatz, und ihn überkam eine sehr lebhafte Erinnerung an ihr erstes Date, keins der Mittagessen im Lehrerzimmer, sondern ein offizielles Date im Stadtzentrum an einem Samstagabend, daran, wie nervös er gewesen war und wie Natasha seine Hand genommen hatte, als sie zum Restaurant gingen, und wie sie sich ihm vor dem Betreten zugewandt und ihn geküsst hatte. Sie war immer die Direktere in ihrer Beziehung gewesen. *So. Jetzt können wir uns konzentrieren,* hatte sie gesagt, und er erinnerte sich, wie schwer es gewesen war, ihr am Tisch gegenüberzusitzen, in einem netten Thai-Restaurant, nichts Besonderes, und fröhlich vor sich hin zu plaudern, aber die ganze Zeit zu denken: *Da ist sie, ich hab sie gefunden, sie sitzt direkt vor meiner Nase.* Es war albern, doch er erinnerte sich auch daran, wie man die Neuigkeit in der Schule aufgenommen hatte, die Jubelrufe bei der nächsten Schuldisco, wo sie zusammen getanzt hatten, all die frechen Fragen von Kindern, die jetzt vielleicht selbst Kinder hatten. Kinder mochten es, wenn Lehrkräfte zusammenkamen, als wären sie der Grund dafür, wussten aber nicht so genau, wie sie darauf reagieren sollten, wenn Lehrer sich trennten. Als sie nun durch die ruhigen Nebenstraßen gingen, war er nervös wegen seiner polternden Stiefel und seiner raschelnden Kleidung. Es gab so viel zu sagen, aber er traute seiner Stimme noch nicht, und so übernahm Natasha, wie immer.

»Wie geht's deinen Beinen?«

»Oh, gut. Es ist nicht anstrengend, es ist nur lang. Eigentlich eine Touristenroute.«

»Aber zehn Tage. Prima siehst du aus.«

»Wirklich?«

»Hast Farbe bekommen.«

»Vom Regen gebräunt.«

»Es hat ja nicht jeden Tag geregnet.«

»Nein, es war wechselhaft, du weißt schon, Frühling, typisch Frühling.«

Es war absurd, schon wieder über das Wetter zu reden, und doch war er zu nichts fähig, was über banales Gerede hinausging, über die Unterkünfte, in denen er übernachtet, die Route, die er genommen, und die Meilen, die er zurückgelegt hatte. Sie gingen durch kleine Gassen und Nebenstraßen, die Geschäfte wurden gerade geschlossen und die Leute machten sich auf den Weg nach Hause. Das Restaurant war noch nicht geöffnet, also drehten sie noch eine Runde, und Michael beantwortete Nats Fragen in einem angespannten Singsang. Als ein leichter Regen einsetzte, gingen sie den Weg zurück und klopften an die Fensterscheibe des Lokals. Ein misstrauischer Kellner ließ sie hinein. Es war dort heller, moderner und weniger intim, als er gehofft hatte, eher wie in einer Kantine, der Tisch war noch feucht und in der Luft hing ein scharfer Zitronenduft. Der Koch war noch nicht da, machte es ihnen etwas aus, bei einem Getränk zu warten? Er bestellte ein Bier, Nat Sprudelwasser mit Eis und Limette. Die Zeit verging, und plötzlich wurde ihm bewusst, dass seine Hemdmanschetten abgewetzt waren und ein Knopf nur noch an einem Faden hing.

»Cleo hat erzählt, du hattest Begleitung beim Wandern.«

»Ja, ihre Freundin. Sie ist noch etwas geblieben, aber nur einen Tag länger oder so.« Wenn er an dem Knopf zog, würde er abfallen.

»Und wie war das? In Gesellschaft?«

»Es war … nett. Du hast sie mal kennengelernt. Marnie.«

»Echt?«

»Bei der Taufe.«

»Ach ja. Cleos Freundin aus London.«

»Genau.«

»Die mit diesem furchtbaren Mann verheiratet ist. Cleo hat ihn *gehasst.*«

»Inzwischen sind sie geschieden.«

»Hm. Gut. Habt ihr euch gut verstanden, oder …?«

Er wusste, was sie da gerade machte. Sie ließ Testballons steigen, in der Hoffnung, dass es mehr als Freundschaft war. Was für eine Erleichterung das wäre, als würde man ein marodes Haus abstoßen, und er verspürte einen Anflug von Gereiztheit, nein, Wut. Wie wäre es, wenn er den Tisch umwarf? Fruchtlos natürlich, der Zorn eines Mannes in einer tiefen Grube. Stattdessen fragte er: »Wie läuft's mit Frank?«

Sie lehnte sich zurück. »Okay. Es ist jetzt ein wenig ernster geworden«, sagte sie mit gesenktem Blick. »Wie man sieht.«

»Natürlich.«

»Ich bin bei Mum und Dad ausgezogen. Ich wohne jetzt bei ihm.«

»Das ist sinnvoll.«

»Und er freut sich sehr – auf das Baby.«

»Na, das sind ja lauter gute Neuigkeiten.«

Sie seufzte und schaute zur Tür. »Michael, sei doch nicht so …«

»Was?«

»Wir kommen miteinander zurecht. Wir wollten es beide, es hat sich richtig angefühlt. Es ist gut.« Sie schaute wieder zur Tür, als würde sie erwägen, die Flucht zu ergreifen. Vielleicht sollte er es zulassen. Es gab nichts, was in dieser Situation helfen konnte, was auch sie zu spüren schien, denn ihre Wangen waren gerötet, die Augen ein wenig feucht. Es war unfair, sie mit dieser großen, ungeschlachten, grenzenlosen Traurigkeit zu quälen, und doch schoss ihm durch den Kopf, dass er sie, wenn sie jetzt ginge, wahrscheinlich nie wiedersehen würde. War das melodramatisch und übertrieben? Was sollte ein persönliches Treffen dann noch bringen? Die Scheidungsformalitäten konnte man auch auf Distanz regeln, ihre immer spärlicher kommenden Mails konnte man weiterleiten, sie konnte ihre Sachen abholen, wenn er nicht zu Hause war. Vielleicht sollte sie das Restaurant einfach verlassen. Trotzdem, wenn sie ging, würde es ihm das Herz brechen, da war er sich sicher.

»Wenn ich ehrlich bin«, sagte sie und nahm seine Hand, »ist das zwischen Frank und mir nicht mit dem zu vergleichen, was wir gemeinsam hatten.«

»Bitte, tu das nicht.«

»Ich meine nur –«

»Mir fällt aus dem Stand eine Sache ein, die wir nicht hatten.«

»Ja. Ich weiß.«

»Und ich freue mich für dich, ich meine, irgendwann einmal in der Zukunft werde ich mich für dich, für euch beide, freuen. Ich – ich weiß, wie sehr du dir das gewünscht hast.«

»Ich habe es mir sehr gewünscht«, begann sie und brach dann ab. *Mit dir:* War sie kurz davor gewesen, das zu sagen? Jeder Trost war nur ein weiterer Schlag, und einen furchtbaren Moment lang dachte er: *O Gott, was, wenn sie mich bittet, der Patenonkel zu sein?*

Die Tür ging auf, und ein Mann eilte herein, strich sich den Regen aus dem Haar, vermutlich der Koch. Bis sie etwas zu essen bekamen, würde noch eine Weile vergehen, und es erschien ihm unaushaltbar, dazusitzen und Smalltalk zu betreiben, wo er doch insgeheim gehofft hatte, sie könnten vielleicht wieder zusammenkommen. Er hatte versucht, den Gedanken zu verdrängen, aber er hatte es nun einmal gehofft, hatte geglaubt, dass sie vielleicht sagen würde: Lass uns noch mal versuchen, mit der Situation zurechtzukommen, unser Möglichstes zu tun, offen und ehrlich miteinander zu reden, um das wiederzufinden, was früher zwischen uns war. Er hatte gedacht, sie würde vielleicht über Nacht bleiben. Wieso sonst hatte er dieses Zimmer gebucht, den lächerlichen Sekt bestellt? Jetzt fühlte er sich eingeschnappt und selbstgerecht. »Es wäre schön gewesen, wenn du mich vorgewarnt hättest.«

»Ich dachte, es ist besser, es dir persönlich zu sagen.«

»Aber du hättest es mir schon heute Vormittag mitteilen können.«

»Dann wäre es nicht persönlich gewesen, oder?«

Er öffnete den Mund, um darauf zu antworten, schloss ihn jedoch gleich wieder. Energisch ergriff sie die Initiative und lenkte das Gespräch auf den Verkauf ihres Hauses.

»Womöglich sollten wir das Ganze etwas beschleunigen.«

»Okay.«

»Vielleicht sollten wir es bei mehr als einem Makler listen.«

»Gut. Ich kümmere mich darum.«

»Wie ist es so im Haus?«

»Meinst du ... ob es aufgeräumt ist?«

»Daran habe ich keinen Zweifel.«

»Ob ich die Badewanne putze, das Bett mache?«

»Ich meine, ist es ... ansprechend?«

»Ob es nach frisch gebackenem Brot riecht?«

Sie presste sich die Handballen auf die Augen. »Ja, Michael, genau das meine ich.«

»Es ist trist. Ein Ort der Traurigkeit. Es ist unerträglich. Ich halte es dort nicht aus.«

»Kann ich mir vorstellen.«

»Darum wandere ich die ganze Zeit wie ein Verrückter quer durch die beschissene Pampa, weil ich es nicht ertragen kann, in *unserem* Haus zu sein.«

»Dann solltest du vielleicht ausziehen und was mieten, das musst du eh irgendwann.«

»Das kann ich mir nicht leisten.«

»Dann sollten wir das Ganze, wie gesagt, ein wenig vorantreiben.«

Auch das war ihm von früher vertraut, der Verlauf ihrer Auseinandersetzungen, seine Trotzausbrüche, ihre angestrengten Versuche, zur Vernunft zurückzukehren, die vorgebliche Geduld, das plötzliche Schweigen. Er hielt sich die Hand vor den Mund und war überrascht, dort nackte Haut zu spüren, unangenehm klamm. »Ich schau mich um. Ich werde mir was suchen. Ich hab's nur noch nicht geschafft.«

Sie erwiderte nichts, hielt sich die Hand vor die Stirn, und da merkte er, dass sie weinte. »Hey, ich wollte nicht, dass du dich aufregst.«

»Das ist nicht deinetwegen, das sind nur die Nerven.«

»Ich freu mich für dich, dass es endlich geklappt hat, wirklich. Oder werde mich jedenfalls irgendwann freuen.«

»Danke.«

»Aber es ist nicht das, was ich mir erhofft oder gewünscht habe. So habe ich mir unsere Ehe nicht vorgestellt.«

»Nein.«

»Und ich hab viel über Kinder nachgedacht.«

»Ich weiß, ich auch.«

»Wie dumm, das einfach anzunehmen, aber ich hab es für selbstverständlich gehalten, dass wir Eltern sein würden, Mum und Dad, und dass wir das gut machen würden.«

»Hätten wir auch.«

»Und ich weiß, es wäre leichter, wenn ich … Wenn ich dir einfach nur, du weißt schon, meinen Segen geben könnte, sagen könnte, dass ich mich für euch beide freue, ein neues Kapitel im Leben, das ist ein netter Kerl und so, aber … Ich bin einfach so verdammt traurig, Nat, fast die ganze Zeit.«

»Und was kann ich da machen?«

»Ich weiß nicht. Dich von mir fernhalten?«

Sie starrte ihn mit offenem Mund an. »Das will ich nicht.« Und nun zog sie seine Hand über den Tisch zu sich hin und hielt sie fest. »Ich will, dass du glücklich bist.«

Er lachte kurz auf. »Verdammt, das will ich auch.«

Mittlerweile weinten beide, und der Kellner kam herbei. »Alles klar, *jetzt* werden wir bedient«, sagte Natasha und tupfte sich die Augen hastig mit einer Serviette ab, und sie lachten beide, versteckten ihr Gesicht mit bebenden Schultern hinter den Speisekarten.

»Möchten Sie etwas bestellen?«

»Eigentlich«, sagte er, ohne hochzuschauen, »ist mir was dazwischengekommen.« Er schaute zu Natasha, die fast unmerklich nickte, und vielleicht war der Kellner heilfroh, denn schon wenig später war die Rechnung beglichen, und sie standen draußen auf der Straße. Der Regen hatte nachgelassen, es war eine Erleichterung, einander nicht mehr gegenüberzusitzen, und während sie langsam zu ihrem Wagen gingen, wandten sie sich wieder weniger schwierigen Themen zu: dem Landleben, der Gesundheit von Nats Eltern (sie ließen herzlich grüßen), der Leitung der neuen Schule, den Kindern. Die Landschaft dort sei rau, aber schön. Viele herrliche Spaziergänge.

Und dann waren sie beim Wagen, und es schien, als würde alles zu schnell gehen, wie ein Gespräch durch das Fenster eines abfahrenden Zuges. Es gab keinen Grund, wieso sie sich nicht weiterunterhalten sollten, aber sie wollte zurückfahren. »Es ist Viertel vor sieben.«

»Wilde Nächte«, sagte er und dachte, wie merkwürdig es war, dass sie zu einem Zuhause zurückkehrte, das er nie gesehen hatte und niemals sehen würde. *Wie lief's* würde Frank von ihrem Sofa aus fragen. *Wie hat er es aufgenommen?*

»Dir noch viel Spaß beim Rest der Wanderung.«

»Werd ich bestimmt haben«, entgegnete er, war sich da aber alles andere als sicher.

»Viel Glück. Sei vorsichtig in den Moors. Wir sehen uns bei Cleo und Sam. Liebe Grüße an Anthony.« Er versprach, sie auszurichten, aber sie musste auf die Fernbedienung in ihrer Manteltasche gedrückt haben, denn die Wagentür wurde entriegelt, und nun umarmten sie sich, wobei sie darauf achtete, dass sie sich nicht zu nahe kamen, so dass sich nur ihre Schultern berührten, und dann legte sie die Hand auf sein Gesicht und drückte ihre Wange an seine.

Dann hatte sie sich schon umgewandt, hielt sich schützend den Mantel vor den Bauch und stieg in den Wagen. Er trat einen Schritt zurück und erhaschte noch einen Blick auf ihr Gesicht; sie brachte ein Lächeln zustande, und ihre Augen glänzten feucht. Sie hob eine Hand, dann drehte sie scharf das Lenkrad herum und war verschwunden.

Wieder im Hotel erkundigte er sich, ob die Möglichkeit bestünde, den Sekt zurückzugeben, doch das war schwierig, denn er war Teil des Romantisches-Wochenende-Pakets. Vielleicht könne er ihn ja mitnehmen? Das würde sich ebenfalls schwierig gestalten, daher bestellte er stattdessen ein Sandwich und ging auf sein Zimmer.

Bei seinem Versuch, den Eiskübel zu verstecken, hatte er ihn zu nah an die Heizung gestellt, so dass die Flasche nun warm war, und als er sie öffnete, schäumte der Inhalt über und schmeckte unangenehm schal. Doch er zwang sich trotzdem, ihn zu trinken, wobei er darauf achtete, noch ein paar Fingerbreit in der Flasche zu lassen, für den nächsten Morgen.

TAG NEUN, TEIL EINS

VON HERNE HILL NACH BATTERSEA

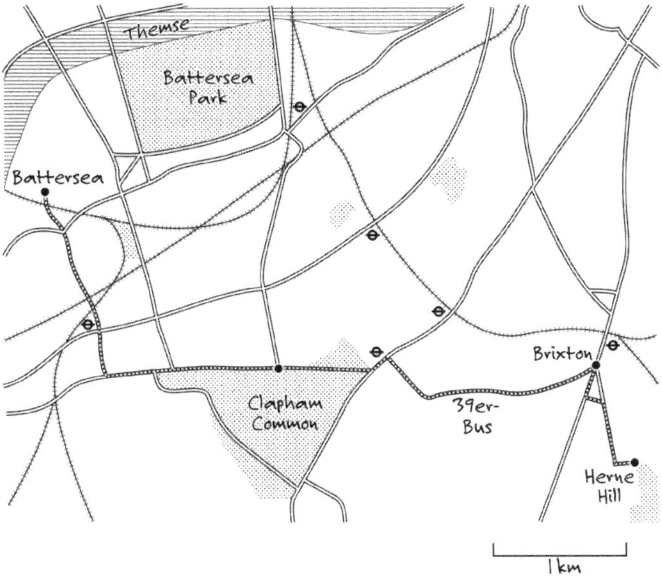

»Und, wie läuft's bei der Arbeit, Herr Apotheker? Ich meine, Herr *Pharmazeut.*«

»Super!«, sagte Conrad. »Aber es ist schon sehr anstrengend.«

»Arbeitest du sechs Tage die Woche oder …«

»Fünf. Ich hab eine Assistenz, daher.«

»Musst du auch Nachtdienst schieben?«

»Nein, nachts hab ich Zeit für mein Privatleben«, sagte er mit hochgezogener Augenbraue, wohlgemerkt an einem Sonntagabend um halb sieben.

»Flah-nah«, antwortete sie. Ihre Marotten waren zurück. Achtundvierzig Stunden war es her, dass sie mit jemandem gesprochen hatte. Wie schnell sie wieder in ihre alten Verhaltensweisen zurückfiel, den ganzen Tag lang arbeitete und auf eine Absage hoffte. Als keine kam, zog sie ihre alte Ausgehuniform an, bestehend aus schwarzem Rock und schwarzem Mantel, und nun scheuerten eine blickdichte schwarze Strumpfhose und schwarze Riemchenschuhe an ihren Blasen. Sie saßen am mit einer Zinkplatte versehenen Tresen einer Tapasbar nahe der Battersea Bridge auf hohen Barhockern, Conrad in Lederjacke, offenem Hemd und Bluejeans, wie ein Fußballer der Premier League an einem freien Abend. Auf der ganzen Welt gab es keinen Nachtclub, in den Conrad nicht reinkäme. Michael hingegen …

Er begann mit ein paar Standardneckereien darüber, dass sie sich südlich der Themse befanden, wie komisch, wie ruhig es hier sei, aber sie führte das auf Nervosität seinerseits zurück und widerstand der Versuchung, mit spitzen Bemerkungen über Barons Court zu kontern. Stattdessen blätterte sie in der Speisekarte, die in einer klebrigen Vinylmappe gebracht wurde und den Umfang einer Novelle hatte. »Ah, Tapas«, sagte sie, »und sogar das spanische Original!« Und sie überlegte, wie nah das Flussufer war, wie leicht es wäre zu fliehen, über das Geländer zu springen wie beim Hürdenlauf und sich in die schnell dahinfließende Themse zu stürzen.

Sie bestellten eine Flasche »roten Vino Tinto«, eine Tautologie, wie Marnie auffiel, und die Großschreibung war auch etwas eigenwillig. Dann debattierten sie ausgiebig darüber, was sie bestellen sollten, das Verhältnis von Fleisch zu Fisch zu Gemüse, die Anzahl der Tapas, die Etikette beim Teilen; Conrad notierte die Kandidaten auf einer roten Serviette (»*Boquerones?*«), was ein derart komplexer und politisch aufgeladener Prozess war, dass er locker den ganzen Abend hätte dauern können. »Wir können immer noch mehr bestellen, aber nicht weniger«, sagte Marnie, und Conrad gefiel diese Philosophie so sehr, dass er ihre Worte wiederholte, und zwar mehrfach, während sie an ihrem Rotwein nippten, der so klebrig war wie die Speisekarte und genauso schmeckte wie die Kopfschmerzen, die er verursachen würde.

Schweigen. Dann sagte Conrad. »Prost! Auf Großstädte!«

»Auf normale Schuhe!«

»Und flaches Gelände. Darauf, dass wir im Warmen und Trockenen sind.«

»Auf Füchse und Tauben.«

»Auf Füchse und Tauben.« Sie tranken. »Ich bin schwer beeindruckt, dass du so lange durchgehalten hast.«

»Aha«, sagte Marnie, »wieso denn das?«

»Na ja, sieben Tage! Worüber habt ihr euch denn unterhalten?«

»Ach, tja – die Liebe, das Leben und den Tod«, sagte sie, und Conrad lachte, auch wenn das der Wahrheit entsprach. »Das Wandern hat so was an sich, da rutschen einem Dinge raus. Als würde man ein Wahrheitsserum zu sich nehmen oder so. Und es war sehr schön. Guck mal.«

Obwohl sie sich vorgenommen hatte, es nicht zu tun, griff sie nach ihrem Handy. Hier war das Foto von der Aussicht auf Grasmere, wo sie von den vielen Hunden umringt worden waren, hier war der Angle Tarn, wo sie beinahe schwimmen gegangen wären, hier Kidsty Pike, der höchste Punkt, und das unheimliche Nine Standards Rigg, die Wasserscheide, und danach hatten sie, nun ja, am besten erzählte sie ihm nichts davon.

An jenem hundselenden Neujahrstag hatte sie sich gelobt, in Zukunft andere Fotos zu machen, und hatte das auch getan, aber selbst mit hochgeschraubter Helligkeit hatten die Aufnahmen beim besten Willen nichts Erhabenes an sich. Vielleicht waren Landschaftsfotos, wie Fotos vom Vollmond, immer ein wenig enttäuschend. »Sieht nach nichts Besonderem aus, ich weiß.«

»Lass mich mal gucken«, sagte er, nahm ihr Handy und wischte zurück zu dem Bild, das sie übersprungen hatte. »Da ist er ja!«

Es war das Foto, das sie beim Staudamm geknipst hatte, und es war alles andere als schmeichelhaft, Marnie lächelte dümmlich, Michael hatte den Arm schwer und unnatürlich um ihre Schulter gelegt, das einzige neue Gesicht in ihrer Sammlung.

»Wie seid ihr so miteinander klargekommen?«

»Ach, okay.«

Kurz darauf hatte sie ihn nach seiner Nummer gefragt, und er hatte sie gebeten zu bleiben.

»Hat er dich angeflirtet? Spätabends in der Bar in der Lounge, mit schmutzigen Wanderstiefeln –«

»Sei nicht albern.«

»Ich glaube, er fand dich ganz gut.«

Sie lachte. »Ach. Wie kommst du denn darauf?«

»Ich hab das ein paarmal mitbekommen, an dem einen Abend in der Bar, so verstohlene Blicke, die Art, wie er sich zu dir vorgebeugt hat. Wo er jetzt wohl ist?«

Das fragte sie sich auch. Sie verspürte das Bedürfnis, sich jemandem anzuvertrauen, Conrad von der Sache in der Lavendel-Suite zu erzählen, wie aufregend es gewesen war, mal wieder jemanden zu küssen, zu begehren und begehrt zu werden. Die Klischeeformulierung dazu war »wie ein Teenager«, doch Marnie hatte auch ein Recht auf solche Momente, auf den Taumel und das Hochgefühl.

Aber nichts davon schien ihr für ein Date angemessen, und ihr wurde klar, dass der einzige Mensch, mit dem sie über ihr Gefühlswirrwarr reden konnte, es auch verursacht hatte. Für den Augenblick sollte sie sich auf Conrad konzentrieren, der noch genauso gut aussehend und selbstsicher war wie vor einer Woche, und noch ebenso frei von Hinterlist, Hautunreinheiten und Humor. Bald wurde das Essen serviert, und er erzählte von seiner Arbeit, den berühmten Uni-Erfahrungen, Orten im Ausland, an denen er gelebt hatte, und er war jetzt netter, dachte sie, weniger unbeholfen, trotzdem war da kein romantischer Funke. Sie tat einfach, was sie sich geschworen hatte zu tun, die Wohnung verlassen und zuhören.

Und doch schien es ihr nicht länger so wichtig, nur einen Bilderrahmen zu füllen. Die Frage, die sie stellen musste, lautete: Ist das jemand, an den ich mich in einer Krisensituation wenden, jemand, an den ich denken würde, wenn er nicht bei mir ist? Jemand, den ich brauche? Wenn dieser Mensch mich an meinem Sterbebett besuchen würde, wäre ich dann froh darüber, oder würde ich denken: *Was willst du denn hier?* Es war ein makabres Kriterium für ein lockeres Date, aber dieser absolut nette Mann rasselte durch die Prüfung, genauso wie sie den Sterbebetttest bei ihm nicht bestehen würde. Ein oder zwei andere Menschen, das war alles, was sie wirklich brauchte, ein oder zwei, die sie lieben konnte.

Sie leerten zügig die erste Flasche, bestellten eine zweite, und er erzählte ihr von seiner Ex-Verlobten, unterbreitete ihr die Story, die zu erzählen ihm vor einer Woche zu unangenehm gewesen war, während sie die süßlichen Gehirne mit Knoblauchnote aus den Köpfen der Garnelen saugte und ihr Wohlwollen immer mehr schwand. Irgendwo hatte sie mal gelesen, dass bei Garnelen das Herz im Kopf saß, was wie eine Metapher für irgendetwas klang, auch wenn es sich technisch gesehen nicht um einen »Kopf« handelte, sondern eher um einen Thorax. Conrad berichtete, dass das mit der Verlobung zu schnell gegangen sei und er möglicherweise Muffensausen bekommen habe, aber vielleicht habe sie ja auch recht gehabt, sie seien nicht mehr jung, hätten keine Zeit zu verlieren und bla-bla-bla. Er setzte auf die Mitleidstour. Männer, dachte sie, überschätzten die Anziehungskraft von Traurigkeit. Sie schob einen leer gelutschten Garnelenkopf auf die

Spitze ihres Zeigefingers, eine kleine Fingerpuppe, die schnupperte, nickte, ja, ja, erzähl weiter, und der Effekt war so lustig, dass sie sich drei weitere auf die Finger steckte. »Ich schwöre dir«, sagte sie, »in meinem Nagelstudio sagen sie immer …«

»Bitte?«

»Nichts.« Unvermittelt fügte sie hinzu: »Klingt so, als würdest du sie immer noch lieben.«

Schweigen. »Ja«, sagte er schließlich, »wahrscheinlich hast du recht«, und sie fragte sich, ob sie dazu verdammt war, von nun an so ihre Abende zu verbringen: Männern zuzuhören, deren Herz vor Liebe zu jemand anderem schwer und stumpf wie Blei war. Vielleicht war ihre Bemerkung etwas zu barsch rübergekommen, denn Conrad schwieg jetzt und starrte schwermütig auf sein fettiges Weinglas, und aus Respekt entfernte sie die Garnelenköpfe von ihren Fingerspitzen. »Wieso führst du dieses Gespräch nicht mit ihr statt mit mir?«

»Meinst du wirklich?«

»Ja, ich denke, das wäre eine gute Idee.«

»Okay. Vielleicht mache ich das.« Er setzte sich ein wenig aufrechter hin, wirkte entschlossen. »Möchtest du Nachtisch oder …?«

»Nein, alles gut. Komm, wir gehen.« Sie blickten auf den Tisch, Gräten und Muschelschalen und Lachen von rotem Öl.

»Wir haben also gar nicht zu viel bestellt.«

»Stimmt«, sagte Marnie, »wir haben das sehr gut gemacht.«

Sie gingen zusammen an der Themse zwischen den orangefarbenen Lichtkegeln entlang Richtung Battersea Bridge. »Ich hätte das schon früher sagen sollen, aber ich habe ein schlechtes Gewissen wegen der Wanderung.«

»Du warst toll! Du warst großartig!«

»Dich mit der Formel 1 zu langweilen. Du interessierst dich doch gar nicht für Rennautos.«

»Ich war genauso schlimm! Heißt es Apotheker oder Pharmazeut?«

»Und dann bin ich abgehauen.«

»Ja, das war merkwürdig.«

»Ich weiß. Und ich wollte nicht, dass du denkst, ich hätte dich nicht gemocht. Es war nur, weil uns alle beobachtet haben, der Druck.«

»Kann ich verstehen.«

»Und ich hoffe, ich darf das so sagen, ich stand auf dich, ja, aber es war nicht der richtige Ort. Ich meine, ich kann diese Scheiß-Landidylle nicht ab.«

Sie lachte. »Na ja, dann war es definitiv nicht der richtige Ort.«

»Trotzdem. Ich wünschte, du hättest die Nacht in meinem Zimmer verbracht.« Sie befanden sich auf Höhe der Battersea Bridge, über ihren Köpfen fuhren die Busse Richtung Norden, und sie blieben stehen und wandten sich einander zu. »Mir ging gerade durch den Kopf, dass ich dich jetzt gern küssen würde, aber wahrscheinlich ist das eine dumme Idee.«

»Ganz sicher.« Sie deutete auf ihren Mund. »Garnelenhirne.«

»Ist mir egal.«

Als Kind hatte sie einmal versucht, die Darsteller von *Friends* auf dem Fernsehbildschirm zu küssen, einen nach dem anderen, um zu sehen, wie das war, und vielleicht würde das hier jetzt genauso werden. »Dann mal los«, sagte sie. »Nur einmal.«

Sie küssten sich eine Zeitlang. Ja, es war genauso. »Vielen Dank«, sagte sie, als hätte man ihr einen Büchergutschein geschenkt.

»Aber … wirklich nur das eine Mal?«

»Ja, ich glaube schon. War nett, dass wir uns wiedergesehen haben. Ich weiß nur nicht, ob wir die richtige Pharmazie haben. Zwischen uns stimmt die Pharmazie nicht.«

Es dauerte einen Moment, bis er lächelte, dann schaute er zur Brücke. »Dann werd ich mal …«

»Ja, schnell, bevor sie noch die Grenze schließen. Der Neunzehner, der Neunundvierziger, der Dreihundertfünfundvierziger …«

»Du kennst dich mit deinen Bussen echt aus, Marnie«, sagte er, und sie nickte bescheiden. »Und was machst du heute noch so?«

Die Luft war kalt, aber frisch, es war noch früh, und sie hatte das Bedürfnis, den Kopf freizubekommen. Die Blasen waren nicht so schlimm. »Weißt du was«, sagte sie, »ich glaube, ich geh zu Fuß nach Hause.«

TAG NEUN, TEIL ZWEI
VON OSMOTHERLEY NACH BLAKEY RIDGE

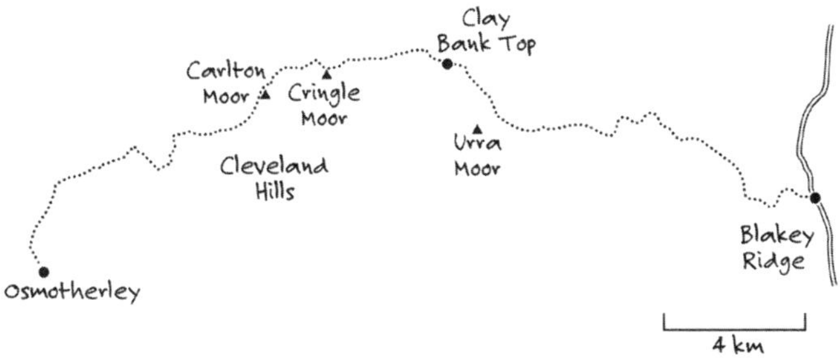

SPASS IN DEN MOORS

Am Sonntag hatte er einen Zusammenbruch, doch dann ging es ihm fast unmerklich wieder besser.

Hundert Prozent Regenwahrscheinlichkeit, verkündete die Wetter-App, aber Regen kann ein feiner Nebel sein oder ein Monsun, und vielleicht würde es nicht zu schlimm werden, erst die Gipfel und Talsohlen des Cleveland Way am Vormittag, dann im Moor ein Marsch über ebenes Gelände. Er würde es wie eine körperliche Herausforderung angehen, wie einen Marathon oder einen Hindernisparcours. Niemand würde da sein, um ihn anzufeuern, aber vielleicht würde es trotzdem ein bisschen Spaß machen, allein im Moor, ein Hindernislauf im Regen.

Doch noch vor der ersten Steigung war er völlig erschöpft. Er war früh zu Bett gegangen, allerdings war Pub-Quiz-Abend, und wegen der quietschenden alten Holzböden hatte er vom Bett aus daran teilnehmen können; er schlug sich gut bei Fragen zu Kinofilmen und den Flüssen der Welt, während der Runden, bei denen sie Bilder zeigten, wurde er jedoch zunehmend frustriert. Sollte er es aufgeben mit dem Schlafen, runtergehen und den vier Quizkandidaten seine Dienste anbieten? Oder daliegen und seine Augen mit dem winzigen Fernseher ermüden, der zu weit entfernt auf der Kommode stand? Es gab nur zwei funktionierende Kanäle und auf beiden liefen Quizshows, und so verbrachte er den Abend unter intensiver Befragung, mit Stimmen von weither, die wissen wollten, wer einen Nummer-Eins-Hit mit »Smalltown Boy« gelandet hatte.

Immer noch erschöpft, ging er bergauf durch einen Wald, der einem Horrorfilm hätte entstammen können, eingehüllt in einen Nebel, der so dicht war wie Zigarrenrauch und ihm das Gefühl gab, in einer kleinen grauen Zelle dahinzuwandern, die nur den Regen hindurchließ. Seine Gedanken kamen ihm ähnlich beschränkt vor. Er würde seinen Eltern von der Neuigkeit in Natashas Leben erzählen müssen. Die Kollegen, Nats und seine gemeinsamen Freunde, mussten es erfahren, aber vielleicht wussten sie auch schon Bescheid. Er würde sich ernsthaft um eine neue Bleibe kümmern müssen – zur Miete wohnen, in seinem Alter, mein Gott. Würde er Mitbewohner haben? Er war zu alt für eine WG. Der Pfad schien sich vor ihm zu öffnen und hinter ihm zu schließen, der Regen rann ihm den Rücken hinunter in die Stiefel, und er spürte schon, wie die Haut langsam wundgescheuert wurde. Nur eine Vorstellung brachte ihm Erleichterung, und dafür war es zu spät.

Endlich ließ er die Baumlinie hinter sich und war oben angekommen. Vor ihm lag weit ausgebreitet der Nordosten, gelbe und grüne, mit Windrädern gespickte Felder und, gerade so sichtbar in der grauen Soße, Middlesbrough, Stockton und Redcar. Eine Aussicht, die er früher in aller Ruhe genossen hätte, aber jetzt warf er nur einen flüchtigen Blick darauf, wie auf eine Postkarte, die an jemand anderen adressiert war. Er würde von hier aus nach Südosten weiterwandern, doch zunächst musste er einen Anstieg bewältigen, dann noch einen und noch einen, fünf insgesamt. Das dauerte den ganzen düsteren, nassen Vormittag; die über Plateaus führenden

Strecken waren zu kurz, und die jähen Abstiege und steilen Anstiege hatten fast etwas Niederträchtiges, machten ihn wütend, so dass ihm allmählich Zweifel kamen, ob das ganze Vorhaben eine gute Idee gewesen war. Die Landschaft hatte nichts Heilsames. Wandern war keine Medizin, und es war unmöglich, die Vergangenheit hinter sich zu lassen, denn sie würde immer eine Gelegenheit finden, heimlich vorauszueilen und ihm aufzulauern. Round Hill, Carlton Moor, Cringle Moor und Clay Bank Top, er stapfte hindurch, rauf und runter, während der kalte, unablässige Regen ihn bis auf die Knochen durchnässte, in seine Kleidung drang, scheinbar sogar durch seine Haut und in seine Gelenke, so dass ihm war, als würde er verrosten. Wäre Marnie bei ihm gewesen, hätten sie dem Ganzen etwas Witziges abgewinnen können. Gab es einen Weg zurück, eine Entschuldigung oder eine Erklärung per Textnachricht oder Anruf? Über Gefühle zu reden lag ihm nicht besonders, wie Marnie schon festgestellt hatte, aber möglicherweise, wenn er offen und ehrlich wäre …

Doch dass Reden alles besser machte, war ein Märchen. *Mach einfach weiter, komm drüber weg.* Noch ein Anstieg, dann war er im exponierten, leeren und scheinbar endlosen Urra Moor, und ihm fiel ein, dass Marnie erzählt hatte, wie sie als Kind in den Weltatlas geguckt hatte, diese kribbelnde Angst vor großen Entfernungen und leerem Raum. Nie zuvor in seinem Leben hatte er solche Einsamkeit empfunden, und er ertappte sich dabei, wie er sich schreckliche Dinge ausmalte, dass er über Bord ging und das Schiff davonsegeln sah – Gott, bloß nicht dran denken –, dass er, wie in seinem Kindheitsalbtraum, ins grenzenlose All davonschwebte oder lebendig begraben wurde, aus dem Ruder laufende, furchterregende Phantasien, die ihm so hartnäckig zusetzten, dass er nach Atem ringend stehen bleiben musste, die Hände auf die Knie gestützt. Spaß in den Moors! Kein Wunder, dass Leute hier den Verstand verloren. Die Strenge der Landschaft besaß ihre eigene Schönheit, aber konnte er denn keine Schönheit an einem hellen, lauten, lebendigen Ort finden, wo mehr Menschen waren als nur einer?

Doch dafür war es zu spät. *Geh weiter.* Stunden verstrichen, und er geriet in einen Dämmerzustand der Erschöpfung, und erst als das Licht schwand, erblickte er ein Anzeichen für menschliches Leben, eine kleine Ansammlung neuer Häuser an der einsamen Straße, die das Moor teilte, in einer so abgeschiedenen Lage, als wären die Häuser versehentlich dort errichtet worden. Ein kräftiger Schauer trieb ihn zu einem tristen Haus mit Kieselrauputz, vier Fenstern und einer Tür wie auf einer Kinderzeichnung; davor stand auf dem Kies ein schlammbespritztes Minicab. Wurden hier wirklich zahlende Gäste beherbergt?

»Du liebes Bisschen, wie sehen Sie denn aus? Kommen Sie rein.« Sein Gastgeber war ein weißhaariger Mann Ende fünfzig, klein, untersetzt und geradeheraus, wie ein Fußballtrainer aus seiner Kindheit. Er führte Michael in den Flur und half ihm aus den nassen Sachen.

»Sind Sie allein?«

»Heute ja.«

»Und die ganze Strecke allein gelaufen?«

»Eine Freundin hat mich begleitet, aber sie musste schon heimfahren.«

Er folgte dem Mann die schmale Treppe hinauf. Der erzählte ihm, dass sein Sohn gerade zur Royal Navy gegangen sei und sie es daher, anstatt das Zimmer ungenutzt zu lassen, mal im Bed-and-Breakfast-Geschäft versuchen wollten. »Wir machen das noch nicht lange, also haben Sie bitte Nachsicht.« Seine Frau, sagte er, fände es schwierig und wohne zurzeit bei ihrer Schwester in Scarborough. »Sie mag es nicht, wenn fremde Leute in seinem Zimmer sind.«

»Macht es das nicht ein wenig kompliziert? Mit dem B&B, meine ich?«

»Ja, na ja, wie gesagt. Wir machen das noch nicht lange.«

Und es stimmte, in dem winzig kleinen Gästezimmer war der Sohn noch ganz präsent: in der Klimmzugstange über der Tür, den beiden Hanteln in der Ecke, den Tesafilm-Resten an der Wand, wo die Poster gehangen hatten, den Fußballstickern am Spiegel und dem Sammelsurium von schwarzen und goldenen Plastiktrophäen. Der Bettbezug war mit roten und weißen Löwen bedruckt und in den Farben des Middlesbrough FC gehalten, und der Vermieter, Graham, hoffte, dass das Michael nichts ausmache. »Hoffentlich sind Sie kein Fan von den Magpies.« Michael versicherte ihm, das sei nicht der Fall.

»Haben Sie auch Kinder?«, fragte Graham.

»Nein, nein, hab ich nicht.«

»Sie fehlen einem, wenn sie aus dem Haus gehen.«

»Kann ich mir vorstellen.«

Es entstand eine Pause, als wollte Graham noch etwas sagen. Stattdessen würde es ein Abendessen unter Männern geben, wenn das okay wäre, oder er könne ihn auch zum Pub fahren, wenn Michael das lieber sei. »Tja, dann geh ich mal«, sagte Graham und schaute sich ein letztes Mal verloren im Zimmer um, als wolle er sich vergewissern, dass sein Sohn wirklich und wahrhaftig nicht mehr hier wohnte.

Und dann war Michael wieder allein mit sich, hockte auf dem Rand des schmalen Einzelbetts. Es schien ihm unvorstellbar, hier die Nacht zu verbringen, und unvorstellbar fortzugehen, denn wo sollte er schon hin? Mit einem Finger schob er die Gardine beiseite und schaute gen Osten. Es war dunkel geworden, der Wind peitschte den Regen gegen die Fensterscheibe. Das hier – ja, genau *das* war sturmhöhenhaft. Beim Anblick der nichtssagenden Ödnis lachte er unwillkürlich auf. Er drückte sein Handy flach an die Scheibe und machte zum Scherz ein Foto: dicke dunkle Streifen, als würde man etwas durch eine Augenbinde betrachten.

Was sollte er mit dem Foto machen? Wofür machte man Fotos? Er hörte Schritte die Treppe heraufkommen, ein leises Klopfen an der Tür, und da war Graham wieder und verkündete aufgeregt: »Ich wollte nur sagen, dass ich gleich ein Hühnchen in die Mikrowelle stecke.«

»Vielen Dank, Graham«, sagte Michael. »Das klingt wunderbar.« Er hörte Marnie im Geiste sagen: *Ach ja, »wunderbar«?* und ging nach unten, um zu helfen.

MARK ROTHKO

Als sie nach Hause kam, stieß sie auf ihren Rucksack, der ihr neben der Tür auflauerte, genau so, wie sie ihn zurückgelassen hatte, doch sie hatte jetzt nicht die Kraft, sich darum zu kümmern. An Schlafen war aber auch nicht zu denken. Am Küchentisch schaute sie noch einmal über die letzten paar Seiten ihres Lektorats, um sicherzugehen, dass sie nicht zu hastig gearbeitet hatte, dann schrieb sie die Begleitmail an den Verlagslektor. Ja, es sei eine erotische Lektüre gewesen, ganz wie versprochen, es sei ihr eine Freude gewesen, und sie hoffe, ihre Anmerkungen seien hilfreich. Ob es vielleicht noch ein weiteres Projekt gäbe? Sie habe gerade noch Kapazitäten. Anbei die Rechnung.

Sie würde es morgen früh versenden, aber nun ging eine neue E-Mail mit dem Betreff »Von Neil« ein. Mit angehaltenem Atem öffnete sie die Nachricht. Die gesamte Mail bestand aus den Worten –

Na schön. Tut mir leid für die Verspätung. Ist das so okay?

– und einem Screenshot von einem Dauerauftrag über fünfhundert Pfund monatlich, über die nächsten zweieinhalb Jahre. Es war das erste Mal, dass ihr eine Nachricht von ihrem Ex-Mann ein gutes Gefühl verschaffte, und sie antwortete mit einem schlichten »Danke« und klappte den Laptop zu, und genau in dem Moment hörte sie das Geräusch einer eingehenden Textnachricht in ihrer Desktop-App.

Sie klappte den Laptop wieder auf.

Sie stammte von Michael, die erste, die sie von ihm überhaupt bekam, ein abstraktes Bild im Hochformat mit horizontalen dunkelgrauen und schwarzen Streifen. Sie klickte darauf, um es zu vergrößern, und starrte den Monolith an, wartete auf weitere Erklärungen. Die Zeit verging. Nichts schien kommen zu wollen. Sie sollte schlafen gehen.

Doch Marnie wartete weiter.

SOHNEMANNS BETTDECKE

Er hätte zuerst die Textnachricht und dann das Foto verschicken sollen, denn nun hatte er keine Ahnung, was er schreiben sollte. Die Tastatur wirkte winzig, seine Daumen zu groß, er hätte wirklich erst einen Entwurf erstellen sollen; so kam es ihm vor, als hätte er erst an Marnies Tür geklopft und sich dann vom Acker gemacht.

Was wollte er ihr schreiben? In einer Textnachricht war dafür nicht genug Raum, aber irgendwann wollte er ihr von diesem Abend erzählen, an dem er mit Graham vor dem Fernseher gegessen hatte, die Teller auf zwei identischen Tabletts mit gepolsterter Unterseite, darauf halbgare Kartoffeln und Markerbsen, die an Gallensteine erinnerten. Das Hühnchen sah aus wie etwas aus dem Anatomieunterricht, ein Eindruck, der von der OP-Saal-Atmosphäre unter der großen Deckenlampe noch unterstrichen wurde. Das Garen in der Mikrowelle war anscheinend ein Vorgang, bei dem ein echtes Huhn sich in eins aus Gummi verwandelte, mit bleicher, blasiger Haut und grauem Fleisch, aus dem eine Art weißer Saft austrat. »Wie Sie wahrscheinlich ahnen, übernimmt sonst meine Frau das Kochen«, hatte Graham sich entschuldigt, und Michael hatte sein Bestes getan, hatte sich redlich bemüht, während in seinem Magen Hunger und Übelkeit miteinander kämpften. Auf einem niedrigen braunen Ledersofa sitzend, hatten sie Dosenbier aus Humpen des Middlesbrough FC getrunken und die Sendung *Antiques Roadshow* geguckt, wobei Graham jedes Objekt kommentierte, es entweder als alten Plunder oder als ein paar Pfund wert einstufte, und wenngleich er ein netter, freundlicher Kerl war, würde diese Mahlzeit Michael bis ins Grab verfolgen. Als Nachtisch hatten sie Erdbeerjoghurt direkt aus den Bechern gelöffelt, und anschließend standen sie an der Spüle am Küchenfenster, Graham wusch ab, Michael trocknete das Geschirr, blickte hinaus in die Dunkelheit und wurde über sein Leben ausgefragt. Dabei lauteten die Spielregeln, dass man wahrheitsgemäß, aber nur unter Angabe der allernötigsten Details antwortete.

»Verheiratet?«

»Wir lassen uns gerade scheiden.«

»Keine Kinder?«

»Nein.«

»Na ja, macht es einfacher.«

»Ja, so sagt man zumindest.«

»Sie müssen nach vorn schauen, oder? Gibt es eine Frau, der Sie den Hof machen?«, fragte Graham und stupste ihn an. Michael hatte geschmunzelt. »Was denn?«

»Den Ausdruck habe ich eine Weile nicht gehört«, antwortete Michael. »Ja, wahrscheinlich, in gewisser Weise.«

»So was weiß man doch.«

Er lachte. »Sollte man annehmen, nicht wahr?«

»Und wo ist sie jetzt?«

»Ach, wieder in London.«

»Na, dann sollten Sie runterfahren, weitermachen. So'n gut aussehender Kerl wie Sie.«

Michael runzelte die Stirn und wechselte das Thema; stattdessen redeten sie nun über Grahams Familie, darüber, was es mit dem Minicab auf sich hatte, über seine Frau, die Reisen seines Sohns mit der Navy, wie sehr er beide vermisste, wenn sie nicht da waren; dabei hielt Graham den Blick starr aus dem Fenster gerichtet, als hoffte er, dass die beiden dort draußen im Regen auftauchten. Hatte es seinen Eltern auch so zu schaffen gemacht, als er ausgezogen war? Es war Michael nie in den Sinn gekommen, und er beschloss, sie zu besuchen, sobald er wieder zu Hause war, um persönlich mit ihnen zu sprechen, ein offenes Gespräch zu führen. Er lehnte einen Milchkaffee zur Nacht ab und wollte auch nicht mehr *Match of the Day* gucken, verzog sich nach oben und legte sich aufs Bett, das Smartphone in der Hand.

Schließlich schrieb er: Das ist der Blick aus meinem Fenster auf die Moors. Es regnet! Hoffe, du bist heil nach Hause gekommen. Es dürfte wohl klar sein, dass ich ein schlechtes Gewissen wegen unseres Abschieds habe. Ich weiß nicht, wieso ich dir nichts von dem Treffen mit Nat erzählt habe. Es war wirklich unhöflich von mir, entschuldige bitte. Es geht ihr gut, aber ich werde versuchen, nach vorn zu schauen. Noch zwei Tage, dann fahre ich am Dienstagabend nach Hause. Es war wirklich ein »Erlebnis«, aber die schönsten Momente waren die mit dir. Schade, dass du abgereist bist, aber ich kann es verstehen. Ich bin Idiot. Ich hoffe, es geht dir gut, und dass wir uns vielleicht irgendwann mal wiedersehen, ob indoor oder outdoor.

Er atmete tief durch, drückte auf Senden, und im selben Augenblick fiel ihm der Fehler auf. »Ich bin Idiot«, ein Satz wie die Quintessenz der Idiotie. Er würde ihr auffallen, das war schließlich ihr Beruf, und sie würde sicher denken, dass er völlig recht damit hatte. Und die Nachricht kam ihm immer noch unvollständig vor, als würde er auf der Türschwelle herumlungern. Sprich aus, was du wirklich denkst. Er schrieb:

Du fehlst mir jetzt

Er dachte nach und schrieb hinterher:

PS Steck nie ein Hühnchen in die Mikrowelle.

Er wusch sich das Gesicht und putzte sich die Zähne, dann schaute er auf sein Handy und kroch unter die Middlesbrough-FC-Decke, die frisch gewaschen war, der aber immer noch ein moschusartiger Jungmännergeruch anhaftete, der wohl nie ganz verschwinden würde. Draußen prasselte der Regen an die Fensterscheibe, als würde jemand Kies dagegenschleudern. Noch zwei lange Tage. Er hätte schlafen sollen, doch sein Handy hielt ihn bis zwei Uhr früh wach, obwohl oder gerade weil es kein Geräusch von sich gab.

DER LETZTE TAG

AUSPACKEN

Es gab wirklich keinen Grund, am nächsten Morgen aufzustehen, im Bett konnte sie jedoch auch nicht liegen bleiben. Noch im Schlafanzug setzte sie sich an den Küchentisch, klappte den Laptop auf und verschickte die lektorierte Datei, so dass sie schon auf den Lektor warten würde, wenn er ins Büro kam.

Und da war Michaels Nachricht von gestern Abend, die sie jetzt noch einmal las. *Ich bin Idiot* klang ziemlich zutreffend, aber wie war *Ich vermisse dich jetzt* zu verstehen? Bedeutete das: *Ich vermisse dich jetzt, wo etwas passiert ist,* oder *Ich vermisse dich genau in diesem Moment?* Was bedeutete *versuche nach vorn zu schauen?* Nicht, dass es eine Rolle spielte, aber sie fragte sich, wo er diese Nachricht geschrieben hatte. Neugierig schob sie das Foto auf ihren Desktop. Command-I öffnete das Fenster mit dem, was wahrscheinlich Metadaten genannt wurde, und ja, genau, da waren die Koordinaten. Marnie gab sie in eine Online-Karte ein und bekam einen exakten Ort, eine Ansammlung von vier Häusern, angezeigt, die so abgelegen war, dass sie sich Sorgen um Michael machte. Auf Street-View schaute sie sich das unscheinbare Haus von der Straße aus an, Kieselrauputz, mit Pfützen davor und einer rotweißen Fußballfahne. Genau jetzt befand sich Michael hinter einem dieser Fenster, schlief entweder noch oder aß sein Frühstück direkt aus der Hand. Sie klickte noch einmal auf das Bild, um näher ranzukommen. War das da etwa ein Mensch? Das Bild war Monate, womöglich Jahre alt, doch einen Augenblick lang hätte sie gern ein Sondereinsatzkommando dorthingeschickt, das ihm die Decke wegreißen, die Socken von der Heizung fegen und ihn mit Kabelbindern fesseln sollte. Oder vielleicht war das hier auch schlicht und einfach nur Stalking. Wie dem auch sein mochte, es gehörte sich nicht und führte auch zu nichts. Sie drehte sich in Street-View herum und sah sich die Landschaft an, durch die er wandern würde. Sie hatte eine gewisse düstere Schönheit an sich. Definitiv düster.

Ihr Rucksack stand im Flur, wo sie ihn vor mehr als zwei Tagen stehen gelassen hatte, und jetzt schleppte sie ihn in ihr Schlafzimmer, öffnete Schnallen und Reißverschlüsse, rümpfte die Nase, als hätte sie das Gepäckstück auf der Straße gefunden. Der Kompass, die Trinkblase, *The Central Fells,* die zerdrückten Proteinriegel, wer war die Fremde, der dieser Rucksack gehörte? Sie verstaute den Kram in der Schublade, wo sie auch die leeren Batterien aufbewahrte. Die Kleidung dieser Unbekannten roch nach Torf und altem Schweiß, und Marnie steckte sie in die Waschmaschine; auf dem Weg dorthin hinterließ sie eine Spur aus Gras und getrocknetem Schlamm auf dem Boden. Hier waren ihre drei guten Kleider, die optimistische Abendgarderobe. Sie schnüffelte an ihrem zweitbesten Kleid: Deo und ihr Schweiß, der Hopfengeruch aus dem Pub, und ihr fiel ein, wie der Saum ihr die Hüften hinaufgeglitten war. Da war eine chemische Reinigung fällig. Sie warf es in den Kleiderschrank, und als der Rucksack endlich leer war, trug sie ihn ins Bad, drehte ihn um und schüttelte ihn energisch über der Badewanne aus, um den letzten Schmutz herauszubekommen.

Dabei fiel etwas klickend in die Wanne und kullerte darin herum wie eine Murmel. Es war ein blassroter Stein von der Größe, Form und Farbe einer Supermarkthimbeere. Roter Sandstein vom Strand bei St. Bees; er war tatsächlich getrocknet und erwies sich als auf eine Weise enttäuschend, mit der Marnie nicht gerechnet hatte. Trotzdem legte sie ihn fürs Erste neben ihre Zahnbürste auf die Glasablage, spülte den Sand aus der Wanne und stopfte den Rucksack ganz hinten in ihren Kleiderschrank.

Sie fand auch die Postkarte, Grüße aus dem Land der Viadukte, *Bitte keine Gäste nach 22 Uhr!* Schnell riss sie sie in vier Teile und warf sie in den Papierkorb.

DER WEG

Kaum dass er aufgewacht war, schaute er nach, ob Marnie geantwortet hatte, und da das nicht der Fall war, begann er, seine Sachen zu packen. Als er die Vorhänge öffnete, änderte das die Lichtverhältnisse im Zimmer nicht im Geringsten, und durch den Regenschleier sah das Moor nasskalt und mit Feuchtigkeit gesättigt aus. Er würde sich nicht verirren, da hatte er keine Bedenken, aber es wäre ein langer nasser Marsch bis nach Egton Bridge, und das in Kleidung, die noch klamm war vom Vortag. Die einzige Aussicht würde die Innenseite seiner Kapuze sein.

»Ich kann Sie bis Scarborough mitnehmen, wenn Sie möchten«, bot Graham beim Frühstück an. Speck in der Mikrowelle zu braten war auch nicht von Erfolg gekrönt gewesen, und Michael putzte sich die Zähne, um den Geschmack loszuwerden. Dann legte er das Geld für die Übernachtung auf die Kommode, außerdem zwanzig Pfund Trinkgeld, und ging nach unten, um sich zu verabschieden. Der Aufenthalt sei erstklassig gewesen, er werde ganz sicher eine Fünf-Sterne-Bewertung hinterlassen, und nun stand die Haustür offen. Auf der Schwelle zögerte er wie bei einem Fallschirmsprung, woraufhin Graham lachte. »In einer Stunde fahre ich nach Scarborough.«

»Nein, ich muss das durchziehen.«

»Na gut, hier ist meine Karte, falls Sie es sich anders überlegen.« Michael steckte sie in seine Tasche. »Gehen Sie im Notfall einfach zur nächsten Straße. Ich finde Sie dann schon.« Dann schwieg Graham einen Moment, bevor er sagte: »Darf ich Sie etwas fragen?«

»Bitte.«

»Warum in aller Welt tun Sie sich das an?«

Niemand würde es mitbekommen, wenn er jetzt aufgäbe. Niemanden würde es kümmern, ob er seine Zehen ins Wasser der Nordsee tauchte oder seinen Kiesel am Strand fallen ließ. Ihm würde keine Last von den Schultern genommen werden. Es würde kein Gefühl des Abschlusses, der Befreiung oder der Veränderung geben. Die einzige schwache Motivation war, dass er nicht aufgegeben hätte, dass er sagen konnte, ich habe es geschafft, auch wenn er nicht wusste, wem außer Cleo er das erzählen sollte. Damals am Honister Pass, an jenem ersten Tag, an dem er allein mit Marnie gewandert war, hatte er sich geweigert, im Bus mitzufahren, weil er sich damit nur selbst betrügen würde. Er erinnerte sich an ihr Gesicht hinter der Heckscheibe und daran, dass sie etwas auf die beschlagene Scheibe geschrieben hatte, während der Bus davonfuhr.

»Weil ich nicht nach Hause will«, sagte Michael.

»Da müssen wir alle irgendwann hin.«

Michael lächelte, hob die Hand und trat hinaus in den Regen. »Dummer Kerl«, sagte Graham, und am Tor blieb Michael stehen, drehte sich um und ging zurück zum Haus. Graham hatte die Tür noch nicht geschlossen.

»Genau genommen«, sagte er, »glaube ich, ich würde mitfahren, wenn es Ihnen nichts ausmacht.«

TEIL FÜNF
HERBST

Der Sommer ging zu Ende, und der Abend trug ihr den Duft von Verfall zu, der einen um so tiefer berührte, als er an den Frühling gemahnte.

E. M. FORSTER, **ZIMMER MIT AUSSICHT**[5]

DAS POSTROMANTISCHE ZEITALTER

Die Jahreszeiten kamen und gingen auf ihre ermüdende Art. Marnie fielen die Ereignisse im Almanach der Natur auf: das nächtliche Gebell der Füchse, der Wechsel der Bettdecken, die Nager, die sich wieder draußen blicken ließen, der Beginn der Mottensaison. Im Mai holte sie die Wintersachen wieder hervor, die sie im April verfrüht weggepackt hatte, tauschte sie im Juni gegen ihre Sommergarderobe, genauer gesagt ihren Sommermüllsack, einen Haufen uralter Tops, die sie mit der Weihnachtsdeko auf einem Schrankbrett weit oben aufbewahrte. Auf dem Rasen im Park tauchten die ersten von Einweggrills verkohlten Stellen auf. Im türkischen Supermarkt wichen die Granatäpfel den Mangos, und Erdbeeren waren im Angebot. Bald käme die Spinnensaison.

Währenddessen arbeitete sie kontinuierlich, nahm jeden Auftrag an, der an sie herangetragen wurde: Spannungsromane, romantische Komödien, napoleonische Abenteuergeschichten, Young-Adult-Schmachtfetzen, Locked-Room-Krimis, ein anspruchsvoller Thriller, dessen Handlung sich innerhalb von nur zwanzig Minuten abspielte, ein Science-Fiction-Epos, das sich über zwanzigtausend Jahre erstreckte, alles an ihrem Küchentisch lektoriert. Liebe kam viel vor, Sex auch, aber sie versuchte, ihre persönliche Meinung nicht zu stark durchscheinen zu lassen. »Ja, nee, ist klar« war keine nützliche Anmerkung. Wenn sie nicht für die Arbeit las, dann las sie zum Vergnügen, aber an einem sonnigen freien Nachmittag im Juni legte sie ihr Buch beiseite, holte ihre trist anzuschauenden Blumenkästen nach drinnen und kippte die Niemandslanderde aus. An einem Stand auf dem Markt in Brixton fragte sie: »Welche Pflanze ist am zähesten?«, und da waren sie nun, zwei Reihen unverwüstlicher roter Geranien, die sie vom Sofa aus sehen konnte. Der Beginn ihrer Gärtnerinnenjahre.

Es gab noch weitere Veränderungen. Eine alte Freundin meldete sich, sagte, sie habe »jetzt wieder ein Leben«, nun, wo die Kinder älter seien. Sie trafen sich auf einen Drink und hatten Spaß zusammen, und das führte zu weiteren Begegnungen mit Freunden, die auf einmal wieder auf der Bildfläche erschienen, ein paar Dinnerpartys bei anderen, nichts Großes. Wann immer sich das Gespräch Schuleinzugsbereichen oder Prüfungsergebnissen zuwandte, klinkte sie sich einfach aus, erstellte im Kopf Einkaufslisten, summte im Geiste, bis es vorbei war. Bei manchen dieser Feiern setzte man sie bewusst neben frisch Geschiedene, und das wiederum führte zu einem netten Abendessen zu zweit mit einem sehr freundlichen älteren Mann, aus dem sich nichts weiter ergab. Sie versuchte, sich darüber keinen Kopf zu machen. Sie fand, es war, als würde man ein Buch zur Hand nehmen, einen Absatz lesen und genau wissen, dass es nichts für einen ist. Die Analogie hinkte zwar ein wenig – Bücher nehmen es einem nicht übel, wenn man sich gegen sie entscheidet –, doch in diesem Fall gingen sie beide unbeschadet auseinander, dankbar für die Gleichgültigkeit des jeweils anderen.

Aber ihr Leben schien ausgefüllter, sozialer als noch vor einem Jahr. Sie ging zu Ausstellungen und ins Kino, manchmal allein, manchmal mit einer Freundin, und als sie genug von Neils Geld gespart hatte, das ja ihr Geld war, machte sie allein Urlaub in Italien, als wäre sie eine Heldin aus einem Roman von Forster. In den Cafés in Florenz griff sie demonstrativ zum Buch, und sie setzte sich in kühle, prächtige Kirchen und versuchte, eine Art spirituelles Gefühl heraufzubeschwören. In Rom schaute sie sich den nicht-katholischen Friedhof an, besuchte die Gräber von Keats und Shelley und war bewegt und erschüttert, dass sie bewegt war.

Oft dachte sie an Michael, auch wenn es keinen Grund gab, seinen Namen laut auszusprechen. Cleo hatte ihr von Natashas neuem Leben erzählt, und obwohl sie sich für sie freute, war es, als würde man ihr berichten, dass ein Freund von einem Auto angefahren worden war. Sie rief sich sein Gesicht im Hotelflur in Erinnerung, glatt rasiert, strahlend und hoffnungsvoll, und wenngleich sie ihre eigene Verletzung und Wut nicht vergessen hatte, empfand sie doch Mitgefühl für ihn, ihren alten Freund, und hoffte, dass es ihm gelang, nach vorn zu schauen. Wenn sie an ihn dachte, meistens nachts, manchmal morgens als Allererstes, sah er oft so aus wie am ersten Tag am Strand, auf altmodische Art gut aussehend, aber ohne dass er sich dessen bewusst war, sie sah jenes Gesicht, das sie tagelang betrachtet hatte, während sie zusammen gewandert waren und sich unterhalten hatten.

Und doch blieb sie standhaft und erwähnte ihn niemandem gegenüber. In den Sommerferien kam Anthony zu Besuch, aber es war unwahrscheinlich, dass er das Thema anschneiden würde, und so konzentrierte sie sich darauf, für seine Unterhaltung zu sorgen, wollte ihn zu seinen Lieblingsorten in London mitnehmen, in die Museen von South Kensington und zum Forbidden Planet, die jedoch offenbar ihren Reiz eingebüßt hatten. Stattdessen besuchten sie jetzt Fashion Stores in Soho – Stores, keine Läden –, vor denen die Kunden Schlange standen, als wären es Nachtclubs. Seit der Pandemie hatte Marnie sich nicht mehr anstellen müssen, um ein Geschäft betreten zu dürfen, doch sie freute sich über Anthonys Begeisterung, und sobald sie drinnen waren, suchte sie sich einen Sessel, schmökerte in ihrem Buch und nickte zur Musik, patentanten-, aber nie omahaft. An den Abenden bestellten sie Essen beim Lieferdienst, lagen auf dem Sofa und schauten alte Actionfilme aus den Neunzigern, und irgendwann zwischen zwei Explosionen fragte sie so beiläufig wie möglich: »Wie geht's eigentlich Mr. Bradshaw?«

»Ganz gut.«

Ihr war selbst nicht klar, was sonst sie erwartet hatte, und wenn sie einen genaueren Bericht haben wollte, konnte sie immer noch Cleo fragen. Aber dieses Thema ihr gegenüber anzusprechen hätte den Nährboden für allerlei Spekulationen bereitet, daher versuchte sie es noch einmal.

»Läuft's gut bei ihm? In der Schule?«

»Ja. Er ist halt Lehrer. Mehr weiß ich auch nicht.«

Auf dem Bildschirm wurde gerade eine Villa in die Luft gejagt, und der Held machte sich nicht einmal die Mühe hinzusehen.

»Trägt er wieder seinen Bart?«

»Nein, seiner Freundin hat das nicht gefallen.«

»Oh. Aha. Er hat also eine Freundin.«

»Hatte er«, sagte Anthony, »aber jetzt nicht mehr«, und sie empfand zwei Gefühle in rascher Folge, als wäre sie über ein Schlagloch gehüpft.

Der Sommer ging zu Ende, und der Kreislauf der Jahreszeiten setzte sich fort. Der Hochzeitsflug der Ameisen kam und ging vorbei, Mais eroberte den Platz der Mangos. Die

Schule begann wieder, in den Bussen wurde es voller, die Nagetiere zogen wieder nach drinnen um, und plötzlich war wieder Spinnensaison; wenn Marnie den Müll rausbrachte, lief sie mitten in ihre Netze hinein und wischte sie sich hektisch aus dem Gesicht.

Cleo war entsetzt gewesen. »Ich finde das einfach nur furchtbar, so weit zu kommen, nur um dann hinzuschmeißen!«

»Wieso?«, wollte Michael wissen. »Du hast das Ganze doch für eine Schnapsidee gehalten.«

»Aber du warst Feuer und Flamme!«

»Das Wetter war wirklich schrecklich.«

»Es gibt kein schlechtes Wetter!«

»Und außerdem erschien es mir halt irgendwie … sinnlos.«

»Ich kann es nicht glauben, so was aus *deinem* Mund zu hören. Wieso hast du mich nicht einfach angelogen?«

»Und wenn du nach einem Foto gefragt hättest?«

»Ich hätte nicht nach einem Foto gefragt. Sag mir einfach, dass du's geschafft hast. Lüg mich an!«

»Aber dann würde ich mich selbst betrügen.«

»Mir ist lieber, du betrügst dich selbst, anstatt mich so hängenzulassen. Ich wollte das bei einer Schulkonferenz erwähnen. Welche Botschaft soll das jetzt vermitteln? ›Hier ist Mr. Bradshaw, mit einer wunderbaren Geschichte darüber, wie man kalte Füße bekommt.‹«

Er lachte. »Ich hab keine kalten Füße bekommen!«

»Offensichtlich schon. Du musst zurückfahren und das bis zum Ende durchziehen.«

»Lassen wir's gut sein, ja?«

Doch das Thema kam im Mai wieder auf, bei einer Party,

wo er Tessa vorgestellt wurde, oder besser »der berühmten Tessa«, wie Cleo sie nannte. Das Porträt in seiner Phantasie war nicht annähernd schmeichelhaft genug gewesen.

»Schade, dass ich nicht mitkommen konnte«, sagte sie.

»Zu der Wanderung, die er *abgebrochen* hat«, sagte Cleo und ließ sie allein.

»Schön, dich jetzt endlich kennenzulernen.« Er griff auf seinen Gesprächseinstieg zurück, den er im Frühling vorbereitet hatte. »Ich hab gehört, du bist Triathletin.«

Es war das erste Mal seit seiner Rückkehr, dass er es sich erlaubte, unter Leute zu gehen, und er fühlte sich immer noch etwas wacklig und unsicher, nur zur grundlegendsten Art der Unterhaltung fähig, stellte in regelmäßigen Abständen Fragen wie eine Maschine, die Tennisbälle rausschleudert. Aber als er die Party verließ, hörte er hinter sich auf dem Weg Schritte, und da war Tessa und fragte ihn nach seiner Telefonnummer. Er grinste – grinste eher, als dass er lächelte –, und als sie fragte, wieso, antwortete er, weil ihn noch nie jemand nach seiner Nummer gefragt habe, auch wenn das nicht ganz der Wahrheit entsprach. »Und das ist meine Festnetznummer«, sagte er und lächelte.

Die Beziehung mit Tessa begann eine Woche später, ging über zwei Monate und endete ohne Reue oder Verärgerung. Sie war, während sie andauerte, sehr outdoor-lastig, mit Kajakfahrten, Schwimmen im Meer, langen Fahrradtouren. Wandern hingegen war nicht Tessas Ding, sie ging lieber joggen. Cleo bezeichnete diese Dates als »Bootcamp«, und manchmal hatte er das Gefühl, als trainierte er auf etwas Unbestimmtes hin, das Leben im Allgemeinen vielleicht. Hätte man ihn gebeten, die Beziehung so knapp wie möglich zu beschreiben, hätte er sie »körperlich anstrengend« genannt, doch er fühlte sich besser, glücklicher, definitiv fitter, was zum großen Teil am Sex lag, der auch anstrengend war, eine gute Mischung aus Cardio- und Krafttraining.

Wenn sie nicht gerade außer Atem waren, dann unterhielten sie sich. Er kam sich allmählich etwas redegewandter vor, als sei Sich-Unterhalten eine weitere Fertigkeit, für die er trainierte, auch wenn er ab und zu merkte, dass er eine Geschichte erzählte oder einen Witz machte, den er aus der Woche mit Marnie kannte, und dann Schuldgefühle bekam. Seine Witze und Geschichten zündeten ohnehin meistens nicht. Tessa und er brachten einander nicht zum Lachen, aber vielleicht wurde das auch überbewertet.

Vielleicht aber auch nicht. Dass er oft an Marnie dachte, üblicherweise nachts, manchmal morgens als Allererstes, und dass sie ihm fehlte, war Fakt. Natürlich vermisste er ihre Witze und die Gespräche mit ihr, die Art, wie sie eine Bemerkung aufgriff, sie von allen Seiten beleuchtete und damit spielte. Er vermisste ihr Gesicht, das er manchmal auf diesem schrecklichen Foto betrachtete, wobei er sein dummes Gesicht mit dem Daumen verdeckte und sie in die Bildmitte rückte. Überraschenderweise fehlte ihm auch, wie sie sich anfühlte, Augenblicke der Körperlichkeit, wie sich ihre Arme berührt hatten, seine Hand auf ihrem Kreuz oder unterhalb ihrer Brüste gelegen hatte, so intensiv wie jene Eindrücke, die man in einem Traum hat, mit derselben schwelenden Enttäuschung, die zurückbleibt, wenn man zu früh aufwacht. Total teenagerhaft, das gehörte eigentlich ins Leben seiner Schüler, aber anscheinend jetzt auch in seines. Die Gedanken und Gefühle waren so hartnäckig und überraschend, dass sie ihn zwangen, sich eine Frage zu stellen – zwar nicht »Bin ich in sie verliebt?«, aber doch »Wäre es möglich, dass ich in sie verliebt bin?« Er kam zu dem Schluss, dass die Antwort auf letztere Frage unbestreitbar Ja lautete, und empfand das mit solcher Gewissheit, dass es auch die erste Frage beantwortete.

Es war klar, dass er aufhören musste, sich mit Tessa zu treffen, einer dieser seltenen Fälle, in denen jemand eine Beziehung beendet, weil er sich *nicht* mit jemand anderem trifft. Die Aussicht auf das Gespräch fand er lähmend, denn es erschien ihm, als würde man jemandem sagen, dass einem das Geschenk sehr gefallen habe, und dann nach dem Kassenbon fragen. Während er noch nach den richtigen Worten suchte, gingen sie weiter zum Abendessen aus, schauten sich Filme an und überlegten sogar, im August wegzufahren, doch nichts veränderte oder entwickelte sich, so dass es keinen Unterschied gemacht hätte, wenn man die Reihenfolge ihrer Treffen beliebig verändert hätte. Es war weniger eine Beziehung als ein in die Länge gezogenes Training, und er war zwar dankbar dafür, aber es war unerträglich, Zeit mit jemandem zu verbringen, von dem man wünschte, er – bzw. sie – wäre jemand anders. Am Ende eines strapaziösen, schlammspritzerreichen Wochenendes sah er seine Gelegenheit gekommen, doch Tessa, die bessere Sportlerin, erkannte sie noch vor ihm und packte sie beim Schopf. »Michael«, sagte sie, »du bist ein toller Kerl, aber ich glaube, das mit uns führt zu nichts.« Aus der Mannschaft geworfen, fügte er sich, sagte Lebewohl und ging nach Hause, um zu duschen und sich auszuruhen.

Sein Zuhause. Eine junge Familie machte ein Angebot für das Haus, das angenommen wurde, und Michael musste nun versuchen, sein Leben ohne Natasha neu zu erfinden. Ein Haus geteilt durch zwei ergibt weniger als ein halbes Zuhause, und er würde sich über neue Möbel Gedanken machen müssen, über neues Geschirr, neue Bilder an den Wänden, neue Urlaube und Gewohnheiten. Er brauchte eine neue Armbanduhr, auch wenn er die alte sorgsam verwahren würde. Für den Augenblick besprach er diese praktischen Dinge mit Natasha, erst in Textnachrichten, dann, im September, am Telefon, und er stellte fest, dass er das sehr gut machte, ohne Zorn oder Vorwürfe. »Wie geht's dir?«

»Ich könnte platzen«, sagte Natasha. »Ich bin dick wie ein Ölfass, und mir ist ständig übel. Aber sonst geht's mir gut. Und dir?«

Ihm ging es auch gut. In der Vergangenheit war das für ihn nur eine andere Art gewesen, *Lass mich in Frieden* zu sagen, doch er stellte überrascht fest, dass es stimmte, und auch wenn er sich immer noch an seine Trauer über das Ende ihrer Beziehung erinnern konnte, schien das Gefühl jemand anderem zu gehören. Aktuell war er zwar nicht glücklich, aber auch nicht unglücklich, zufrieden mit allem bis auf einen Punkt. Trotzdem wollte er nicht dabei sein, wenn Natasha ihre Sachen abholte. Glücklicherweise fanden sie einen Termin während der Erdkunde-Exkursion im Herbst, die dieses Jahr auf Michaels Vorschlag – oder besser, auf sein beharrliches Insistieren – hin etwas anders aussehen würde.

TAG ZEHN
RUNDE IM HYDE PARK

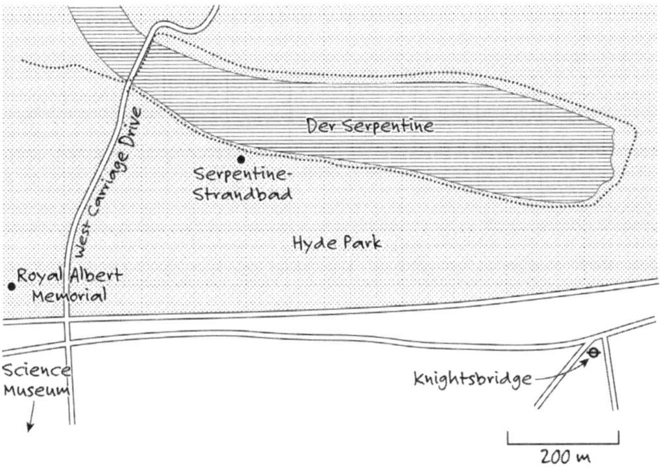

DER SERPENTINE

»Also – ein Supervulkan ist laut Definition ein Vulkan, der Unmengen von Ejekta, also Auswurfmaterialien, produziert. Ryan, was ist daran so witzig? Willst du uns daran teilhaben lassen? Okay, wo war ich stehen geblieben? Ach ja, das Magma baut sich unter der Erdkruste auf, der Druck erhöht sich immer mehr, bis es zu einer Super-Eruption kommt, manchmal mit mehr als eintausend Kubikkilometern Ejekta … Kann ihm mal bitte jemand auf den Rücken klopfen, bevor er keine Luft mehr kriegt? Ryan, möchtest du draußen warten, bis du dich beruhigt hast? Nein? Na gut, ich gebe auf, ich erzähle euch nichts mehr, ihr könnt das alles selber in der Ausstellung entdecken. Die dauert etwa eine Stunde, dann habt ihr Freizeit für das, was ihr eben so machen wollt. Ich bitte euch, rennt nicht einfach nur in die Geschäfte. Nördlich von uns liegt der Hyde Park, also wenn ihr aus dem Museum kommt, biegt ihr links ab und dann noch mal nach links. Ihr wisst, wie das geht. Ihr könnt Stadtpläne lesen. Wir wollen zum Royal. Albert. Memorial. Wer weiß, wer dieser Albert war? … Ja, genau, danke, Amit. Um vier am Royal Albert Memorial, keine Minute später. Passt auf, wenn ihr die Straße überquert. Ryan, geht's wieder? Na prima. Mrs. Fraser und ich warten dort um vier auf euch.«

Die Schüler zerstreuten sich. Cleo und Michael sahen ihnen

hinterher, schlenderten dann durch die Flure, lasen flüchtig die Beschriftungen, drückten geistesabwesend auf Knöpfe. Die Fahrt nach London war auf Michaels Initiative hin zustande gekommen, seine Neuausrichtung auf urbane Geographie war überraschend leidenschaftlich gewesen. Sie würden sich die Thames Barrier, das Themse-Sperrwerk, ansehen, die unterirdischen Flüsse der Stadt erkunden, über öffentlichen Nahverkehr diskutieren und zwei Nächte in einem günstigen Plattenbauhotel nicht weit vom Hanger-Lane-Kreisverkehr verbringen.

»Fehlen dir die Berge, Mrs. Fraser?«

»Ich mag Berge«, antwortete Cleo, »aber die Geschäfte sind besser. Ich werd dann mal.«

»Aber du musst dir doch die Ausstellung angucken!«

»Eine Million Milliarden Kubikmeter, sechzig Billionen Jahre, trifft's das so ungefähr?«

»Ich weiß gar nicht, wieso du überhaupt hier bist, wenn du das alles so sarkastisch siehst.«

»Das Einzige, was ich hier sarkastisch sehe, ist der Grund, aus dem *du* hier bist.«

»Geographie ist mehr als Seen und Berge, in dem Fach geht es auch um Städte.«

»Und Menschen.« Sie kamen zu einem riesigen Querschnitt der Erde mit animiertem orangefarbenem Magma, das unter der Erdkruste schwärte wie ein entzündetes Geschwür. »Wie Menschen sich fortbewegen.« Wenn man Knöpfe betätigte, stieg die Lava durch den Erdkern zu den Gefahrenzonen hoch. »Gefällt mir«, sagte Cleo und drückte energisch diverse Knöpfe. »Gottgleiche Macht.«

»Sicher, dass du nicht mitkommen willst? Um Hallo zu sagen?«

Sie lachte. »Oh, nein. Das machst du schön allein. Und das war's dann für den Yellowstone. Musst du nicht los?«

»Ich hab noch genug Zeit. Wir sind um zwei verabredet.«

»Geh jetzt schon mal los. Falls du dich verläufst. Gut siehst du aus. Es ist Kostümparty, und Michael geht als Herbst.«

»Klingt deprimierend.«

»Überhaupt nicht.« Sie vergewisserte sich kurz, dass keines der Kinder zu ihnen guckte, und umarmte ihn dann. »Vermassel es nicht, Michael. Bis um vier also.«

Er brach auf, wobei er noch einen Abstecher auf die Herrentoilette machte, um einen Blick in den Spiegel zu werfen. Ein Jackett aus Cord, gut sitzend, dazu sogar eine Krawatte, aus Strick, voluminös, praktisch ein Schal. Er hatte sich heute früh in der winzigen Nasszelle rasiert, sich die Zähne geputzt, die Nägel geknipst, Zahnseide benutzt und abermals die Zähne geputzt. War er zu aufgebrezelt? So sah er in Marnies Erinnerung bestimmt nicht aus, aber vielleicht war das auch gut so. Neubeginn, Tabula rasa, alles Formulierungen, die er sich zurechtgelegt hatte.

Er strich mit dem Finger über das Mal an seinem Kinn – Narbe war so ein melodramatisches Wort – und begab sich dann nach draußen auf die Exhibition Road.

Anfang September hatte er sich zuerst per Textnachricht bei ihr gemeldet.

Liebe Marnie, ich weiß, es ist schon eine Weile her, und du kannst die Nachricht gern ignorieren, aber ich komme mit der Schule Anfang Oktober nach London. Möchtest du mit mir spazieren gehen? Wenn nicht, ist das völlig in Ordnung, aber ich fände es schön, dich wiederzusehen. Alles Liebe, Michael

Es war eine zweckmäßige Nachricht, die viele Entwürfe

durchlaufen zu haben schien und immer noch leicht förmlich wirkte – keine Verkürzungen, korrekte Zeichensetzung, die Anrede mit »Liebe« – wie eine Bitte um ein Telefonat in einem Roman von Edith Wharton. Wieso nicht gleich »Hochachtungsvoll« am Schluss? Kein »x«, und »alles Liebe« war schließlich nur eine übliche Verabschiedung, es hieß ja nicht, dass er sie liebte. Immer noch auf der Hut, immer noch verletzt, hatte Marnie einige Zeit damit verbracht, sich eine angemessen beiläufige Antwort zu überlegen, etwas, was sie im Davongehen mit einem Blick über die Schulter gleichgültig fallen lassen konnte. Nach einigem Nachdenken fand sie *le mot juste* –

Klar.

– ihr Meisterwerk. Es wurden weitere doppelbödige Nachrichten ausgetauscht, zwischen denen Tage, manchmal sogar eine Woche lagen, wobei jede so dicht und wohlüberlegt konstruiert war wie ein Haiku.

Wie wär es um zwei
Im Park, südlich der Brücke?
Freu mich darauf. Gruß

Sie war eine Woche vorher zum Friseur gegangen, so dass der Schnitt etwas Zeit hatte, sich zu legen, und in ihr Outfit hatte sie auch einiges an Überlegung gesteckt. Ein langer schwarzer Mantel, langer schwarzer A-Linie-Faltenrock, schwarze Strumpfhose und dazu ein günstiger schwarzer Kaschmirpulli, der Look einer »Frau, der Unrecht getan wurde, aus einer Tschechow-Inszenierung mit modernen Kostümen«. Idealerweise hätte sie keinen Beutel mitgenommen, aber sie hatte ein Päckchen dabei, das sie Michael übergeben oder wieder mitnehmen würde, je nachdem, wie es lief.

Zur Abwechslung hatte das Wetter einmal beschlossen mitzuspielen, und es war ein außergewöhnlich schöner Herbsttag, honiggolden und kühl, ein letztes Aufblühen, bevor die Tage kürzer wurden. Vielleicht konnten sie ein wenig darüber reden, was mit den Blättern passierte und all das. Sie hatten zwei Stunden, und sie war sich noch nicht sicher, ob das zu viel Zeit sein würde oder nicht annähernd genug.

Sie sah ihn schon von weitem kommen; er ging neben dem Verkehr auf dem West Carriage Drive entlang und hob grüßend die Hand. Sie hatte nicht angenommen, dass er sie wie aus dem Nichts anspringen würde, aber so ein langsames Sich-Annähern war immer etwas peinlich – er musste noch eine Viertelmeile entfernt sein –, sollte sie ihn ansehen oder die Bäume? Sich erst mal einen Kaffee holen und wiederkommen? Sie hatte ein ironisches Lächeln aufgelegt, aber falls er seine Brille nicht dabeihatte, würde er die Ironie gar nicht bemerken, und so schaute sie auf ihr Handy, dann wieder hoch und wieder runter, bis er neben ihr stand.

»Hallo.«

»Hallo.«

Er legte ihr die Hände auf die Oberarme, und dann berührten sich ihre Wangen. *Wieso trägt sie Trauer?*, fragte er sich. Kein gutes Vorzeichen.

»Es ist so komisch, dich ohne …«

»Bart zu sehen?«

»Ohne Rucksack.«

»Danke.« *Sag nicht* »danke«*, das war kein Kompliment.* »Gleichfalls.« *Sag nicht »gleichfalls«.*

»Bart oder Rucksack?«

»Nein, ich meinte, du siehst sehr hübsch aus.«

»Und du sehr anders.«

»Oh. Tja. Danke.« *Auch kein Kompliment.*

»Wie findest du London so?«

»Du hattest recht. Es ist echt riesig!«

»Aber du hast gut hergefunden?«

»Na ja. Ich bin hier.«

»Stimmt. Ja, stimmt.« Es lief gar nicht gut, und beide hatten das Gefühl, es sei ihre eigene Schuld. »Sollen wir mal hier von der Hauptstraße weg? Uns den See anschauen?«, fragte sie, als wüsste der See die Antwort. »Wir können drumrumlaufen, das dauert auch keine neun Tage. Du musst … wann wieder zurück sein?«

»Um vier, am Albert Memorial.«

»Da setz ich dich rechtzeitig ab.« Diesmal zeigte sie ihm den Weg, während sie die Straße überquerten und am Südufer des Sees neben Joggern und Touristen entlanggingen.

»Vielleicht könnten wir ja hier eine Runde schwimmen.«

Sie durchschaute, was er machte. Er schwelgte in Nostalgie, aber dafür war es noch zu früh. »Man kann hier tatsächlich schwimmen gehen. Da vorne ist das Strandbad. Das klingt jetzt so, als hätte ich das schon mal gemacht, als wär ich schon mal im Serpentine geschwommen. Ich hab es immer vorgehabt. Das ist nicht ganz dasselbe, ich weiß.« Irgendwann, als ihr zum ersten Mal der Gedanke gekommen war, sie könnte in ihn verliebt sein, hatte sie ihn sich genau hier vorgestellt, wie sie mit ihm Arm in Arm am See entlangspazierte und sie liebevolle Blicke wechselten und lachten, wie in einer Erinnerung, in der alles stimmig und harmonisch war. In der Gegenwart war es komplizierter.

Er wiederum war entsetzt über sein unnatürliches Verhalten, wie er dahintrottete, kein Wort herausbrachte, wie ein Teenager ohne die mildernden Umstände der Jugend. Verbissen kämpften sie sich durch Fragen und Antworten – Wo seid ihr untergebracht? Wie weit wohnst du von hier entfernt? Wie ist das Hotel? Sind die Kinder sehr aufgedreht? Was lektorierst du gerade? – alles gut und schön, aber es war auch, als würde man die Möbel aus einem Zimmer räumen, um Platz zu schaffen, ob zum Tanzen oder zum Kämpfen, und erst nach einer halben Stunde fand er Gelegenheit zu sagen: »Wie ja wohl klar sein dürfte, möchte ich mich entschuldigen.«

»Wieso dürfte das klar sein?«

»Wie?«

»Wieso dürfte das klar sein? Was hast du denn deiner Meinung nach falsch gemacht?«

»Was ich falsch …? Also, ich hätte dir definitiv sagen sollen, dass ich mich mit Nat treffe.«

»Sie ist deine Frau. Du musst mir nicht alles erzählen.«

»Ich hab mich ziemlich abrupt von dir verabschiedet.«

»Du hattest den Kopf woanders, warst nervös –«

»Und ich war dir gegenüber vielleicht auch nicht besonders offen oder ehrlich in Bezug darauf, was mir im Kopf herumging.«

»Du hast mir am Abend davor gesagt, dass sie wahrscheinlich die Liebe deines Lebens ist. Wenn überhaupt, war das ein wenig *zu* ehrlich.«

»Also ist es okay für dich?«

Sie zuckte mit den Schultern. »Ich weiß einfach nicht, ob es so eine große Sache ist.«

Sie gingen ein Stück weiter, und nach einer Weile bemerkte er: »Weißt du, Marnie, das sagst du jetzt so, aber seit ich hier bin, strahlst du eine unglaubliche Wut aus.«

Da lachte sie. »Ich dachte, zwischen uns wär was gewesen, Michael!«

»Das hab ich auch gedacht!«

»Ich dachte, da würde was passieren!«

»Ich auch!«

»Ja, aber was anderes. Du dachtest, das wäre, ich weiß auch nicht, ein kleiner Urlaubsflirt oder so –«

»Das hab ich *nicht* gedacht –«

»– und ich hab gedacht, dass ich mich in dich verlieben würde.«

»Stimmt das?«

»Urlaubsflirt! Es war nicht mal ein richtiger Urlaub.«

»Aber hast du das gedacht? Dass du dich –«

»Ja! Ja, und es war etwas ganz Besonderes, etwas ganz Neues für mich und ehrlich gesagt ziemlich beunruhigend, denn so was ist in der Vergangenheit nie gut für mich ausgegangen, und, was noch schlimmer ist, du wusstest das, ich hatte dir stundenlang davon erzählt, warum ich so vorsichtig bin, und es war, also, offen gesagt, es war demütigend.«

»Dann findest du also *doch*, ich sollte mich entschuldigen.«

»Oh, ja, ich denke, schon.«

»Aber darum bin ich doch hier!«

»Nein, du bist wegen ... Supervulkanen hier oder so.«

»Das war doch nur ein Vorwand.«

»Ah, ein *Vorwand*, ein echt genialer *Vorwand* ...«

»Ich bin hier, weil ich dich sehen wollte. Ich wollte dich sehen, weil ich dasselbe empfunden habe.«

»Tut mir leid, das nehm ich dir nicht ab.«

»Aber ich war auf dem Weg dahin. Ich hab dasselbe gedacht, mir dieselben Fragen gestellt. Ich war nur etwas ... ich hatte vermutlich Angst.«

»Angst! Das sagen Männer immer, als wär das ein Grund, aber du verwendest das Wort falsch. Wovor hattest du Angst?

Du bist schließlich erwachsen! Ich meine, wenn ich eine Kannibalin wäre oder so, das wär ein Grund, Angst zu haben, aber selbst dann –«

»Du hast selbst gesagt, in unserem Alter ist es eine große Sache –«

»Hey! Ich bin vier Jahre jünger –«

»– auch in deinem Alter, sich in jemanden –«

»– besonders, wenn er jemand anderen liebt.«

»Ich liebe niemanden außer dir, Marnie.«

Sie wollte etwas sagen, zögerte, hielt den Atem an und atmete dann aus.

»Wieso glaubst du mir nicht?«, wollte er wissen.

»Wieso sollte ich? Man hört nicht einfach auf, jemanden zu lieben, nur weil man ihn nicht haben kann. Darüber wurden etliche Bücher geschrieben.«

»Ich hab Nat geliebt. Sehr, vor ein paar Jahren, und es hat nicht funktioniert, und ich werde nie vergessen, was zwischen uns war. Aber ich glaube, ich kann … ich glaube, ich bin bereit für etwas Neues. Und ich bin glücklicher mit dir, so glücklich wie schon seit Ewigkeiten, seit Jahren nicht mehr, glücklicher, als ich es je für möglich gehalten hätte. Selbst wenn ich so mit dir streite, bin ich glücklicher. Ich kann reden, ich kann Dinge formulieren, die ich vorher nicht ausdrücken konnte, und ich war so … aufgeregt, weil ich mich heute hier mit dir treffe. Du bist, wie, ich weiß nicht … eine wunderschöne Aussicht. Ich will dich einfach nur anschauen, immer nur anschauen. Das ergibt keinen Sinn, aber was ich meine, ist, ich will bei dir sein, Marnie, öfter und mehr als nur freundschaftlich. Ich weiß nicht, wie man das hinbekommt, aber ich will mit dir von jetzt an so viel wie möglich zusammen sein.«

Sie blieben stehen und schwiegen einen Moment. All das ließ Marnie nicht unberührt, und sie wusste eine Weile nicht, was sie sagen sollte. »Ich glaube … Ich glaube, wir brauchen etwas mehr Zeit.«

Er hielt einen Finger hoch. »Apropos …« Er griff in seine Tasche, dann in eine andere, dann in eine dritte, bis er endlich einen Gegenstand hervorholte und ihn ihr hinhielt, als sei es eine Ringschachtel und kein mattgrauer Stein mit einem weißen Streifen.

»Mein Gott«, sagte sie, »du bist echt *besessen.*«

»Weißt du noch?«

»Ich bin mir sicher, den habe ich schon mal gesehen.«

»Den wollte ich bis an die Nordsee mitnehmen, aber ich hab's nicht geschafft. Hat Cleo dir davon erzählt?«

»Hat sie. Sie hat gesagt, du hättest gekniffen. Wir haben darüber gelacht.«

»Dachte ich mir. Aber ich habe mir überlegt, vielleicht noch mal hinzufahren, im Winterhalbjahr, die letzten zwei Tage der Tour zu wandern, und ich dachte, du könntest mich begleiten.«

»Ich glaub, bei mir hat sich's ausgewandert, Michael.«

»Nein, hör mir doch erst mal zu, du fährst Freitagvormittag hoch, ich komme nach Scarborough, und wir lassen uns mit dem Minicab in die Moors bringen, dorthin, wo ich abgebrochen habe, und wandern die letzten zwei Tage bis Robin Hood's Bay. Da geht's nur bergab, na ja, nicht ganz, aber den Großteil der Strecke, muss ja so sein, auf Meereshöhe, das letzte Stück führt durch die Moors, dann weiter über Klippen, das ist sehr schön im Herbst, und wir übernachten in einem hübschen Hotel, verbringen den Tag am Meer, dann fahren wir zurück nach York.« Jetzt kam ihm die Geschichte mit dem Stein, von der er gehofft hatte, sie wäre charmant, albern vor. Sollte er ihn in den See schmeißen? »Es kommt mir irgendwie falsch vor, das nicht gemeinsam zu Ende zu bringen. Ich meine, du wirst nicht *die ganze* Strecke gelaufen sein, klar, nur siebzig Prozent.« Hier warf sie ihm einen bösen Blick zu. »Du hast den Bus genommen!«

»Nur für eine halbe Meile!«

»Aber es geht ums Prinzip …«

»Es war ein Notfall!«

Er schmunzelte. »Okay, dann sagen wir, du hast die ganze Strecke geschafft. Und es ist nicht mehr weit.«

»Das hab ich schon so einige Male gehört …«

»Wirklich, diesmal stimmt's, und es wird uns Spaß machen, und wir können über alles reden, wo wir jetzt stehen, wo wir hinwollen –«

»Und die Hotels –«

»Ja.«

»– Doppelzimmer?«

»Fände ich gut. Also, ich fände es schön, wenn du das auch willst. Möchtest du denn?«

Sie schwieg und dachte einen Augenblick nach. »Na ja, so würde man Geld sparen.«

»Es ist in erster Linie eine Einsparübung«, sagte er, und da lachte sie und küsste ihn, am südöstlichen Ende des Serpentine-Sees, und machte lediglich eine Pause, um für die Touristen, die vorbeiwollten, höflich zur Seite zu treten, dann setzte sie den Kuss fort, bis sie plötzlich zurückwich, als wäre ihr etwas eingefallen.

»Erzähl weiter«, sagte sie.

»Wie?«

»Was kommt dann? Was passiert am Tag danach?«

»Na ja. Wir gehen wohl besser einen Schritt nach dem anderen.«

»Klingt ein bisschen vage.«

Er nickte. »Ja, ein bisschen«, sagte er, und sie küssten sich wieder. »Du kommst also mit?«

»Ich werd's mir überlegen. Ich lasse es mir durch den Kopf gehen. Okay?«

Er hatte auf eine verbindlichere Antwort gehofft, aber sein Gefühl sagte ihm, dass das für den Moment genug war, und so sprachen sie von anderen Dingen und gingen am Nordufer des Serpentine entlang, der, wie Michael anmerkte, seinem Namen nicht gerecht wurde, da er sich kaum schlängelte. Marnie lächelte.

»Was denn?«, fragte er.

»Nur so. Da sieh mal einer an, wer wieder ganz in seinem Element ist.«

Sie setzten sich, gaben den Inlineskatern auf der Serpentine Road Haltungsnoten, dann gingen sie nach Westen in die Kensington Gardens, wobei sie darauf achteten, dem Royal Albert Memorial nicht zu nahe zu kommen, damit ihnen keine Schüler über den Weg liefen, und an einem ruhigen Plätzchen unter den Bäumen hielten sie einander in den Armen, speicherten die Eindrücke ab, um sie sich einzuprägen, bevor sie sich voneinander verabschiedeten.

»Ach ja, übrigens«, sagte Marnie und griff in ihren Beutel, »das ist für dich. Mach es erst auf, wenn ich weg bin.«

Es war in Packpapier eingewickelt, zugebunden mit ihrer grünen Gärtnerinnenschnur und so groß wie ein Hardcoverbuch, nur weich.

»Danke. Ich hätte dir was aus dem Museumsladen …«

»Einen Plastikdino. Nein, alles gut. Da drüben ist das Memorial, die viktorianische Weltraumrakete.« Ein letzter Kuss, dann ging sie durch den Park davon, und wieder gab es das Problem mit der Entfernung. Da sie wusste, dass er ihr hinterherschauen würde, vergrub sie die Hände tief in den Taschen, ließ den Mantel leicht schwingen, als würde er sie wie auf Flügeln davontragen, und schlenderte absichtlich durch Blätterhaufen, um den dramatischen Effekt zu vervollkommnen.

Er sah ihr eine Weile hinterher, suchte sich dann eine Bank, setzte sich, das Paket auf dem Schoß, und zog an der Schnur. Es lag kein Kärtchen dabei, es enthielt nur ein neues weißes Hemd mit breitem Kragen und französischen Umschlagmanschetten, aus schwerem Stoff, weich und teuer. Es war, dachte er, das schönste Kleidungsstück, das er je gesehen hatte.

Sorgfältig wickelte er es wieder ein, band das Päckchen mit der Schnur zu, wartete, bis er sich wieder gefasst hatte, und ging dann zu den Kindern.

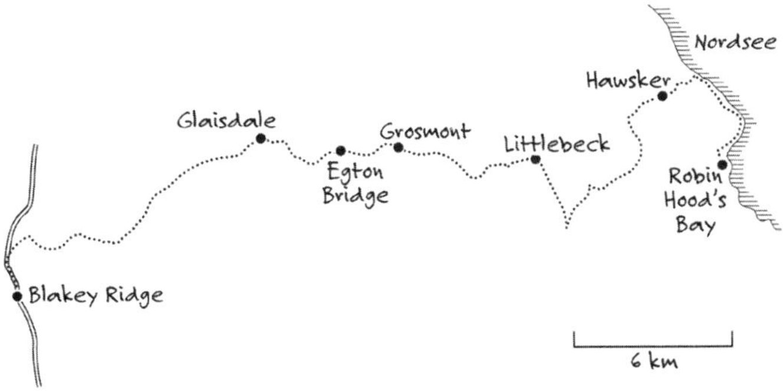
Nordsee
Hawsker
Glaisdale
Grosmont
Littlebeck
Egton
Bridge
Robin
Hood's
Bay
Blakey Ridge
6 km

BEMERKUNGEN ZUR ROUTE

Ich habe zwar versucht, die Landschaft so genau wie möglich zu beschreiben, doch die Pubs, Hotels und Restaurants entlang der Strecke sind allesamt komplett erfunden. Angle Tarn und Urra Moor gibt es wirklich, den Black Dog und die Sunnyview Lodge nicht, und Wanderer werden am Ufer vom Ennerdale Water vergeblich nach einem Pub Ausschau halten. Auch bei der Strecke habe ich mir ein paar kleine Freiheiten erlaubt; beispielsweise ist der Weg um das Nine Standards Rigg herum stark erodiert, und im Winter oder nach Regenfällen empfiehlt es sich, ihn zu meiden, selbst Michael hätte hier die weiter unten verlaufende Straße genommen.

Während meiner Recherche haben mir *The Coast to Coast Walk* von Terry Marsh (Cicerone) und natürlich Alfred Wainwrights wunderbarer *Pictorial Guide* geholfen, letzterer in der Wanderedition, überarbeitet von Chris Jesty (Frances Lincoln). Beide Bücher waren unsagbar wertvoll.

DANKSAGUNG

Ich bin meinen frühen Lesern, Damian Barr, Hannah MacDonald und Michael McCoy, zu Dank verpflichtet, für ihre Ideen und Vorschläge, ebenso Jonny Geller – mein Agent seit zwanzig Jahren – sowie dem gesamten Team bei Curtis Brown, besonders Viola Hayden und Ciara Finan, Kate Cooper, Nadia Farah Mokdad, Emma Jamison, Sam Loader und Atlanta Hatch.

Danke an Holly Knox, Emma Knight, Vicky Palmer, Saffron Stocker, Catherin Worsley, Alice Morley, Melissa Grierson, Eleanor Wood, Katy Aries, Sarah Clay, Richard Peters, Kerri Logan und ihre Teams bei Hodder and Sceptre sowie an Katie Espiner, Oli Malcolm, Charlotte Webb und Hazel Orme, die marniehaft aufmerksam und sorgfältig lektoriert haben. Ich wollte schon immer ein Buch schreiben, das Landkarten enthält, und so bin ich den Kartographen von Barking Dog Art sehr dankbar und Dolly Alderton für unsere Gespräche und ihren Rat. Eine Zeile im Kapitel »In Shelley« ist an das Lied »I Do This All The Time« von Rebecca Lucy Taylor angelehnt.

Einen ganz besonderen Dank möchte ich an Nick Sayers richten, der viele Jahre mein brillanter Lektor war, für seine Klugheit, seine Ermutigung und Begeisterung. Und ich bin Federico Andornino, dem Lektor dieses Romans, unsagbar dankbar für seine wertvollen Ideen und dafür, dass er dafür gesorgt hat, dass ich auf dem richtigen Weg bleibe.

Ich möchte auch den Übersetzerinnen Simone Jakob und Anne-Marie Wachs danken, die meinen Roman ins Deutsche übertragen haben. Mein Dank gilt auch Anna Valerius und, ganz besonders, Katinka Bock und dem gesamten Team von Fischer Krüger.

Und zu guter Letzt danke an Romy, Max und meine liebe Hannah für ihre endlose Geduld und Unterstützung.

QUELLENNACHWEIS

1 Jane Austen: *Die Liebe der Anne Eliot.* Roman. Aus dem Englischen übertragen und mit Nachwort von Gisela Reichel. Die Übersetzung von Gisela Reichel erschien erstmals 1968 im Gustav Kiepenheuer Verlag, Leipzig. © Aufbau Verlage GmbH & Co. KG, Berlin 1968, 2008 (für die Übersetzung)

2 Edna St. Vincent Millay: *Frühling.* Aus dem Englischen übertragen von Hans-Peter Kraus

3 Aus einem Brief von John Keats an Robert Haydon, April 1818. Zitiert nach John Keats: *Richtmaß des Schönen. Briefe.* Übersetzt von Christa Schuenke, Leipzig: Reclam 1985, S. 68

4 Edward Morgan Forster: *Zimmer mit Aussicht. Eine Liebesgeschichte.* Mit freundlicher Genehmigung des Langen Müller Verlags GmbH, München. E. M. Forster, Zimmer mit Aussicht (übersetzt von Werner Peterich) © 1986, 2002 by Nymphenburger in der F. A. Herbig Verlagsbuchhandlung GmbH, München

5 Edward Morgan Forster: *Zimmer mit Aussicht. Eine Liebesgeschichte.* Mit freundlicher Genehmigung des Langen Müller Verlags GmbH, München. E. M. Forster, Zimmer mit Aussicht (übersetzt von Werner Peterich) © 1986, 2002 by Nymphenburger in der F. A. Herbig Verlagsbuchhandlung GmbH, München

Graeme Simsion & Anne Buist
Zum Glück gibt es Umwege
Ein Jakobsweg-Roman

Zoe, kalifornische Künstlerin und Yogalehrerin, flüchtet aus L. A. nach Frankreich. Martin, Technikfreak aus England, will seinen Wanderkarren für Rückengeschädigte einem Praxistest unterziehen. Als sie sich auf dem Jakobsweg begegnen, sind sie erstmal ganz schön genervt voneinander. Aber schräge Reisegefährten, Wetter- und Seelenkatastrophen, die Kapriolen des Wanderkarrens schweißen zusammen. Werden Martin und Zoe, grundverschieden wie sie sind, auf dem Camino einen gemeinsamen Weg finden?
Ein Roman über Neuanfang und Sinnsuche, übers Wandern und Zu-sich-selbst-Finden und darüber, wie wir in schwierigen Zeiten mit einem Lächeln Erfüllung finden.

Aus dem australischen Englisch
von Annette Hahn
400 Seiten, broschiert

Weitere Informationen finden Sie auf
www.fischerverlage.de

AZ 596-70229/1